Foto 2009 © Andrzej J. Koszyk

에바 바론스키(Eva Baronsky)

1968년생. 대학에서 실내장식 및 마케팅-커뮤니케이션을 전공했으며, 이후 커뮤니케이션 컨설턴트 및 저널리스트로서 독립했다. 그녀의 첫 번째 소설 《미스터 모차르트의 놀라운 환생》은 일반독자들은 물론이거니와 유럽 내 수많은 서점들과 비평가들을 완전히 매료시켰다. 뿐만 아니라 이 처녀소설로 그녀는 독일에서 가장 권위 있는 문학상인 프리트리히-횔덜린 상(Friedrich-Hölderlin-Preis)을 거머쥐기도 했다.(2010년도 수상) 이 소설은 2011년 6월말 현재 독일에서만도 6만 부에 가까운 판매를 기록했고, 2011년 초에 출간된 그녀의 두 번째 소설 《마그놀리아의 잠(Magnolienschlaf)》 역시 큰 반향을 불러일으키고 있다. 에바 바론스키는 지금 넬레 노이하우스와 함께 독일 소설의 새로운 양대 스타로 군림하고 있으며, 두 사람은 묘하게도 타우누스라는 작은 도시에 같이 살고 있다.

Eva Baronsky

# Herr Mozart wacht auf

에바 바론스키

# 미스터 모차르트의 놀라운 환생

모명숙 옮김

Herr Mozart wacht auf
Copyright ⓒAufbau Verlag GmbH & Co. KG, Berlin 2009 (Published with Aufbau; "Aufbau" is a trademark of Aufbau Verlag GmbH & Co. KG) Negotiated by Aufbau Media GmbH, Berlin
Korean Language Edition Copyright ⓒ 2011 by Vega Books, Co., Seoul, Korea
This Korean edition is published by arrangement with Aufbau Verlag GmbH & Co., KG through Bestun Korea Literary Agency Co., Seoul.

이 책의 한국어판 저작권은 베스툰 코리아 출판 에이전시를 통하여 Aufbau Verlag GmbH & Co. KG와 독점 계약한 베가북스에 있습니다.
저작권법에 의해 한국 내에서 보호를 받는 저작물이므로 무단 전제와 무단 복제를 금합니다.

율리아나, 그리고
빈으로 가는 여정을 위해서

눈물겨운 그날이 오면,
심판받을 죄인들이
재에서 다시 일어나리.
주여, 죄인을 사하소서.
인자하신 우리 주 예수,
영원한 안식을 그들에게 베푸소서. 아멘. *

* 모차르트의 〈레퀴엠〉 3부 속송續頌 중
1곡 '디에스 이레(진노의 날)' 마지막 부분 — 옮긴이

# 목차

| | |
|---|---|
| 프롤로그 | 13 |
| 레퀴엠 | 17 |
| 키리에(자비의 노래) | 41 |
| 속송 | 49 |
|    디에스 이레(진노의 날) | 50 |
|    투바 미룸 (놀라운 금관 소리 울려퍼지네) | 78 |
|    무서워해야 할 대왕이시여(렉스 트레멘데) | 113 |
|    레코르다레(주여 생각해보소서) | 126 |
|    콘푸타티스 (사악한 자들이 혼란스러워 할 때) | 200 |
|    라크리모사(눈물의 날에) | 227 |
| 오페르토리움(봉헌송) | 251 |
|    도미네(주여) | 252 |
|    호스티아스(성체) | 298 |
| 상투스(거룩하시다) | 345 |
| 베네딕투스(찬미가) | 355 |
| 아뉴스 데이(하나님의 어린양) | 383 |
| 콤무니오(영성체송) | 401 |
| 에필로그 | 427 |

프롤로그

죽음은 차가운 형제다.
그 형제가 곱은 손가락으로 그를 움켜쥐고 잡아끌고 흔들어대는 바람에 그의 이빨이 서로 부딪친다.
아니, 가만, 그의 양쪽 어깨 아래를 붙잡는 건 조피의 팔일까? 조피, 그 다정한 여자가 그를 들어 올리는 게 느껴진다. 땀이 식은 그의 차가운 셔츠를 콘스탄체가 갈아입힐 수 있도록 도와주는 모양이다.
날 내버려둬, 하고 말하고 싶지만, 그에게서는 시원찮은 신음소리만 나올 뿐이다. 아직 해야 할 일이 태산인데, 더 이상 울 기운조차 없다면 그 일을 어떻게 해낸단 말인가?
여느 때 같으면 딸가닥딸가닥 힘찬 말발굽 소리가 반가운 박자의 변화로 들렸을 텐데, 지금은 머리가 깨질 듯 아프다. 마치 말이 그를 함부로 짓밟고 돌아다니기라도 하는 것 같다.
"그분이 오신다. 주님께 찬미와 감사를!"
살짝 흔들리는 공기의 흐름에서 그는 조피가 자리에서 벌떡 일어났다는 것과, 촛불이 방안 이리저리 그림자를 쫓고 있다는 걸 감지한다. 콘스탄체의 손이 그의 손을 움켜쥐는 게 느껴진다. 마치 그를 꽉 붙잡을 수 있는 것처럼. 눈을 감고 있지만, 그녀의 얼굴 표정을 훤히 알 것만 같다. 그녀의 목소리는 그녀가 터지려 하는 울음을 힘들게 참고 있고, 미치기 일보 직전의 상태임을 말해준다. 그가 힘없이 눈꺼풀을 들어올리자, 밀랍의 불빛 속에서 낯익은 얼굴이 희미하게 보인다. 누군가 촛불을 넉넉하게 켜놓았다. 죽음은 검정 옷을 입은 형제다.

그가 힘겹게 팔을 뻗어보지만 소용이 없다. 이젠 콘스탄체의 뺨에도 손이 닿지 않는다. 그의 몸은 마치 다른 사람의 것인 양 무거워졌다.

문을 세게 두드리는 소리가 난다. 그는 깜짝 놀라 몸을 움찔해보지만 움직일 수가 없다. 발버둥을 치려 하다가 체념한 듯 그대로 누워있다. 자기가 거기 꼼짝없이 그대로 누워있을 것임을 안다.

손 하나가 무겁고 차갑게 그의 이마를 짚는다.

"수건이 필요해요. 찬물도. 빨리."

의사의 목소리가 들린다. 하지만 의사가 그를 도와줄 수는 없을 터.

"클로―세트." 색색거리는 숨소리를 한 번 낼 뿐, 더 이상 어쩔 수가 없다.

"친애하는 모차르트, 그냥 누워있어요."

누워있는 것 말고 할 수 있는 게 또 있나? 클로세트의 차가운 손이 그의 팔을 잡고, 새털 이불을 옆으로 밀어내더니, 그의 다리를 손으로 만진다.

의사는 그저 조용히 말할 뿐이다.

"나쁜 피가 너무 많아요. 그래서 그것을 없애려고 애쓰는 거지. 피를 몸 밖으로 뽑아내는 사혈瀉血을 하면 좀 더 편안해질 텐데."

천신만고 끝에 사혈은 싫다고 거부하려 해보지만, 저항하는 그의 목소리는 들리지 않는다.

"수건을 어디에 댈까요?"

조피도 소곤소곤 속삭일 뿐이다. 마치 매혹적인 여자 목소리로 말

했다가는 그의 목숨을 앗아갈지도 모른다는 것처럼.

"둘둘 좀 말지 그래. 물은 차가워요? 그의 머릴 좀 식혀주세요. 이마도."

그는 장딴지가 프라이팬처럼 뜨거워지는 게 느껴지지만, 싫다고 밀어낼 기력은 없다. 베인 상처에서 어느덧 통증이 약간 느껴진다. 오, 이런 피에 굶주린 놈들 같으니! 그의 몸은 훨씬 더 차가워진다. 마지막 남은 생명력인 최후의 온기가 피와 함께 그에게서 빠져나가는 것만 같다. 금세 그는 무슨 말이 오가는지 더는 알아듣지 못한다. 그가 진작 그곳을 떠나버린 것처럼, 약하게 중얼거리는 소리만 들릴 뿐이다.

죽음은 소리 없는 형제다.

레퀴엠*

주여, 그들에게 영원한 안식을 주시고
영원한 빛을 비춰주소서
하나님, 시온에서 당신을 마땅히 찬미하고
예루살렘에서 당신께 서약을 바치겠나이다.

의식이 돌아왔을 때 그는 더 이상 춥지 않았다. 중얼거림은 여전히 계속되었지만, 낯설게 느껴졌다. 웬 낯선 목소리들이지? 그는 조심스럽게 몸을 옆으로 돌렸다. 힘들이지 않고 고통 없이 몸을 가눌 수 있다는 사실에 스스로도 놀랐다. 마치 깊이 푹 자고서 막 깨어난 것처럼, 모든 힘을 앗아 가버리는 피로도 완전히 자취를 감춘 듯 했다. 그런데 그는 정작 아주 잠깐 꾸벅 졸은 느낌이었다. 늙은 의사 클로세트가 모든 예상을 깨고 그를 살려냈더란 말인가? 바라지도 않았던 11월

---

*W. A. 모차르트가 작곡한 장례미사곡으로, 입당송入堂頌에 해당.

〈레퀴엠〉의 구조
1. INTROITUS(입당송) Requiem(레퀴엠)—영원한 안식을 주소서
2. KYRIE(키리에)—주여 불쌍히 여기소서
3. SEQUENTIA(세퀜티아)—디에스 이레, 투바 미룸, 렉스 트레멘데, 라코르다레, 콘푸타티스, 라크리모사 등 여섯 곡의 속송으로 나뉨
4. OFFERTORIUM(오페르토리움)—봉헌송
5. SANCTUS(상투스)—거룩하시도다
6. BENEDICTUS(베네딕투스)—주에 축복 있으랴
7. AGNUS DEI(아뉴스 데이)—하나님의 어린 양
8. COMMUNIO(콤무니오)—영성체송

의 햇살처럼, 기쁨이 그의 몸속을 내달렸다. 위기가 무사히 지나갔구나!

"슈탄치…."

그는 무리하지 않기 위해 낮은 목소리로 말했다. 그런데 이렇게 막상 말을 해보니까, 원한다면 힘들이지 않고도 큰 소리로 그녀를 부를 수 있었다는 것이 확실했다. 발소리들이 가까워지고 있었다. 그는 눈을 깜박이다가, 곧 다시 눈꺼풀을 감았다. 밝은 빛 때문에 눈이 부셨다.

"이제야 마침내 정신이 들었네."

그 목소리는 —슈탄치의 목소리도, 조피의 목소리도 아니었다— 2분의 1 옥타브 정도 낮아서 낯설게 들렸다. 하지만 적어도 그 말들은 또렷이 알아들었다.

"슈탄치,"

그가 대답하며 미소를 지으려 애썼다.

"슈탄치, 그럼 그가 드디어 해독제를 찾은 건가?"

"이 양반, 심지어 유머 감각까지 있군."

누군가가 웃었다. 그리고는 그의 팔이 부드럽게 흔들렸다.

"이봐, 괜찮은가?"

그가 망설이다가 오른쪽 눈을 떴다. 전혀 모르는 낯선 얼굴이 그의 위로 몸을 숙였다. 그는 나직이 속삭였다.

"이 클로세트가 기적을 만들어냈군."

"뭐라고? 젠장, 이거 봐, 그가…?"

누군가 단숨에 이불을 확 걷어내자, 그는 헐벗은 짐승처럼 한기寒氣에 내맡겨졌다.

"진정해. 이 사람은 아직 꿈나라에 있어. 더 자게 둬."

그들은 다시 이불을 덮어주었다.

"좋아. 이 사람, 이러다 혼쭐이 나는 수가 있어! 우리는 일을 하는데, 혼자 푹 쉬고 있다니."

그는 간신히 눈을 떴다. 두 형체가 멀어져가는 게 희미하게 보였다. 거동으로 보아서는 남자들이었다. 그 다음에 문이 닫혔다. 그는 재빨리 눈을 감았다.

뭔가 이상했다.

그는 더 이상 집에 있는 게 아니었다. 잠자리가 다른 것 같았다. 훨씬 부드럽고 훨씬— 정말이지 푹신푹신했다. 여자에게서 나는 듯 미묘한 향내도 배어있었다. 날 어디로 데려온 거지? 그 구역질나는 놈들은 대체 누구야? 그리고 무슨 할 일이 있다는 거지? 이런, 맙소사. 그 자가 바로 프란츠 크사버였던 걸까?

그는 다시 조심스럽게 한 번 주위를 둘러보았다. 그가 있는 방은 제법 널찍했고, 유리창을 통해 겨울의 창백한 빛이 스며들었다. 그는 깊게 한 번 숨을 들이쉬었다. 난 어쨌든 죽은 건 아니로군. 아니, 혹시 죽은 건가? 그는 본능적으로 양손을 움직여보고는, 미처 적어두지 못한 상투스(5부 거룩하시다)의 처음 몇 소절을 만들어보았다. 그리고는 손가락 끝으로 가슴과 배를 슬그머니 만져보았다. 그리고는 깜짝 놀라 멈칫했다. 걸치고 있는 게 내 옷이 아니잖아! 그는 이불을 옆으로 밀고 —이불은 또 왜 자색이란 말인가!— 머리를 들어 자신을 내려다보았다. 평소에 입던 헐렁한 아마천 셔츠 대신 짧은 셔츠를 걸치고 있었다. 그 셔츠는 칼라도 단추도 없었고, 상당히 몸에 착 달라붙는 천 하나로 만들어진 것이었다. 천이 어떻게 이렇게 얇을 수가! 그의 두 다리는 거무스름한 바지 속에 넣어져 있었다. 바지는 무릎 위만이 아니라 아래로 복사뼈까지 닿을 정도로 길었다. 바지는 편하고 벨벳처럼 매끄럽고 부드러웠다. 이건 수의壽衣인가? 느닷없는 한기가 그를 덮쳤다. 그런데 몸은 정말로 건강하고 활기찬 것 같았다. 두통도 더 이상 그를 괴롭히지 않아, 어느새 머릿속에는 음악이 다시 거침없이 퍼져나갔다. 옛날부터 그랬던 것처럼 음악은 그를 둘러싸고 다채로운 색깔과 형태로 움직이며, 자기를 악보에 적어달라고 그를 졸라댔다. 모든 고통이 그에게서 사라졌다. 나의 종말을 돌봐주소서 (Gere curam mei finis, 3부 속송 제5곡 콘푸타티스에 나오는 소절)! 그렇다면, 이곳은… 결국… 천국이란 말인가?

그는 힘겹게 숨을 내쉬고, 머리를 양쪽 어깨 사이로 약간 움츠리며 다시 한 번 주위를 둘러보았다. 구운 비둘기까지는 기대하지 않았다. 어차피 그의 멀쩡한 머리는, 천국에서 먹는 구운 비둘기가 어쩌구, 하며 늘어놓는 주임신부 나부랭이의 허풍 따위는 아예 믿지 않았으니까. 하지만 아주 작은 어린 비둘기 정도라면 딱 좋을 것 같았다. 그의 위는 어느 모로 보나 죽은 것과는 다른 느낌이었다. 그리고 그는 방광이 아프다는 걸 깨닫고는 깜짝 놀랐다. 왜냐하면 그건 지난 몇 주 동안 끊임없이 참아야 했던 그런 종류의 통증이 아니었기 때문이다. 방광의 통증 때문에 무척이나 오줌을 누고 싶어지자 그는 오히려 기뻤다.

그는 똑바로 일어나서 두 발을 서늘한 바닥에 올려놓았다. 나무 마루청이 삐걱거렸다. 그는 침대 옆에서 요강 같은 것을 발견하고 마음이 놓였다. 그런데 바지는 앞이 터지지도 않았고, 손을 넣는 부분도 없었다. 다만 양쪽으로 각각 주머니가 두 개씩 있었다. 한쪽 주머니에서 그는 구겨진 부드러운 천을 찾았다. 불안을 느끼며 혹 모양의 바지 허리띠 주위를 매만지다가, 마침내 허리띠가 제법 늘어난다는 것을 확인했다. 신기하기 짝이 없었다. 사실 그건 얼마나 신축성이 좋

은지, 몸에서 당겨 떼어놓은 다음 손을 놓으면 용수철처럼 순식간에 되돌아갔다. 그 덕분에 그는 바지를 제자리에 붙들고 있어야 하는 일을 아주 흠 잡을 데 없이 잘 해낼 수 있었다.

그는 바지의 천이 몇 번이나 배에 찰싹 부딪치도록 해보았다. 그런 다음에 바지를 몽땅 아래로 끌어내리고 요강 같은 것을 잡았다. 친숙하게도 찰랑거리는 소리가 나자 그는 마음이 더욱 편안해졌다.

침대에서 멀리 떨어지지 않은 곳에 유리 탁자가 놓여있었다. 그 위에는 종이가—상당히 많은 양의 종이가—산더미처럼 쌓여있었는데, 1월의 눈처럼 하얗고 대단히 고운 비단처럼 매끄러웠다. 그는 손가락 끝으로 종이를 어루만졌다. 천국 같은 느낌이 들 정도로 반질반질했다. 정녕 이 장소가 천국이 아니라고 의심할 도리가 없었다! 하지만 펜은 하나도 보이질 않았다. 단지 래커를 칠한 나무로 만든 연필 한 자루와, 그로서는 정체를 도무지 알 수 없는 다른 필기구 하나가 준비되어 있었다.

그는 자기도 모르게 고개를 끄덕였다. 누가 그를 여기로 데려왔는지는 몰라도, 그에게서 무엇을 기대하는지는 너무도 분명했다. 이곳이 이미 지나간 과거이든, 아직 도래하지 않은 미래이든, 아니면 그 중간이든, 이제는 그가 마지막 작품인 진혼곡을 완성하길 기대하는 모양이었다. 이런 생각이 들자, 공포의 전율이 그를 사로잡았다. 얼마 전에 그에게 이 작품을 주문했던 그 신사가, 그럼, 죽음의 천사였단 말인가? 검은 옷을 걸친 그 장대壯大하고 위풍당당 남자를 미카엘 대천사 같다고 말하자, 콘스탄체는 그를 바보라고 욕했었지. 하지만 이제 —그는 낯선 공간을 다시 한 번 둘러보았다— 그 예감은 확신이 되었다. 고통에 찬 확신이! 그에게 작품을 써달라고 주문한 사람은 필멸必滅의 인간이 아니었던 것이다. 그리고 그 진혼곡은…! 그는 힘겹게 숨을 쉬었다.

 이것은 심장이 한 번 뛰는 짧은 순간일지라도 도저히 익숙해질 수 없는 어처구니없는 일이었다. 곡을 쓰는 사람들이야 수도 없이 많이 알고 있었지만, 그가 알고 있는 작곡가들 중에서 고문과도 같은 이런 사명을 부여받았을 법한 사람은 없었다. 석공이 자신의 묘석을 직접 조각해야 할 필요는 없으며, 직공이 자기 수의를 직접 짤 필요는 없지 않은가. 또 무덤 파는 인부라고 해서 자기의 무덤을 직접 팔 필요가 어디 있겠는가. 헌데 오직 그에게만 가장 고통스러운 과제가 부여된 것이다. 자기 자신의 장례미사곡을 쓰라는 과제가 말이다! *영원한 안식을!(Requiem aeternam)* 아니다, 이런 종말은 종말이 아니라, 바로 온갖 고통의 계속이었다. 그는 자기가 이곳에서 풀려나지 못할 것임을 예감했다. 진혼곡의 마지막 박자 표시 선을 긋기 전에는 결코 죽은 자들의 나라에 접근하지 못할 터였다.

 격분의 감정이 그에게 밀려왔다. 그는 정말로 열성을 보이며 마지막 순간까지 진혼곡에 매달려 일하지 않았던가? 그 멍청한 쥐스마이어에게 각각의 아주 작은 스케치(Skizze, 영어로는 sketch; 형식이 단순하고 짧은 묘사곡)를 다 맡기고, 모든 것을 입이 닳도록 되풀이하여 설명해주고, 음도 소리 내어 알려주지 않았던가? 그런데 입당송 인트로이투스Introitus를 제외하고는, 아무것도 실제로 완성되지 않았다. 기껏해야 노래와 베이스를 적을 수 있을 뿐이었다. 여기저기 나오는 제1바이올린과 투바 미룸Tuba mirum(3부 속송의 제2곡 "놀라운 금관 소리 울려퍼지네")의 트롬본 독주는 확실히 악보로 적어두었다. 하지만 상투스Sanctus, 베네딕투스Benedictus, 아뉴스 데이Agnus Dei, 콤무니오Communio의 경우에는 시간이 더 필요했을 것이다. 그를 일단 죽게 해놓고서 이토록 주어진 과제를 성취하라고 재촉하는 이유가 대체 무엇일까? 하늘에서 다스리든 땅에서 다스리든, 아무튼 우두머리라는 사람들을 어느 누가 이해할까! 하지만 그라면 웅대함에서 아무도 능가하지 못할 상투스로써 그것을 보여줄 텐데! 그는 그걸 위해서 원래 계획해왔던 것을 단숨에 내버렸다. 그리고는 번쩍거릴 정도로 밝고 햇볕처럼 따뜻한 음색으로 대담한 새 주제를 시작했다. 그의 입술이 벌어졌다. 그는 노래를 부르기 시작했다. 처음에는 무음無音으로, 그 다음에는 저음으로. 그리하여 마침내 모든 것이 형태를 갖추었다.

그의 눈길이 닫힌 문 쪽으로 부드럽게 옮겨졌다. 나한테 밀실을 하나 허락해주셨군. 그 어떤 세속적인 것, 그러니까 그 어떤 오페라나 그 밖의 오락거리도, 그가 할 일을 방해하지 못할 그런 밀실 말이야. 헌데 그처럼 신경을 써놓고는, 오선지를 준비해놓지 않은 이유가 뭐람? 그는 고개를 저었다. 진짜 날 시험하자는 건가! 그런 다음에 그는 여전히 신열로 축축한 헝클어진 머리를 이마에서 쓸어올리고, 꼼꼼하게 접힌 또 다른 종이를 이용하여 다섯 개의 선을 차례로 그려 내려가기 시작했다.

38개의 박자를 일일이 다 적었는데도 불구하고, 상투스는 생각보다 빨리 진척되었다. 다만 재현부再現部만은 빼놓았는데, 아무리 변변찮은 사람이라도 재현부 정도는 정말로 완성할 수 있을 터이니, 클레멘티(Muzio Clementi, 1752~1832, 이탈리아의 작곡가이자 피아니스트) 수준의 작곡가에겐 저승에서 할 일이 별로 없을 게 분명했다.

천상의 필기도구는 종이 위로 재빨리 미끄러졌고, 게다가 아무리 써도 잉크가 줄지 않는 것 같았다. 8분 음표에서 잉크가 약간 끈적끈적하게 번지기는 했지만, 그는 단 한 번도 잉크병에 신경 쓰지 않고 어느덧 다섯 쪽이나 악보를 그려놓았다. 그는 쾌적하게 몸을 뒤로 기대고, 조그만 움직임에도 살짝 흔들리는 거무스름한 안락의자에 몸을 쭉 뻗었다. 당연히 아침식사를 해야 하건만, 이곳 사람들은 오직 그가 과제를 완수하는 데에만 신경을 쓰는 게 분명했다. 그렇긴 해도 쾌적한 장소인 것 같았다. 공기는 상쾌하게 건조하면서도 따뜻했다. 외풍조차 그의 목덜미에 성가시게 거치적거리지 않았다. 오직 두 발만 시릴 뿐이었다.

그는 방안을 휘둘러보았다. 옆의 탁자 위에는 독특한 평면 상자 같은 게 똑바로 세워져 있었다. 안이 들여다보이지 않는 작은 창이거나, 그림이 없는 액자 같았다. 대신, 아래쪽 모서리에서 아주 작은 녹색 불빛이 희미하게 빛났다. 그는 의심쩍은 표정으로 약간 거리를 둔 채 손가락을 그 앞에 댔다. 불빛은 온기를 내뿜지도 않았고, 불꽃이 펄럭이지도 않았다. 그는 그 평면 상자를 재빨리 몇 번 톡톡 쳤다. 그런데 불빛은 그가 건드려도 아무런 반응 없이 계속 빛났다. 평면 상자 앞에는 판이 하나 있었다. 그 판에 작은 주사위 같은 것들이 배열되어 있는 걸 보니, 틀림없이 놀이를 하는 판인 모양이었다. 온전한 형태의 알파벳과 암호와 수많은 기호들이 적혀있었다. 아마도 맨 마지막에 놀이를 한 사람이 모든 걸 다시 애써 제자리에 갖다놓을 필요가 없다고 여긴 모양이었다. 하지만 그에게 적합한 철자는 없었다. 그는 A를 향해 손을 뻗어, 그것을 들어올려서 뭔가 말이 되는 걸 만들어내려고 했다. 그런데 주사위처럼 생긴 걸 들어올릴 수가 없었다. 단지 포르테피아노(그랜드 피아노의 초기 형태)의 건반처럼 누르기만 할 수 있었다. 그렇다면 이것은… 곡을 쓰기 위한 건반이었던가? 그는 볼프강의 철자 W-O-L-F-G-A-N-G를 차례대로 눌러봤다. 그런데 아무 소리도 나지 않았다. 단조롭게 부딪치는 소리만 날 뿐이었다.

그는 영문을 모른 채 그만두었다.
   건반 같은 것 옆에서 그는 또 다른 하얀 종이 뭉치를 발견했다. 대단히 여성스러운 세련된 필체로 메모와 숫자와 섬세한 스케치 등이 가득 그려져 있었다. 이것은 이 장소에서 최후의 봉사를 요구받은 사람이 그가 처음은 아니라는 사실을 말해주는 걸까? 그런 생각은 이곳에서 일하라고 끈질기게 다그침을 받고 있는 그에게 어쨌든 위로가 되었다. 결국은 오케스트라 성부(다성多聲 음악을 구성하는 각 부분으로, 소프라노·알토·테너·베이스 또는 고음부와 저음부, 주성부와 부차성부 따위로 나누어짐) 전체를 다 기록해야 한단 말인가? 베네딕투스라면 금세 초안을 잡을 테고, 아뉴스 데이는… 그 다음에는? 그는 침을 꿀꺽 삼켰다. 결국 전부 다 해내라고 요구할 거야. 전부 다. 마지막 것도. 맨 마지막 것까지도. 라크리모사Lacrymosa도(속송 6곡 눈물과 한탄의 날). 그 생각만으로도 머리에 당장 떠오르는 음들이 그를 전율케 했다. 일찍이 한 번도 이런 일을 겪은 적이 없었다. 자기 음악에 너무나 마음이 흔들려서 그 음악을 완성할 수 없을 것 같았던 적은 결코 없었다. 라크리모사. 그 날 Dies illa. 눈물을 흘리며 책상을 박차고 일어나 집밖으로 나갔던 적이 얼마나 많았던가. 그러다 보면 길거리의 소란에 다시 생기가 났었지. *주여, 하오니 그 사람을 어여뻬 여기소서!* *Huic ergo parce, Deus!*
   그는 몸을 떨면서, 신비한 필기구를 잡았다.

   악보가 완성된 쪽들이 쌓인 상당한 뭉치가 이미 그의 앞에 놓여있었다. 그때 갑자기 낯선 음들이 베네딕투스의 마지막 박자들 속으로 섞여들었다. 그는 깜짝 놀랐다. 어떤 여자 목소리가 계속 반복되는 두 개의 악절로 이루어진 단조로운 멜로디를 노래하는 게 아닌가. 냄비들이 서로 부딪치는 것처럼 날카롭게 달그락거리는 소리가 그 멜로디에 반주처럼 따라붙었다.

그는 우선 격분하여 벌떡 일어났다. 그러고는 잠시 그대로 머뭇거리며 귀를 기울였다. 둔중하게 두드리는 소리가 나더니, 누군가 뛰듯이 방문을 지나갔다. 그는 본능적으로 숨을 죽였다. 대천사大天使인가! 그런데 발소리가 멀어지고 문이 덜거덕거리더니, 노랫소리가 그치고 대화가 시작되었다. 그는 살그머니 문 쪽으로 가서 귀를 문짝에 댔다. 누군가가 어떤 여자와 담소를 나누고 있었지만, 너무 흐릿해서 무슨 말인지 알아들을 수가 없었다. 그는 머뭇머뭇 손잡이를 눌러 문을 열고 머리를 내밀었다. 목소리는 옆방에서 새어나왔다. 불쾌한 대화 같지는 않았는데도, 부자연스럽다 싶을 만큼 큰 소리로 언쟁이 벌어지고 있었다. 무대에서나 그렇게 말할 것 같았다. 그는 호기심에 살그머니 방에서 나와서 어스름한 복도로 들어갔다. 맨발로 차가운 마루청 위를 불안하게 더듬으며 걷다가, 문틈을 지나가며 비교적 큰 방을 엿보았다. 그 방은 일종의 응접실이었다. 흘러나오는 불빛이 어찌나 밝던지 눈이 절로 깜박거려졌다. 벽은 온통 흰색이었다. 그는 어안이 벙벙해서 주위를 돌아보았다. 오해의 여지가 없었다. 그 방에서 분명히 대화가 오갔었는데— 안에는 아무도 없었다! 그의 귀나 다른 누군가가 그를 아주 고약하게 골탕 먹인 것 같았다. 그는 할 수 있는 한 조용히 벽 선반이 있는 쪽으로 살그머니 다가갔다. 대화의 진원지임에 틀림없었다. 그는 장미색 털 덧신 한 켤레에 걸려 비트적거리다가 간신히 다시 균형을 잡았다. 그러고는 별 생각 없이 안으로 미끄러지듯 들어갔다. 소리를 따라가다 선반에 손이 닿았을 때 아주 분명히 진동이 느껴졌다. 무슨 말인지 알아들을 수 없는 시끄러운 대화 때문에 생긴 진동이었다. 미세한 떨림은 천을 씌운 까만 상자에서 나오

고 있었다.

그는 기가 억눌린 채 숨을 죽였다. 목소리가 흘러나오는 기계식 음악 장치였다! 그 장치에서 나오는 소리가 얼마나 흠 잡을 데 없이 진짜 같던지. 마치 누군가가 그 상자 속에 들어앉아 있는 것 같았다. 물론 누군가가 들어가 있기에는 그 상자가 턱없이 너무 작겠지만 말이다. 그럼에도 불구하고 그는 신중을 기하기 위해 그 상자를 돌려보았다. 그런데 뒤쪽에는 매끄러운 까만 장식줄 같은 것 하나만 삐죽 늘어져 있었다. 이 줄은 태엽을 감기 위한 것임에 틀림없었다. 만족스러운 미소가 그의 입술 위를 휙 스쳐지나갔다. 얼마나 훌륭한 도구인가! 얼마 전에 그가 몇 곡을 만들어주어야 했던 그 따분한 장치와는 완전히 딴판이었다. 그 곡들 중의 일부는 순전히 자신의 뜻과는 관계없이 마지못해 끝내주었다. 오, 이처럼 새로운 기계를 위해 장엄한 음악을 한 곡 작곡할 수 있다면 그에겐 영광일 텐데— 더군다나 그런 음악은 아주 길어도 괜찮을 것이었다. 그 상자는 이미 오랫동안 말을 하고 있었는데도, 굳이 태엽을 감을 필요가 없었으니까 말이다.

그는 주위를 둘러보았다. 응접실을 지배하고 있는 분위기는 뭐라 형용할 수 없을 정도로 난장판이었다. 술잔과 병, 옷가지와 온갖 쓰레기 등이 바닥에 널려있었다. 그가 시인할 수밖에 없는 일이지만, 이 방에 있는 어떤 것도 그에게는 친숙하지 않았다. 방금 전 이곳에서 틀림없이 술판이 벌어졌다는 정황만 빼고는 말이다. 그 술판에 나도 동석했던 걸까? 그가 침을 삼켜보니, 혀가 입천장에 달라붙는 것을 확실히 알 수 있었다. 나뒹구는 병 몇 개에는 아직 술이 반쯤 차 있었다. 그는 병목을 코에 대고 맥주 냄새를 맡고 벌컥벌컥 몇 모금 들이켰다. 김빠진 맛이 났고, 상쾌한 기분이 들지는 않았지만, 목이 심하게 타는 갈증만큼은 풀렸다.

이 기계의 소리가 계속 굉굉히 울려 퍼지는 동안, 그의 눈길은 방안을 이리저리 배회하다가 작은 거울처럼 완전히 둥근 것에 머물렀다. 거울 같은 그것은 바닥에 놓여있었다. 그는 무릎을 꿇고 그 위로 몸을 굽혔다. 거울 같은 것 가운데에는 구멍이 있었다. 머리를 움직이자, 알록달록한 빛들이 저마다 춤추듯 움직이며 빨리 원판 위로 올라갔다. 눈에 보이지 않는 중심이 늘 주도하는 현란한 발레 같았다. 이것은 눈으로 구경할 수 있는 음악이었다! 그는 머리를 흔들며 다양한 리듬을 시험했다. 그가 하는 아무리 사소한 동작도 늘 새로운 색채 변화를 야기하고, 예기치 못한 음이 되었다. 그런데 머리를 흔들다보니 속이 메스꺼워지는 것 같았다. 그는 깊이 숨을 쉬면서 몸을 똑바로 세웠다. 신선한 공기가 부족한 모양이었다.

그는 손으로 더듬으며 창가로 가서, 손잡이를 잡아당기고 흔들었다. 그러자 마침내 창문이 열렸다. 그는 안도의 숨을 쉬고 창문턱에 몸을 기대어 잿빛 하늘을 올려다보았다. 추운 겨울날씨였는데도 대기에는 끊임없이 콸콸거리고 졸졸거리는 소리가 가득했다. 초여름에 산골의 냇물이 흐르는 소리로 꽉 찬 것만 같았다. 그는 귀를 기울였다. 저 멀리서 누군가가 사냥 호각을 두 번 짧게 불었다. 그는 오한이 느껴져서, 차가운 공기를 간신히 들이마셨다. 지독하게 불쾌한 톡 쏘는 냄새가 배어있어서 그의 눈에 눈물이 맺혔다. 천사도, 나팔도, 비둘기도 없었다. 대신, 납덩이처럼 무거운 하늘과 오묘한 악취와 허기진 배뿐이었다.

기력이 다했건만 아직도 가야할 길이 절반이나 남아있음을 확인하는 나그네처럼 피로가 몰려왔다. 그는 머리를 두 손으로 감싸고, 앙상한 나무 꼭대기 사이로 가로수 길을 쳐다보았다. 완전히 평평한 길이 보이자 그의 눈이 놀라 휘둥그레졌다. 그 길은 단 하나의 새까만 포석鋪石으로 이루어진 것 같았다. 그때 번쩍거리는 커다란 무엇인가가 어마어마하게 큰 곤충처럼 까맣게 반짝거리며 길 위를 급히 휙 스쳐지나갔다. 그는 깜짝 놀라 뒤로 물러났다. 곧이어 은색의 다른 것이 나왔다. 이번에는 반대편에서였다. 그는 이제 가만히 서서 두 손으로 창 안쪽 벽면만 움켜쥐고, 저 아래에 보이는 기괴한 달구지를 눈으로 좇았다. 그렇다. 비록 말발굽 소리도 들리지 않았고 말들도 보이지 않았지만, 그것은 분명히 짐마차였다. 일순간 그는 호기심이 커지면서, 좌우에서 끊임없이 쏜살같이 오가는 것들을 확인했다. 그러다가 하나가 속도가 느려지더니 길 건너편 두 그루 나무 사이에 멈추었다. 이것은 그에게 정말로 마차를 생각나게 했다. 비록 아주 작긴 하지만 바퀴가 네 개였다. 그는 이것이 낼 수 있는 빠른 속도에 놀랐다. 마차 양쪽에서 문이 열리고 두 사람이 기어 나오더니, 커다란 판지 상자들을 짐마차에서 끌어내 나르기 시작했다. 그는 저런 속도로 가로수 길 위를 질주하면 기분이 어떨까 하고 상상하려 했다. 어린 꼬마였을 때 긴 여행길에서 마부가 규칙적으로 말들에게 채찍을 휘두르는 모습을 보고 느꼈던 감각 같은 게 생각났다.

    길에서 어떤 외침이 들렸는데, 억양으로 보아서는 거친 저주의 말 같았다. 그 소리에 그는 어릴 적 생각에서 깨어났다. 그는 아래쪽을 주시했다. 공교롭게도 그때 상자 하나가 보도에 떨어졌고, 종이와 책 한 무더기가 바닥에 흩어졌다.

"아니, 미쳤나! 여기가 얼마나 추운데. 당장 창문을 닫아!"

    그는 소스라치게 놀라 몸을 돌려서, 거인 같은 남자를 뚫어지게 쳐다보았다. 그 남자의 머리칼은 갓 부화한 병아리의 작은 깃털처럼 몹시 헝클어진 채 머리에서 곤두서 있었다. 엉덩이 주위에 천을 두른 것만 빼고 알몸이었다. 머리에 월계관을 하나 얹어주면 그나마 어울릴 것 같았다. 천사들이 이런 꼴이리라고는 상상하지 않았었는데.

"대체 왜 못하는데? 얼른 창문을 닫으라고!"

그는 순순히 창틀 쪽을 더듬었다. 불을 때는 냄새라곤 조금도 나지 않았는데 방이 여태 얼마나 기분 좋게 따뜻했는지 그제야 깨달았다.

"저는, 에… 이거 정말 죄송합니다. 당신에게 폐를 끼칠 뜻은 전혀 없었습니다."

"뭐라고?"

상대방이 영문을 몰라 멍청한 눈으로 그를 내려다보았다.

"적어도 몸 상태는 나아졌군. 자네가 여기서 뒈질까봐 걱정했거든."

그는 몸이 뻣뻣해졌다.

"어떻게 이런 일이 생겼지요?"

그는 입가를 힘겹게 옆으로 끌어당겼다.

"나는 이미 비참하게 죽어가는 사람, 죽어가는 가련한 사람, 에… 그니까… 죽도록 비참한 사람인데?"

벌거벗은 사내는 입에 식초라고 물고 있는 듯 인상을 썼다.

"뭐, 농담하는 건가? 그렇다면 우리가 자네의 확실한 죽음을 막을 수 있었던 건 잘된 일이군. 하지만 내가 자네라면 다음번에는 꼭 참겠네."

"다음번이라뇨? 전…… 무슨 말인지 모르겠……"

쿵 하는 소리에 그의 말이 끊겼다. 발소리가 다가왔다. 그리고 밤색 곱슬머리가 넓은 이마 위로 내려온 땅딸막한 남자가 나타났다. 나팔을 부는 천사 같았다.

"어이, 에노."

벌거벗은 사람이 히죽거리며 소리쳤다.

"청소할 때 도움을 받자. 우리의 습득물인 저 친구, 의식이 깨끗이 돌아왔어."

"아휴, 그거 다행이군."

나팔을 부는 천사 같은 남자가 말을 주고받는 상대를 곁눈질하며 안도의 숨을 내쉬었다.

"자네 확실히 오케이인가?"

이것은 그에게 한 말이었다. 그는 조심스럽게 두 사람을 번갈아 바라보았다. 그가 죽지 않았다면, 이곳이 저승일 리 없었다. 그렇다면 그는 어디로 와있는 걸까? 그가 이름도 알지 못하는 하늘과 땅의 중간 어디쯤일까? '오케이'는 식별기호일까?

"저는, 에헴⋯."

"오, 아닐세!"

벌거벗은 사내가 말을 가로막으며 끼어들었다.

"지금은 아무 이야기도 하지 말게. 우리가 급히 나가야 하거든."

"최고급 아침식사도 나올 걸세."

에노라고 불리는 나팔 부는 천사가 새하얀 종이봉지를 흔들며 나갔다.

"하지만 제발 아뉴의 실내화는 좀 벗게! 그녀가 그 꼴을 보면 발작을 일으킬 테니."

그는 머리를 숙이고, 장미색 엉거주춤 실내화를 유심히 살펴보았다.

"죄송합니다만, 제가 이런 식으로 이걸 신었던 까닭은, 제 신발이 없고 그래서⋯."

"자네 신발은 자네가 아뉴의 방에 놓아둔 게 분명해."

벌거벗은 남자가 보라색 침대가 있는 방 쪽을 머리로 가리켰다.

"우리가 어제 자네를 다른 옷으로 입혔거든. 그렇게 더러워진 옷 꼴로는 자네를 도저히 그녀의 침대에 눕힐 수 없었지."

그는 무슨 말인지 알았다는 듯이 고개를 끄덕이고 실내화를 벗더니, 벌거벗은 사람의 곁을 지나 응접실에서 슬그머니 도망쳤다. 그런데 보랏빛 방에는 신발도 놓여있지 않았고, 그의 옷도 찾을 수 없었다. 대신, 그는 책꽂이 겸용 책상에 널브러져 있는 악보용지들 가운데 필요한 것만을 찾아내 묶었다.

"찾았나?"

벌거벗은 사내는 이제 더 이상 벌거벗은 몸이 아니었다. 긴 바지를 입었고, 흰색이 아니라 검정색인 점만 빼고는 그가 걸친 것과 똑같은 작은 셔츠를 걸쳤다. 그 사내가 그의 앞에 우뚝 섰다. 검정색이었다 ─ 결코 하늘의 색깔이 아니었다! 그는 눈을 가늘게 뜨고, 새빨간 장식 글자를 뚫어지게 바라보았다. 거인 같은 그 남자의 가슴에 적힌 건 *AC/DC*라는 글자였다. 그리고 천국 문지기의 활활 타오르는 불꽃 칼 같은 것이 가운데를 쩍 갈라놓고 있었다. 이것이 도대체 무슨 의미일까? *하늘의 주인 그리스도의 천사 Angelus caelestis Domini Christi?* 이 금발은 정녕 주 그리스도가 직접 보낸 전령일까? 그는 신중을 기하기 위해 일단 고개를 숙였지만, 그 다음에 당황하여 상대방을 힐끔 쳐다보았다.

"에… 이름이 '*예수 그리스도*'는 아니겠죠?"

"어?"

"*주 예수 그리스도!*"

그는 집게손가락을 펴서 훨훨 타오르는 철자를 가리켰다.

"자네 미쳤나?"

"요스트, 내버려둬….."

나팔 부는 천사 에노가 뒤에서 들어와 달래면서 두 손을 들어올렸다.

"더 이상 입을 수 없을 것 같아서 톰이 옷들을 갖고 내려갔어. 토해서 전부 다 몹시 더러워졌거든."

에노가 마치 양해를 구하듯 푸른색 바지를 가리켰다.

"그건 그냥 입고 있어도 되네."

*AC/DC*. 그는 눈썹을 꼬듯 손끝으로 비볐다. 아도라테, 케루빔, 도미눔 칸투!(라틴어로 "케루빔, 주님을 노래로 숭배하라!" Adorate, Cherubim, Dominum Cantu!) 그대 천사들이여, 그대들의 노래로 주님을 경배하라. 그렇다. 틀림없이 이거다!

"얼마나 절묘한가!"

그러자 순식간에 하나의 주제가 떠올랐다. a-c-d-c, 당연히 단조여야 했다. 그는 조용히 노래 부르기 시작했다.

"아아-도-라아-테 케에-루-비이임….."

"어이, 이봐! 대체 거기 갖고 있는 게 뭔가. 여기에 있는 건 하나도 건드리지 마!"

케루빔 같은 그 남자는 악보를 보더니, 그것을 잡으려고 손을 뻗었다.

"자기 침대에서 자네가 곤드레만드레 술에 취해 잤다는 걸 알면, 아뉴는 날 지옥 불로 지질 거야."

"지옥 불이라고요?"

그는 결연히 종이 뭉치를 가슴에 갖다 댔다.

"이건 내 거예요. 내가 이것을 오늘 새벽에 작곡했다구요."

케루빔 같은 요스트는 마치 그가 먼 아프리카 무어사람들의 언어로 말하기라도 한 것처럼 바라보더니 악보를 쳐다보았다.

"자네 어디 아픈 거 아닌가? 대체 자넨 누구야?"

그는 망설였다. 그를 영접할 인물로 정해졌을 게 확실한 이 케루빔이 정말 나를 모를까? 그는 살짝 몸을 굽혀 절을 했다.

"모차르트입니다. 빈에서 온 작곡가 볼프강 모차르트."

에노가 끙끙 신음소리를 내면서 몸을 돌려 방을 떠났다. 케루빔 요스트가 볼프강에게 고개를 끄덕였다.

"아하, 모차르트 씨, 아주 좋아요. 하지만 지금은 우리가 청소하는 길 좀 도와줘야겠어. 안 그러면 자네를 여기서 내보내지 않을 거야, 자 어서. 당장 부엌 청소부터 시작해볼까."

볼프강은 등을 빳빳이 세웠다. 설마하니 내가 부엌을 박박 닦으리라고 진짜 기대한 것은 아니겠지? 시퍼런 악마한테 잡혀가는 게 차라리 낫지! 작곡을 해달라고 그에게 주문을 했잖은가. 그런데 이제 여자들이나 하는 아주 하찮은 일거리 때문에 그 일을 못하다니? 그를 하인처럼 부려먹는 이 검은 옷의 천사는 누구일까? 그런데 위 속이 서서히 쓰려오기 시작하자, 그는 어쩌면 당분간은 부엌에 있는 게 상책이라고 생각하면서 느릿느릿 뒤따라 들어갔다. 그리고는 물었다.

"이곳에는 여자가 없나요? 하인도 없고?"

요스트가 웃기 시작했다.

"이곳에는 여자들이 결코 충분하지 않네! 그리고 유감이지만 직원들은 오늘 비번이고 말야. 하지만 대신 우리에겐 지금 자네가 있지."

볼프강은 격분하여 두 손을 허리에 받쳤다. 하지만 논쟁의 여지가 많은 자기 처지를 생각하고, 해명의 방안을 암암리에 아주 신중하게 모색하기로 결심했다.

볼프강은 요스트를 따라 내부를 백색 래커로 칠한 폭이 좁은 공간

으로 들어갔다. 스토브가 있는 자리는 보이지 않았으나, 커피 냄새가 기분 좋게 진하게 풍겼다. 요스트는 벽에 있는 작은 찬장을 열고, 손잡이가 달린 잔 세 개를 그 앞에 내놓고 김이 모락거리는 암갈색 액체를 따랐다.

"자네는 어제 대체 누구와 함께 이곳에 온 건가? 난 자네를 여태 본 적이 없는데."

볼프강은 케루빔 같은 그 남자를 옆에서 자세히 관찰했다. 자기에 관해서는 자기 자신보다도 그 남자가 더 잘 알고 있는 게 분명했다.

"선생, 저는, 지금… 그게 분명치 않단 말입니다."

그가 나지막하게 대꾸했다.

"확실한 것은, 제가 오늘 처음으로 여기에 와 있다는 거죠…. 말하자면 말입니다. 저의 도착 소식이 여러분께 전해졌어야 하는데. 제게 설명을 좀 해주십사고 청해도 될까요?"

"뭐라고? 오, 이봐. 자네는 정말 필름이 완전히 끊어졌군. 자네가 이곳에 도착했을 때 이미 몹시 취해 있었나?"

"제 기억이 완전히 따라갈 수 있을는지, 걱정이 되네요…."

요스트가 그를 예의 주시했다.

"대체 무슨 기억이 더 나는가?" 볼프강이 머리를 옆으로 숙였다.

"제가 뜻밖에 건강한 상태로 여러분의 이 침대에 있더라고요. 어제만 해도 제게 마지막 순간이 다가왔다는 걸 전혀 의심 없이 믿어도 되었는데."

"그건 생생하게 상상이 되는군."

요스트가 화가 난 어조로 맞받아쳤다.

"하지만 어제 누가 자네를 이곳으로 끌고 왔는지 알아야겠네."

"동행이 전혀 생각나지 않는데요. 게다가 제 의지로 그렇게 된 게 아니라구요. 맹세할 수 있어요."

"뭐라고? 자네가 아무도 아는 사람 없이 그냥 들어왔다는 건가? 생판 모르는 사람들하고 있을 때마다 늘 고주망태가 되나?"

"그런데, 저는⋯."

볼프강은 말을 더듬으며 몇 발 뒤로 물러났다. 그가 정말로 영문도 모른 채 그 술판에 함께 했었단 말인가? 맥주와 포도주를 마시고 기억이 가물가물해지는 일은 자주 있었을 것이다. 그렇다고 전부 통째로 기억이 나지 않은 적은 결코 없었는데.

"여러분을 괴롭힐 뜻은 없었습니다. 또한 저는 정녕 아무것도 손대지 않았습니다⋯."

"지금도 자네한테서 부랑자처럼 맥주 냄새가 나는 걸."

요스트는 구역질이 나서 코를 찡그렸다.

"그럼 하는 수 없지― 자네는 재미를 보았으니, 그 대신 지금은 뭔가 할 수 있을 테지. 자 어서."

그리고는 손짓으로 더럽혀진 바닥을 가리켰다.

"재미 많이 보게! 저기 장 속에 청소용 물통이 있어."

요스트가 문 쪽으로 몸을 돌리다가 멈칫하더니 가슴 앞에 팔짱을 꼈다.

"말해보게. 자네는 길거리를 떠돌아다니는 사람 아닌가?"

이젠 참을 수 없었다.

"지금은 비록 내 몸이 편치 않아 보일지 몰라도,"

볼프강이 버럭 화를 냈다.

"나는 명망 있는 사람이요.!"

요스트는 하늘의 심부름꾼이 아니었다. 그저 버릇없는 놈이거나 ―더욱 나쁘게도― 타락한 놈이었다. 그런 놈에겐 예의바르게 대해

줄 가치도 도무지 없었다. 그는 요스트의 얼굴을 매서운 눈길로 바라보았다.

"검은 옷을 입은 케루빔 씨, 그 분에게 일말의 예의라도 있다면, 꼭 필요한 손님 대접 정도는 빠뜨리지 않으실 텐데. 난 여기에 도착한 이후 아무것도 먹지 못했단 말이오!"

"자네가 호텔에 있는 것 같나?"

"호텔은 무슨 호텔! 호텔은커녕— 질이 아주 나쁜 더러운 술집에 있는 것 같구먼. 게다가 이런 데에 꼭 어울릴 사람들뿐이고! 내가 불친절한 이 장소를 지체 없이 떠날 수 있도록, 이제 내 신발을 가져다주는 호의만 보여주시오!"

요스트는 깔보는 표정으로 볼프강의 발을 내려다보고 말을 꺼내기 시작하더니, 눈을 크게 뜨고 울부짖기 시작했다.

"이런, 젠장, 이거 봐! 온통 피투성이잖아! 깨진 유리조각을 밟고 다니면서도 그걸 몰랐나?"

볼프강은 어안이 벙벙하여 스스로를 내려다보았다. 정확히 왼발 바닥을 쿡쿡 쑤시는 통증이 느껴졌다. 마구 더럽혀진 바닥에 핏자국이 생겼다.

"조심해서 내 시디CD에서 내려가라구!"

요스트가 은빛으로 빛나는, 피에 물든 원판 두 개를 홀쭉한 손가락으로 집어 올렸다. 볼프강이 응접실에서 흩어져 있는 것을 보았던 것과 같은 원판이었다.

"아흐, 아파!"

볼프강은 바닥에 놓인 구겨진 천을 집어 발바닥에 대고 누르더니 의자에 주저앉았다.

"무슨 일인가?"

에노가 머리를 문 쪽으로 들이밀었다.

"돼지 같은 새끼! 내 시디가 온통 피투성이잖아!"

요스트가 물통 위로 몸을 숙이고 은빛 원반을 깨끗이 닦았다.

볼프강은 요스트가 펌프를 쓰지 않았는데도 물이 콸콸 나오는 반짝거리는 파이프를 넋을 잃고 바라보았다.

"물이 나오네."

그가 속삭였다.

"완전히 저절로 나와…."

"이런, 맙소사."

에노가 볼프강의 발 위로 몸을 숙이고, 상처에서 천을 조심스럽게 떼어냈다.

"피 흐르는 것 좀 봐! 상처가 아주 깊군."

그는 상자 하나에 손을 집어넣더니, 손가락 두 개 넓이의 부드러운 천조각을 그에게 내밀었다.

"여기— 얼른 그 위에 반창고를 붙이게."

볼프강은 공손하게 고개를 끄덕이고, 작은 천조각을 출혈이 있는 상처에 그냥 올려놓았다.

에노가 신음소리를 냈다.

"정말 그것도 못하는 거야, 아니면 일부러 멍청하게 구는 거야?"

에노는 그러는 사이 피로 물든 반창고를 그에게서 빼앗아 가더니, 또 다른 반창고에서 종이를 뜯어낸 뒤 상처에 대고 눌렀다.

"조심해. 저런 떠돌이는 틀림없이 에이즈에 걸렸을 테니!"

요스트가 소리쳤다. 하지만 에노는 어깨를 잠깐 움찔하고는 다른 의자를 가까이 끌어당겼다. 볼프강은 놀라서 발을 움직였다— 작은 반창고는 완전히 저절로 붙어있는 게 아닌가.

"이 친구 어쨌든 당분간은 걸어다닐 수 없어."

에노가 의자를 가리켰다.

"여기에 발을 높이 올려놓게. 조심조심."

"그럼 청소도 물론 못 하겠군, 엉? 아주 실용적이야! 젠장, 이젠 내 인내심도 끝났어! 이젠 먹을 걸 내놓으라고 그러겠지."

요스트가 말이 날뛰는 것처럼 씩씩거렸다.

"내가 최근에 영화를 한 편 봤는데 말이야, 어떤 부랑자가 아주 평온한 가정에 눌러앉더라고. 근데 어떻게 되었는지 말해줄까, 끝에 가서 그들이 부랑자를 죽였어! 그러니까, 자네가 청소를 돕거나 꺼지는 것, 둘 중 하나야. 당장!"

"이 가짜 천사 같으니, 자기 돼지우리나 직접 청소하라지! 타락한 천사! 악마 같으니!"

볼프강이 갑자기 일어나서 입술을 깨물고는 머리를 높이 쳐들고 부엌에서 빠르게 걸어 나갔다. 그는 가능한 한 빨리 왼발의 발꿈치로만 내딛으면서 문을 찾았다.

"가만, 기다려. 그렇게 맨발로 추위에 나가면 안 돼."

에노가 분명히 그를 따라나설 채비를 했다.

"관둬, 그 놈은 잊어버려."

요스트의 목소리가 울렸다.

"그 놈이 공원 벤치에 신발을 신고 눕든 벗고 눕든, 그게 무슨 상관이야."

저런 바보 같은 자식에게 호락호락 당할 수야 없어. 차라리 내 발이 꽁꽁 얼어붙는 편이 낫지. 볼프강이 나가면서 문을 쾅 닫는 소리가 계단 전체에 울려퍼졌다.

# 키리에 (자비의 노래)

주여 우리를 불쌍히 여기소서
그리스도여 우리를 불쌍히 여기소서
주여 우리를 불쌍히 여기소서

혹한의 바람이 그의 얼굴을 에어내는 듯했다. 맨팔의 온통 곤두선 털에 거친 서리가 내리는 것 같았다. 그가 자기 발에서 느낄 수 있는 거라곤 발뒤꿈치를 내딛을 때마다 울리는 둔중한 소리뿐이었다. 계속해서 탈것들이 그의 곁을 쏜살같이 지나갔다. 그의 온몸을 덜덜 떨게 만든 게 추위인지, 으스스한 주변 분위기인지, 아니면 모든 것을 압도하며 붕붕거리는 여러 가지 탈것들의 소리인지, 그로서는 확실히 말할 수 없었다. 이제 머릿속에는 음악조차 더 이상 없었다.

"헤이, 젠장. 기다려!"

그는 몸을 돌려, 에노가 뛰듯이 다가오는 것을 보았다. 에노의 손에서는 금속 같은 것이 쨍그랑 소리를 냈다.

에노가 볼프강의 팔을 잡아끌더니, 자기가 온 방향으로 되돌아갔다.

"자, 내 차에 몇 가지 물건이 있으니 자네가 가져도 돼."

에노가 그를 날카롭게 바라보았다.

"내가 이러는 것은, 자네가 다가오는 밤을 밖에서 보낼 것이기 때문이야."

볼프강은 침을 삼키고 에노 뒤에서 절뚝이며 따라갔다.

"난 때로는 깔끔한 집에다, 아내와, 훌륭하게 자란 두 아들이 있단 말이오."

이렇게 대답하는 그의 어조에는 자긍심이 없지 않았다. 마지막에 두 아들을 말하는 대목에서는 거의 목이 메기까지 했다.

"그거 아주 잘됐군. 이런 꼴로 나타나면 마누라가 아주 좋아하겠어."

에노가 칙칙한 갈색 웅덩이 앞에 멈춰서더니 등을 굽히고 뭔가를 건져냈다.

"이게 자네 신분증인가?"

에노는 주먹 만한 비둘기색 작은 카드에서 진흙을 털어내고 카드를 흘끗 보더니 볼프강에게 건네주었다.

"이런 건 좀 더 잘 간수해야지, 에버하트."

볼프강은 나긋나긋하고 광택이 나는 그것을 훑어보았다. 그 물건에서 물이 떨어지는 모습이 마치 수련 잎에서 물기가 방울져 흘러내리는 것 같았다. 그는 차마 그것을 더 오래 유심히 살펴보거나, 그 물건에 뭐라고 씌어있는지 읽지는 못했다. 막연하지만 뭔가 중요한 것임에 틀림없다고 느껴졌기 때문이다. 그는 고맙다고 중얼거리고는 그 물건을 바지주머니에 넣었다.

그 사이 에노는 공포심을 자아내는 탈것 중 하나로 다가가 뒷부분을 열고, 광택이 나는 하얀 자루를 하나 꺼냈다.

"자, 이거. 운동화도 한 켤레 들어있어. 원래는 수집상한테 주려고 했지만… 뭐, 좋아."

볼프강이 머뭇거렸다.

"어서 받게."

볼프강이 더 가까이 다가가 자루를 붙잡았다. 그 자루의 소재는 ―천도 가죽도 아닌 것, 그 어떤 특별한 것, 엄청 매끄러운 것이었다 ― 손가락에 약간 끈적거렸다. 그리고 나서 그는 에노 주위를 빙 돌더니, 홀린 듯이 탈것의 내부를 들여다보았다.

에노는 말없이 그를 살펴보며 한숨을 쉬었다.

"그래 좋아. 내가 좀 더 해줄 일이 있겠군. 원한다면 내가 데려다줄게."

볼프강은 흥분과 두려움에 뒤섞여 손으로 의자 모서리를 꽉 잡았다. 의자는 고급 가구처럼 편안했다. 그는 마부석에 장착된 수많은 단추들을 매료된 채 유심히 관찰했다.

"여행할 때 이런 것을 타고 다니지 않았나?"

에노가 몸을 돌려 볼프강을 실눈으로 바라보았다.

"내가 때마침 새로 수리했지. 아마도 이 차가 자네보다 더 오래 되었을걸."

"그런데― 이건 어떻게 가는 거지? 마차를 끄는 말도 전혀 없는데?"

이 질문은 잘못 던진 것 같았다. 에노는 분명히 화가 난 듯한 표정이었다.

"말 50마리가 없어도 페라리를 타고 집에 갈 수 있거든."

두 사람은 잠시 조용히 앉아있었다. 그러고는 에노가 다시 볼프강을 돌아보았다. 그가 초조해하는 게 느껴졌다.

"그러니까 뭐야? 어디로 갈 건가?"

"빈으로."

친숙한 그 이름은 마치 누군가 그의 어깨에 따뜻한 수건을 올려놓는 것 같은 느낌으로 들렸다.

에노가 손으로 이마를 감쌌다.

"자네가 지금 어디 있다고 생각하나? 대체 어디 살고 있는 거야? 주소도 없어?"

"여기가… 그럼… 빈인가?"

어안이 벙벙해진 볼프강은 길거리를 응시했다. 화려한 탈것들이 보였다. 건너편 집 벽에 눈부신 간판들이 보였다. 그의 목에서 맥박이 뛰기 시작하는 게 아프게 느껴졌다. 그런 다음 그는 머리를 천천히 에노 쪽으로 돌리고, 입을 떼려고 여러 번 시도했다. 마침내 목소리가 제대로 나왔다. "어제까지… 라우엔 슈타인(라우엔 슈타인 가세 8번지는 모차르트가 임종 당시 살았던 집 주소)에 살았는데… ."

"어느 구역인데?"

볼프강은 머뭇머뭇 어깨를 들썩이며, 에노의 눈빛을 읽어내려 애썼다.

"슈테판 대성당에서 멀지 않아."

눈썹이 치켜올라간 에노의 눈길이 볼프강을 아래로 훑었다.

"그렇다면 슈테판플라츠(슈테판 대성당 앞의 광장) 지하철역에 자네를 내려주겠네. 거기라면 자네가 아주 잘 알겠지."

붕붕거리고 덜덜거리는 소리가 울려퍼지기 시작하더니 볼프강의 온몸을 가득 채웠다. 그러자 그의 등이 쿠션 쪽으로 밀쳐졌다. 볼프강은 차창 쪽으로 몸을 돌렸다. 나무줄기들이 '안단테'로 그를 스쳐지나가던 박자가 '알레그레토'로 바뀌었다. 그리고 '알레그로 아사이'로 불안하게 만드는 멜로디가 만들어지더니, 이윽고 몸속의 오케스트라는 '프레스토'에 통째로 휩쓸렸다. 마침내 '프레스티시모'에 이르자, 그는 자신의 음악이 두려워지기 시작했다.

"아아아…!"

자동차 안이 쾌적하게 따뜻한데도 불구하고 볼프강은 몸을 떨었다. 새처럼 날아가고 있는 것 같은 기분이었다. 한 번 요동치지도 않고, 한 번 흔들리지도 않고 탈것은 미끄러지듯 매우 빨리 질주했다. 집들이 나오고, 눈부신 간판을 단 집들이 계속 나왔다. 탈것들, 인간들, 그가 미처 알아보기도 전에 모든 게 그의 곁을 휙휙 스쳐지나갔다. 그들은 넓은 도로를 지나갔다. 좌우에 높은 건물들이 있었다. 그 중 하나는 완전히 유리로 된 것 같았다. 납빛 구름들이 매우 또렷하게 반사되어, 하늘과의 경계가 거의 구분되지 않을 정도였다. 이것은 빈이 아니었다. 그가 사랑하는 빈이 아니었다. 귀청을 찢는 듯 너무 날카롭고 크고 차갑잖아! 숨이 거의 흉곽까지 치솟아 오르는 바람에 그는 가슴이 답답해 비트적거렸고, 적나라한 불안감에 목이 졸리는 듯했다.
　"대체 '어제까지'라는 게, 무슨 말인가?"
　에노가 물었다.
　"부친이 자네를 내쫓았나?"
　"뭐라고요?"
　볼프강이 헐떡거리며, 차창 밖을 멍하니 바라보았다.
　"하늘에 맹세코, 그건 전혀 사실이 아니오!"
　에노에게서 첫 음절에 액선트를 준 "아하"라는 탄식이 나왔다. 그로서는 이 문제가 이걸로 끝난 것 같았다.
　볼프강은 앞쪽을 쳐다볼 엄두가 나지 않았다. 탈것들이 그들을 향해 너무 빨리 질주해왔기 때문이다. 그는 인도를 걷는 사람들을 슬쩍 바라보았다. 그들 대부분은 꼭 끼는 긴 바지에다 깃털이 곤두선 짧은 재킷을 걸쳤고, 어디에서나 폐점 시간이 임박한 것처럼 바삐 움직였다. 도로 위에는 반짝이는 별들이 빨랫줄에 걸린 것처럼 매달려 있었다.

"앞쪽 징어슈트라세에서 자네를 내려줄 거야. 이제 이것저것 껴입게. 그렇지 않으면 금방 얼어죽고 말 테니."

자동차가 차도 가장자리에 멈췄다. 볼프강은 불안한 눈길로 밖을 바라보더니 방향을 잡으려 안간힘을 썼다. 그런데 눈에 들어오는 거라곤 인간, 탈것, 불 밝힌 유리창, 알록달록한 표지판과 푯말, 굉음 등이 뒤섞여 열에 들뜬 혼잡뿐이었다. 맙소사, 안 돼! 그가 알던 낯익은 곳이 아니었다. 그가 살던 곳이 아니었다. 이런 혼란 속에서 어떻게 갈 길을 제대로 찾아낸단 말인가?

에노의 눈이 차 안쪽 천장에 고정된 작은 거울을 통해 볼프강을 빤히 응시했다.

"뭐야? 궁둥이 붙이고 안 내릴 건가? 도착했는데."

"하지만… 하지만 어디에 온 거요? 여기가 어디지?"

"슈테판 대성당 근처 마란트요제프일세!"

에노가 불분명한 손짓으로 길거리를 따라 가리켰다.

"거기 가겠다고 했잖은가. 자, 어서."

볼프강이 깊이 숨을 들이마셨다.

"이걸 어떻게 여는지 모르겠어…."

"무슨 말을 하는 건지, 참!"

에노는 억지로 팔을 뒤로 뻗어 은색 여닫이 판을 가리켰다.

"거기! 문에 있잖아."

볼프강이 손잡이를 조심조심 끌어당기자 마침내 철컥 소리가 나더니 문이 활짝 열렸다.

"이런 탈것을 뭐라고 부르나?"

"이건 도요타일세. 자, 그럼 이제 내리고, 멋진 삶을 살라구."

볼프강은 한쪽 다리로 바깥쪽을 더듬다가 잠시 그대로 있더니 에노의 눈길을 찾았다. 에노가 정말로 '삶'이라고 말했던가?
"아직 뭐 더 할 말이 있나?"
"당신이 착한 마음으로 내게 보여준 도움과 친절은 대단히 고맙소. 당신은 틀림없이 천사야."
"좋아, 친구. 다리 밑에 있는 친구들에게 내 안부를 전해주게."
그는 자루를 보물처럼 꼭 움켜쥔 채 도요타에서 내린 다음, 다시 길거리를 미끄러지듯 달려가는 탈것을 뒤에서 물끄러미 바라보았다. 그리고 나자 갑자기 공포가 엄습했다. 악보! 악보를 방에다 놓아두었잖아! 팔을 미친 듯이 흔들어대며, 파란색 작은 자동차 뒤를 절뚝거리며 몇 걸음 따라갔다. 아무 소용없었다. 에노는 이미 다음 모퉁이를 돌아 사라졌다.

# 속 송

# 디에스 이레
(진노의 날)

> 진노의 날, 그 날 오면
> 다윗과 시빌의 예언 따라
> 세상 만물 재 되리라.
> 심판관이 오실 그 때
> 모든 선악 엄히 가리시리니
> 장차 얼마나 두려울까!

대기는 수없이 많은 소음으로 꽉 차 있었다. 무형의 소리들이 그를 사로잡고 그에게 달라붙었다. 그는 그 소리들을 들이마셨다. 무슨 소리를 들었는지 알았다면, 볼프강은 숨 쉬기가 한결 수월했을 것이다. 그는 어느 집 담벼락에 밀쳐진 채 멍하니 서서, 사람들과 도요타들이 서둘러 지나가게 내버려두었다. 그러다가 마침내 그 리듬을 점차 알아들을 수 있게 되었다. 모든 것이 조용한 질서를 따르고 있는 것 같았다. 왜냐하면 탈것들이 미끄러지듯 재빨리 지나갈 수 있는데도 불구하고 결코 서로 가로지르며 방해하지 않았기 때문이다. 또한 마부들은 서로 욕을 하지도 않았고, 쥐어박을 것처럼 으르렁대지도 않았다. 그가 빈의 합승마차들을 통해 익숙해진 광경과는 사뭇 달랐다. 빈! 그는 따뜻한 입김을 불어 손을 녹였다. 아니, 이것은 빈이 아니었다. 그가 알고 있는 빈이 아니었다. 그의 맘속에 살아 있는 빈도 아니었다. 그리고 손만 뻗으면 곧장 잡힐 듯 코앞에 있다고 믿었던 빈이 아니었다. 뭔지 모르지만 무슨 일인가 일어났다. 그리고 어떤 장소에 이르게 될지는 모르지만, 아무튼 어디로 가야 할지 알아내야 했다.

그는 단단히 마음을 먹고 보도에 웅크리고 앉았다. 추위에 손가락이 곱아서 자루 속을 간신히 비울 수 있었다. 자루 밑바닥에서 신발한 켤레를 발견했다. 이상하게도 가볍고 하얀 신발이었다. 그는 신발냄새를 맡아보았다. 그런데 코도 두 발과 마찬가지로 감각이 없었다. 그가 느낀 것은 신발이 너무 크긴 하지만 안쪽이 기분 좋게 부드럽다는 것뿐이었다. 두꺼운 갈색 천으로 된 긴 바지가 다른 물건들 사이에 구겨져 있었다. 그는 그 바지를 자기의 파란색 바지 위에 재빨리 껴입었다. 윗옷도 많이 들어 있었는데, 독특한 모양의 별난 것들이었다. 그는 급히 지나가는 두 여자의 불쾌해하는 눈길을 받으며 윗옷도 마찬가지로 더 껴입었다. 그러고 나서야 비로소 추위를 웬만큼 견딜 수 있을 것 같았다. 끝으로 그는 나머지 물건들을 자루에 다시 쑤셔 넣고, 에노가 가리켰던 방향으로 조심조심 걸어갔다.

언젠가 꿈속에서 지나간 적이 있는 것처럼 낯익은 거리 끝에서 유리 탑 같은 건물 하나가 우뚝 솟아올랐다. 그는 그 광경에 매료되어 서있었다. 그런데 그 다음에… 이것이 착각일까? 거울처럼 반짝이는 창들에서 그는 슈테판 대성당의 탑을 알아보았다. 그는 순간적으로 몸을 돌렸다. 그런데 정말이었다. 거대한 돌덩어리가 언제나처럼 그를 압도하며 눈앞에 우뚝 솟아 있었다. 가슴속을 들어왔다가 몰려나가는 거친 숨이 멈추기를 기다리기 위해 볼프강은 잠시 그대로 서있었다. 아니, 이게 가능한가? 이 저승의 들판에 하나님을 숭배하는 지상의 궁전이 있다니? 그는 사방을 둘러보며, 늘어선 집들과 지붕들과 돌바닥을 관찰했다. 대면하고 있는 대성당이 아니었다면, 그는 이곳이 자기가 어제 달려갔던 광장이라는 생각을 미처 하지 못했을 것이다— 모든 게 변했다. 집들은 원래 있던 곳에 그대로 있는 것 같았지만, 그 외관은 다른 모습이었다. 단지 몇몇 건물의 전면은 알아볼 수 있을 것만 같았고, 건물들이 한 줄로 늘어선 모습이 낯익은 곳도 있었다. 바닥에서는 먼지가 일지 않았다. 그의 발아래 놓여있는 바닥은 딱딱하고 새까만 색이었다.

"콘서트 티켓이요?"

콘서트라는 말에 볼프강은 깜짝 놀라 얼른 뒤돌아보았다. 공책을 손에 든 사내가 그의 앞에 서있었다. 머리칼은 형편이 없었고 옷차림도 싸구려 같았다. 바지에 수놓인 비단은 낡아서 누더기가 되었다. 진홍색 벨벳 케이프형 숄에는 천이 심하게 모자랐다.

"모차르트 콘서트요?"

그 사내는 공책을 흔들었다.

"네. 모차르트, 볼프강 모차르트요."

드디어! 볼프강의 표정이 환해졌다. 하나님도 무심치 않으시지, 사람들이 그를 기다렸던 것이다. 그는 깊은 탄식을 내뿜으며, 젊은 남자의 손을 잡고 정중하게 악수했다. 이곳이 바로 그가 찾던 장소였다. 드디어 저들의 호위를 받아, 전능하신 분이 고르고 고른 자리로 안내되겠지.

"젊은 친구, 날 어디로 데려갈 건가?"

그 남자는 매서운 표정을 지으며, 악수했던 손을 물렸다.

"다음 모차르트 콘서트는 오늘 저녁, 티켓은 12유로와 18유로, 앞 좌석은 24유로입니다."

"콘서트라고? 오늘 저녁에 벌써?"

볼프강의 뺨이 붉게 달아올랐다.

"내가 지휘만 하는 건가, 아니면 우리 신사분들은 내가 연주하는 것도 마찬가지로 듣고 싶어할까?"

젊은 남자는 처음에 얼굴에 표정이 없더니, 볼프강이 형편없는 농담이라도 한 것처럼 조심스럽게 히죽거렸다.

"아닙니다, 아닙니다. 오케스트라는 충분합니다. 어떤 입장권을 원하세요?"

그제야 볼프강은 말뜻을 알아들었다. 젊은 남자가 들고 있는 공책에는 그를 기념하려고 기획된 음악회의 예약자 명단이 들어있었던 것이다.

"젊은 친구, 이렇게 환영 준비가 돼있는 걸 보니, 참으로 기쁘고 더할 나위 없이 영광스럽네. 내가 진심으로 고마워한다는 건 더 말할 나위가 없겠지. 하지만 난 콘서트 티켓은 필요 없을 걸세. 그건 그렇고 어디다 문의해야 하는지 좀 말해주게나."

"티켓이 필요 없다고요?"

젊은 남자가 퉁명스럽게 대꾸했다. 그는 볼프강을 머리에서 발끝까지 자세히 뜯어보더니 재빨리 고개를 흔들며 몸을 돌렸다. 그리고는 볼프강을 내버려둔 채 가버렸다.

그가 뭔가 잘못한 게 있는 모양이었다. 그 젊은 친구가 이다지도 불친절하게 군것은 그의 복장 때문일까? 그는 스스로의 모습을 조심스레 내려다보았다. 그가 입은 바지는 광장에 있는 사람들이 걸친 바지와 다를 바 없었지만, 더러웠고 땅에 질질 끌렸다. 그는 바지를 걷어올리기 위해 무릎을 꿇었다. 그러다 바닥에 떨어진 장식에 눈길이 닿았다. 별 모양의 세공품이었다. 그 세공품에 뭔가 글이 적혀있었다. 그는 그 장식에 더 가까이 다가갔다. *요한 슈트라우스 1세.* 그는 읽어나갔다. *1804년 빈에서 출생, 1849년 빈에서 사망.* 그 아래 서명이 있었다. 볼프강은 연민의 표정으로 고개를 끄덕였다. 이 슈트

라우스 선생에게도 장수長壽의 운명이 주어지진 않았었군. 다음 순간 그는 깜짝 놀랐다. 1804년이라고! 어떻게 그럴 수 있지? 1804년이 되려면 아직 13년이나 남아있는데! 그는 어리둥절하여 벌떡 일어나 주위를 둘러본 다음, 대성당 정문 앞에 운집한 사람들을 멍하니 바라보았다. 불안한 생각이 그의 머리에 서서히 차올랐다. 이게 모든 시간이 끝난 바로 그 날인가? 청산의 날, 최후의 심판이 있는 날인가? 모든 사람들이, 최후의 심판이 끝난 후 살아남은 사람들이, 모두 모여 서로를 알아보는 그 날인가? *진노의 날! 보복의 날*. 볼프강은 숨을 깊이 들이쉬었다. 코를 찌르는 듯한 오묘한 냄새가 공중에 여전히 배어있었다. 그는 발치에 놓인 하얀 별을 바라보다가, 바로 옆에 놓인 다른 별을 또 발견했다. 낯익은 서명을 알아보았을 때 그는 가슴이 철렁 내려앉았다. 하이든! 그가 아버지로 받드는 하이든에게 헌정된 별이 아닌가! 그는 검정색으로 새겨진 숫자를 비애에 찬 표정으로 읽었다. 1809년 사망. 볼프강은 훌륭한 스승 하이든을 허약한 노인네의 모습으로 떠올리면서 세 번째 별에 다가갔다. 몇 명의 할머니들이 그 별을 발로 밟으면서 지나간 다음에야 비로소 비문을 읽을 수 있었다. 돌연 그는 숨이 멎었다. 그것은— 자기 자신의 필체였다! 두껍고 묵직하게 땅에 씌어있었다. *1791년 빈에서 사망*. 하얀 바탕에 검은 글씨로 거기 그렇게 적혀있었다. 그는 무릎을 꿇고, 검정색 돌로 새겨진 글자를 손가락으로 어루만졌다. *아마데우스*. 그를 조롱하려는 건가? 그가 장난으로라도 이름을 이런 식으로 비틀어본 것은 몇 번뿐이었다. 그런데 어쨌든 사람들은 그를 잊지 않았고, 그의 이름을 돌에 새겨놓았다. 이곳에! 그가 사랑하는 빈인 것 같은 이 장소에 말이다. 그리고 이미 그에게 천국을 약속한 이 장소에 말이다. 그는 일어나서 양팔을 벌려 하늘을 쳐다보고, 잿빛 구름에 대고 환성을 질렀다. 덩

실덩실 그의 가슴에 신바람이 났다. 하나님이 나의 노고를 충분히 보상한 것이었다. 볼프강은 하나님께 감사하고, 그 분의 관대함을 찬양할 것이었다.

"아아-도-라아-테 케에에-루-비이임, 도오오-미눔 칸투!"

그는 가능한 한 민첩하게 교회를 향해 절뚝절뚝 걸어갔다.

그는 한 무리의 사람들 가운데서 떠밀려 교회 정문을 통과했다. 하나의 벽이 입구를 가로막아 통로를 두 개로 만들어서, 들어가는 사람들과 나오는 사람들이 따로 움직일 수 있었다. 그 바람에 내부를 마음대로 들여다볼 수가 없어서 그는 가슴이 답답해졌고, 방금 전 행복에 겨워했던 기쁨도 사라졌다. 그는 영접을 받지 못했고 앞으로 나아갈 수도 없었다. 교회당 회중석은 격자로 둘러쳐져 있었다. 그는 정문을 사람의 키보다 더 높이 분리시키는 철제 울타리를 잡고 흔들어대며 얼굴을 두 개의 창살 사이에 대고 눌렀다. 때마침 작은 문이 닫혔다. 극소수의 사람들만 통과할 수 있었고, 제단실 방향으로 천천히 움직였다. 볼프강은 침을 삼켰다. 이제 준비가 끝났다. 확실했다. 최후심판의 날이 왔고, 이제 이 가련한 영혼들이 영원한 판결을 들을 차례였다. 그런데 그곳에는 천상의 우레 같은 재판관이 앉아있는 구름도, 드럼펫을 부는 천사도, 무시운 악마도, 심판받는 자들을 데려올 준비가 되어있지 않았다. 모든 게 불안하게도 실제 현실이었고, 그 내용 때문에 종종 놀림거리가 되었던 성화聖畵 같은 그림은 한 점도 없었다. 아니, 이곳의 모습은 온갖 상상을 넘어섰다. 이곳의 모습과 바로 어제만 해도 그의 진짜 삶이었던 것은, 이어 붙인 흔적조차 없이, 서로 연결되고 있기 때문이었다.

사람들이 그를 언제 부를 것인가? 양손이 떨리는 것이 느껴졌다.

그 다음에는 온몸이 트레몰로(tremolo; 음 또는 화음을, 빨리 떨리는 듯이 되풀이하는 연주법)로 떨리기 시작했다. 그는 교회를 다시 떠나는 사람들의 긴 행렬을 둘러보았다. 적지 않은 사람들이 고개를 숙이고 있었다. 그들은 어떤 사정일까? 구원을 받은 걸까? 아님, 영겁의 벌을 받았을까?

그는 목이 답답해져서 급히 고해소告解所를 찾았다. 예전엔 죄를 털어내는 이 쓰레기장을 뻔질나게 드나들지는 않았다. 하지만 마지막으로 고해를 할 기회가 한 번 있다면, 그는 어떤 수단이든 가리지 않을 터였다. 들어오세요. 반짝이는 녹색 글씨로 고해소 문 위에 그렇게 적혀있었다. 볼프강은 주저하지 않고 그 문을 열고는, 정말로 고백 의자가 있는 것을 보고 신음소리를 내며 무릎을 꿇고 앉았다.

"하나님, 저를 용서해주소서. 최후의 심판을 앞두고 저는 두려워 떨고 있습니다. 왜냐하면 죄를 지었기 때문…."

"자, 최후의 심판까지는 시간이 아직 좀 더 남아있을 겁니다."

"그럼… 제 차례가 언제 올지 말씀해주실 수 있나요?"

"들어보세요. 그건 하나님만이 알고 계십니다. 어떤 죄 때문에 형제의 마음이 그렇게 무겁습니까?"

"그러니까, 전…."

볼프강은 열심히 생각해 보았다. 하지만 생각은 정리가 되지 않았다. 그가 격자로 둘러진 교회를 보고 과도하게 죄책감을 느꼈다 할지라도, 지금으로서는 잘못을 구체적으로 열거하기가 어려웠다.

"제 아내요!"

결국은 그렇게 불쑥 터져 나왔다.

"아내는 저랑 살면서 성가신 일뿐이었습니다! 급기야 저는 어제 아내를 떠났고, 아내에게 빚더미와 어린 자식 둘만 남겨놓았습니다."

"형제여, 아무리 늦어도 다시 돌아갈 수는 있습니다. 왜 아내를 떠났나요?"

무슨 질문이 이렇담!

"주님이 저를 부르셨습니다."

격자창살 건너편에서 숨을 들이마시는 소리가 똑똑히 들렸다. 잠시 정적이 흘렀다. 그리고 나서 사제가 신중한 목소리로 말하기 시작했다.

"형제님…."

침묵이 흘렀다.

"형제님은 지금 큰 잘못을 저지르려 하고 있습니다. 다른 무엇보다도 큰 죄를 말입니다."

목소리가 절박해졌다.

"무슨 일이 생겼는지 모르지만, 형제님은 도움을 받을 겁니다. 자살은 결코 해결책이 아닙니다."

"신부님, 전 자살하지 않았습니다. 뭐, 전혀 예상 못한 것은 아니었지만, 그래도 자연스럽게 죽은 거예요. 말하자면 완전한 삶에서 벗어났다고 할까요."

"그게 무슨 말인가요?"

격자창살 건너편에서 말하는 사제의 어조가 갑자기 무뚝뚝해졌다.

"형제 같이 쓸모없는 사람들은 신성한 고해성사조차 더 이상 존중하지 않나요? 술에 취했군요?"

"절대 그렇지 않습니다! 저는 지금까지 먹을 것도 마실 것도 얻어걸리지 못했습니다. 배가 고파 너무 괴롭다는 사실에 저 자신도 놀라고 있어요. 이곳 내세에서는 지상의 온갖 구속에서 해방될 거라고 생각했거든요."

"내세라고요? 그래, 그렇군."

사제의 어조에서 뭔가가 볼프강을 불안하게 만들었다.

"이제… 신부님이 장소를 어떻게 부르시든, 전 이미 천국에 와 있는 거라고 생각했습니다. 제 이름이 너무나 점잖게 돌에 새겨져 있는 것도 봤고…."

"뭐라고?"

창살 건너편에서 호통 치듯 큰 소리가 들렸다.

"다시 내 신경을 건드리려는 거요?"

볼프강이 움찔하며 한 발 물러났다.

"저는 어떤 죄도 범하지 않았습니다! 제가 도착했을 때 제 이름은 이미 금빛별 안에 담겨서 바닥에 있더라니까요."

"형제의 이름이?"

"네, 물론입니다. 아주 제대로 적히진 않았지만 말이죠. 볼프강 아마데, 이렇게 적혀있어야 하는데. 하지만 석공 장인의 이런 장난쯤이야 기꺼이 용서하겠습니다."

깊은 신음소리가 건너와 볼프강에게 전해졌다.

"그러니까 형제는 모차르트군요. 아아, 네. 상류사회의 일원이지. 모든 성인의 날(Allerheiligen; 가톨릭의 대축일 11월 1일) 이래 형제 같은 종자가 벌써 셋이나 이곳에 왔소. 흠. 그럼, 바움가르트너 회에(Baumgartner Höhe; 정신병원이 있는 장소)에 사시나?"

"제가 마지막으로 살았던 집은 라우엔 슈타인에 있습니다."

"물론 그럴 테지. 하지만 다음 번 주소는 틀림없이 바움가르트너 회에가 될 거요. 자, 그 전에 내가 형제한테 알려줄 게 있어요."

사제가 창살 쪽으로 너무 가까이 오는 바람에 볼프강은 그의 숨결마저 느낄 수 있었다. 상큼한 민트 티 냄새가 났다.

"잘 들어봐요."

사제가 속삭였다.

"첫째, 형제님은 죽지도 않았고 내세에 있는 것도 아닙니다. 알았죠? 여기는 휘황찬란한 간난艱難의 땅 속세입니다. 알았어요? 둘째, 형제님의 죄는 용서받았습니다. 자, 이걸로 끝. 자, 이제 가도 됩니다."

"내세가 아니라고요?"

볼프강이 악센트 없는 투로 물으며, 동양적인 느낌이 드는 격자 모양을 멍하니 바라보았다.

"하지만…? 저는 죽었습니다!"

"당신은 죽지 않았습니다. 모차르트는 죽었지만, 그건 2백 년도 더 된 일입니다. 그러니 그 분은 고이 잠들게 놔두자고요."

"2백 년이나 되었다고요?"

볼프강의 목소리는 기가 꺾인 듯 약해졌다.

"제가 알기로는 꼭 215년 되었습니다. 이제 형제는 온 곳으로 얌전히 돌아가십시오. 그리고 형제의 오늘을 주님께 감사하세요— 형제여, 자신의 생명을 부인하는 것은 죄입니다. 평안히 가세요. 에고 테 압솔보!"(Ego te absolvo; '형제님의 죄를 사합니다'라는 뜻.)

격자창살 건너편이 일순간 밝아졌다. 그런 다음 신부는 사라졌다. 볼프강은 무릎을 꿇은 채 잠시 그대로 있었다. 고해소가 흔들거렸다. 그는 격자 분리대를 꽉 붙들었다. 별의별 생각들이 머릿속에서 사납게 날뛰었다. 그 중 어떤 생각도 붙잡을 수 없었다. 이 무슨 지옥행에 들어섰단 말인가? 그는 분위기에 압도되어 눈을 감았다. 그런데 예전에 체험한 것들의 환영이 이제 낙석처럼 그에게 쏟아져 내리는 것이었다. 집들, 자꾸만 떠오르는 집들, 어마어마하게 큰 건축물들, 요란하게 알록달록한 색깔들, 반짝이는 불빛들, 떠들썩한 인간들, 탈것들… 그는 끙끙 신음소리를 내며 벽을 향해 머리를 숙였다.

얼마나 거기 그렇게 앉아 있었을까… 그는 알 수가 없었다. 몇 분이었는지, 또는 몇 시간이었는지… 고해소를 떠날 때 다리가 휘청거리는 것 같았다. 몸을 똑바로 지탱하는 데도 안간힘을 써야 했다. 털재킷을 걸쳤는데도 몸이 꽁꽁 얼어서 몇 발 앞으로 움직이는 데도 힘이 들었다. 그리고 교회의 거대한 둥근 천장을 우두커니 바라보았다. 그러는 동안에도 사제가 했던 말이 그의 머리를 뚫고 울렸다. 2백 년도 더 된 일입니다. 그는 속이 좋지 않았다. 빨간색 판이 반짝거리는 강단을 꽉 붙들고 푯말을 알아보려 했지만, 온몸의 감각이 말을 듣지 않았다. 모든 윤곽이 흐릿해졌다. 2백 년도 더 된 일입니다. 그가 나지막하게 비명을 내지르자, 주위를 둘러쌌던 사람들이 물러났다. 그는 비트적거리며 출구 쪽으로 걸어가, 사람들의 혼잡을 뚫고 대성당 광장으로 나갔다. 그리고는 숨을 돌렸다. 2백 년이나 되었다니.

그는 곰곰 잘 생각해볼 겨를도 없이 왼쪽으로 몸을 돌리고는, 절뚝거리며 추어하우스가세를 따라 머릿속에 익숙한 귀로歸路를 걸어갔다. 주택들 좌우로, 알아볼 수 없을 정도로 변장한 무도회 손님들 같은 말없는 행렬이 이어졌다. 그들의 거들먹거리는 모습만큼은 그에게 낯설지 않았다. 그런 변장이 거짓이라고 책망하는 것 같았다. 라우엔슈타인가세의 집에 점점 더 가까이 다가갈수록 호흡이 더 빨라졌다. 그는 주욱 늘어선 여전히 낯선 집들을 지나 마지막 남은 몇 미터를 돌진하듯 달려갔다.

다음 순간 갑자기 멈춰 섰다. 그리고 간신히 호흡하며 위쪽을 쳐다보았다. 어제만 해도 그의 집이 서있던 곳에 낯선 건물 하나가 옛날부터 그곳이 제 자리인양 떡 버티고 있었다. 하늘까지 닿을 듯한 저택이었다. 그는 5층까지 세어보았다. 장식들이 덕지덕지 달려있었다. 그 옆에 유리로 된 상자 같은 것이 있었다. 그것은 가는 철봉들로만 지탱된 채 공중에 매달려 있는 것 같았다. 그 안을 들여다볼 수 있는가 했으나, 다시 보면 들여다볼 수 없었다. 시선을 붙잡아둘 만한 어떤 것도 없었다. 대신, 맞은편 건물을 반사할 뿐이었다. 그래서 볼프강은 그쪽을 바라보다가 속이 더욱 메스꺼워졌다.

그는 차가운 돌이 성가시기라도 한듯 머뭇거리며 손가락 끝을 모서리 기둥에 올려놓았다. 하마터면 대리석판을 못보고 지나칠 뻔했다. 그 대리석판은 위쪽에 높이 장착되어 있어서, 금빛 푯말을 해독하려면 머리를 뒤로 한참 젖혀야 했다. 모차르트가 1791년 12월 5일 세상을 떠난 집이 1849년까지 이 자리에 있었다.

그는 주위를 둘러보며 낯익은 것을, 그가 붙잡고 만져볼 수 있을 만한 것을, 찾아보았다. 아래턱이 트레몰로처럼 끊임없이 계속 떨렸다. 그는 꿇어 앉아 양손을 울퉁불퉁한 까만 돌바닥에 올려놓았다. 까만 돌은 무덤 위의 대리석판처럼 골목길에 전부 깔려있었다. 그는 보도와 경계를 이루는 연석緣石을 사납게 잡아당기고, 가늘고 긴 이음새 사이를 손톱으로 긁었다. 반드시 검정색 층을 뜯어내야만 할 것처럼. 그러면 보도의 덜거덕거리는 판이 나오고, 낯익은 거리의 단단히 다져진 점토 바닥이 결국 드러날 것만 같았다.

"잃어버리신 게 있나요?"

그는 고개를 들어 쳐다보았다. 그 건물의 정문 아치에 어떤 사람이 서 있었다. 목소리가 메조소프라노인 것으로 보아 여자였다. 그녀가 까만 안경의 테두리 너머로 그를 바라보았다. 그는 물끄러미 그녀를 마주보다가, 그녀가 대답을 기다리고 있음을 알아채고 계속 고개를 끄덕였다.

"콘택트렌즈인가요?"

그는 힘겹게 일어서서 한 발 뒤로 물러났다. 그의 눈길이 여자에게서 불안스럽게 미끄러지더니 그녀의 장화, 꼭 끼는 파란색 바지, 칼라가 달린 흰색 셔츠에 닿았다.
"마담, 오늘이 무슨 날인지 말씀해달라고 삼가 청해도 될까요?"
그가 말을 내뱉었다.
"화요일인데요."
"그럼 날짜는요. 부탁합니다. 저는 꼭 날짜를 알아야 합니다!"
"5일일 걸요?"
"12월인가요?"
"네. 괜찮으세요?"
그녀의 어조가 3도 낮게 가라앉았다.
"마담, 간절히 청합니다, 지금이 몇 년도인가요?"
"당장 우리 쇼윈도에서 꺼져. 당신이 내 손님을 쫓아버리고 있잖아."
그녀의 등 뒤로 문이 쾅 닫혔다. 여자가 불빛이 환한 공간을 가로지르다가, 도저히 믿을 수 없다는 듯 고개를 저으며 다시 한 번 뒤돌아보았다. 그녀의 얼굴에는 혐오가 배어있었다.

그는 고개를 끌어당기고, 그녀가 그를 더 이상 볼 수 없을 때까지 절뚝거리며 계속 걸어갔다. 자기 집의 대문 아치가 있어야 할 자리에 이르러 에노의 자루 위에 주저앉았다. 그리고는 예전에 엄마의 허리를 안았던 것처럼 자기 무릎을 끌어안은 다음, 그 위에 머리를 올려놓고 울었다. 젖은 살갗이 추위 때문에 얼얼해질 때까지 울었다.

\*

아뉴가 마침 층계참에 이르렀을 때였다. 계단실에서 늙은 지텐할러가 끊임없이 욕지거리를 내뱉고 있음을 알 수 있었다. 노파는 부엌과 욕실을 공동으로 사용하는 집의 문 앞에 쌓인 쓰레기 자루들을 지팡이로 마구 쳐대며 악다구니를 쓰고 있었다.

"아가씨, 왔군요."

노파는 계단에 있는 아뉴를 향해 가며 날카롭게 소리 질렀다. 그러면서 지팡이를 공중에 이리저리 휘휘 내둘렀다. 아뉴는 지금까지 지텐할러 부인이 지팡이를 짚지 않고 걸어가는 모습을 본 적이 없었다. 그래서 이 노파가 무기나 다름없는 지팡이를 마음대로 흔드는 모습에 놀라 어안이 벙벙했다. 아뉴는 벽 쪽으로 몸을 피했다. 그런데 계단이 별로 넓지 않아, 욕을 퍼붓는 노파 곁을 지나갈 수가 없었다.

"이 지저분한 떨거지들 좀 봐! 밤새 시끄럽게 소란을 피우는 꼴이라니! 여기 계단실의 악취하고는! 하지만 내 댁들한테 장담하건대, 그 뒤탈이 꼭 있을 거요! 그건 가정의 평화를 침범하는 거거든. 암, 그렇고말고!"

지팡이가 더 가까워졌다. 노파는 금세라도 아뉴를 내리칠 것 같았다. 그래도 아뉴는 아래쪽으로 물러나려 하지 않았다. 이 집에 끔찍한 일이 있다고 해서 그녀가 겁을 집어먹고 물러날 필요는 없잖은가.

아뉴는 지팡이 끝에 있는 고무마개를 잽싸게 붙잡았다. 마치 지텐할러 부인이 쭉 뻗은 팔을 붙잡은 꼴이 된 것 같았다.

"알고 싶으시다면 말씀드리죠. 저는 지난 스물네 시간 내내 이 집에 발을 들여놓지 않았거든요. 그러니까 할머니 고함소리로 절 귀찮게 하지 마세요."

그녀는 지팡이를 잡은 채 살짝 쳐들고, 그 아래로 재빨리 빠져나갔다.

"지텐할러 부인, 멋지고 좋은 저녁시간이 되길 바라요."

아뉴가 어리둥절해진 노파에게 큰 소리로 말했다. 그녀는 쓰레기 자루 두 개를 발로 밀쳐내야 했다. 그러고서야 집의 문을 열 수 있었다. 한숨이 나왔다. 며칠 전부터 만사가 다 작당하여 그녀에게 반기를 든 것만 같았다.

집 안에서는 차가운 연기, 김빠진 맥주, 음식 찌꺼기에서 나는 역겨운 냄새가 아뉴를 향해 갑자기 몰려왔다. 그녀가 거의 자기 방에 이르렀을 때 에노가 거실에서 나왔다.

"헤이, 아뉴가 왔어!"

에노는 지나칠 정도로 쾌활하게 소릴 지르더니, 아뉴의 팔을 잡고는 그녀를 부엌 쪽으로 끌어당기려 했다.

"자, 우리가 청소하는 걸 좀 도와줄 수 있지, 그지?"

"그러면 너한테야 좋겠지."

그녀가 웃으며 에노를 뿌리쳤다.

"너희들끼리도 잘 할 수 있을 텐데."

요스트가 행주를 어깨에 걸친 채 부엌에서 모습을 드러냈다. 아뉴는 요스트가 에노와 재빨리 눈길을 주고받는 것을 알아챘다.

"아뉴, 안녕. 어서와. 차 한 잔 만들어줄게."

"너희들 무슨 일이야?"

아뉴가 둘을 번갈아 바라보았다. 요스트, 이 친구, 어디 아픈 게 틀림없었다. 여태껏 아뉴를 위해 손가락 하나 까딱한 적이 없기 때문이다.

"차 마시고 싶지 않아. 그냥 지나가게 해줘!"

"좀 기다려."

에노가 그녀의 어깨에 팔을 둘렀다.

"네가 뭘 놓쳤는지 알고 싶지 않니?"

"아주 고마워. 계단에서 지텐할러 부인한테 거의 두들겨 맞을 뻔했기 때문에, 그건 이미 놀랍지 않아."

그녀가 에노를 힘차게 밀치고 방문을 열었다.

"아뉴, 기다려. 아직 이야기가 끝나지 않았어…."

"흥! 여기 이 구린내는 대체 뭐야?"

아뉴는 손으로 입과 코를 가렸다. 그때 마구 파헤쳐놓은 듯 엉망이 된 침대에 눈길이 닿았다. 그녀의 책상에는 종이가 여기저기 흩어져 있었다. 그녀는 일단 숨을 멈춘 채 방을 가로질러 가 창문을 활짝 열어젖혔다. 그리고는 화가 잔뜩 난 표정으로 뒤로 돌아섰다. 에노와 요스트는 사냥감을 놓친 두 마리의 닥스훈트처럼 문턱에 서 있었다.

"우리가 환기를 시켰어야 했는데……"

에노가 작은 소리로 말했다.

"여기 무슨 일이야? 누가 내 침대에 있었지?"

"에노의 친한 친구가."

요스트가 대답하고 입을 비죽이며 웃었다.

"너희들 미쳤니? 어떤 놈을 내 침대에 재웠다고?"

"너도 이미 그랬잖아."

요스트가 히죽히죽 웃으면서 행주를 잡고 사라졌다.

"멍청한 놈!"

아뉴가 코를 킁킁거렸다. 분명히 지하도의 부랑자 수용소 같은 냄새가 났다. 땀, 토한 것, 오줌 등의 냄새였다. 그녀는 구역질이 날 것 같았다.

"아니, 누군가 여기다 토했잖아."

"절대 아니야."

에노가 서둘러 아뉴를 달래려 했다.

미스터 모차르트의 놀라운 환생

"토한 것은 밖에서였다고. 우리가 곧장 옷도 벗겼는걸."
그는 당황하여 손으로 입을 가렸다.
"뭐, 어쨌다고?"
아뉴가 코를 막고, 가늘고 긴 손가락으로 침대보를 높이 들어올렸다. 그리고는 그녀에게서 날카로운 비명이 터져 나왔다.
"이게 뭐야?"
에노가 더 가까이 다가가, 아뉴의 하얀 초대형 찻잔에 담긴 호박색 액체를 살펴보았다.
"내 생각에… 아무래도 차는 아닌 것 같아."
그는 찻잔을 집어들고, 고개를 돌린 채 방에서 나갔다.
"그 물건 내다버려!"
아뉴는 책상용 안락의자에 앉아, 이마에서 머리띠를 벗겨냈다. 이곳은 그녀의 보금자리이자 피난처였다. 오직 그녀만이 누릴 수 있는 최후의 19평방미터였다. 그런 곳이 더럽혀지고 파괴되고 지저분하게 된 것이다. 그녀는 몹시 뛰쳐나가고 싶었다. 역겨운 파티나 벌이는 이 저주받은 족속들로부터 떠나버리고 싶었다. 그런데 그녀가 도망칠 수 있는 다른 곳은 더 이상 없었다.

*

그는 화들짝 놀라 벌떡 일어나다가 입 안이 써서 몸이 절로 꺾였다. 등이 뻣뻣해지는 것 같았고, 추위 때문에 손가락은 감각도 없이 얼얼했다. 몸을 일으킬 때 오른쪽 다리가 가렵기 시작하더니 그대로 주저앉았다. 그 바람에 왼발이 누가 쾅쾅 때리듯 아팠다.
그는 완전히 녹초가 된 느낌이었다. 간절히 바라는 것은 오직 이 악몽이 지나갈 때까지 아무 생각도 없이 잠에 빠질 수 있는 장소뿐이었다.

그는 집의 담벼락에 의지한 채 계속 낑낑대며 걸어갔다. 정처 없이 자꾸자꾸 걸음을 멈추면서, 눈으로는 주위 담벼락들에서 낯익은 곳을 찾았다. 그가 본 것은 전부 다 무자비했고, 그의 마음속에 살아있는 모습과는 완전히 달랐다. 마치 누군가가 극 중간에 배경을 바꿔버린 무대에 선 배우 같았다. 불현듯 그는 자신이 다시 무대에 서있음을 깨달았다. 그렇지만 공연의 언어는 알 수가 없는데다, 소품들도 낯설고 기괴했다. 단지 몇몇 단편적인 사실들만이 어떤 무대에서 공연이 이루어지고 있는지를 말해주었다. 그건, 자신이 방금 전까지 서있었을 뿐 아니라 구석구석 속속들이 안다고 믿었던 바로 그 무대였다.

젊은 부인이 볼프강 쪽을 돌아보던 어린 딸을 끌고 길 건너편으로 갔다. 그는 그 자리에 선 채, 가슴속의 일정한 박자에 맞춰 숨을 들이쉬었다가 다시 내쉬려고 안간힘을 썼다. 하지만 심장 박동은 도무지 진정될 줄을 몰랐다. 죽고 난 후에도 지구가 실제로 2백 년이나 더 돌았건만 그의 몸뚱이가 흙먼지로 돌아가지 않았다면, 그가 이름을 밝혔을 때 즉시 누군가가 비웃거나 고개를 젓는 것은 지극히 당연한 일이었다. 아니다. 그는 그 어떤 인간에게도 자기가 실제로 누구인지 털어놓아서는 안 될 노릇이었다. 왜냐하면 어떤 사람이 그의 방에 아주 쾌활한 모습으로 나타나 자신이 팔레스트리나( Giovanni Pierluigi da Palestrina ; 1525~1594, 이탈리아 작곡가) 또는 몬테베르디(Claudio Monteverdi ; 1567~1643, 이탈리아 작곡가)라고 소개했다면, 그는 조롱보다 더한 것을 보여주지 않았을까? 그래, 그런 사람은 바보나 협잡꾼으로 여겼을 것이다. 그는 이런 난처한 일에 대해 들어본 적이 없었다. 그렇다. 비교할 수 없는 엄청난 일, 결코 세상에 없었던 일, 유례가 없는 일이 그에게 일어난 것이었다. 그는 이곳에서 쓸모가 있으며, 그가 아직도 지상에 멀쩡히 서있다는 것은 주님의 의지였다. 전능하신 그 분은 나름의 이유가 틀림없이 있었을 터.

음악, 그래, 음악이다! 당연히— 이 모든 건 음악 때문이야. 그는 그것을 알고 있었으며, 그 외에 다른 어떤 것도 중요하지 않았다. 신중하게 고개를 끄덕이면서, 그는 다시 슈테판 대성당까지 길을 따라 천천히 돌아갔다. 사람들이 다른 데로 옮길 수 없었던 소품이라곤 틀림없이 이 대성당뿐이었던 모양이다.

볼프강은 손으로 더듬으며 담들의 측면을 따라, 이상하게 낯익은 네모진 돌 위를 걸어갔다. 모서리들이 부서져 떨어졌다. 그의 손가락들이 미끄러지듯 이음새를 지나가자 모래가 흘러나왔다. 머리 위로는 남쪽 탑이 짙은 회색 하늘을 향해 솟아있었다. 볼프강은 팔을 돌 위에 올려놓고 위쪽을 높이, 점점 더 높이, 쳐다보았다. 하늘과 땅의 중재자인 이 청동 건축물과 하나가 되는 느낌이었다. 자신과 마찬가지로 흔들리지 않고 시간에 맞선 건축물이었다. 그러자 평온과 확고한 기대감이 아주 서서히 그를 엄습했다. 주님께서 그를 이 새로운 옛 장소로 불러들였다. 주님이라면 그를 인도하시고 그에게 버팀목을 제공해줄 것이다. 양떼 가운데 한 자리를 허락하소서. *Inter oves locum praesta*. 볼프강은 천천히 몸을 돌려 막힌 담을 등지고, 바삐 움직이는 인파 속을 쭉 훑어보았다.

\*

"내가 대체 왜 허둥대지?"

요스트는 행군 손의 물기를 청바지에 닦아내고, 에노의 스웨터 아래로 삐죽 보이는 종이를 잡아당겼다. 글자로 꽉 채워진 종이꾸러미가 밀려나와 바닥에 흩어졌다.

"좀 조심해!"

에노가 재빨리 몸을 구부려 종이들을 다시 긁어모았다.

"무슨 이상한 짓거리를 하는 거야?"

"쉿."

에노가 집게손가락을 입술에 대고, 머리로 아뉴의 방 쪽을 가리켰다. 그러고는 종이꾸러미 귀퉁이를 탁자에 탁탁 친 다음, 반대쪽 면으로 같은 동작을 반복하더니 마침내 네모반듯한 다발을 만들었다.

"오늘 아침의 그 녀석이 이것을 잊었군. 그 친구 악보야."

"그래서? 그런 잡동사니는 쓰레기통에 처넣어. 그걸로 대체 뭘 하려고? 어쨌거나 그놈은 다시 안 볼 거잖아. 제발 덕분에 말이야."

에노가 안 된다고 부정하듯이 고개를 가로저었다.

"그 녀석이 얼마나 애를 썼는지 봐봐."

그는 요스트에게 악보 여러 장을 내밀었다. 섬세한 음표기호로 빼곡하니 채워진 악보들이었다. 마치 매우 활발히 움직이는 아주 작은 동물이 악보에 발자국들을 남겨놓은 것 같았다.

"그걸 그냥 버리지는 못하겠어."

요스트가 냅다 소리를 지르고 어깨를 일으켜 다시 개숫물 쪽으로 몸을 돌렸다.

에노는 악보들을 돌돌 말아서 어느새 자기 방으로 향했다.

"헤이, 이제 나 혼자 하라는 거야 뭐야?"

"금세 다시 올게."

에노가 큰 소리로 대답했다. 그러다 하마터면 아뉴와 부딪칠 뻔했다. 그녀는 두 팔을 벌려 산더미만 한 진분홍색 시트를 안고 가면서,

핏불 테리어(pit bull terrier; 작고 강인한 투견용 개) 같은 눈빛을 에노에게 던졌다. 그는 급히 악보들을 서가에다 밀어 넣었다. 책 위쪽 모서리와 그 위 선반 사이의 틈새 어디쯤이었다.

*

 정신이 확 들 정도로 세속적인데도 뿌리칠 수 없는 스테이크 냄새가 그의 콧속을 애무하듯이 파고들었다. 그는 그 냄새가 어디에서 나는지 둘러보았다. 대성당 정문 앞에 비스듬히 물웅덩이 저쪽으로 하얀색 노점이 차려져 있었고, 그 앞의 높다란 테이블에 사람들이 나란히 서서 소시지를 씹으며 물끄러미 허공을 바라보고 있었다. 그는 허기와 갈증 때문에 속이 편치 않았다. 마치 느닷없이 튀어나오는 틀린 음처럼 퍼뜩 떠오르는 생각이 있었다. 틀림없이 화폐를 사용하는 관행이 없어진 건 아니겠지! 급히 동전 몇 개라도 구해야 할 판인데, 정직한 방법으로 돈을 마련할 때쯤이면 그는 이미 굶어죽은 다음일 것이었다.
 그는 그 노점에 줄을 서서, 인쇄된 게시판을 마치 외국어 사전처럼 읽었다. 게시판 끝에 이르러서야 그가 알고 있는 것이 나왔다.
 "작은 소시지 두 개 주세요."
 노점 주인은 표정 하나 바꾸지 않고, 주문받은 소시지를 나무집게로 냄비에서 꺼내고는 얇고 하얀 작은 접시를 계산대에 올려놓았다.
 "2유로 80센트입니다."
 "잠깐만요."
 볼프강은 이렇게 말하고, 바지주머니를 열심히 뒤지기 시작했다. 그러는 동안 노점 주인은 그에게서 눈을 떼지 않았다.

"맙소사, 이거 뭐야?"

볼프강은 깜짝 놀란 얼굴로 위쪽을 가리키다가, 번개처럼 빨리 소시지를 낚아채어 행인들 사이로 쏜살같이 달아났다. 칼날들 위를 달리는 것 같았다. 그는 너무 고통스러운 나머지 입술을 깨물었지만, 하얀 신발은 달리기에 안성맞춤인 것 같았다.

"이런 사기꾼, 빌어먹을 놈 같으니!"

노점 주인이 뒤에서 고래고래 지르는 소리가 들렸다.

볼프강은 대성당에 가려져 안전하다는 것을 깨달을 때까지 냅다 달렸다. 그는 숨 돌릴 겨를도 없이 북쪽 탑의 움푹 들어간 벽에 몸을 숨기고 웅크렸다. 거기서 걸신들린 듯 소시지 두 개를 번갈아 깨물고는, 양손으로 그걸 잡아 언 손가락을 녹였다.

*

표트르는 보온용기의 컵을 움켜쥐고, 모락거리는 김을 호호 불며 손가락 없는 장갑 속으로 온기가 스며들게 했다. 대성당의 시계는 3시 반을 가리켰다. 얼마 안 있어 해가 저물 것이었다. 보다 나은 자리를 물색하기에는 너무 늦었다. 그는 체념한 채, 그야말로 텅 빈 빨간 벨벳 주머니를 힐끗 살폈다. 오후 시간을 허비했다. 저녁에도 그가 이 하루와 화해하기는 글러버린 것 같았다. 단짝 바실리가 빠진데다 그렇다고 재빨리 대타를 구할 수도 없는 지금은 말이다. 표트르는 코로 찬 공기를 힘차게 들이마시고, 바이올린을 턱 아래 단단히 고정시켰다. 손가락이 어느새 또 곱았지만, 다시 엄격한 론도(rondo; 주제가 순환하면서 반복되는 소악곡小樂曲)를 시험해보았다. 왜냐하면 완전한 집중이 이루어질 때에만 비로소 우울한 생각들이 설 자리가 없기 때

문이다. 그래서 자기 공연이 너무도 기대에 못 미치는 것이 추위 때문이 아님을 충분히 인식하면서, 음표 하나하나를 꼼꼼히 연주했다. 그렇지 않아도 그의 실수를 알아채는 사람은 그 자신뿐이었다.

"브라보!"

몇 번의 힘찬 박수소리에 그는 소스라치게 놀랐다. 무척 큰 니트 재킷을 입고 수염을 깎지 않은 덥수룩한 사람이 그의 앞에 서 있었다. 두 발 사이에는 비닐봉지가 놓여있었다. 그 사람이 너무도 노골적으로 환한 표정을 짓는 바람에, 표트르는 시선을 다른 데로 돌리지 않을 수 없었다. 그 친구의 살갗은 움푹 들어간 효모 반죽 같았고, 키는 기껏해야 표트르의 턱에 닿는 정도였다.

표트르는 그 남자 쪽을 향해 잠깐 머리를 숙인 다음, 행인들을 쭉 훑어보았다. 사람들은 무관심하게 급히 지나갔다. 가망이 없었다. 오늘은 바이올린 가방도 동전 한 푼 없이 텅 빈 상태 그대로였다. 그는 등을 구부려 바이올린을 빨간 벨벳에 쌌다.

"연주하세요. 부탁입니다, 좀 더 연주해주세요!"

남자는 더 가까이 다가왔다. 그와 함께, 추위에도 불구하고 땀과 곰팡내 나는 속옷과 맥주가 뒤섞인 불쾌한 냄새가 풍겨왔다.

표트르는 뒤로 물러났다.

"저는 지금 가봐야 하는데요."

"오, 아주 짧은 소품 하나만 부탁해요. 가령— 모차르트 곡을… 하실는지?"

이 이상한 청중은 천둥 번개에 겁먹는 어린아이의 표정으로 표트르를 바라보았다.

"그런데 그를 아시나요? 볼프강 아마데 모차르트를?"

"알다마다요."

표트르는 남자를 보다 면밀히 훑어보았다. 그 사람은 모차르트와 슈트라우스를 구별할 줄도 모르면서 그들에 대해 묻는 여행객처럼 보이지는 않았다. 오히려 기껏해야 보통의 부랑자 같았다. 어쩌면 그냥 쓰레기를 버리려 내려갔다가 대문이 저절로 닫히는 바람에 집에 들어가지 못한 사람일 수도 있었다.

"좋소."

표트르는 바이올린을 다시 집어 들고, 며칠 전 악보를 찾아낸 알레그로를 연주했다. 비록 자기 연주를 경청하는 사람의 옷이나 마찬가지로, 이 곡이 별로 어울리지 않는다는 것을 알고 있었지만. 표트르는 그 곡을 사랑했다. 결코 얻을 수 없다는 것을 늘 알고 있기에, 이룰 수 없는 사랑을 멀리서 찬미하는 것처럼.

표트르는 프레이징(Phrasierung; 선율을 프레이즈로 나누는 것, 즉 악상을 자연스럽게 분할해서 정리하는 것) 때문에 진땀을 흘리면서 이 외로운 청중을 힐끗 바라보았다. 그리고는 이 청중의 여전히 빛나는 두 눈이 빨개지고 무표정해지더니, 그가 소매로 눈을 훔치는 것을 보고 어리둥절했다. 그가 가쁘게 쉬는 숨소리도 들었다. 표트르가 이렇게 감상적인 감정의 분출을 경험하는 것은 술에 취했을 때뿐이잖은가. 그는 이 청중에게 더는 신경을 쓰지 않기로 작정했다. 하지만 다음 순산 그는 눈을 크게 부릅떴다. 아니, 이 작자가 지극히 행복한 미소를 지으며 그를 지휘하고 있는 게 아닌가! 그리고 표트르가 이음줄(Bogenwechsel; 악보에서 둘 이상의 음을 끊지 않고 연주할 것을 지시하는 기호)을 잘못 바꾸거나 꾸밈음( Verziehrung; 악곡에 여러 가지 변화를 주기 위하여 꾸미는 음)의 리듬이 맞지 않을 때마다, 이 왜소한 남자는 바이올린 활이 몸에 박힌 섯처럼 얼굴을 찡그리는 것이었다.

표트르의 연주가 완전히 끝나기도 전에 그 남자는 행인들 쪽으로

몸을 돌려 늘어진 꼭두각시처럼 팔을 축 늘어뜨리더니, 마지막 음이 사라지고 나서야 다시 표트르 쪽을 향했다.

"당신은 마땅히 좀 더 점잖은 청중 앞에서 연주할 자격이 있는데! 여기 길거리에서, 그것도 이렇게 끔찍하게 추운데, 당신 같은 사람이 대체 뭘 하고 있는 거요?"

표트르는 그저 웃을 수밖에 없었다.

"연주하는 거요. 쁘시야첼(przyjaciel; '친구'란 뜻의 폴란드어), 연주하는 거라구요."

표트르는 열린 바이올린 가방 속의 동전 몇 푼을 가리켰다.

"그리고 돈 몇 푼을 버는 거지요."

이 부랑자는 어깨를 한 번 움찔하고는 표트르을 향해 손바닥을 내밀었다. 그런데 표트르는 고개를 젓고, 거절한다는 뜻으로 오른손으로 허공을 훔쳤다.

"당신이 경청해주었으니, 그걸로 충분해요."

"그런데 저들은 무슨 일인가요?"

키 작은 그 남자가 물으며 군중을 가리켰다.

"오, 그들도 내 음악을 경청하는 거네요."

표트르가 대꾸하고는 비꼬듯이 입술을 찡그렸다.

"조심하시오!"

그는 한국인 관광객들을 가리키며 몇 소절을 연주하기 시작했다. 그 자리에서 관광객 무리가 전부 다 바이올린 연주에 맞춰 재잘거리기 시작했다. 그들 중 몇 명은 박자에 맞춰 몸을 흔들고, 머리를 분주하게 아주 살짝 흔들면서 서로 웃었다. 그러다가 표트르가 미처 활을 내려놓기도 전에 다시 가려고 몸을 돌렸다.

"여러분, 감사합니다."

키 작은 그 남자는 번개처럼 잽싸게 몸을 구부려 열린 바이올린 주머니를 붙잡더니, 절뚝거리면서 관광객들 뒤로 스치듯 지나갔다. 관광객들은 그제야 공연의 목적을 알아차린 것처럼 계속 재잘거리면서 돈지갑을 재빨리 꺼내 동전이며 심지어는 지폐까지 빨간 벨벳 주머니 속에 던졌다.

"지쿠예!"(Dziekuje; '감사합니다'란 뜻의 폴란드어)

표트르가 외쳤다. 키 작은 그 남자가 바이올린 가방을 앞에 내려놓았을 때, 이날 처음으로 따뜻한 느낌이 표트르를 파고들었다.

"당신이 연주한 곡의 이름이 뭐요? 누가 작곡한 거죠?"

표트르는 눈을 가늘게 떴다. 키 작은 그 남자의 말투는 틀림없이 오스트리아의 억양이었다.

"당신, 농담하쇼? 슈트라우스의 푸른 도나우 Blaue Donau를 모르다니?"

키 작은 그 남자는 도통 아무것도 모르겠다는 표정을 짓고, 자꾸 왼쪽 다리를 들어올렸다. 발이 뭔가 이상한 것 같았다.

"고약하군."

그가 너무 조용히 말해서 표트르는 말을 거의 알아들을 수 없었다.

"모차르트 곡을 할 땐 한 사람도 돌아보지 않더니만."

"모차르트도 잘 먹히지."

표트르는 이 이상한 괴짜를 위로해야 할 것 같은 기분이 들어서 모차르트의 소야곡 Eine Kleine Nachtmusik 첫 소절을 연주했다. 행인들은 마치 약속이라도 한 것처럼 재차 머리를 뒤로 돌렸다.

"자, 보라구요."

표트르는 키 작은 그 남자를 향해 고개를 끄덕였다. 그러자 남자의 표정이 다시 환해졌다. 그는 표트르의 목을 끌어안을 것 같은 태세였다.

그의 오른손이 위로 올라가더니 서서히 다시 지휘를 하기 시작했다.
"관광객들은 항상 똑같아."
표트르가 투덜대다가 멈추더니, 바이올린 활로 사람들을 빙 둘러 가상의 원을 그렸다.
"모두들 모차르트에 대해 말은 하면서도, 알고 있는 것은 이 곡 하나뿐이라니까."
"그럼… 이게 정말 인기 있는 곡이 되었단 말인가요?"
"모차르트의 곡 중에서 가장 유명한 거지. 당신은 몰랐어요?"
"오, 물론 알아요. 모차르트 작품이라면 하나하나 죄다 확실히 알고 있어요."
키 작은 그 남자는 진지하게 단언하고 양손을 호호 불었다.
"하나하나를 죄다?"
표트르는 인정한다는 듯이 이빨로 휘파람을 불었다. 이것은 어린 조카가 껑충 뛰면 용마루까지 닿을 수 있다고 자신만만해 할 때마다 표트르가 하던 짓이었다.
"나는 전부 다 알지는 못해요. 그 사람 곡은 너무 너무 많으니까. 게다가 모차르트는 연주하기 어려워. 난 차이코프스키나 드보르작의 곡을 더 잘 할 수 있어요."
표트르가 그를 검사하듯이 빤히 쳐다보았다.
"차이코프스키 한번 들어볼래요?"
키 작은 그 남자는 몇 초 동안 그를 물끄러미 쳐다보았다. 갑자기 그가 손을 열광적으로 들어올렸다.
"그의 작품 중에서 가장 좋아하시는 곡을 연주해주실 수 있을는지요?"
표트르는 숨을 들이쉬었다. 그는 이 미친 남자를 이해할 수 없었지만, 짧은 곡을 연주할 만한 시간은 있었다.

키 작은 남자는 표트르에게 그 곡을 정말로 들어본 적이 없다고 말하는 듯한 눈빛으로 유심히 귀를 기울였다. 그런데 그는 음표 하나하나를 열심히 받아들이려는 것처럼 주의를 매우 집중하여 음악을 따라갔다.

"굉장해!!"

왜소한 남자가 경탄의 표정을 숨기지 않으며 다시 박수를 쳤다.

"그 음악이 언제 작곡되었는지 말씀해주실 수 있겠죠."

"아마 상당히 늘그막에 썼을 거요. 대략 1890년경이겠죠."

키 작은 그 남자는 놀라서 몸을 움찔했다. 그의 입김이 작은 구름을 이루는 것을 보고, 표트르는 그가 숨을 깊이 내쉬고 있음을 알았다.

"맙소사! 1890년이라니! 그럼 백년도 더 된 거네?"

그는 오른손으로 니트 재킷의 칼라를 턱 앞에 여미고, 두리번거리는 듯한 눈초리로 표트르를 바라보았다. 하지만 다음 순간 그의 표정에서는 긴장이 풀렸다.

"완전히 새로운 음악, 그러니까 바로 지금 유행하는 것을 연주해주겠소? 그럼 나에겐 커다란 기쁨이 될 텐데."

"아니요. 오늘은 이쯤 해둡시다."

표트르는 몸을 굽히고 보온용기를 검정색 나일론 배낭에다 밀어넣었다. 키 작은 남자는 미동도 없이 그의 앞에 서 있었다. 표트르는 그 남자의 너덜너덜해진 운동화를 보고, 맨발인 것을 알았다. 12월에 이런 인간은 어떤 어려움을 맞닥뜨리게 될까? 그에 비하면 표트르를 기다리고 있는 것은 그야말로 사소한 일이겠지.

미스터 모차르트의 놀라운 환생

# 투바 미룸
(놀라운 금관 소리 울려퍼지네)

     놀라운 금관소리가
     무덤을 통해 퍼져
     모든 이들을 옥좌 앞에 모으리라.
     피조물이 부활할 때
     죽었던 만물의 혼이 깨어나고,
     응답한 대로 심판받으리라.

  그 사이에 짙은 푸른색이 다른 모든 색깔을 제압했다. 아치와 꽃장식들만 의기양양하게 빛을 발했다. 마치 대낮의 햇빛을 이기기라도 한 것처럼.
  볼프강은 돌연 발의 상처를 다시 느끼고 이빨을 앙다물며 얼굴을 찡그렸다. 발바닥의 볼록한 부위가 쿵닥쿵닥 울리는 느낌이 번져갔다.
  그는 바이올린 주자가 동전들을 바이올린 가방에서 집어낸 다음 악기를 조심조심 넣는 것을 바라보았다. 이 거리의 악사는 틀림없이 즉시 따뜻한 자기 집으로 돌아가겠지. 아마도 뜨거운 수프를 준비해 놓고 그를 기다리는 아내가 있을 거야.
  한기가 장딴지 위로 스멀스멀 올라왔다. 이제 어디로 가야 한단 말인가? 돌아갈 가정도 없고, 주머니에는 돈도 한 푼 없으며, 수프를 준비하는 아내 따위는 아예 없었다. 그는 눈물이 치밀어 오르는 것을 느꼈다. 콘스탄체! 그녀는 어떻게 되었을까? 에이, 참, 그녀는 썩어 문

드러졌어! 구더기들에게 갉아먹히고 허물어져 먼지가 된 지도 오래 되었을 거야. 누렇게 바랜 책을 보듯이 이제 그녀의 삶을 회고할 수 있다고 생각하니, 소름이 끼쳤다. 하지만 자식들, 자식의 자식들에 생각이 미치자 마음에 위로가 되어 그는 잠시 활력을 찾았다. 그 어딘가에서 후손들 가운데 한 명쯤은 틀림없이 찾을 수 있을 것이었다. 그렇지만 다음 순간 그런 생각은 떨쳐버렸다. 최소한 여덟 세대나 지나버렸잖은가. 누가 그를 가문의 일원으로 받아들일 거라는 믿음을 줄 수 있겠는가?

거리의 악사는 그 사이에 악기 가방을 어깨에 둘러메고, 마치 어느새 볼프강을 잊은 것처럼 그에게 고개를 끄덕이고는 떠나갔다.

볼프강은 추위 속에 그대로 서 있었다. 그가 지각知覺할 수 있는 거라곤 온통 발에서 펄떡이는 알라 브레베(alla breve; 2분의 2박자를 나타내는 박자 기호) 박자뿐이었다. 그는 잔뜩 긴장한 채 바이올린 주자의 실루엣을 놓치지 않으려 애썼지만, 그 악사의 윤곽도 점차 검푸른 배경에 잠겼다. 주위에서 나는 바스락거리고 윙윙거리는 소리가 그의 마음에 파고들어 커지더니, 시끄러워 도저히 참을 수 없는 불협화음이 되었다. 대성당 광장에 남아있는 사람은 불과 몇 명뿐이었다. 그는 자신이 그들 가운데 어느 누구도 모른다는 사실을 새삼 깨달았다. 이곳에서도, 불을 밝힌 주위의 집들에서도, 그 밖의 이 도시 어디에서도, 아니, 이 낯선 세계 그 어디에서도, 낯익은 얼굴을 찾지 못할 것임을 그는 돌연 분명히 알게 되었다. 그 어디에도 낯익은 얼굴은 없었다. 그가 이곳에서 당장 얼어 죽는다 해도 관심을 가질 사람은 아무도 없었다.

볼프강은 아무 생각 없이 달려나갔다. 아픈 발이 허락하는 한 가장 빠르게 거리의 악사가 사라진 방향으로 절뚝절뚝 걸었다. 위아래

로 흔들리는 바이올린 가방의 윤곽을 발견하고서야 비로소 그는 걸음을 늦추었다. 그리고 헉헉거리던 숨소리도 차츰 가라앉았다. 볼프강은 악사를 따라 골목들을 지나갔다. 아주 생소하지는 않지만 그렇다고 낯익은 골목도 아니었다. 방향감각이 너무 뒤죽박죽되어서, 가고 있는 방향이 도나우 강 쪽인지 호프부르크 왕궁 쪽인지조차 알 수 없었다. 바이올린 주자는 어떤 건물 쪽을 향해 곧장 걸어갔다. 바닥까지 닿는 커다란 창문에서 따뜻한 불빛이 길거리로 쏟아졌다. 볼프강이 보기에 그는 그 건물로 들어가기를 망설이는 것 같았다. 이윽고 바이올린 주자가 통유리 문을 열자, 유쾌하게 웅성거리는 소리가 소용돌이치듯 밖으로 빠져나왔다. 이제 곧 술집에 발을 들여놓을 수 있다는 기대감에 볼프강은 자기도 모르게 기쁨에 사로잡혔다. 그는 유리문 중 하나를 통해 조심조심 엿보았다. 정말이었다. 목로주점이었다. 그런데 무슨 술집이 이래! 내부는 저녁놀의 어스름 빛으로 빛났다. 하얀 식탁보가 덮인 긴 식탁, 은그릇, 밀초가 담겨 빛을 반사하는 유리잔 등이 보였다. 술집 한가운데엔 사람들이 서서 두런두런 얘기를 나누고 있었다. 그들의 옷차림은 대개 거무스름하고 거의 장식도 없이 소박했다. 몇몇 여자들이 그 사이사이에 끼어 알록달록한 얼룩처럼 빛을 발하지 않았다면, 볼프강은 그곳에 모인 사람들을 아마도 조문객들이라고 추측했을 것이다. 바이올린 주자는 보이지 않았다. 볼프강은 약간 간격을 두고 슬그머니 술집의 정면을 지나 건물 입구 계단에 웅크리고 앉았다. 조심조심 다리를 뻗었지만, 발은 계속 아팠다. 더는 걷지 못할 것 같았다. 온몸을 납덩이처럼 누르는 피로와 불안과 슬픔이 뒤섞인 채로, 그는 점점 더 많은 사람들이 술집에 들어가는 모습을 눈여겨보았다. 모두들 서로 안면이 있는 게 분명했다. 그들은 한결같이 악수와 포옹으로 서로 인사했다. 그리고 나서 그는 드디어 바이올린 주자를 발견했다. 그 악사는 볼프강에게 등을 돌린 채, 덩치 큰 대머리 남자와 대화 중이었다. 흰색 앞치마를 두른 그 남자는 제스처로 봐서 화가 난 듯했다. 마침내 바이올린 주자는 사람들을 헤집고 나가더니 악기를 꺼냈다. 활을 바이올린에 올려놓고 움직이기 시작했다. 창이 큰데도 불구하고 소음은 거의 밖으로 새나오지 않았다. 그가 무슨 곡을 연주하는지 알려면, 볼프강은 그곳을 뚫어져라 바라보아야 했다. 그것은 그냥 간단한 멜로디였다. 자신은 알지 못하는 어떤 소곡이었다. 그는 바지주머니에서 손을 빼내 볼기 아래로 밀어 넣었다. 웅크리고 앉은 돌이 얼마나 차가운지 살을 에는 것 같았다. 나도 저 따뜻한 술집에 얼마나 앉아있고 싶은지! 오후의 소시지는 까맣게 잊은 것이나 진배없었고, 맥주 한 잔 생각에 맘이 우울해지기까지 했다. 그의 눈이 화끈거리기 시작했다. 창 뒤에 있는 사람들의 윤곽이 그의 눈길 앞에서 희미해지더니, 아직 존재하지 않는 도미네(4부 속송 1곡) 소절들이 들려왔다. *거룩한 빛의 세계로 그들을 이끄소서*, Repraesentet eas in lucem sanctam. 그는 눈을 껌벅거리며 코를 훌쩍이고는 소매로 눈을 훔쳤다.

볼프강은 갑자기 자리에서 펄치고 일어났다. 밑져봐야 본전 아닌가, 최악의 경우는 술집에서 쫓겨나는 것밖에 더 있어? 이 돌계단에 앉아서 얼음 똥을 싸는 것은 그 다음에도 얼마든지 할 수 있잖아.

그는 문 앞에서 멈춰 섰다. 문에 너무 가까운 나머지 창유리에 그의 콧김이 서렸다. 안에서는 어떤 여자가 미끄러지듯 지나갔다. 반짝이는 검은 머리칼이 그녀의 등 위로 물결치듯 흘러내렸다. 그녀의 상체는 몸에 꼭 끼는 까만 천에 가려져 있어서 몸매가 그대로 드러났다. 그 아래에는 허리에 두르는 천 같은 요포腰布만 걸쳤는데, 그 천이란 게 통통한 궁둥이만 겨우 가릴 정도였다. 거나하게 술 취한 여자인

가! 볼프강은 끝없이 반짝이는 그녀의 다리를 뚫어지게 바라보았다. 그는 숨을 죽이고 술집에 발을 들여놓은 뒤, 팔꿈치로 사람들을 밀치며 앞으로 나갔다. 그러는 동안 시선은 줄곧 아름다운 허벅지에만 꽂았다. 갑자기 그는 누군가의 듬직한 등에 부딪쳤다. 그 바람에 잔이 넘쳐흘러 포도주가 그의 팔에 쏟아졌다.

"죄송합니다."

볼프강이 허둥지둥 말하고 재킷에 팔을 문질렀다. 주위에 있던 사람들이 뒤로 물러났다. 사람들의 눈총이 뾰족한 막대기처럼 날아와 박혔다. 그런 막대가 있으면, 죽은 곤충을 집어 이리저리 뒤집으며 더 자세히 관찰할 수 있을 것 같았다. 그는 자기 몰골을 아래로 훑어보았다. 바지는 축 늘어졌고 재킷은 더러웠다. 그때 바이올린 소리가 들렸다. 그는 깜짝 놀라 쳐다보았다. 바이올린 소리는 대성당 광장에서와는 다르게 울렸다. 뭔가 억눌리고 겁먹은 듯 소심하고 즐겁지 않았다. 그러더니 곧바로 다시 그쳤다. 볼프강은 다시 미안하다고 사과의 말을 중얼거리며, 손님들을 스쳐 지나갔다. 그리고 마침내 바이올린 주자를 볼 수 있었다. 이 악사 곁에는 또다시 흰색 앞치마를 두른 남자가 서 있었다.

"…계약을 위반하면…안 됩니다…."

볼프강은 그 남자가 바이올린 주자에게 항의하는 소리를 들었다. 악사는 조용한 목소리로 뭐라고 대꾸했는데, 볼프강은 무슨 말인지 알아듣지 못했다.

"다음번에는 절대 안 되요!"

볼프강이 보기에 주인으로 짐작되는 뚱보가 씩씩거리며 말했다.

"댁의 그 대단한 피아노 반주자가 당장 나타나지 않으면 다음번이란 없다구요. 알아들었소?"

볼프강은 바이올린 주자의 창백하고 굳은 얼굴에서부터 아래로 바이올린까지 바라보았다. 바이올린 주자 곁에는 까맣게 광택을 낸 포르테피아노가 있었다. 이것은 볼프강이 알고 있는 악기들과는 다르게 보였다. 다리가 없는 데다, 몸체가 바닥까지 닿았다. 게다가 늘 보아왔던 것보다 거의 절반쯤은 더 넓어 보였다. 이 악기는 그야말로 ─그래, 정말이지, 전부 7옥타브로서 보통의 것보다 두 개나 더 많았다. 여기에서 어떤 예기치 못한 가능성들이 생겨날까! 그는 주저하지 않고 포르테피아노가 있는 곳으로 걸어가 등받이 없는 의자에 앉았다.

"제가 늦은 것을 부디 용서해주시기 바랍니다. 보나마나 제가 지각하는 바람에 이렇게 불편한 일이 생겼군요."

볼프강이 큰 소리로 말하는 바람에 주인이 깜짝 놀라 갑자기 뒤돌아보았다.

볼프강은 건반 위로 손을 뻗어 먼저 하나의 화음, 그 다음에는 또 다른 화음이 울려 퍼지게 했다. 그리고는 멈칫하고 자기의 손을 물끄러미 바라보았다. 그런 다음 깜짝 놀란 표정으로 몇 개의 음을 각각 짚어나가더니, 마지막으로 한 번 피아노 전체를 두드리며 종지화음으로 악곡을 마무리하고 미소를 지으며 머리를 흔들었다. 하느님께 맹세컨대, 이 불건은 본래의 음보다 적어도 4분의 1 정도는 더 높게 조율되었다! 대성당 광장에서 표트르가 바이올린을 연주했을 때도 이미 똑같은 일이 볼프강의 눈에 띄었었지. 그렇다면 이건 실수가 아니라, 틀림없이 새로운 유행일 터. 그럼 좋아. 그 정도엔 얼마든지 익숙해질 수 있어. 이제껏 내가 연주했던 것들보다 건반이 분명히 넓다는 것도 단지 연주법의 문제지. 그는 새로운 시대의 음악이 어떤 곡예를 부릴지 호기심에 차서 주인을 바라보며 히죽 웃고는, 손가락을 조금 더 펴서 건반을 마구 두들기기 시작했다. 볼프강은 앞서 들었던 노래를 끄집어내어 4성 악곡을 보태고 대위법(Kontrapunkt, 영어로는 counterpoint; 둘 이상의 독립된 선율이나 성부를 동시에 결합시켜 곡을 만드는 복음악의 작곡법)을 더해 연주했다.

 바이올린 주자는 그를 마치 유령을 대하듯 물끄러미 바라보더니, 마침내 바이올린을 턱 아래 끼고 음정을 맞추기 시작했다.

 "고맙네."

 볼프강은 주인이 사라지자마자 바이올린 주자가 속삭이는 소리를 들었다.

 볼프강은 안도의 숨을 쉬었다. 설령 꽤나 못쓰게 된 악기를 건드리고 있다 할지라도, 드디어 그는 어느 정도 친숙한 영역에서 움직이고 있잖은가. 중간 옥타브들의 음어 너무 맞지 않았다. 그래서 괴로울 정도로 삐딱한 음들을 전부 다 피한다는 것은 거의 불가능했다. 그런데 바이올린 주자가 그에게 연주하라고 보여주는 곡에도 고대하던 매력적인 새로움은 아쉽게도 없었다. 낡은 방식들은 그에게 때때로 헝가리나 보헤미아 음악을 연상시켰다. 너무도 많은 게 달라지지 않고 그대로인 것 같았다. 이백 년이라고 했으렸다? 그런데 여기는 확실히 더 좋다고는 하더라도 어쨌든 음식점이었다. 그가 관심 있는 것은 어차피 여기에서 들을 수 없을 터. 무엇보다 더 이상 밖에서 동태가 되는 꼴은 면했으니 신이 난 그는, 바이올린 주자가 연주하는 곡 하나하나에 맞춰 반주하며 등 뒤에서 차려지는 음식들의 맛있는 냄새를 밀어내려 애썼다.

 식사가 끝나고 술잔이 돌기 시작하면서 목소리들이 커졌다. 그래서 볼프강은 악기 소리가 시끄러운 데도 불구하고 그 목소리에 맞서 있는 힘껏 연주해야 했다. 그러자 바이올린 주자가 바이올린을 옆으로 치웠다.

"난 잠깐 쉬어야겠어!"

바이올린 주자는 가쁘게 숨을 몰아쉬고 물을 한 모금 마시고는, 벽기둥에 설치된 작은 탁자에 잔을 도로 올려놓았다. 그러고는 H(Herren, 영어로 Men의 첫 글자 H로서 남자 화장실을 표시함)라는 팻말이 붙은 문 뒤로 사라졌다. Häusel(움막)을 뜻하는 H일까, 하고 볼프강은 궁리해보았다. 그렇다면 저건 틀림없이 뒷문이겠지.

볼프강은 자기가 앉은 높다란 의자를 벽기둥 쪽으로 끌고 가며, 바이올린 주자의 물을 좀 마셔도 되는지 아니면 좀 더 나은 음료를 기대해도 될지 자문해보았다. 그때 그의 시선에 정교하게 인쇄된 종이가 들어왔다. 종이는 콘솔 탁자 위의 유리 스탠드 안에서 찬란하게 빛났다. 세상을 발견하세요! 종이에는 그렇게 적혀 있었다. 이 문구는 바로 그를 겨냥한 것만 같았다. 그는 손가락으로 부채질하여 몇 장을 분리시켰다. 그것은 다 똑같은 인쇄물 꾸러미였다. 그렇다면 일종의 전단지임에 틀림없었다. 그는 남몰래 주위를 둘러보고 한 장을 집어냈지만, *시니어-보너스-프로그램Senior-Bonus-Program*이란 이름으로 거기 제시된 게 무엇인지 도무지 이해할 수 없었다. 반짝이는 은빛 글자가 적힌 작은 배지가 전단지에 부착되어 있었다. 그 위에 막스 무스터만이라고 적혀있었다. 볼프강은 손가락으로 글씨를 만져보다가 깜짝 놀라 멈칫했다. 종이가 매끄럽고, 철자가 보기와는 달리 전혀 불룩하지 않았다. 그게 얼마나 정밀하게 만들어진 그림이었던지, 볼프강은 내내 긁어보고 은색 줄 위를 자꾸 비벼보았다.

"폴란드의 므라고보에서 온 표트르 포토츠키일세."

바이올린 주자가 인사하는 바람에 볼프강은 생각에서 깨어났다.

볼프강은 자기에게 내민 손을 잡았다. 물기가 없고 뼈대가 굵은 느

껌의 손이었다.

"난 볼프강 모⋯."

그는 얼굴이 뜨거워졌다가 차가워졌다가 다시 뜨거워졌다. 그 다음에는 얼굴에 미소가 스쳤다.

"내 이름은 무스터만이네. 정말이네. 그렇고말고. 볼프강 무스터만!"

"볼프강 무스터만, 연주 실력이 훌륭하더군. 게다가 내게 큰 도움을 주었네. 자네가 도움이 필요할 때, 내가 신세를 꼭 갚겠네."

술집 주인이 진한 커피를 가져왔다. 볼프강은 머리를 쭉 빼고, 놀라운 반라의 여자를 힐끗 바라보았다. 그를 제외하고는 아무도 그녀의 복장을 이상하게 여기지 않는 게 분명했다. 그녀는 작고 하얀 담배를 연달아 계속 피워댔다. 대단히 열성적인 어떤 남자가 언제든 그녀의 담배에 불을 붙여줄 태세였는데, 볼프강은 그를 유심히 바라보았다.

"저 사람, 우리한테도 음식을 가져다줄까요?"

볼프강이 즐거운 표정으로 뚱뚱한 주인을 바라보았다.

"저녁식사는 여섯 시였거든. 먹고 싶거들랑 부디 시간에 맞춰 오게."

술집 주인은 가쁘게 숨을 쉬며 사라졌지만, 잠시 후에 접시를 볼프강 앞에 내려놓았다. 고기는 없고 오직 콩만 들어있는 리소토였다. 그래도 볼프강은 허기만 달랠 수 있다면, 무슨 음식이든 다 좋았다.

몇몇 손님이 자리에서 일어나 여기저기 작게 무리를 지었다. 볼프강은 여자들 대부분이 아무것도 걸치지 않은 맨 다리를 드러내고 있음을 알았다. 술주정뱅이 여자와 똑같은 모습은 아닐지라도, 무릎 아래까지 내려오는 치마는 하나도 보이지 않았다. 그쪽을 바라보려고 볼프강은 자꾸 상체를 옆으로 기댔다. 결코 경박한 여자들은 아닌 것 같았다. 신사들과 시중드는 사람들 역시 여자들을 모두 정중하게 경의를 표하며 대했다. 그는 조심스러운 눈길을 바이올린 주자에게 던졌는데, 이 악사는 그저 자기 손이나 주무르며 볼프강을 향해 고개만 끄덕였다. 무슨 세상이 이 모양이람! 콘스탄체의 장딴지가 기억났다. 아무리 성가셔도 항상 정숙하게 숨겨져 있었던 장딴지였다. 한 번의 예외 때문에 하마터면 불화로 이어질 뻔했지만 말이다. 일순간 그는 손님들 사이에서 장딴지를 드러낸 콘스탄체를 본 듯 했다. 그러자 짜증난 마음속에서도 기분 좋게 근질근질한 느낌이 파고들었다.

계속 연주를 하는 동안 볼프강의 머릿속에서는 마치 괴상한 꿈을 꾸는 것처럼 수천 가지 인상들이 뒤섞였다. 그런데 그는 그 인상들을 각각의 삶에 연결시킬 수가 없었고, 손가락이 점점 활기 없이 굼떠지고 있다는 것도 거의 알아채지 못했다. 표트르가 그의 코앞에서 피아노 뚜껑을 탁 덮었다. 그러자 갑자기 몹시 괴롭고 무거운 피로감이 볼프강을 덮쳤다. 볼프강은 몸을 일으켰지만 두 다리가 마치 꽃대처럼 꺾였다. 바닥이 흔들렸다. 그는 피아노에 몸을 의지하더니 등받이 없는 의자에 도로 주저앉았다.

"다음 번에도 이 사람을 다시 데려올 수 있겠지. 난 이 친구가 그 러시아사람보다 더 마음에 들거든."

볼프강은 어떤 뚱뚱하고 하얀 형체가 다가오는 것을 몽롱하게 바라보았다. 그는 두 눈이 쿡쿡 쑤시며 아파서 눈을 깜박이며 기억해내려고 애썼다.

"자네가 오스트리아사람이면 세금을 포함한 총액을 받을 걸세."

그 하얀 형체가 손을 내밀고 볼프강에게 작은 종이를 건넸다.

"독일 출신이요."

볼프강이 힘겹게 말을 꺼내며, 남은 힘을 총동원하여 일어섰다. 하마터면 앞으로 고꾸라질 뻔했다.

"잘츠부르크에서 왔소."

그가 한 마디 덧붙였으나, 주인은 그의 말을 듣지 못했다.

"아, 독일사람이군."

주인이 볼프강에게 또 다른 종이 한 장을 내밀었다.

"그렇다면 다음에 올 때까지 세무서에 제출할 이 서류를 채워주게. 생년월일, 주소 등등 말일세. 까먹으면 안 되네."

볼프강은 힘없이 고개를 끄덕이고, 서류를 전부 바지주머니에 쑤셔 넣었다. 그는 몽롱한 상태로 바이올린 주자 뒤에서 더듬더듬 거리를 걸어갔다. 마치 누군가가 작은 통나무로 머리에 쐐기를 박는 것 같았다.

"어느 방향인가?"

표트르는 외투 깃을 높이 세웠다. 눈송이가 둥둥 떠서 사뿐사뿐 내려오며, 대낮처럼 밝고 미동도 없는 가로등 불빛 속에서 반짝였다. 볼프강은 위쪽을 바라보았다. 조명등이 저 혼자 조용히 윙윙거리는 소리를 냈다. 그런데 그 소리가 자기의 어지러운 머릿속에서 울리는 굉음인지 아닌지, 통 자신이 없었다.

대답 대신 볼프강은 찢어진 윗입술을 핥고 몸을 떨면서 왼발을 오른발 위로 들어올렸다. 그렇게 해야 통증을 좀 견딜 만했다.

"더 이상 모르겠어."

그는 이렇게 말을 내뱉고 비트적거리더니, 점점 더 가까이 내려오는 눈송이들을 하염없이 바라보았다. 눈송이들은 시커먼 바닥에서 소리 없이 사라졌다.

소음이 인정사정없이 그의 꿈을 산산조각 냈다. 담대한 리듬들을 꽉 붙들고 의지하려 했지만, 금속성의 덜커덩거리는 소리는 그 리듬을 뚫고 나아갔다. 공기에 쐬지 않은 침구, 커피, 불쾌한 향수 등의 냄새가 그의 콧속으로 올라왔다. 그의 손가락이 벨벳 줄무늬 베개를 더듬었다. 그는 평소보다 무거운 머리를 들어 올리고 신음소리를 내며 눈을 크게 떴다. 또다시 낯선 방에 누워있었다. 이번에는 점토색의 긴 안락의자 위였다. 맞은편 벽에는 바이올린 가방이 세워져 있었다. 갑작스럽게 비추는 따뜻한 햇살처럼, 지난밤의 기억이 불현듯 떠올랐다. 여전히 잠을 자듯 활기가 없는 그의 육체가 돌연 생기를 찾았다. 그는 단숨에 벌떡 일어나 두 다리를 침대에서 흔들고 신음소리를 내고는 침상에 도로 주저앉았다. 그의 왼발에는 흰색 붕대가 감겨 있었다. 그는 손으로 조심스럽게 그 위를 쓰다듬으며, 검지로 천 아래를 찔렀다. 그런데 발을 내딛자 쿵쿵 울리는 느낌은 사라지고, 쿡쿡 쑤시는 듯한 통증이 다시 느껴졌다.

허리에다 천 하나만 두른 채 표트르가 문간에 나타났다. 볼프강은 그 모습을 떨쳐낼 수 있기라도 한 것처럼 머리를 흔들어댔다. 아침에 반쯤 벌거벗은 남자를 만나는 게 나의 새로운 삶이란 말인가?

"그냥 누워있는 편이 낫겠어."

표트르가 마지 그를 다시 침상으로 내몰려는 것처럼 그에게 손바닥을 내밀었다. 표트르는 발목까지 닿는 파란 바지를 안락의자 등받이에서 낚아채듯 집어서 입었다.

"간밤엔 열이 나 펄펄 끓더구먼."

그러고는 웃는 얼굴들이 장식된 잔에 커피를 가득 채워 볼프강에게 건네고, 겉으로 보기에는 볼프강의 바지 허리띠만큼이나 다루기 쉬운 붕대를 풀기 시작했다.

"자네를 진짜 친구라 부르겠네!"

볼프강은 코를 찡그리고, 표트르가 그의 발바닥에서 짜낸 고름이 묻은 조각을 유심히 바라보았다.

표트르는 상처에서 눈길을 떼지 않은 채 잠깐 어깨를 움찔했다.

"염증은 나아졌네. 자네는 운이 좋았어. 오늘은 다리를 올려놓고 있어야 해."

볼프강은 베개를 더 높이 끌어당기고 편안하게 한숨을 쉬며 베개에 몸을 기댔다. 그리고는 커피에서 모락거리는 김을 조용히 호호 불었다.

"고맙네. 이곳은 곤경에 빠진 나를 구해주는 안성맞춤 은신처야."

"아니, 이곳은 아니야. 제발, 자네 집으로 가게."

볼프강은 그에게 미소를 지으려 했지만, 입가가 말을 듣지 않았다.

"그렇다면, 에헴, 혹시 자네의 우정으로 호의를 베풀어 나를 잠시 손님으로 받아줄 수는 없겠나? 맹세코 어떤 성가신 일도 만들지 않겠네."

표트르는 볼프강의 발을 쳐다보았다. 마치 하나의 문장을 곱씹는 것처럼 그의 턱이 이리저리 움직였다.

"무슨 짓을 저질렀는가?"

"유리조각을 밟았어."

"발로 밟은 게 아니라 목숨 걸고 밟은 거구만."

볼프강은 숨을 죽였다. 나한테 닥친 일 중에 알아야 할 게 얼마나 많을까? 그는 자기의 무거운 짐에서 너무나도 벗어나고 싶었다. 표트르에게 속마음을 털어놓을까? 그것은 너무 위험부담이 커 보였다. 너무 위험해서 이 바이올린 주자까지 그를 욕하고 내쫓을 것이었다.

"내 목숨이라, 글쎄. 그게 좀… 뒤죽박죽인데. 나 자신도 나를 더는 제대로 알 수가 없단 말이지."

볼프강은 표트르의 표정을 읽어내려 애썼다.

"자넨 손님에 대한 호의를 갖고 내게 정말로 엄청난 도움을 줬어. 하나님도 마음에 들어 하실 거라고 난 정말로 확신하네."

표트르의 시선이 바닥을 따라 이리저리 움직였다.

"경찰과 불편한 관계에 있나?"

"정말 아니네!"

"미안하이. 내가 생각한 것은 그저… 자네 모습이 그렇거든…."

"그래, 자네 말이 옳을 걸세. 내가 아마 떠돌이처럼 보일 테지."

볼프강이 고개를 끄덕였다.

"하지만 내가 어떤 죄도 범하지 않았다는 것만큼은 보장할게."

'죄'라는 단어를 말할 때 그의 마음속에서 뭔가가 오그라들었다.

"난 평판 좋고 성실하고 정직한 그리스도인이네. 그리고 내가 의미를 두고 있는 것은 오직 반듯하게 처신하고 수염을 깨끗이 깎고 매우 성실하게 일을 하고…."

"그렇다면 자네가 어디서 왔는지 말해줄 수 있겠지."

볼프강은 머뭇머뭇하다가, 표트르의 눈이 번쩍이는 것을 알아챘다.

"이해하기 어려울 지도 모르겠는데, 난… 긴 여행을 했어. 내가 떠나온 곳에서는 보이는 모든 게 정말 다른 모습이네…."

그가 입을 다물었다. 서재, 흑단처럼 새까만 피아노포르테 건반, 끈기 있게 버티는 벽시계 추 등 낯익은 광경들이 불현듯 떠올랐다. 한순간 그는 마차가 구르는 소리를 들었다고 생각했는데, 돌연 라크리모사의 음들이 뒤섞였다. 그는 얼른 자기의 가슴을 움켜쥐었다.

"흠. 무슨 말인지 알겠어."

표트르의 목소리에 그는 다시 정신을 차렸다. 바이올린 주자는 아랫입술 주위를 깨물었다.

"나도 2년 전에 똑같은 일을 겪었네."

"자네가….”

볼프강의 맥박이 더 빨라졌다. 그가 너무 빨리 몸을 앞으로 숙이는 바람에 잔이 흔들려 커피가 넘쳐흘렀다.

"그렇다면 자네도… 오, 표트르, 정말인가?"

그는 마음이 편해져서 바이올린 주자를 향해 미소를 지었다. 갑자기 이 악사가 전혀 다른 사람인 것처럼, 마치 아주 친한 사람처럼 보였다. 어째서 이 악사를 오게 했을까? 아마도 그의 음악적 능력 때문일 리는 없었다.

"내가 솔직히 물어도 된다면, 그게 몇 년도였나? 그러니까 자네가… 아니, 내 말은….”

표트르는 어깨를 들썩였다.

"난 2년 전에 왔네. 2004년에."

"내 말은 자네가 어디서 왔느냐는 거네."

"내가 엊저녁에 말하지 않았던가? 난 므라고보에서 왔네. 폴란드의 마수리아에 있는 소도시지."

"그런데 자네는 언제 태어났나— 처음으로?"

"처음으로라니?"

표트르가 웃었다.

"1970년 4월에 태어났네."

"그 전이 아니고?"

"아냐, 쁘시야첼, 내 얼굴엔 아직 주름이 그렇게 많지 않을 텐데.

그렇지 않은가?"

볼프강은 실망하여 베개에 쓰러졌다.

"그럼 자네는 36년간은 되돌아볼 수 있겠군. 그리고 정말로 한 해씩 순서대로 되돌아볼 수 있나?"

표트르는 대답 대신 다시 한 번 웃었다.

"웃기는 친구로군! 그래 좋아. 지금은 겨울이고 강림절降臨節이니까, 여기 그냥 머물러있도록 해. 그런데 난 크리스마스 때까지 피아니스트가 필요하네. 거의 매일 저녁 연주 약속이 있거든."

그는 볼프강의 의향을 묻듯이 바라보았다.

"자네랑 함께 연주해야 한다고? 기꺼이! 자네가 원할 때마다 해주지."

표트르의 얼굴에서 웃음기가 걷혔다.

"하지만 번거로운 일을 만들면 안 되네. 여긴 사실 동료의 집이거든. 게다가 난 체류허가도 없어."

볼프강은 한숨을 쉬며 이불을 더 높이 끌어당겼다. 체류허가가 뭔지는 몰라도—잘은 모르겠지만 나한테도 체류허가가 없을 걸—그가 내던져진 이 낯선 삶에서 그를 기다리고 있을 온갖 것에 비하면, 저 바이올린 주자의 걱정쯤은 분명히 사소한 것이었다. 볼프강이 작곡가로서 부여받은 것은 과도한 명예인 동시에 짐이었다. 그리고 이제 중요한 것은 자신이 이러한 의무에 적합하다는 것을 입증하는 것이었다.

"이것 좀 구경해도 되나?"

볼프강이 침상에서 아래쪽을 향해 물었다.

"물론."

표트르는 바닥에 놓여있는 악보 더미를 움켜쥐었다.
"특별한 것은 없는데. 어떤 것을 보고 싶은가? 여기 이것?"
"있는 것 전부 다. 특히 말이지…"
볼프강은 머뭇거리다가 말을 만들어내야 했다.
"저 낡은 것들이 자네 거라면 말일세. 1800년 이후 작곡된 것은 전부 다 보겠네. 그리고 물론 막 유행하고 있는 것도 다. 내가 메모를 할 수 있도록 악보 용지 좀 주게."
"19세기 것이야 많지. 자, 여기."
표트르는 두툼한 뭉치를 볼프강의 무릎에 올려놓았다. 볼프강은 경외심에 차서 손가락 끝으로 그 위를 더듬었다. 마치 그것에서 뭔가, 그러니까 체온이 발산되는 것 같았다. 그러나 그것이 온기인지 아니면 냉기인지는 말할 수 없었다. 이백 년이라고. 소름 때문에 그의 팔이 얼얼했다. 그가 종이 사이를 뒤적였다. 이백 년이라고.
"현재 궁정 작곡가가 누구인지는 말해줄 수 있겠지?"
"궁정 작곡가라니? 그게 무슨 말인가?"
볼프강은 머뭇거렸다. 그에게 뭔가 설명해야 할 사람은 오히려 표트르였다. 그래서 그는 어깨만 으쓱한 다음, 계속 종이를 뒤적였다. 그는 표트르가 대성당 앞에서 연주했던 알레그로를 꺼내, 손가락으로 매끄러운 순백색 종이를 훑었다. 그는 일전에도 주문했던 일들 때문에 세밀한 악보에 익숙했다. 그러나 이 악보들은 대개 그렇게 세밀하지는 않았다. 음표머리의 가장자리가 마치 쥐가 쏠아먹은 것처럼 너덜너덜해졌다. 마치 인쇄공이 색깔에서 실수라도 한 것처럼, 흐릿한 막이 종이 전체를 덮고 있었다.
"자네, 날 위해 그걸 다시 한 번 연주해주겠나?"
표트르는 이마를 찌푸렸다.

"하지 않는 게 좋겠네. 난 모차르트 곡은 별로거든. 하지만 자네가 듣고 싶다면, CD로 들려줄 수는 있어."

그는 책꽂이를 만지작거렸다.

"유감이군. 그럼 자네가 허락한다면 내가 조만간 한 번 직접 연주할 수밖에 없겠군."

볼프강은 다시 악보에 몰두했다. 그런데 표트르는 그새 생각이 바뀐 것 같았다. 잠시 후 첫 음들이 울려 퍼졌다. 볼프강은 귀를 기울였다. 그런데 이 표트르는 아주 완벽하게 연주할 줄 알았다. 첫 번째 바이올린 탄주만으로도 벌써 그가 표트르의 실력이라고는 믿기 어려운 명인다운 솜씨가 드러났다. 이것은 대성당 광장에서 표트르가 선보인 턱없이 형편없던 연주와는 비교도 안 되었다. 어쩌면 대성당 광장이 그냥 너무 추워 그랬을지 몰라. 온기가 볼프강의 온몸에 스며들었다. 그는 연주가 마음에 든다는 뜻으로 표트르에게 고개를 끄덕이려고 고개를 들었다. 그런데 이 바이올린 주자는 바이올린도 없이 여전히 책꽂이 앞에 서 있었다.

"어엇! 누가 연주하는 거지?"

볼프강은 눈을 크게 뜨고 방안을 둘러보았다. 제2 바이올린도 시작되자, 너무 놀란 나머지 하마터면 책이 그의 손에서 미끄러져 떨어질 뻔했다.

표트르는 납작한 작은 케이스를 그에게 던졌다.

"모스크바에서 온 소규모 실내관현악단."

표트르가 무관심하게 대답했다.

"관현악단이… 어디 있다는 거야…? 난… 안 보이는데."

볼프강이 속삭이듯 말했다. 그는 표트르를 뚫어지게 바라보더니 불안해하며 손에 든 작은 케이스를 돌렸다. 그것은 유리로 만들어진

것 같은데 새털처럼 가벼웠다.

표트르가 웃더니 자기 잔에 커피를 더 따랐다.

볼프강은 종이 더미를 발에서 밀쳐내고, 긴 안락의자에서 기어 나왔다. 그의 귀가 방을 두루 더듬었다. 소규모 악단 전체가 연주를 하는데도 ―그 사이에 비올라와 두 대의 첼로도 투입되었다― 음악소리는 한 방향에서만 나왔다. 그가 멈칫했다. 그래, 그럼 그렇지! 그 생각이 왜 금방 떠오르지 않았담! 그를 우롱하려 하는 것은 또다시 일종의 기계장치였다. 그는 네 발로 기다시피하며 소리가 나는 곳으로 다가갔다. 커다란 빵 한 덩이처럼 생긴 까만 상자였다.

"여기서 소리가 나오는구먼."

그는 부드럽게 진동하는 촘촘한 격자를 조심조심 어루만졌다.

"얼마나 소리를 정확하게 내는지 놀랍군. 다른 곡들도 연주할 수 있나?"

표트르는 웃음을 터뜨렸다. 그런데 두 눈은 여전히 바닥에 웅크리고 있는 볼프강을 근심스럽게 바라보았다.

"자네 지금 농담하는 건가."

"그러니까― 계속 똑같은 음악만 나오는 건가?"

"이봐, 이건 음악 재생장치야! 자네는 어디서 왔나? 원시림에서 왔나? 여태 CD 플레이어를 본 적이 없어?"

볼프강은 쿵쿵 울리는 상자를 물끄러미 바라보더니, 엄지손가락 끝보다 더 자란 손톱을 앞니로 긁었다. 그의 눈길이 살그머니 표트르의 얼굴을 스쳤다.

"본 적이 있긴 있네."

그는 단언하듯 말하고 입가를 위쪽으로 끌어당겼다.

"어제 처음으로."

표트르의 표정에서 긴장이 풀렸다. 그는 발로 볼프강의 옆구리를 툭툭 쳤다.

"싱거운 사람 같으니! 난 자네가 정신병원에서 나온 줄 알았잖아."

볼프강은 마른 침을 삼켰다. 정신병원이란 게 무엇인지 충분히 상상할 수 있었다.

"그런데 자네는 나를 조금도 무섭게 대하지 않았네— 난 음악소리를 듣자마자 자네가 연주를 하는 줄 알았지. 자네도 어쨌든 바이올린 연주자니까."

"그건 그래. 하지만 저 정도 실력의 연주자는 아니네. 난 모차르트를 결코 저렇게 잘 연주할 수 없네."

그는 슬픈 어조로 말했다.

"모차르트가 내 연주를 안 좋아할 거야."

"아니, 확실히 좋아할 걸세. 틀림없이…."

그러다가 볼프강이 멈칫했다. 아니다. 이 곡은 정말로 표트르에겐 거의 없는 노련함을 요구한다.

"그런데 자네 친구 시트코브스키는 자네를 좋아하지 않는가?"

"*차이코프스키*? 그래, 이 싱거운 사람아. 그런데 난 이만 가야해. 자네는 CD나 듣고 있으라고."

그는 선반에서 또 다른 케이스를 잡더니 뚜껑을 열었다.

볼프강은 호기심에 차서 표트르의 어깨 너머로 엿보았다. 은빛 원판 하나가 그 속에 들어있었다. 요스트를 몹시 흥분하게 만들었던 그 물건들 중 하나였다. 표트르는 검은 상자에 붙어있는 단추들을 눌렀다. 그러자 뚜껑이 위로 툭, 솟아올랐다. 그 모습은 그가 언젠가 카알에게 선물했던 작은 상자의 단추를 누르면 알록달록한 옷을 입은 바보가 상자에서 껑충껑충 뛰어나왔을 때와 거의 같았다. 그 기계장치

에는 이미 마법의 원판들 중 하나가 들어있었다. 표트르가 이제 그 원판을 꺼내 볼프강의 손에 쥐어주었다.

"케이스에 다시 집어넣게."

그는 머리로 볼프강의 침상 쪽을 가리켰다. 그곳에 유리로 만든 것 같은 작은 케이스가 여전히 놓여있었다. 볼프강은 고개를 끄덕였다. 그러나 꼼짝하지 않고, 손에 든 원판을 넋이 나간 것처럼 멍하니 바라보았다.

"말해보게, 이걸 몇 번이나 들을 수 있는 거지?"

"원한다면 귀가 너덜너덜 떨어질 때까지 들을 수 있지."

표트르의 어조에는 즐거움과 의심이 섞였다. 그런 다음 그는 두 번째 원판을 기계장치에 놓고 뚜껑을 아래로 눌러 덮은 뒤 다시 단추를 작동시켰다.

음악이 울려 퍼지기도 전에 표트르가 벌떡 일어났다.

"난 이제 그라벤슈트라세에 연주하러 가네. 아주 편히 그냥 누워 있게. 저녁에 다시 보자구."

표트르가 나가고 문이 닫힌 다음에도 오랫동안 볼프강은 경건하게 바닥에 앉아 손에 든 은빛 원판들을 살펴보았다. 그 동안 바이올린 협주곡의 섬뜩한 울림이 방을 가득 채웠다. 그는 폭풍이 휘몰아치듯 머릿속을 스치고 지나가는 생각들을 붙잡으려고 애썼다. 그리고 번쩍이는 그 물건을 돌리며 손가락으로 가장자리를 따라 훑었다. 도대체 음악이 어떻게 저 안으로 들어갔다가 다시 나오는 거지? 이런 마법의 원판들이 얼마나 많은 걸까. 에노의 집에도 분명히 두 다스나 바닥에 놓여있었다. 그리고 여기, 어떤 악사의 집에는 또 어떻고? 볼프강은 지체 없이 몸을 일으켜서 서가를 향해 무릎으로 기어

가서는 유리 케이스를 전부 낚아채어 바닥에 펼쳐놓았다. 전부 다 음악이잖아! 언제든지 반복해서 들을 수 있다니! 그의 호흡이 가빠졌다. 그는 신속한 손동작으로 케이스들을 뒤집어보고, 헨델, 바흐, 코렐리(Arcangelo Corelli; 1653~1713, 이탈리아 작곡가) 같은 유명한 이름들을 읽었다. 요제프 하이든의 초상이 담긴 원판을 발견하고는 그것을 가슴에 대고 꼭 눌렀다. 그와 달리 코젤루치(Leopold Kozeluch; 1747~1818, 체코 작곡가), 폰 베에케(Franz Ignaz von Beecke; 1733~1803, 독일 작곡가), 우믈라우프(Michael Umlauf; 1781~1842, 오스트리아 작곡가) 등 다른 인물들은 찾아보았자 소용이 없었다. 그리고 클레멘티(Muzio Clementi; 1752~1832, 이탈리아계 영국 작곡가), 명인인 척 하는 이 남국의 사기꾼도! 고소해하며 심술궂게 히죽거리는 비웃음이 그의 얼굴에 스쳤다. 그래, 어떤 사람들은 세월을 견디고 살아남지만 또 어떤 사람들은 그렇지 못한 데는 그럴 만한 이유가 있는 거야. 그는 그것을 금방 알아었다. 멍청한 간신들 같으니!

  그 다음에 그는 나머지 작은 케이스들에 씌어있는 표제를 읽었다. 죄다 그가 모르는 이름들이었다. 결국 그는 두 개의 작은 더미를 쌓아올렸다. 그에게 낯익은 작곡가들은 왼쪽, 낯설고 새로운 음악가들이 쌓인 훨씬 큰 또 다른 더미는 오른쪽에. 그는 작곡가 "볼프강 아마데우스 모차르트"라는 이름이 버젓이 적혀 있는 CD 몇 개를 찾아냈다. 아마데우스라니! 볼프강은 얼굴을 찌푸렸다. 대성당 광장에 있었을 때만 해도 그는 그것을 장난이라고 여겼다. 하긴, 시간이 많이 흘렀으니까 사람들이 그의 정확한 이름을 잊었을 수도 있겠지? 그럼에도 그는 케이스를 오랫동안 손에 들고 있었다. 그 위에 적힌 글씨가 눈앞에서 흐릿해졌다. 그는 손가락 끝으로 반들반들한 케이스를 어루만졌다. 그리고 마음의 여유를 갖고, 자기 이름이 적힌 케이스 더미를 손에 잡고는 전혀 친숙하지 않은 작품의 명칭들을 살펴보았다. 이마에 주름살을 지으면서 *죄놈므 콘서트*(Jeunehomme-conert, 모차르트 피아노 협주곡 9번 내림마장조 작품 271번), *사냥 소나타*(Jagdsonate, 모짜르트 피아노 소나타 18번 라장조 K.576 제1악장 알레그로의 속칭), *주피터 교향곡*(Jupiter-Sinfonie, 모차르트 교향곡 41번-옮긴이) 등과 같은 이름들을 읽었다. 하지만 그런 음악을 작곡했던 기억은 전혀 없었다. 어떤 이유에서인지 이 작품들에는 전부 다 번호가 매겨졌고, 번호 앞에는 KV라고 적혀있었다. 누군가가 틀림없이 이 작품들을 애써 분류하려 했던 모양이다. 이 무슨 혼란인가! KV라니? 이건 콘스탄체의 짓이었을까? 맙소사! 볼프강은 큰 소리로 웃음을 터뜨리고, 작은 탑처럼 쌓인 세 개의 원판 더미를 쭉 훑어보았다. 지금 당장 저것들을 하나도 빠짐없이 듣고 싶어. 기계장치는 분명히 다 준비가 되어있을 거야. 표트르도 단추 몇 개를 누르는 것 외엔 아무것도 하지 않았으니까 말이야.

　볼프강은 자신이 잘 모르는 음악가들 더미에서 원판 케이스 하나를 무턱대고 고른 다음 버튼을 눌렀다. 살짝 긁히는 듯 조용한 소리와 함께 음악이 그쳤다. 그리곤 더 이상 아무 소리도 나지 않았다. 다른 버튼 두 개를 더 누르자 그제서야 뚜껑이 높이 올라오더니 원판을 다시 내놓았다. 볼프강은 그것을 곧장 다른 원판과 교체했다. 그런데 그 원판의 소리를 울리게 할 수가 없었다. 그래서 원판을 다시 꺼내 유심히 살폈다. 혹시 고장이 난 걸까? 아니면 버튼을 잘못 누른 것일 수도. 그는 다시 한 번 좀 더 자세히 바라보았다. 의심의 여지가 없었다. 위에 플레이*play*라고 적혀있었다. 그게 재생을 위한 단추임에 틀림없었다. 그런 다음에 원판을 다시 넣자 드디어 작동되었다. 홀린 듯 그는 유심히 귀를 기울였다. 참으로 기막힌 음색이잖아! 그가 예전에 들었던 대단히 훌륭한 오케스트라보다 나았다. 악기라곤 하나도 안 보이는데! 소름이 돋을 정도로 몹시 완벽했다. 의심하는 눈초리로 그는 반짝이는 원판들을 바라보았다. 그가 평생 자기의 곡을 연주하는 음악가들에게 요구해도 소용이 없었던 것을 이 원판들은 모두 해내고 있었다. 그는 은빛 원판들을 하나씩 케이스에서 거칠게 빼냈다. 그리고 몇몇 단추들을 시험 삼아 눌러본 후에는 음악을 언제든지 중단시키고 다른 곡으로 건너뛰게 할 수 있다는 것도 알아냈다. 앞으로 뒤로 마음대로 건너뛰게 할 수 있고 자꾸 반복해서 들을 수도 있었다. 그는 매료되어 머리를 흔들고, 현란한 이 물건들을 어루만지며 케이스와 그 위에 적힌 표제를 보다 상세히 관찰했다. 상당히 많은 케이스에는 소책자들이 들어있었다. 유려하지 않고 절제된 어조로 작곡가와 작품에 대해 해설하는 책자들이었다.

이 소책자에서 제법 많은 작품들을 만날 수 있었다. 프란츠 슈베르트라고 하는 어떤 작곡가의 대단히 서정적이고 부드러운 5중주곡이 특히 볼프강의 마음에 들었다. 볼프강은 콘트라베이스(바이올린류의 현악기 가운데 가장 크면서, 가장 낮은 음역의 악기)가 그 5중주곡에 참여히고 있다는 데 놀랐다. 얼마나 독특한 매력이 있는가! 이 슈베르트가 아직 살아있다면 즉각 전보를 쳐서 만남을 주선할 텐데. 그런데 슈베르트의 이력을 한 번 보자마자 기쁨에 들뜬 기대는 사라졌다. 불쌍한 놈 같으니. 이 친구는 나보다도 더 젊은 나이에 요절했잖아. 볼프강은 실망하여 그 케이스를 옆으로 치웠다.

표트르는 프레데릭 쇼팽이라는 이름의 인간을 특별히 대단하다고 여기는 것 같았다. 무려 다섯 개나 되는 원판이 쇼팽의 것이었으니 말이다. 쇼팽의 화성법(Harmonik 또는 영어로 harmonics; 둘 이상의 음이 동시에 울리면서 생기는 화음의 배치나 연결에 관한 것)은 제법 흥미진진했음에도 적응이 필요했다. 그리고 볼프강이 보기에는 수정이 필요했다. 그는 점점 더 조바심을 내며 이 사람의 피아노협주곡 1번 E단조에 귀를 기울이면서 표트르의 작은 거처를 관찰했다. 벽장에 걸린 옷들의 천을 만져보고, 유리판 뒤에 끼워져 벽에 걸려있는, 당혹스러울 정도로 사실적인 초상화 두 개를 눈여겨보았다. 한쪽 초상화에서는 어린아이 둘을 볼 수 있었고, 다른 쪽에서는 무뚝뚝한 인상을 풍기는 금발의 여자와 표트르가 나란히 있었다. 표트르의 눈빛에는 외로워 보이는 뭔가가 담겨있었다. 볼프강은 마음이 언짢아서 벽의 서가로 되돌아가 음악이 계속 흘러나오게 했다. 맙소사, 그것은 대략 150박자나 되는 도입부였다! 무슨 작곡가가 어쩌면 이렇게 장황할 수 있는 거지?

"쇼팽 씨, 유감이지만 헛수고했군."

볼프강이 읊조렸다.

"당신 음악이 너무 고생─스럽지 않다면 거의 내 수준에 도달했을 텐데."

아니, 이 쇼팽은 피아노곡은 멋지게 잘 쓸 수 있는지 모르지만, 관현악곡에서는 형편없었다.

볼프강은 미스터 반 베토벤이라는 자의 거칠고 급작스러운 울림을 심기 불편하게 받아들였다. 어디선가 이 이름을 들은 적이 없었던가? 음악만 본다면, 이 자는 정말로 자기중심적인 녀석임에 틀림없었다. 이 친구는 주어진 상황에도 거의 개의치 않는 것 같았고, 자기의 청중도 전혀 고려하지 않는 듯했다. 불쾌하게 끈적끈적한 비애가 볼프강의 마음에 솟구쳤다. 그리고 그것이 질투임을 느꼈다.

"염병할, 누가 자네한테 돈을 댄 거야?"

볼프강이 소리를 지르고 은빛 원판을 재빨리 교체했다.

로시니(Gioacchino Antonio Rossini (1792~1868); 이탈리아의 가극 작곡가)라는 사람의 곡이 나오자, 볼프강은 제멋대로 종알종알 재잘거리는 소리에 무척 흥이 나서 커피를 더 따르고 커피주전자를 살펴보았다. 아니, 불판도 없고 불도 없는데 표트르는 어떻게 커피를 끓일 수 있을까? 볼프강은 깊은 생각에 잠겨 다시 바닥에 웅크리고 앉은 채 계속 원판 케이스들을 뒤적이며 매번 새로운 곡을 듣고 작품 제목을 머리에 새겼다. 전부 다 꽤 괜찮았고, 때로는 대담하기까지 했다. 하지만 그렇게 오래 듣고 나자 그는 그 이상을 기대했었다. 근데 이 슈베르트를 제외하면 아무도 그와 대적할 수 없었다. 그를 이 세상에서 다시 일하라고 부른 것은 놀랄 일이 아니었다!

볼프강은 한숨을 쉬며 두 다리를 뻗어 벽에 몸을 기댔지만 곧바로 화들짝 놀라 뒤로 주춤하더니 몸을 돌렸다. 등이 몹시 뜨거웠던 것이다. 난로에 몸을 기댄 게 분명했다. 그는 창문 아래 장착된 하얀 상자 같은 것에 조심스럽게 코를 대고 큼큼 냄새를 맡았다. 그러나 불 냄새는 맡을 수 없었다. 그래서 그는 조금 더 움직였다. 말도 없이 움직이는 탈것, 불이 없이 타는 난로, 악기도 없이 연주되는 음악, 불판도 없이 끓이는 커피! 이제 또 어떤 필수품들을 보고 화들짝 놀라야 하는 걸까? 이런, 이 모든 것에 어떻게 익숙해진단 말인가? 도대체 어째서 그를 돕고 그에게 지시를 내려줄 천사를 그의 곁에 붙여주지 않았을까?

그럼에도 불구하고 육체의 기능들은 여전히 철칙을 따르는 것인지, 그는 소변을 보고 싶은 충동을 느꼈다. 그런데 이번에는 요강을 찾을 수가 없었다. 요강은 표트르의 침대 아래에도, 벽장 안에도, 창문 앞에도 없었다. 아래로 내려가서 화장실을 찾아야 할 판이었다. 그런데 그가 일어나자, 발의 통증이 다시 엄습해왔다. 그는 재빨리

의자를 창문 밑의 벽 앞으로 끌어당기고 간신히 기어올라 창문에서 오줌을 누었다. 그리고는 바지를 끌어올렸을 때, 마구 욕을 퍼붓는 소리가 들리고 어떤 뚱뚱한 여자가 보였다. 그녀는 건너편 창가에 몸을 기댄 채 주먹을 휘둘러댔다. 그녀의 목소리가 하나의 높이에서 그 다음 높이로 낮아졌는데, 그의 머릿속에서는 매우 웃기는 아리아가 되었다. 아무도 그녀에게 대답하지 않는 걸 보니까, 이 여자, 하나님에게 화가 난 게 분명했다. 그는 급히 창문을 닫았다. 남은 악보용지를 집어들고 정신을 집중하여 멜로디를 기록하고는, 들뜬 기분으로 종이에 *무시당한 아낙네*라는 제목을 달았다.

음악만 존재한다면 그는 어떤 세상에서든 잘 해낼 각오가 되어 있었다.


"염병할!"

표트르의 날카로운 목소리에 볼프강은 기계장치의 음향에서 깨어났다.

"시디를 전부 다 뒤죽박죽 흩어놓았잖아!"

음악에 몰두해 있던 볼프강이 어리둥절 시선을 들자, 표트르가 와 있었다. 표트르는 사방에 흩어진 은빛 원반들, 케이스들, 소책자들 가운데 무릎을 꿇고 있었다. *CD*, 그래, 맞아. 볼프강의 얼굴이 환해졌다. 요스트도 원판들을 그렇게 불렀었다. 그제야 기억이 났다.

"내가 이것들을 분류해서 말이지······"

"분류했다고?"

표트르는 넋이 빠진 듯 그를 물끄러미 바라보았다.

"여기 봐, 모든 게 뒤죽박죽인데."

"아냐, 자, 잘 보라구."

그렇게 단언하고 볼프강은 몸을 일으켜 아무렇게나 쌓인 시디를 가리켰다.

"이것은 전부 모차르트 이전의 음악이네. 그리고 나머지는"—그는 오른쪽으로 활기차게 몸짓을 했다—"그 다음 시기의 것들이지. 또 모차르트는 저기 놓여있고."

볼프강이 외치고는 이제 막 적어둔 멜로디를 부르면서 시디들 사이를 춤추듯이 이리저리 걸어 다녔다.

"아니, 아니, 아니, 모차르트는 그냥 놓여있지 않아. 그는 서있어. 그는 걷고 있어. 그는 돌아다니고 있어. 절뚝거리고 있어. 달렸다가, 멈춰 섰다가, 술을 마시고 있어!"

그는 웃으며 허벅지를 치고, 고통으로 일그러진 얼굴로 손을 뻗어 발을 잡고는 한쪽 다리로 계속 껑충껑충 뛰었다.

"모차르트, 늙은 못차르트(Motzhard; Mozart를 일부러 강하게 발음한 것), 트라좀(Trazom; 'Mozart'의 철자를 거꾸로 재배열한 것)…."

표트르는 머리를 흔들며 히죽거리더니 다른 시디 두 개를 볼프강에게 건넸다.

"자네가 모차르트를 그렇게 편든다면, 이것들도 그 위에다 올려놓아야 할 걸."

볼프강은 웃으며 안락의자에 몸을 던지고 작은 케이스들을 쳐다보았다. 순간 소름끼치는 공포가 그의 온몸을 꿰뚫었다. 그는 쉰 목소리로 고함을 질렀다.

"아냐! 그건 전혀 완성되지 않았어! 누가 그것을 보완했지?"

"무엇을 말인가? 진혼곡?"

표트르가 정신이 나간 듯한 표정으로 물었다.

"모차르트의 제자 쥐스마이어잖아. 자네, 모르나?"

"어째서 그, 그 아둔한 친구가 했지? 그걸 들어보아야겠어. 당장!"

볼프강이 잽싸게 손가락을 놀려 시디를 케이스에서 너무 격하게 빼내는 바람에 버팀 톱니들이 부러졌다.

"헤이!"

표트르가 그에게서 원판을 빼앗았다.

"시디플레이어까지 망가뜨리겠군."

바이올린 주자는 조심스럽게 원판을 끼워 넣었다.

첫 음만으로도 볼프강은 숨을 쉴 수가 없었다. 그 음은 눈처럼 볼프강의 영혼을 덮었다. 어떤 바셋호른(Bassetthorn, 클라리넷 패밀리에 속하는 주로 F조의 관악기. 1770년경 독일의 마이어호퍼가 만들었다)도 이보다 더 슬프게 울릴 수 없었다. 그는 입을 꼭 다물었다. 그는 세상에서 가장 슬픈 음악을 작곡하려 하지 않았던가? 음 하나하나가 그의 마음에 수백 번씩 아픔을 불러일으키지 않았던가? 그런데 그것을 정말로 듣게 되다니, 그것도 여기서, 이렇게. 그것은 전혀 다른 감동이었다.

합창이 시작되기 전인데도 그는 눈물 젖은 눈을 계속 깜박거리더니 소매로 눈을 훔쳤다.

"아니, 계속해."

그가 표트르에게 호통을 쳤다.

"난 그것을 전부 다 충분히 알고 있네. 라…!"

아니, 아니, 라크리모사가 아니었다. 그것을 들으려는 게 아니었다. 그건 아니야.

"상투스를 틀어봐! 그 친구, 상투스는 어떻게 손을 댔지?"

표트르는 그 케이스를 흘끔 보고는 결국 순순히 버튼을 눌렀다.

볼프강은 금세 입을 닫고 귀를 기울였다. 팀파니 소리가 날 때마다 그의 배가 쿵쿵 울리는 것을 느꼈다.

"하늘에 계신 하나님, 이렇게 터무니없이 윙윙거리다니! 긁적긁적긁적긁적긁적긁적! 이것은 음악이 아니야. 이건 대갈통도 없는 똥파리라고. 윙윙거리며 창유리에 부딪치는 파리 말이야. 그 친구, 악보를 쓴 게 아니라 그냥 똥을 모아 종이에 흩어놓았어! 닭대가리 같은 놈!"

볼프강은 표트르 옆의 기계장치 앞에 꿇어앉았다.

"아냐!"

그가 소리를 질렀다.

"그것을 그렇게 끝나게 해서는 안 돼. 아, 들어봐, 어떻게 멜로디를 갑자기 끊어버리고, 억지로 주제를 집어넣는지 말야. 음악에 대한 감정이라고는 눈곱만치도 없군. 아주 멍청한 돌대가리, 이 얼간이, 이 비열한 놈!"

표트르는 볼프강의 옆구리를 확 밀쳤다.

"뭐라고 계속 큰소리로 욕하는 거야? 자네가 모차르트보다 더 잘 할 수 있단 거야?"

"하지만 그건 나… 모차르트가 아니었네!"

볼프강이 그를 호되게 야단치듯 말했다.

"위선자 쥐스마이어가 이런 짓을 저질렀다고. 이 졸렬한 작품을 들어봐…. 여기, 여기, 자네 듣고 있나? 젠장, 그 놈 땜에 모든 게 시들어버리잖아. 젠장, 이대로 놔두어선 절대 안 돼. 내가 그것을 바꿔야 해!"

"자네 완전히 미쳤군."

표트르가 입에 비누를 씹은 것 같은 표정을 지었다.

"전부 다 이미 적어주었는데."

볼프강이 주먹으로 허공을 쳤다.

"내가 그 사기꾼 요스트 때문에 그것을 그대로 내버려두지만 않았다면! 자디잔 글씨로 쓰는 귀찮은 짓을 전부 내가 다시 감수해야 할 거야."

그는 벌떡 일어나 방안을 절뚝거리며 이리저리 걸어다녔다. 날 이곳으로 다시 데려온 것도 놀랄 일이 아니군! 나의 유고遺稿가 이렇게 훼손된 것을 보고 전능하신 분이 너그럽게 그냥 보아넘길 리 없었다.

"좋아, 볼프강 무스터만. 자네는 제 정신이 아니지만 다시 걸을 수는 있을 거야. 우리는 오늘 저녁에 공연이 있어. 내 바지를 입게나…."―바이올린 주자가 코를 찡그렸다―"하지만 자네, 우선 샤워부터 해야겠다."

이 말을 함께 표트르는 볼프강의 손에 두툼하면서도 부드러운 수건을 쥐어주면서 볼프강을 계단실로 밀어냈다.

"욕실은 저기, 복도 끝에 있네."

욕실이라! 볼프강은 알겠다는 듯 고개를 끄덕였다. 길거리 바이올린 연주자의 집에 이런 호사스런 시설이 있으리라고는 기대하지 않았는데. 그는 표트르가 가리킨 폭이 좁은 문을 열고 그 안의 어두컴컴한 공간을 엿보았다. 초가 없으면 이곳에서 길을 제대로 찾기 어려울 것 같은데. 그래서 그는 무거운 발걸음으로 느릿느릿 되돌아갔다.

"자네 돈을 더 잘 간수해야 해!"

바이올린 주자가 문에 서서 볼프강에게 구겨진 갈색 종이 한 장을 내밀었다.

"내 돈이라고?"

"그래. 어제 일당이야."

볼프강은 그 종이를 잡고 매만져 매끄럽게 펴고는 그 위에 그려진 섬세한 도안을 들여다보았다. 은행지폐였다! 그는 지폐를 뒤집고 0이 붙은 5라는 숫자를 발견했다.

"이거 굴덴인가, 탈러(Gulden과 Thaler; 중세부터 19세기까지 독일에서 통용된 은화)인가?"

"그런 바보 같은 농담을 할 수 있다니, 자네는 정말 돈이 많은 모양이군."

"아니, 난… 다만 이런 은행 지폐를 여태 손에 쥐어본 적이 없어서일 뿐이네. 이게 많은 금액인가?"

표트르가 눈살을 찌푸렸지만, 볼프강은 그의 눈길에서 연민의 빛도 본 것 같았다.

"50유로를 한 번도 가져본 적이 없나? 그렇다면 더 잘 간수해야 하겠군. 샤워는 벌써 끝낸 거야?"

"오, 아니. 그냥… 안이 정말 깜깜해서 어디가 어딘지 도무지 모르겠어. 그래서인데 밀초를 좀 부탁해도 될까?"

표트르는 볼프강을 밀치고 지나갔다.

"전등 스위치는 밖에 있네."

표트르가 문 옆에 부착된 단순한 장미 모양 장식무늬를 가리키더니 손으로 툭 쳤다. 그러자 곧장 작은 공간은 대낮처럼 환해졌다. 볼프강은 그 자리에 굳어버린 듯 서서, 벽에 붙어 빛을 발하는 공 모양의 물건을 뚫어지게 바라보았다.

"자네, 이거… 어떻게 했나?"

"뭐, 전깃불 말인가? 여기 스위치를 누르면 되지, 딴 방법이 있어?"

그 폴란드인은 머리로 장미 모양 장식무늬를 가리키고는 볼프강을 내버려두었다. 볼프강은 장식이 있는 데로 손을 뻗었다. 작은 원

형의 장식이었고 그 안에는 사각형이 있었다. 마침내 그는 표트르처럼 그 장식 위를 툭 쳤다. 그러자 깜깜해졌다. 장식을 다시 쳤다. 그러자 환해졌다. 어두워지고 환해지고 어두워지고 환해졌다. 그는 장미꼴 장식무늬를 짚어보았다. 어두워지고 밝아지고 어두워졌다. 아주 싫증이 날 때까지 켰다 껐다가 반복되었다. 볼프강은 매료된 채 좁은 공간 안으로 들어섰다. 하얗게 반짝이는 세숫대야가 벽에 부착되어 있었다. 왼쪽 벽감에는 검정색 시트가 덮인 보조의자가 있고, 오른쪽에는 커튼이 걸려있었다. 물론 그 뒤쪽에 창문은 없었고 바닥에 낮은 통만 하나 있었는데 누군가가 앉았을 것 같진 않았다. 발만 담글 수 있게 고안된 게 틀림없었지만, 물을 까먹고 미처 준비하지 못한 모양이었다. 볼프강은 물을 길어올 수 있는 물통을 찾았으나 없었다. 그래서 다시 표트르에게 돌아갔다.

"물이 없군. 물통 좀 부탁해도 될까, 그럼….'"

"아니, 뭐야, 또 그래?"

표트르가 신음하듯 말을 내뱉었다.

"앞서 고장 난 게 겨우 지난주였는데!"

표트르는 빠른 걸음으로 욕실을 향해 가더니, 세숫대야 위에 장착된 손잡이를 돌렸다. 그러자 물이 은빛 관에서 흘러나왔다.

"다시 되잖아."

표트르가 선포하듯 말하고는 사라졌다.

볼프강은 경쾌하게 콸콸 소리를 내며 흘러나오는 물을 넋이 나간 듯 물끄러미 바라보다가, 처음에는 손가락 하나를, 그 다음에는 또 다른 손가락을, 그리고 마침내 손가락 전부를 물줄기에 댔다. 물은 따뜻했고, 점점 더 따뜻해지더니 결국 손을 치우지 않았다가는 데고 말 정도로 뜨거워졌다. 진짜 마녀의 부엌 같았다. 그는 손잡이를 돌려본 다음, 어느 방향으로 돌리느냐에 따라 물줄기가 더 세지기도 하고 약해지기도 한다는 것을 알아챘다. 이것 참, 정밀한 펌프로군. 또 다른 손잡이도 있었다. 화장수 용도로 만든 건가? 그는 조심스럽게 그 손잡이를 움직였다. 그러자 방울져 똑똑 떨어지기 시작했다. 볼프강은 검지를 집어넣고 냄새를 맡았는데, 비록 찬물이긴 하지만 단순히 물일뿐이어서 실망했다. 그 덕분에 씻기는 수월할 거야.

야, 사는 게 얼마나 엄청 편리해졌는가! 저녁에 뭔가 보기 위해 촛불을 켤 필요도 없었다. 낑낑대며 물을 길어오거나, 따뜻하게 데우는 것도 필요하지 않았다. 세상은 기적 투성이었다. 그는 숨을 깊이 들이쉰 다음 멈추었다. 그뿐인가, 음악을 연주하기 위해 아무도 더 이상 바이올린 활을 움직일 필요가 없잖아.

볼프강은 표트르가 부드러운 수건과 함께 내민 달걀 노른자위 색깔의 도구를 생각에 잠겨 자세히 살펴보았다. 그는 약간 거리를 둔 채 그 도구를 코 아래 대고 큼큼 냄새를 맡고는 입술 사이에 끼고 바람을 불어넣었다. 그렇지만 어떤 음도 나오지 않았다.

그 도구를 좀 더 자세히 검사하고서야 그는 한쪽에 아주 작은 날이 두 개 있음을 알아채고, 얼굴에서 수염을 손쉽게 깎았다. 그의 입술에서 피가 아주 작은 줄기를 이루며 흘러내렸디.

표트르는 머리를 문 쪽으로 들이밀었다.

"방해될까?"

그는 보조의자가 놓인 욕실 구석을 가리켰다.

"아니, 방해라니, 천만에. 난 화장실에서 약간의 대화를 나누는 것에는 익숙해져 있어. 그러니까 우리가 오늘 연주할 데가 어떤 곳인지 말해주겠나?"

"이탈리아 술집이야. 하지만 어제와는 다른 곳이지. 주인은 더 친

절하고, 연주하기 전에 항상 맛있는 피자를 준다네. 면도하면서 비누 거품은 안 쓰나? 벌써 수염을 잘랐군."
볼프강은 바이올린 주자를 힐끗 보았다. 그런데 이 악사는 그에게 등을 돌린 채 보조의자의 시트를 위로 젖혔다. 그제야 볼프강은 그것이 매우 큰 요강이라는 걸 깨달았다. 이제 표트르가 그 앞에 서서 졸졸 소리를 내며 오줌을 누었다. 정말이지 엄청 실용적이었다! 그러고 나서 목을 헹구는 듯한 소리와 함께 물은 아래로 흘러내렸다.
"굉장하군! 거기다 똥을 누어도 되나?"
표트르는 그에게 귀찮은 듯한 눈빛을 보냈다.
"이제 자네의 그 허튼소리는 좀 그만 하지. 어때? 자네, 서둘러야 해. 그렇지 않으면 우리가 너무 늦을 테니."
표트르는 욕실에서 나가면서 뭔가 알아들을 수 없는 말을 웅얼거리고는 문을 닫았다.
볼프강은 한숨을 쉬며, 엄청 큰 요강에 주저앉았다.

# 무서워해야 할 대왕이시여
(렉스 트레멘데)

*두려운 위엄을 갖추신 왕이여,*
*속죄하는 이들을 거저 구원하시는 분,*
*저를 구하소서, 자비의 샘이여.*

30분 후 볼프강은 추위와 흥분으로 빨갛게 상기된 깨끗한 얼굴로 표트르 옆에서 눈 때문에 엉망진창이 된 거리를 절뚝거리며 지나갔다. 그리고는 정말로 마법에 걸린 듯 저절로 움직이는 계단을 비트적거리며 내려가 지하의 긴 복도에 이르렀다. 그 복도는 좌우로 하나의 까만 구멍으로 통했다. 겁을 먹은 그는 온갖 기이한 것들 때문에 계속 나아가질 못하고 망설였다. 표트르가 조바심을 내며 볼프강 쪽을 돌아보았다. 마침내 볼프강은 자신이 바람이 통하는 지하통로에 있음을 깨달았다. 도시의 저 아래, 아주 깊은 아래에 있는 통로였다. 공기는 좔좔거리고 잉잉거리는 소리로 꽉 찼다. 벽들에서 여러 번 메아리치는 소리였다. 바깥은 이미 깜깜하건만, 높이 떠 있는 빛의 띠가 모든 것을 대낮처럼 밝게 비추었다. 떠미는 듯한 따뜻한 바람 한 점이 불자, 볼프강은 보다 남쪽에서 지냈던 날들이 기억났다.

"우리가 여기서 뭘 하는 건가?"

한 차례 우르릉 하는 소리가 나는 바람에 볼프강은 질문을 다시 반복해야 했다.

"자네 발이 그 모양이니, 걸어가기에는 너무 멀어!"

우르릉 소리는 콘트라베이스처럼 점점 커지더니, 마치 어린아이

가 그것에 맞추어 플루트를 연습하는 것처럼 귀청을 찢을 듯 날카로워졌다. 그 굉음은 홀 같은 지하묘지 바닥이 급격하게 기우는 곳에서 오는 것 같았다. 볼프강은 몇 걸음 내딛어 모퉁이까지 가서 아래쪽을 엿보았다. 짧은 들보들이 바닥에 끼워 넣어져 있었다. 천장 구조인 모양이었다. 그렇다면 이번 층 아래 한 층이 더 있는 게 확실했다. 지옥 같은 소란이 혹시 저기서 벌어진 걸까? 공포의 전율이 그의 목덜미를 따라 전해졌다. 그때 느닷없이 거칠게 그의 팔을 잡고 뒤로 당기는 게 느껴졌다. 그가 미처 돌아보기도 전에 거대한 뭔가가 어처구니없는 속도로 그를 향해 돌진해왔다. 쏜살같이 빨리 그의 코를 지나가며 바스락거리는, 은색으로 반짝이는 지옥의 뱀이었다. 그는 비명을 지르고 비틀거리며 뒷걸음질했다. 그리고 여전히 그의 팔을 잡고 있는 표트르에게 매달렸다.

"뭐하는 짓이야? 자네 사는 게 벌써 지겹나?"

볼프강의 가슴이 급작스런 경악에 가까운 두려움으로 몹시 빨리 뛰었다. 그는 뿌리박은 듯 옴짝달싹 못하고 서 있었다. 그는 곧 도망쳐야 할 것 같은데 재빨리 달아날 수 없어서 괴물을 뚫어지게 바라보았다. 그 괴물은 조용히 정지하더니 짧게 숨을 헐떡거렸다. 볼프강의 피가 뛰는 게 손목에까지 전해졌다. 그것은 볼프강이 안을 들여다볼 수 있는 창문과 문이 딸린 어마어마하게 크고 긴 상자였다. 사람들이 그 안에 서 있기도 했고 앉아있기도 했다. 위험이 들이닥칠 조짐이 전혀 없는 것처럼 무사태평한 모습들이었다. 표트르는 볼프강을 붙잡고, 방금 그를 떼어놓았던 그곳으로 끌고 갔다.

"이제 가세. 곧 출발하네!"

"아니, 아냐. 아, 안 돼. 죽었다 깨어나도 날 저기로 데리고 들어가지는 못해!"

볼프강은 한 발을 앞에 내민 채 완강하게 버텼다. 그의 태도가 너무 단호해서, 바이올린 주자는 볼프강보다 키도 크고 힘도 셌지만 아무 짓도 할 수가 없었다.

"뒤로 물러나세요."

형체 없는 목소리가 울렸다. 그 목소리는 엄청 큰 호른의 깔때기를 통해 말하는 것 같았다. 윙윙거리는 소리가 점점 더 커지는 가운데 뱀 같은 그것이 다시 움직이기 시작하고 속도가 점점 더 빨라지더니, 지하묘지 건너편 쪽 시커먼 지하통로 구멍으로 쏜살같이 들어가 버렸다.

표트르는 그저 맥이 빠진 듯 힘없는 동작으로 볼프강의 팔을 밀쳐 내고 바이올린 가방을 제 위치로 옮겼다.

"이봐, 뭐하는 건가! 난 배가 고픈데 이젠 먹을 시간도 없잖아! 다음 열차가 올 때까지 13분이나 걸려. 하지만 이번에는 자네, 곧장 올라탈 거지?"

"엉, 저런 게 여러 개 있다고?"

볼프강은 꼼짝도 하지 않은 채 그 괴물의 뒤를 뚫어지게 바라보았다. 그의 가슴은 팀파니를 치듯 여전히 쿵쾅거렸다. 그러니까, 표트르가 볼프강에게 기대한 것은, 저런 뱀에게 잡아먹히는 것이로구먼.

"그게 우리를 어디로 데려가는데?"

"오늘은 박물관 구역으로 가야 해."

"그럼… 자네는 종종 그렇게 했단 말인가?"

"오늘만 해도 네 번째, 아니면 다섯 번째인 것 같은데. 주인은 친절하고 손님들도 제법 돼. 팁으로 40유로나 받은 적도 있는걸."

볼프강은 가능한 한 태연하게 고개를 끄덕이며, 생각을 정리하려고 했다. 숨을 깊이 쉬었다. 오싹할 정도로 무서운 이 뱀이 표트르에

겐 조금도 걱정거리가 아닌 게 분명했다. 고로, 그것은 아주 일상적인 것 외의 아무것도 아니었다. 도요타와 마찬가지로 빈의 거리를 수천 번씩 두루 돌아다닐 법한 탈것이었다. 어제 아침에도 그는 이런 탈것들을 보고 깜짝 놀랐지만, 타보니까 결국은 대단히 편안했었다. 타고 여행하기에는 이런 탈것이 마차보다 훨씬 더 쾌적했다. 그는 그 전까지 마차를 이용했었다. 마차는 울퉁불퉁한 길들을 쿵쿵 부딪치며 지나갔다. 그러면 볼기짝을 얻어맞은 악동처럼 저녁이면 엉덩이가 아파왔었지. 그때 부르릉 굉음이 다시 들려오더니 점점 커지고 소리가 날카로워졌다. 볼프강은 호흡이 다시 빨라지는 것을 느꼈다. 그는 자기도 모르게 한 발 뒤로 물러났다.

"혹시 폐소공포증이 있나?"

이제 표트르의 표정에는 연민이 섞였다. 그럼에도 그는 나지막한 신음소리를 냈다.

볼프강은 어깨를 들썩였다. 폐소공포증이 무엇이건 간에, 그는 그것을 마음대로 하지 못할 것이었다. 몸에 걸친 옷과 머릿속의 음악 외에는 결국 그가 자기 소유라고 부를 수 있는 게 더 이상 아무것도 없었다.

"오케이. 그냥 눈을 감고 있어. 내가 자네의 팔을 잡을게."

그는 볼프강을 단단히 붙들고 탈것을 향해 끌고 갔다. 그 탈것은 자동차라기보다는 오히려 길쭉하고 나지막한 집처럼 그들 앞에 서서 인간들을 꿀꺽 집어삼켰다.

"몇 정거장만 가면 돼."

그들이 탈것 안에 발을 들여놓는 동안 표트르가 달래면서 볼프강의 위팔을 톡톡 쳤다. 그러고는 악기를 어깨에서 내려놓고, 문 바로 옆의 나지막한 벽에 기댔다. 문은 방귀를 뀌는 듯한 소리를 내며 완전히 저절로 닫혔다.

끔찍한 두려움에 사로잡혀 볼프강은 천천히 맞춰지는 문짝들을 멍하니 바라보았다. 어느 누구도 그 문짝들을 닫았을 리가 없었다! 그 뱀이 갑자기 움직이기 시작했다. 볼프강은 몸을 못 가누고 비틀거리며 허공으로 발을 내딛다가 균형을 잃었다. 자신이 발사체처럼 통로를 지나 돌진하는 게 느껴졌다. 그는 양팔로 노를 젓듯 나아가며 잡을 것을 찾다가, 마침내 의자들 옆에 솟아있는 기둥 가운데 하나를 붙잡을 수 있었고 그러느라 몸이 좌우로 이리저리 흔들렸다. 쉭, 이 얼마나 빠른가! 볼프강은 입을 비죽이며 주위를 둘러보다가 웃음을 터뜨리더니 다시 균형을 잡고 열광적으로 손뼉을 쳤다. 밖에서 기다리는 사람들은 날듯이 창을 스쳐 지나갔다. 그는 그것을 보고 기둥에 꼭 매달려야 했다. 이번에는 그가 다른 방향으로 끌려갔다. 그러고서야 이 뱀은 멈추어 섰다. 그리고 문들이 방귀 소리를 내뿜으며 다시 열렸다. 그제야 그는 손잡이 매듭이 왜 천장에 달려있는지 납득이 갔다. 그는 그 중 하나를 잡으려 했다. 그 손잡이 매듭을 잡으려면 몸을 쭉 뻗어야 했다.

표트르가 그의 옆에 나타났다. 그가 너무나도 엷은 미소를 짓는 바람에 그 아래 깔린 근심이 내비쳤다. 중환자에게 침대에서 쉬라고 주의를 주는 의사처럼 그는 볼프강에게 앉으라고 시켰다. 볼프강은 옆에서 바이올린 주자를 주시했다. 이 지옥의 뱀은 표트르가 이동하는 익숙한 수단임에 분명했다. 그 뱀이 다시 출발했다. 곧이어 금세 바깥은 전부 다 어두워졌다. 지하통로들을 지나 쏜살같이 빨리 달려도 승객들 중 그 누구도 불편해하는 것 같지 않았다. 머리 위에서는 집들이며 거리들이 무겁게 짓누르고 있는데도 말이다. 다시 밖에서 불빛들이 반짝 빛났다. 볼프강은 사람들이 서 있다가 타고 내리는 것을 보았다. 막연하고도 기분 좋게 무서운 짜릿함이 느껴졌다. 제대로 관찰한다면 이 얼마나 재미있는가! 그는 너무나 궁금했다. 도대체 어떤 보이지 않는 힘이 이 수레를 밀거나 끌고, 문을 열고, 계단을 움직이게 하길래 사람들이 더 이상 발조차 움직일 필요가 없는 걸까!

"이것은… 완전히 혼자서 달리나?"

볼프강이 표트르에게 조심스럽게 물었다.

"무슨 말인가?"

"여기 이 탈것 말이야."

볼프강은 손으로 의자를 두드렸다.

표트르가 입을 찌푸리고는 곰곰이 생각하는 것 같았다.

"이 안에는 분명히 기관사가 있어. 하지만 어디라고 하더라, 아마도 일본인가에는, 기관사조차 없지."

볼프강은 애써 알아듣겠다는 표정을 지었다.

"이걸 타고 어디를 갈 수 있나?"

표트르는 창 위쪽의 표를 가리켰다. 그 표에는 알록달록한 색깔의 선들이 눈에 보이지 않는 곳을 중심으로 얽혀있었다.

"도시 곳곳을 거의 전부 다 갈 수 있네."

그는 잠시 입을 다물고 볼프강을 바라보며 조용히 고개를 끄덕였다.

"자네도 시골에서 왔군."

표트르는 굳이 대답을 기다리는 것 같지도 않았다.

"난 2년 전에 처음으로 이곳에 왔어. 완전히 혼자였지. 아무것도 모르겠더라고."

표트르의 미소는 볼프강에게 젊은 시절을 기억나게 하는 할아버지의 미소 같았다.

"모든 게 너무 컸어. 누군가 도시를 죄다 안내해주었으면 좋겠다 싶더군."

그는 다시 고개를 끄덕이고는 볼프강을 출구 쪽으로 끌어당기더니 볼프강의 어깨에 잠깐 손을 얹었다.

"내일 죽 돌아볼까. 함께. 자네와 둘이서 말야."

그런데 볼프강이 다음날 깨어났을 때 눈 대신 장대비가 내렸다. 장대비는 대기 중에서도 이미 칙칙한 갈색 같았고, 줄곧 트레몰로처럼 떨리는 소리를 내며 표트르의 양철로 된 창턱에 부딪쳤다.

표트르는 머리를 세차게 흔들었다.

"쁘시야첼, 오늘은 빌라한테만 가고, 더 이상은 안 되겠어."

"유감이군!"

볼프강은 창밖을 물끄러미 내다보았다. 그는 거리와 광장을 탐색하고, 옛것과 새것을 발견하고, 그가 알던 빈에서 남아있는 건 무엇이고 또 이미 악마가 가져간 것은 무엇인지 보고 싶어 안달이 날 정도였다. 그렇지만 표트르가 어떤 숙녀를 방문하려 한다면, 날씨가 어떻든 간에 그를 방해할 수는 없는 노릇.

"자네도 함께 가는 게 좋겠어. 혼자 이곳에 있다는 게 어떤지 금세 알게 될 걸."

볼프강은 깜짝 놀라 뒤를 돌아보고 입을 비죽이며 웃었다.

"아니, 말도 안 돼. 이런 못된 사람 같으니! 대난히 고맙네. 하지만 난 이미 충분히 경험을 한 것 같네."

하지만 거기서 그는 말을 삼켰다. 어쩌면 표트르의 말이 틀리지 않을 것이었다. 그가 지난 이틀 동안 길거리와 술집에서 만났던 여자들은 —반쯤 벗었거나 남자들과 구분이 되지 않아서— 그에게 낯익은 것과는 그 모습이 완전히 딴판이었다. 뿐만 아니라 그 여자들이 처신하는 방식 때문에도 몇몇 훈계사항이 부적당하지 않은 것 같았다.

"그렇지만—그녀가 정말 예쁘다면…."

"누가?"
"자네가 방금 그녀를 뭐라고 불렀지? 빌라라고 했나?"
"계산대 여자인데, 아주 예뻐!"
표트르는 웃음을 터뜨렸다.
"이제 가세. 빵 좀 사야겠어. 그리고 우유도 떨어졌고."

볼프강은 매우 높은 끝없는 선반들 사이를 깜짝 놀라서 다니다가 아무데나 멈춰선 채 몸을 쭉 뻗고 구부렸다. 그리고 거기 팔려고 내놓은 수많은 물건을 눈여겨보았다. 그냥 장터를 간단히 어떤 건물 안으로 옮겨놓은 꼴이었다. 그가 보기에도 겨울 날씨에는 이런 데로 옮기는 게 대단히 현명한 것 같았다. 그는 콘스탄체를 따라 한 번이라도 시장에 간 기억이 떠오르지 않았다. 하긴 콘스탄체도 대개는 하녀를 보냈다. 그런데 이곳의 모습은 얼마나 다르게 보이는가. 모든 것을 유리 같이 투명한 봉지로 싸는 게 유행인 게 분명했다. 심지어 감자와 빵도 이 끈끈한 막 같은 것 아래에서 반짝거렸다. 볼프강은 갑자기 식욕을 느꼈다. 그래서 햄과 소시지, 8자형 비스킷, 케이크, 그가 전에 본 적이 없는 과일 등을 표트르가 내미는 번쩍거리는 바구니에 담았다.

"충분해. 자네, 전부 다 먹지도 못해."
"아, 나는…."
볼프강이 멈춰 섰다. 그의 앞에 벽이 하나 나타났다. 그의 키보다 높지는 않은 듯한데, 금빛 장식에다 알록달록한 상자들이 그 벽에서 아래쪽을 향해 반짝반짝 빛났다.
"저게 뭐야?"
"모차르트쿠겔( Mozartkugel; 포장지에 모차르트의 얼굴이 인쇄된, 럼주가 든 초콜릿). 자네 모르나?"

"모—차르트—쿠—겔? 하!"

볼프강은 허벅지를 치고, 한 번 빙 돌았다.

"그거 좋군! 모차르트쿠겔이라. 이거 정말 웃기는 일이군! 그런데, 그거 먹어도 되는 건가?"

그는 상자를 차례대로 집어냈다. 둥근 상자, 길쭉한 상자, 정방형 상자, 심지어는 바이올린 모양의 상자도 있었다. 마침내 표트르가 그에게서 그 초콜릿 상자들을 빼앗았다.

"그만해. 쓸모도 없는 게 야무지게 비싸거든. 보통 초콜릿을 사. 더 싸니까."

"하지만 표트르, 내가 이 모차르트 초콜릿을 포기하게 만들 수는 없을 걸. 사랑하는 친구, 난 그것을 먹어치울 때까지 놓지 않을 거야. 모차르트쿠겔! 하하!"

볼프강은 바지를 뒤져 구깃구깃한 갈색 지폐를 꺼냈다. 그가 전날 저녁에 일하여 번 돈이었다.

표트르가 포기한 듯 머리를 흔들며 구입한 물건들을 장바구니에서 꺼내 검정색 탁자에 내려놓기 시작하자, 물건들은 저절로 미끄러지듯 움직였다. 어떤 젊은 여자가 바라보지도 않은 채 물건들을 차례로 잡고 잠깐 손으로 무게를 다는 것 같더니 다시 내려놓았다. 그럴 때마다 박자가 없고 날카로운 삑 소리가 연거푸 쏟아졌다. 표트르가 언급했던 그 숙녀임에 틀림없었다.

"빌라 양, 안녕하세요. 오늘 날씨 정말 고약하죠. 그렇죠?"

빌라 양은 머리를 돌려 고개만 까딱했다. 그녀의 콧구멍이 더 커지는 것 같았다.

"46유로 17센트예요."

볼프강이 빌라 양에게 지폐를 건넸다.

"경의를 표합니다. 그렇게 빨리 계산을 하시다니! 저라면 어림도 없어요. 빌라 양, 멋진 하루가 되길 빕니다."

"자네 머릿속에는 허튼소리만 들어있군."

그래도 그들이 다시 비에 젖은 거리로 나서자 표트르는 웃었다. 그리고는 다시 진지해졌다.

"그렇지만 거의 50유로였잖아!"

그제야 볼프강은 친구의 이런 근엄한 눈빛이 무슨 뜻인지 거의 알 것 같았다.

"자네, 맨 먼저 어디를 가고 싶나?"

다음날 아침 표트르가 볼프강에게 물었다.

지하철을 타고 카알스플라츠에 진입할 때마다 자꾸 오페라 표지판이 볼프강의 곁을 휙 스쳐 지나갔었다.

"오페라하우스지. 드디어!"

볼프강이 학수고대하는 듯한 표정으로 대꾸했다.

"그러고 나서는 음악이 연주되는 곳 어디든 가고 싶어!"

"맙소사. 온 도시가 음악으로 가득 차 있는데."

"그래도 새로운 걸 들어보려고. 완전히 유행하고 거 있잖아. 요즘 오페라극장에는 무슨 공연이 열리나?"

표트르는 어깨를 들썩였다.

"맨날 그렇지 뭐. 모차르트, 바그너, 리하르트 슈트라우스…."

"하지만 새로운 것과는 완전 반대로군. 거기에는 물론 시대의 첨단을 걷는 음악도 있겠지?"

"국립오페라극장에?"

표트르가 웃고는 볼프강을 다시 그윽하게 바라보았다. 볼프강으로 하여금 차라리 입을 다물게 만드는 눈길이었다.

어쨌거나 표트르는 이틀 동안 볼프강을 데리고 시가지를 이리저리 다니며, 그가 보고 싶어하는 거라면 뭐든 기꺼이 보여주었다.

"관광객들은 죄다 프라터와 호프부르크 쪽으로 가네. 자네는 고속도로를 보고 싶을 테지."

"관광객이 뭔가?"

볼프강은 바람과 소음 때문에 소리를 질러야 했다. 다리 난간에 기댄 채 그는 아래에서 굉음을 내며 지나가는 도요타에 침을 뱉으려 했다. 호프부르크라면 벽돌 하나하나까지 낱낱이 알고 있었지만, 여기 이것은 새로운 것이었다. 훨씬 흥미진진한 것이었다.

표트르가 아주 조용히 웃었다.

"쁘시야첼, 자네 참 웃기네."

"아하, 표트르. 이미 끝까지 생각했다고 그냥 둘러대는 일들을 다시 곰곰이 궁리해본다면, 그것도 때때로 기분 상쾌하지 않을까?"

표트르가 먼 곳을 바라보자, 그 상황을 모면할 수 있는 기막힌 생각이 볼프강의 뇌리를 스쳤다.

"표트르, 내가 재미있는 놀이를 하나 알고 있는데 해보겠나? 내 지친 머리로 생각해낼 수 있는 가장 어리석은 질문들을 하루 동안 내가 자네한테 던지는 거야. 그러면 자네는 그걸 하나도 빠뜨리지 않고 매우 진지하고 대단히 현명하게 답변하는 거지. 그 보상으로 오늘 우리 일이 끝난 다음 저녁에 내가 거하게 한 턱 내겠네. 자네가 원하는 장소에서 말이야. 음악이 연주되는 곳이라면 어디든 좋아. 부디, 이번만큼은 정말 새로운 음악이 연주되기를!"

표트르가 악수해주자 볼프강은 구원이라도 받은 듯, 머리에 떠오르는 대로 바이올린 주자에게 거침없이 즉각 모든 걸 캐묻기 시작했

다. 그러면서 자신이 정말로 아무것도 모른다는 사실을 알아채지 못하게 하느라 조심했다. 오히려 겉으로는 바이올린 주자를 시험하는 척하며 재미있게 장난을 쳤다. 그리고 바이올린 주자가 진작 깡그리 설명해줄 수 없었다 하더라도 ―세상은 그야말로 의문투성이가 되었다― 볼프강은 뒤늦게라도 알게 되었다. 예컨대 기적의 배후에는 대체로 새로운 형태의 힘이 작용하고 있고, 새로운 소식들은 더 이상 매주나 매일이 아니라 늦어도 매분 전해지고 있으며, 군주들의 전횡보다 오히려 제멋대로 구는 여자들이 훨씬 더 두렵다는 것 등이었다. 두 사람이 어느 이탈리아 레스토랑의 크리스마스 축제에서 감동이 넘치는 푸치니 아리아를 반주한 후, 볼프강은 이 하루 동안 머릿속에서 집 한 채가 통째로 돌 하나하나로 분해되고 이어서 전혀 다른 식으로 다시 조립되는 것 같은 느낌을 받았다.

"내 친구, 표트르, 자네도 알게 될 걸세. 고인이 된 훌륭하신, 가장 훌륭하신, 선친께서는 어리석은 질문이란 존재하지 않는다고 항상 말씀하셨지."

볼프강은 기대에 차서 표트르 앞에 나섰다.

"내 가장 친한 친구, 표트르. 사람이 시간 속을 여행하는 일이 어떻게 가능한지 말해보게."

"시간 속을 여행한다고? 말도 안 돼. 어떤 인간도 시간 속을 여행할 수는 없어."

"아니, 할 수 있어, 표트르. 틀림없이 가능할 거야. 가능하다는 것을 난 알고 있어. 자네는 그게 어떻게 가능한지 설명해줘야 해."

"쁘시야첼, 자네 아주 사람을 힘들게 하는군!"

표트르가 한숨을 쉬었다.

"그게 어떻게 가능한지 난 잘 몰라. 아인슈타인이라면 어떻게든 가능하겠지. 우주선을 타고 지구 주위를 무척 빨리 돌아야 할 걸. 하지만 전부 다 허튼소리야."

바이올린 주자가 거절한다는 뜻으로 손짓을 했다.

"러시아 우주비행사에 대해 읽었는데, 2년 동안 우주정거장에 있으면서 0.5초쯤 시간여행을 했다던가."

이것은 쓸데없는 짓이었다. 표트르가 답할 때마다 그 몇 배의 질문이 다시 생겼다.

"그렇다면 우리가 좀 더 유용하게 쓰일 수 있는 곳으로 데려갈 수 있는 분은 오직 주 하나님뿐이겠군."

친구에게라기보다 자기 자신에게 한 말이었다.

"그렇지, 하나님은 모든 걸 할 수 있어. 하나님에겐 타임머신이 필요하지 않아."

"타임머신이라고?"

볼프강이 귀를 쫑긋 세웠다.

"그게 뭔데? 타임머신이 무슨 뜻인데?"

"허튼소리야. 영화 속에만 있을 뿐이야. 만들 수 없어. 가능하지 않아."

"왜 안 되는데?"

"원 참, 난 음악가지 기술자가 아니잖아."

"하, 그야 물론이지! 음악가지! 그래도 오늘 하루는 전혀 끝난 게 아냐. 그러니까 음악이 어떻게 은빛 원판으로 들어갔다 다시 나오는 건지 빨리 털어놓게."

표트르는 얼굴을 찌푸리며 히죽 웃었다.

"쁘시야첼, 자네가 이겼어. 나 지금 무척 목이 마르거든. 어디로 가야 할지 좋은 생각이 떠올랐네."

## 레코르다레
(주여 생각해보소서)


양들의 무리 속에 내 머물 곳도 주소서.
염소들의 무리로부터 나를 갈라내소서.
당신의 우편에 나를 세우사.

술집 블루노트(Blue Notes)는 만약 중세 수도원이었다면 그 명망을 한껏 높여주었을 돔 형태의 건물에 있었다. 그곳의 벽과 기둥이 푸른색 조명을 받고 있어서 이 술집은 섬뜩하게 서늘한 빛에 잠겼다. 그런데 팔꿈치와 등을 제외하고는, 까만 바닥에서 파랗게 빛나는 윤곽들만 보였다. 표트르가 사람들을 뚫고 길을 터주어서 볼프강은 기뻤다. 그 길은 마찬가지로 파랗게 빛나는 바스탠드까지 이어졌다. 거기엔 담배연기가 자욱했다.

"입장권 값이 왜 이렇게 비싸지? 기껏 이 자욱한 연기 속에 있으려고?"

"금세 듣게 될 걸세. 끝내주는 음악이야."

볼프강은 잔뜩 긴장한 채, 모인 무리의 소음을 뚫고 그의 귀에까지 와 닿는 음의 파편들에서 뭔가 알아들으려고 애썼다. 그는 회의적인 눈길로 맥주 한 잔을 달라고 했다.

다른 불빛들이 느닷없이 활활 타올랐다. 이번에는 노란색 불빛이었는데, 세 명의 악사가 자리 잡은 작은 무대를 비추었다. 까치발로 서지 않고서는 연주자들의 머리끝밖에 볼 수가 없었다. 그런데 다친

발바닥 때문에 아직은 그럴 수가 없었다. 악사들이 서로 악기의 음을 맞추는 소리가 들렸다. 정말로 교미기의 고양이가 낑낑거리는 소리처럼 귀에 거슬렸다. 그랜드피아노의 소리는 현 위에 말안장이라도 얹은 것처럼, 너무 둔중하고 형체도 없었다. 누군가가 콘트라베이스의 현을 손가락으로 멋대로 마구 뜯어댔다. 박수갈채가 갑자기 쏟아졌다. 그 바람에 볼프강이 당황하여 주위를 둘러보았다. 도무지 박수를 받을 만한 음악이 아닌데. 기껏해야 최소한의 체계도 없이 나열된, 규범에서 벗어난 삐딱한 음들이 혼란스럽게 섞인 뒤죽박죽에 지나지 않았다! 그는 가슴 앞에 팔짱을 꼈다.

그런데 다음 순간 예기치 않은 일이 벌어졌다. 어떤 초연한 하나의 음이 흡사 클라리넷 소리처럼 모든 소리를 압도하며 허공에 떴다. 가볍고도 떨리는 듯 했고. 강하지만 흔들리기 쉬운 것 같았다. 그 음이 대담한 선율로 바뀌었다. 볼프강은 숨을 죽였다. 이것은 그가 알고 있는 모든 것과 달랐다. 이제껏 그를 구속했던 모든 것에서 벗어나 자유로웠다! 이런 음악이 어떻게 작동하는지를 파악하자, 천진난만한 기쁨이 그를 엄습했다. 뻔뻔스러울 정도로 육체적이고 심지어 서슴없이 색정적이기까지 한 이런 음들을 내는 마법의 클라리넷을 보기 위해, 그는 발꿈치로 바에 있는 높은 의자의 버팀목에 올라섰다. 그 음들은 즐겁고 은은하고 부드럽게 그의 온몸을 차지했다. 그는 눈이 휘둥그레진 채, 번쩍이는 악기를 물끄러미 바라보았다. 그 악기는 크룸호른(Krummhorn; 14~17세기에 유럽에서 사용된 목관악기)과 슈테판 대성당의 성작이 결합된 결과물 같았다. 금빛 바셋 호른이었다!

"이건 무슨 악기인가?"

흥분한 볼프강은 이름을 알고 싶어 안달이었다.

"섹소폰 말인가?"

표트르는 입을 비죽이며 웃고, 손목에 차고 있는 작은 시계를 의기양양하게 톡톡 건드렸다. "자정이 지났네. 멍청한 질문은 이제 그만 하지 그래!"

볼프강은 웃으면서 술잔을 바스탠드에 내려놓고, 무대에 더 가까이 다가갔다. 색―소―폰. 그는 연주자를 눈여겨보고, 색소폰이라는 번쩍이는 음향도구의 특성을 머릿속에 담았다. 취주자는 소리가 보다 높은 축약된 변형음을 색소폰으로 만들어냈다. 그 변형음은 필요에 따라 다른 변형음으로 바뀌었다. 몸이 근질근질, 마음은 점점 더 안달이 났다. 그는 손가락을 꼼지락거리기 시작했다. 다음날부터 이 환상적인 장난감에 어울리는 대단히 놀라운 음악을 작곡하는 것 외에 다른 아무것도 할 수 없을 게 불을 보듯 뻔했다.

그리고 나서 볼프강은 그녀를 보았다. 저 완벽한 소리들의 화신이었다. 그녀는 무대 바로 앞의 작고 높다란 탁자에 앉아 옆의 여자와 이야기를 나누며, 담배연기를 동그랗게 만들어 능란하게 허공에 불었다. 그는 홀린 듯 그녀를 바라보았다. 숱이 많은 거무스름한 머리는 빗어서 틀어 올렸다. 등을 가리고 있는 것은 느슨하게 아래로 쳐진 두 개의 까만 끈 외에 아무것도 없었다. 옷을 목덜미에서 묶어주는 끈이었다. 그녀의 등마루에서 오목하게 들어간 부분을 아주 또렷이 볼 수 있었다. 그리고 그 곳이 그의 손가락 끝에 만져지는 것만 같았다.

그녀의 얼굴은 사실 아름답지는 않았다. 하지만 그녀가 머리를 뒤로 젖히고 웃는 모습에 그는 그만 이성을 내려놓고 말았다. 그녀가 반짝거리는 진홍색 입술 사이에 하얀 담배를 음탕한 표정으로 한 대 더 물자, 그는 사람들을 헤치며 그녀에게 나아가지 않고는 배길 수가 없었다.

"실례해도 될까요?"

그는 우아하게 절을 하며 그녀에게서 성냥을 빼앗고, 이것을 어떻게 사용하는지 기억해내려고 애썼다. 그런데 너무 흥분한 나머지 성냥갑이 그의 손에서 미끄러져 떨어졌다. 그는 즉시 몸을 굽히고 어두운 데서 의자 다리 사이를 손가락으로 더듬었다. 그런데 성냥도 찾지 못한 채 얼굴이 빨개져서 다시 불쑥 모습을 나타냈다.

"비켜요! 앞에 꺼져요! 비키라구요!"

볼프강은 싱긋 웃더니, 작은 탁자 위 조그만 유리 촛대에서 불꽃을 펄럭이며 타고 있는 초를 들어 아름다운 여자의 코앞에 내밀었다.

"꼬맹아, 그냥 꽂아둬."

그녀는 볼프강을 바라보지도 않은 채, 동행한 여자의 라이터로 담뱃불을 붙였다. 그리고는 마치 볼프강이 그곳에 없는 것처럼 대화를 계속했다.

그는 후회 막심한 얼굴로 그 자리를 물러나다가 마지막으로 한 번 더 아름다운 목덜미를 힐끗 바라보고, 표트르 옆의 바에 달라붙어 다시 맥주 한 잔을 마셨다.

"그런 일로 화내지 말게."

바텐더가—눈이 섬뜩할 정도로 하얀 무어사람이었다—설명했다.

"다른 사람들도 이미 저 여자한테 수작을 붙여보려고 했지. 요즘 그녀는 색소폰 연주자와 함께 지내고 있어. 그 남자에 비하면 자넨 어차피 가망이 없어."

꿀꺽, 볼프강은 침을 삼켰다. 색소폰 연주자와? 그는 격분하여 몸을 쭉 펴다가 그 금발의 키다리를 보게 되었다. 그 남자는 황홀한 눈빛을 하고서, 푸른빛을 내는 그랜드피아노에 꾸밈없이 편안하게 몸을 기대고 자기 악기로 이루 말할 수 없는 천상의 소리를 냈다.

"우리는 왜 여기서 연주하지 않나?"

볼프강이 격분하여 표트르에게 물었다.
"여기서?"
표트르가 눈썹을 치켜 올렸다.
"아, 볼프강! 난 클래식 바이올린 연주자이지 재즈를 부는 사람이 아니야."
"그러니까 순전히 연주목록이 문제이군."
볼프강은 화가 나서 바스탠드로 몸을 돌리고, 푸른빛이 도는 잔을 손가락으로 힘차게 두들기기 시작했다.

표트르가 탄 폴란드 행 버스는 크리스마스 며칠 전에 출발했다. 이 바이올린 주자가 물건들을 검정색 작은 가방에 싸는 동안, 볼프강은 훈시조의 잔소리를 계속 들었다.
"악보들을 출판사로 가져가게! 그렇지 않으면 자네는 굶어죽을 거야! 그리고 다시는 욕실의 순간온수기를 까먹지 말고!"
표트르는 목소리를 낮추고 무서운 눈초리로 볼프강을 바라보았다.
"그리고 화장실을 좀 사용해!"
"네, 물론이죠. 표트르 아빠."
볼프강이 창에서 밖으로 오줌을 누는 것을 표트르는 도저히 견딜 수가 없었다. 맞은편에 사는 뻔뻔스러운 여자가 득달같이 와서 건물 관리인에게 볼프강의 흉을 보았다. 그 일로 인해 표트르는 여기서 평화롭게 살 수 없을까봐 몹시 걱정했다.
"앞으로는 정말로 얌전히 행동할게. 문을 열어두는 일도 없을 거고, 낯선 사람들은 아예 집안에 들이지 않겠네…. 오, 정말이야! 숙녀가 한 명만이라도 있다면 아주 기꺼이 그럴 텐데."

"바보 같은 수다쟁이! 크리스마스이브에 어디 갈 거야?"

볼프강이 어깨를 으쓱했다.

"줄기차게 고민 중이야. 누군가에게 꼭 갚아야 할 빚은 없는지, 미사에는 참례를 해야 할는지, 정말……"

"하지만 자네도 틀림없이 가족이 있을 텐데— 그 어딘가에."

"모두 죽고 없어."

볼프강이 입을 비죽이며 웃었다.

"그러니까 난 보시는 바와 같이, 기껏해야 나를 만든 창조주 외엔 그 누구에게도 빚이 없어. 그래서 지금은 안심하고 크리스마스 축제 기간 내내 오페라를 쓸 수 있을 거라고. 물론 표트르 아빠가 나보고 미사에 가야 한다고 고집을 부리신다면, 난 서두를 거야. 급히, 급히 서두르고, 급히, 매우……"

"볼프강, 미사에는 가야지! 쁘시야첼, 적어도 크리스마스 때는 미사에 가는 거야. 그러지 않으면 자네는 완전 외톨이가 될 거고, 주 예수 그리스도의 축제를 기념할 수도 없을 거거든."

"오, 난 가련한 사람이야!"

볼프강은 과장된 몸짓으로 하늘을 향해 팔을 뻗었다.

"내가 크리스마스를 지낸 게 무려 하나, 둘, 셋, 넷, 다섯, 여섯, 일곱, 여덟, 아홉, 열, 열하나, 열둘, 열셋, 열넷, 아하, 열다섯 번 이상인데. 이곳에서 보낸 날이—아유, 이 무슨 고약한 우연인가—하루, 이틀, 사흘, 나흘, 닷새, 엿새, 이레, 열닷새라니! 크리스마스이브에 징글 벨과 화이트 크리스마스가 없다면 내 마음과 기분이 어떻게 무거워지지 않겠는가?"

볼프강은 표트르 앞에 무릎을 꿇고, 포갠 두 손을 내밀었다.

"표트르, 날 구해주게. 내 영혼을 구해주게. 마지막으로 단 한 번

만 나와 함께 기념해주게. 자네의 피들(Fidel; 바이올린의 속칭, 영어로는 fiddle)은 없지만, 대신 포도주와 맥주는 잔뜩 있잖아. 나와 함께 우울한 블루 크리스마스를 기념해주게. 내 최고의 친구 프세아칠, 그것이 자네가 해야 할 의무잖아!"

"아, 블루 크리스마스!"

표트르는 투덜대듯 말하고, 볼프강의 옆쪽을 발로 살짝 건드렸다.

"자네가 그곳에 가려는 게 맥주 때문이 아니라는 것은 나도 알아. 여자가 머릿속에 있으면 이성이 마비되는 법이지."

"자네의 이성은 상태가 어찌 그 모양인가?"

두 사람이 오싹할 정도로 추운 밤을 뚫고 걸어가는 동안 볼프강이 물었다.

"잘 작동하고 있네. 난 결혼한 지 6년이나 되었는걸."

"표트르! 그런 말은 한 번도 하지 않았잖아! 그녀를 어디다 숨겨둔 거야?"

"므라고보의 집에."

"그런데 무슨 이유로 그녀는 이곳에 없나? 참으로 성실한 남편 곁에 말이야. 내게 가장 사랑스러운 고운 색시가 있었을 때는 말이야, 난 날마다 그녀를 보고 싶어했는데."

표트르는 경외심에 찬 표정으로 목소리를 낮췄다.

"자네에게 아내가 있었다고? 그녀도— 죽었나?"

볼프강이 머리를 세게 끄덕였다.

"죽었네!"

"왜 죽었는데?"

표트르의 시선이 목소리보다 더 아래로 내려갔다.

늙었으니까, 하고 볼프강은 생각하며 에노의 두툼한 장갑을 흔들었다.

"그건 슬프고 불행하고 끔찍하고 음울하고 무서운 긴 이야기야. 차라리 자네의 사랑스러운 색시에 대해 이야기하는 게 나을 걸세. 그녀가 왜 자네를 이렇게 오래 방치하고 있지?"

"나를 이곳으로 보낸 게 마누라였어."

표트르가 발로 빈 빵 봉지를 차는데, 빵 봉지가 신발 끝에 딱 달라붙었다. 그래서 표트르는 빵 봉지를 떼어내려고 걸음을 멈추었다.

"나야 차라리 집에 있고 싶지. 하지만 이곳에서 석 달이면 폴란드에서 일 년 내내 버는 것보다 많이 벌 수 있거든."

표트르가 블루노트의 유리문을 힘차게 밀쳐 열었고, 볼프강은 그를 따라 둥근 천장 아래로 내려갔다. 정말로 시선을 확 끄는 암청색의 그랜드피아노는 이미 어스름 속에 잠든 듯했고, 사람들이 탁자 몇 개를 아직 차지하고 있었다. 하지만 그가 찾으려는 것은 어디에서도 발견할 수 없었다. 최면상태에서 오르락내리락, 낯선 음들이 모든 것 위에 떠 있었다. 표트르가 설명한 것처럼, 어떤 악기도 필요 없이 기계가 만들어내는 음들이었다. 표트르의 기계장치에서 보았던 것처럼, 진동하는 작은 상자들만 있으면 되었다. 표트르는 진동과 전기 같은 것에 대해 이야기했다. 자력과 비슷한 그 힘이 지하철을 움직일 수 있고, 밤의 도시를 대낮처럼 밝게 빛나게 한다는 것이었다. 볼프강으로서는 도저히 이해할 수 없는 힘이었다.

"자네의 연인이지. 자네 방에 있는 초상화의 그 여자가 맞지? 금발의 여자?"

"그래."

표트르는 한숨을 쉬며 고개를 끄덕이고 바스탠드에 몸을 기댔다.

"므라고보 전체에서 가장 아름다운 여자일세."

볼프강은 두 사람의 모습을 떠올리고, 기쁘지 않은 기색이 역력한 표트르의 눈빛을 보며 이 바이올린 주자를 옆에서 주시했다. 바로 그때 문이 열렸다. 볼프강은 그 뒤에서 푸른 불빛을 받아 비현실적으로 반짝이는, 길고 더부룩한 검은 머리를 빤히 쳐다보았다.

"그리고 이 여자는 빈 전체에서 틀림없이 가장 아름다운 여자일 거야."

그 다음에 볼프강은 그녀에게 아무렇게나 팔을 두르고 있는 금발의 색소폰 연주자를 알아보았다.

표트르 역시 그녀를 엿보았음에 틀림없었다. 그는 볼프강에게 침울한 눈길을 던졌다.

"그녀는 시바의 여왕처럼 걷는군. 그리고 자네는 불쌍한 녀석이고!"

"내가 그녀에게 불쌍한 녀석으로 보일지 모르지— 하지만 내게도 감히 재산이라고 내세울 수 있는 능력이 있어. 여자들을 독차지하는 군주들을 없앤 게 그러니까 장점도 많단 말이지."

볼프강은 머리를 높이 쳐들고, 쓸쓸한 그랜드피아노를 향해 곧바로 걸어갔다.

볼프강은 언제라도 손을 건반에서 뗄 작정을 하고, 건반을 두드려 부드러운 화음 몇 개를 만들어냈다. 그런데 걱정과는 달리 그랜드피아노는 음도 틀리지 않았고 결함도 없었다. 그래서 그는 자리를 잡고, 인위적인 음들을 통해 선율을 만들어내기 시작했다. 매력이 없지는 않은데도 그저 허공에 떠 있기만 한 음들로 말이다. 그 음들은 진작부터 아무도 더 이상 주목하지 않건만, 지칠 줄 모르고 연설을 반복하는 연사의 목소리 같았다. 볼프강은 구석들을 차지하고 서로 딱 붙어있는 마지막 남은 남녀 몇 쌍, 마신 지 오래된 엄청 많은 술병이 놓인 바 스탠드, 사람들이 떠나고 없는 탁자들을 쭉 둘러보았다. 그리고 드디어 검게 빛나는 머리를 바라보았다.

밤의 어둠으로 인한 졸림, 평온이 어느새 모든 것 위에 자리하고 있었다. 다른 그 무엇도 더 이상 중요하지 않은 것 같았다. 그런데도 여전히 뭔가 다른 것이 느껴졌다. 시간이 갈수록 진해지는 그리움이었다. 도취되거나 몰락할 각오가 되어있는 기대감의 본질이었다. 이것을 볼프강은 끊임없이 오르내리는 주제로 삼아, 이제 푸른 공간 안으로 되던지고, E장조를 살짝 변조하여 거의 정지시킬 뻔하다가 결국 새로운 힘으로 다시 부활시켰다. 그는 표트르를 보았다. 표트르는 보조의자에 앉아 머리를 뒤로 돌려 볼프강을 바라보며 귀를 기울였다. 볼프강은 거무스름한 바텐더와, 움직임 없는 그의 손에 들린 행주와 유리잔을 보았다. 그리고 그녀의 머리가 그가 있는 쪽으로 돌려져 있는 게 보였다. 그러나 그녀는 여전히 그 꺽다리의 팔에 매달려 있었다. 그는 그녀에게 대담한 변주곡을 답례로 내보냈다. 그가 저음처럼 자기 연주에 끌어들인 기계장치가 작동을 끝냈다. 그런데도 아름다운 그녀는 여전히 자기 정부에게 매달려 있었다. 두 박자, 세 박자가 지나갔다. 그리고 기계장치에서 나오는 다음 곡이 느닷없이 두들겨대는 바람에 정적이 깨졌다.

볼프강은 벌떡 일어났다. 그 기계장치 안으로 들어가서 연주하고 싶지는 않았다. 그는 그녀 쪽을 마지막으로 한 번 바라보았다. 무어인 바텐더가 그랜드피아노를 가리키더니 기계장치의 음을 흔쾌히 끄는 게 보였다. 그러나 볼프강은 거절의 뜻으로 머리를 흔들고, 표트르 옆에 주저앉아 맥주를 찾았다. 구석구석에서 박수갈채가 나왔다. 볼프강은 사방을 향해 공손하게 머리를 숙여 인사했다.

바텐더는 술통 주둥이를 잠그고 볼프강에게 시원한 맥주 한 잔을 내밀었다.

"와, 자네는 정말이지 사정없이 잘하는군. 진짜 프로 아닌가?"

볼프강은 뭐라고 대답해야 할지 몰라 입을 다물고 시원한 맥주 거품만 탐닉했다.

"그래 좋아."—바텐더는 머리로 색소폰 연주자를 가리켰다—"기회를 봐서 저 친구 연주는 취소해야겠어. 음악으로 말하자면, 사정이 이제는 완전히 달라진 것 같거든."

그러자 표트르는 격려하듯이 자신의 잔을 볼프강의 잔에 부딪쳤다.

"쁘시야첼, 자넨 내가 아는 한 최고의 피아니스트야! 건배! 그리고 즐거운 크리스마스!"

표트르가 없는 빈집에 있자니, 볼프강은 마음이 어두워져서 며칠 동안 시내를 쏘다녔다. 우물쭈물 망설이듯 슈테판 대성당의 좁은 주변만 맴돌면서, 쇼핑 스트리트의 소음을 즐겼다. 매우 활기찬 야단법석이 친숙하게 느껴지다니, 정말 이상했다. 그는 겨울 공원을 오래 돌아다녔다. 2륜차를 타고 갑자기 그의 곁을 쏜살같이 지나가는 사람들을 피하고, 여자들이 이리저리 밀고 다니는 이동식 아기 침대를 수없이 많이 보았다. 넓은 길 앞에서는 멈춰선 채 머뭇거리며 감히 건너가지 못했다. 지금의 바퀴가 옛날 것보다 아무리 빨리 돈다 하더라도, 그가 보기에 바퀴는 여전히 바퀴일 뿐이었다. 그리고 바퀴가 없으면 세상은 앞으로 나아가지 못할 것 같았다. 그는 타고 다닐 말들이 없어서 아쉬웠다. 그는 매번 다시 대성당으로 되돌아갔다. 그곳에서는 마차를 끄는 여윈 말들이 김이 무럭무럭 나는 몸으로 숨을 헐떡이는 냄새를 뿜어내고 있었다. 눈을 감으면, 거의 제집 같은 편안함이 느껴지는 것 같았다.

그러다 정오 즈음 머릿속의 음악을 종이에 적고 싶은 마음이 굴뚝같았던 볼프강은, 대단히 번화한 어느 카페에 자리를 잡고 악보 노트를 꺼냈다. 그런데 여기서 식사하는 게 습관이 된 이후로, 그의 비상금도 8월의 햇빛에 버터가 녹듯이 사라졌다. 표트르와 함께 발을 들여놓았던 음식점의 주인은 볼프강 혼자만이라도 연주하는 게 어떻겠냐고 제안했다. 그러나 그가 제시한 수당은 너무 적고 거리는 너무 멀어서 볼프강은 아예 그곳에 갈 수가 없었다. 그는 몹시 작곡을 하고 싶었다. 그야말로 음악을 하고 싶어 폭발할 지경이었다. 그런데 악보를 적는 귀찮은 일은 시간을 몽땅 잡아먹었다.

즐거운 색소폰 카덴차(Kadenz; 악곡이 끝나기 직전에 독주자나 독창자가 연주하는, 기교적이며 화려한 부분. 원래 이탈리아어 cadenza)가 포함된 피아노콘서트는 거의 완성된 채, 표트르의 타일을 입힌 소파용 탁자에 놓여있었다. 그 외에도 표트르를 위한 바이올린소나타 두 곡과 짧은 소곡 몇 편도—원래는 그가 어느 백화점에서 들었던 주제에 대한 메모 수준에 불과했는데—있었다. 게다가 물론 오페라에 쓰일 스케치와 아이디어도 많았다. 그리고 드디어, 드디어, 그는 자신의 진혼곡도 다시 기억해냈다. 날마다 더욱 태연하게 그 생각을 물리쳤음에도 불구하고, 제압되지 않는 힘처럼 여전히 그의 뇌리를 맴도는 진혼곡이었다. 왜냐하면 그가 오늘에—사실은 아주 먼 내일이며 결코 자신에게는 주어질 리가 없는 오늘에—있게 된 이유를 아무리 곰곰 생각해보아도, 정말로 믿을 만한 답변이 될 어떤 것도 찾아내지 못했기 때문이다. 그 어떤 것도 확실히 알 수 없었고, 그 어떤 가능성도 배제할 수 없었다. 그럼, 그가 땅에도 어울리고 하늘에도 적합한 방식으로 그 장례미사곡을 실제로 완성한다면, 과연 무슨 일이 벌어질까? 그가 내키지 않는 마음을 이겨내고 부득이 무리하여 라크리모사의 음들까지 만들어낸다면? 깨어지지 않는 칼날로 에는 것처럼 그의 영혼을 아프게 하는 라크리모사까지 끝낸다면? 그리고 나면 최고의 전령 미카엘이 그를 데리러 다시 올까? 그러면 모든 게 지나가고, 그의 삶은 완성되고, 그의 임무는 완수되는 걸까? 그리고 마침내 상상할 수 없는 일이 생길까? 그 시점을 그의 마음대로 선택할 수 있게 될까?

볼프강은 단호한 태도로 아뉴스 데이의 다음 박자를 개략적으로 적고, 신에게 불경한 생각들을 그만두었다. 그것으로 끝이었다! 그는 이 작품을 완성해야 했다. 하늘이 두려워서가 아니었다. 그가 이 세상에, 그리고 무엇보다도 자기의 명예에, 그 빚을 지고 있기 때문이었다. 그 멍청한 제자가 주눅이 든 채 서투른 솜씨를 부린 부분은 볼프강의 이름을 붙이기에 어울리지 않았다. 진정 뛰어난 음악을 만들어 그 서툰 솜씨를 손질하기 전까지는 결코 편히 쉬지 못할 터였다.

"자넨 무슨 기계처럼 음악을 만들어 놓고는 구석에 처박아두는군! 집이 온통 꽉 찼어!"

표트르는 출발하기 전에 볼프강에게 훈계하듯 타이르고, 음악 출판사의 주소를 노란 메모지에 적어주었다.

볼프강은 어수선한 종이 더미를 뒤적였다. 바이올린 주자의 말이 옳았다. 바로 그날 오후에 볼프강은 악보가 가득 들어있는 서류가방을 챙겨들고 징링어 출판사를 찾았다. 거기 사람들은 그에게 작품들을 약간의 착수금과 함께 맡기고 2월에 다시 연락하라고 했다.

그래서 볼프강은 길을 따라 느릿느릿 걷다가 이런저런 대형 점포의 창 앞에 오래 서 있었다. 그 안에서는 초점 없는 멍한 인형들이 양복, 재킷, 외투 등을 선보이고 있었다. 긴 바지와 일직선 치마 등, 이 이상한 유행이 처음에는 너무 낯설어 보여서 도무지 익숙해지고 싶지 않았건만, 이제는 갈수록 점점 더 그의 마음에 들었다. 특히 아름다운 옷이 오래오래 뇌리를 떠나지 않을 때도 있었다.

볼프강은 여전히 표트르의 재킷과 에노의 헌 바지를 걸치고 있었다. 그런 차림새로는 그 어디에서도 인정을 받지 못할 것이었다. 그의 시대에는 옷차림에 따라 대접이 달랐는데, 그런 사정은 2백 년 후에도 별반 다르지 않을 것이었다.

그래서 볼프강은 상점 안으로 들어가, 탁자와 옷들이 가지런히 걸려있는 진열대 가운데 서서 천을 만져보고 단추와 버클을 자세히 살펴보고는 마지막으로 번쩍이는 금단추가 달린 흰색 셔츠를 집어 자기 가슴 앞에 갖다 댔다.

"남성복 매장은 저쪽입니다."

안경을 낀 숙녀가 친절하게 그의 뒤쪽을 가리켰다.

볼프강은 고개를 끄덕이고, 손에 든 블라우스를 난처한 표정으로 멍하니 바라보았다. 마침내 매장의 숙녀가 블라우스를 그의 손에서 빼앗자, 그는 우물쭈물 몇 걸음 뒤로 물러나 그녀가 가리킨 방향으로 갔다. 그는 누군가와 부딪치고 소스라치게 놀라서 몸을 돌려 사과의 말을 중얼거렸다. 자기가 부딪친 게 마네킹이라는 것을 미처 확인도 하기 전이었다. 그는 위팔을 문지르고 광고인형을 쳐다보았다. 이 인형은 거의 발가벗고 있었다. 가슴과 음부에 엷은 녹색의 매우 부드러운 얇은 명주 망사만 걸친 상태였다. 망사가 같은 색깔의 끈과 멜빵에 의해 몸 주위에 고정되어 있었다. 그는 바짝 긴장하여 그 인형을 응시하다가 눈길을 다시 다음 인형에게 돌렸다. 그 인형이 걸친 것도 색깔만 검을 뿐이지 똑같은 형태였다. 그는 재빨리 아래쪽을 보았다. 어떤 여자에게서 저런 옷을 벗겨낸다는 상상만으로도… 저게 정말로 속옷일까? 그는 인형 발치의 진열대에 놓여있는 아주 작은 속옷들을 매료된 채 눈여겨보고 쭈뼛쭈뼛 주위를 돌아보았지만, 감히 손을 내밀어 그것을 잡지는 못했다. 자꾸 어쩔 수 없이 인형에 눈이 갔다. 수놓인 얇은 명주 망사를 통해 인형의 팽팽한 작은 가슴이 희미하게 드러났다. 어떤 젊은 여자가 느릿느릿 그의 곁을 지나가, 녹색과 검정색 싸구려 옷들 사이를 뒤지기 시작하더니 몇 가지를 집어 세세히 살펴보더니 그 중 하나를 허리에 대보고는 다시 걸음을 재촉했다.

"도와드릴까요?"

볼프강은 깜짝 놀라 갑자기 몸을 돌리고, 블라우스를 입은 또 다른 숙녀를 보고는 눈을 비볐다. 그는 느닷없이 그녀의 옷을 관통하여 살갗까지 들여다보는 것 같았다. 거기에는 자극적인 얇은 녹색뿐, 아무것도 없었다. F장조, 빌어먹을 경박한 F장조! 그는 고개를 흔들고 허둥지둥 뛰어갔다.

F장조! 엷은 녹색의 음표들은 작은 요정들처럼 흥분을 억제할 길 없는 윤무를 맨살로 추다가 격렬한 16분의 1박자 룰라드(두 음 사이의 빠르고 연속적인 장식음)로 비약하더니 갑자기 짓궂은 장난으로 변했다. 볼프강은 힘차게 흥얼거리기 시작하며 오른손으로 조용히 박자를 두들겼다. 그리고 남성복 매장에 도착하여 최대한 정신을 집중하며 음악을 품위 있는 안단테로 제어하자, 그제야 비로소 마음이 진정되었다.

그는 벽에 가지런히 걸려있는 재킷들을 손가락 끝으로 머뭇머뭇 더듬었다. 전부 다 회색이나 검정색이었다. 옛날에 자기가 소유했던 대단히 멋진 옷들이 생각나자 우울해졌다. 그 중에는 녹색 벨벳의 빼어나게 멋진 옷도 있었지. 그는 언제나 그 옷을 좋아했다. 또한 고급 비단으로 만든 코발트색 옷도 있었는데, 그 옷의 가장자리에는 아름다운 레이스 장식이 달려있었다. 그렇지만 가장 아름다운 것은 뭐니 뭐니 해도 빨간색 옷이었다. 그 옷을 구입하느라 그는 물론 엄청난 돈을 들였다. 벽이 완전히 끝나는 데서 그는 마지막으로 크림색, 녹색, 빨간색 등 비교적 멋진 옷가지들이 있는 진열대를 발견했다. 그가 그쪽으로 손을 뻗자마자 어느새 어떤 남자가 그의 옆에 서 있었다.

"손님, 탁월한 선택이십니다. 손질이 쉬운 혼방직이지요. 걸치면 아주 편안할 겁니다. 작은 사이즈가 있는 데로 가시죠."

그 남자는 손을 민첩하게 놀려 옷걸이 하나를 꺼내고 볼프강이 상의를 입도록 거들고는 볼프강을 거울 앞으로 밀었다.

이것은 에노의 낡은 조끼와는 사뭇 달랐다! 볼프강은 몸을 돌려 자신의 앞뒤좌우의 모습을 관찰했다. 얼마나 아름다운 색깔인가. 잘 익은 석류 열매의 빨간색이었다. 덕망 있는 인간이라면 이런 모습이어야 할 것 같았다.

"손님, 이 옷을 놓치시면 안 됩니다. 40퍼센트 할인이라는 특별한 가격으로 모시겠습니다."

점원은 소매에 부착되어 있는 가격표를 잡았다.

"한 세트 전체가 겨우 95유로 40센트 입니다."

볼프강은 기쁜 표정으로 그 신사를 바라본 다음 거울에 비친 자기의 모습을 쳐다보더니 자기 입술에 미소가 어리는 것을 느꼈다. 공교롭게도 100유로짜리 지폐 하나가 달랑 남아 있었다. 그리고 몇 분 후에 그는 특이한 양복의 주인이 되어 있었다. 그는 오랜만에 처음으로 온전한 인간이 된 것 같았다.

이런 상황을 고려하여 그는 마지막 남은 동전으로 크림색 도요타를 잡아타고, 서서히 번쩍번쩍 빛나기 시작하는 시내를 가로질러 집

을 향해 조금 더 가까이 갔다.

처음에 그는 감히 바라보지 못했다. 여자는 어느 집의 담에 유령처럼 달라붙은 채 그를 향해 웃었다. 그 동안 물기 때문에 반짝이는 그녀의 몸에서 고운 기포들이 어깨, 벌거벗은 가슴이 시작되는 부분, 허리 등을 지나 마지막으로 모양이 예쁜 엉덩이 위로 미끄러지듯 흘러내렸다. 엉덩이가 너무 탱탱하고 미끈해서 그는 자기도 모르게 아랫도리가 근질근질해지는 것을 느끼고, 조심하기 위해 옷이 든 종이봉지를 바짓가랑이 앞에 갖다 댔다. 그런데 마부는 그저 졸린 표정으로 푹신한 마부석에 앉아, 지나가는 동료 마부에게 인사했다. 목적지에 도착하자마자, 볼프강은 온 길을 걸어서 되돌아가 완전히 벌거벗은 여자의 모습을 다시 한 번 살펴보고 싶은 마음을 뿌리칠 수 없었다. 물론 길 건너편에서 곁눈질로만 볼 생각이었다. 그런데 그를 지나쳐가는 남자들은 뒤돌아 눈길을 보내는 법조차 없었다. 그는 머리를 설레설레 흔들며 집을 향했다. 여자의 다리나 벌거벗은 어깨, 아니, 심지어는 완전히 벌거벗은 여자의 모습을 보고서도 전혀 흥분조차 하지 않다니, 이 무슨 악랄한 시대로 나를 보낸 거란 말인가! 그는 번쩍거리는 허벅지를 남몰래 마지막으로 바라보고는 눈을 내리깔고 급히 그곳을 떠났다.

그런데 물론 벌거벗은 축축한 허벅지보다 중요한 것이 있었다. 이곳저곳을 배회하다가 한 번은 오페라하우스의 공연 계획표에 마술피리 Die Zauberflöte가 묵직한 까만 글자로 적혀있는 것을 발견했기 때문이다. 그때부터 볼프강은 공연 날짜를 학수고대하며, 푸치니, 바그너, 베르디 등의 공연을 건너뛰고 심지어 카페에서의 간식도 포기했다. 남아있는 마지막 파란색 지폐 석장을 오직 이 공연을 위해 잘 간수하기 위해서였다. 볼프강은 오페라하우스에 들러 도움을 주는 게 마땅하지 않을까 하고 여러 번 자문했다. 어느 누구도 그만큼 도움을 줄 수는 없을 테니까. 표트르가 곁에 있었더라면, 어쩌면 그 정도 용기쯤은 냈을 텐데. 그는 그저 공연 날짜를 초조하게 기다리는 것 외에 아무것도 하지 않았다. 드디어 공연 날 저녁, 그가 매표소 점원에게 지폐들을 내밀 차례가 되었다.

"매진되었습니다. 죄송합니다."

점원은 대답으로 그렇게만 말했다. 그나마 결국 입석 매표소로 가라는 말조차 듣지 못했더라면, 볼프강은 너무 절망한 나머지 제 정신이 아니었을 것이다.

마침내 오페라하우스의 돌계단을 올라가 난간 가장자리로 밀고 들어갈 때, 그의 맥박은 빠른 4분 음표로 마구 뛰었다. 입석 자리를 좌석의 열과 구분지어 주는 놋쇠 기둥에 배가 꽉 눌렸지만, 그는 보잘것없는 무대에서 묶인 채 몸을 뒤트는 파미나(Pamina; 오페라 〈마술피리〉의 여주인공인 공주)가 부르는 천상의 맑은 노래 외에 아무것도 느낄 수가 없었다. 이 얼마나 아름다운 목소리인가!

"죽음이 나를 떨게 하지 못하고…."

나의 파미나이고, 나의 음악이며, 나의 마술피리다! 그가 자신의 이름을 마지막 악보에 적은 게 겨우 몇 달 전의 일이었음에도 불구하고, 이 오페라는 여기에서 수백 번, 아니 수천 번, 수천 번 공연된 게 틀림없었다. 하지만 나무도 덤불도 그림으로 그려진 하늘도 무대에서는 볼 수 없었다. 자라스트로(Sarastro; 〈마술피리〉에 나오는 성주)의 나라임을 표시해주는 것은 오직 장식 없는 삭막한 두 벽뿐이었다. 여러 색깔의 불빛 때문에 그 광경은 각기 다른 분위기에 잠겼다. 볼프강은 전율을 느꼈다. 그가 지난 며칠 동안 방문했던 모든 자리에서는 온통 모호한 느낌뿐이었다. 그런데 이곳에서는 막연했던 그 모든 것이 명료하고 매우 강력한 현실로 변해 있었다. 그는 알아볼 수 없을 정도로 모습이 달라진 무대 앞에 서 있었다. 레치타티보(Rezitative; 원래는 레치타티보 혹은 레시타티보recitativo라는 이탈리아 말로서, 오페라나 종교극 따위에서 대사를 말하듯이 노래하는 형식)가 간결하고 빠른 말로 다가오는 바람에 볼프강은 그 속도를 따라가지 못해 비틀거렸다. 그는 그 보잘것없는 울림에 익숙해지고 싶지 않았다. 음악만 아니었다면 그는 여기서 버림받은 것처럼 외롭고 불안정하고 낯설었을 것이다. 그런데 음악, 그의 음악은 그대로였다! 음표 하나 달라지지 않았다. 오히려 모든 것이 대단히 순수하고 완벽하게 재현되었다. 그의 때가 온 것이었다. 세상이 드디어 그의 음악에 걸맞게 무르익은 것이다. 그렇다면, 그는 새로운 오페라를 쓸 것이다. 온 세상 사람들과 시대를 포괄하는 오페라를. 그리고 그 오페라가 진정 승리의 길에 들어서는 모습을 이번에는 직접 함께 체험할 것이다.

그날 이후로도 그는 여러 번 마술피리를 보았는데, 기껏해야 인토네이션(Intonation; 노래나 연주를 정확한 음높이나 음조로 하는 것-옮긴이)에서 아주 작은 변화를 발견할 수 있는 정도였다. 이번 공연과 지난 번 공연의 차이가 무엇인지 말할 수 없을 정도로 완벽하다는 점에서 모든 게 거의 똑같았다. 합동 연주는 매우 오랫동안 연습했음에 틀림없었다. 며칠, 어쩌면 몇 주 동안 말이다! 이 얼마나 훌륭한 세계인가! 가수와 연주자들에게 연습할 시간을 그렇게 오래 허락한다면, 그스스로도 어쩌면 보다 나은 조건을 믿고 살아갈 수 있을 것이었다. 여유를 갖고 완성된 작품이라면, 급히 작곡될 수밖에 없는 모든 곡보다 분명 훨씬 나은 운명을 갖고 태어날 테니까.

마지막으로 무대의 커튼이 내려갔다. 볼프강은 끈덕진 방문객들에 떠밀려 오페라하우스 계단을 내려가자마자, 매번 색맹인 밤나방처럼 기대에 들떠서 파란색 술집으로 갔다. 그러고는 석류빛 양복 차림으로 그곳에 앉아있으면, 환상을 통해 늘 새로운 작곡이 진행되었다. 그는 자기의 오페라를 골똘히 생각했다. 마지막 남은 동전으로 맥주를 마시며, 오페라에서 밤의 여왕의 맨살이 드러난 목덜미에 대한 기억을 음미했다. 그녀가 한 번 아주 잠깐 그를 바라보았던 게 기억났다. 그가 푸른색 그랜드피아노로 연주하며 그녀에게 인사했던 그날 저녁에 대한 기억이었다. 그는 무슨 일이 있어도 무조건 그녀를 차지해야 한다는 것을 알고 있었다. 설령 지금은 그가 음악이란 돈 외엔 그 어떤 돈도 내놓을 처지가 아니라 할지라도 말이다.

이렇게 부탁하러 가는 것은 죽어도 싫었다. 그렇지만 기분이 엉망인 어느 저녁에 그는 그런 마음을 접었다. 술집이 활기는 있지만 무대가 외롭다고 여겨진 날이었다. 그는 푸른빛이 도는 바스탠드로 걸어가 무어인 바텐더에게 자신의 관심사를 설명하고 술집 주인을 만나고 싶다고 했다.

키가 너무 큰 아이처럼 보이는 주인은 문턱을 넘어올 때 머리를 움츠려야 했다.

"만원이군."

주인은 볼프강을 바라보지도 않은 채 중얼거리고, 손가락으로 자동 금전등록기를 톡톡 두들겼다.

"선생, 선생께 이런 말씀 드리는 건 미안하지만……"

볼프강은 바스탠드의 발 받침대에 올라서서 할 수 있는 한 몸을 쭉

펴고는 손을 주인의 귓바퀴 뒤에 갖다 댔다.

"오늘 연주하는 저 사람은 엉터리예요. 그가 음악에 대해 이해하는 수준은, 살아있는 인간이 고작 저녁기도에 대해 아는 것 정도라구요. 저기, 들어보세요! 얼마나 엉터리인지 들으셨나요? 뭐라고요? 전혀 아니라고요? 아무것도 듣지 못했나요? 이상하군요⋯."

주인이 턱을 앞으로 내밀었다.

"날 등신 취급하는 건 나 스스로도 할 수 있거든."

"오, 미스터, 물론이지죠. 제가 괜히 그런 의심을 품는 건 절대 아닙니다. 하지만 자신 있게 말씀드릴 수 있습니다, 제가 비교가 안 될 정도로 더 잘 할 수 있다고 말이지요."

볼프강은 싱글싱글 웃으며 약간 몸을 숙였다.

"에, 연주를 말입니다. 주인어른, 연주를 말입니다."

"자네가 어릿광대 두목이야, 뭐야? 여기는 카바레(Kabarett; 무대나 무도장 따위의 설비를 갖춘 서양식의 고급 술집)가 아니라고. 그리고 난 악사들도 더 이상 필요하지 않아. 우리는 거의 매일 저녁에 프로그램이 있거든. 그리고 풋내기는 충분해. 한 주에 손님 몇 명을 위해 그 이상은 필요가 없어."

"그런데 만약 음악이 더 이상 없다면, 그렇게 되자마자 마지막 손님들도 떠나갈 겁니다."

그는 검정색 터틀넥 스웨터를 입은 땅딸막한 남자를 집요하게 바라보았다.

"제가 세 번 연주할게요. 그 대신 음식과 맥주만 주시면 됩니다. 그렇게 해도 이익이 될 게 없다면, 저는 그것도 바라지 않겠습니다. 그리고 선생은 저기 저것을 ─볼프강은 팔을 뻗어, 잠자고 있는 그랜드 피아노를 가리켰다─ 더 이상 놀리지 않아도 되는 거죠. 어때요, 그건 선생의 취향에 맞겠죠?"

주인은 의심의 눈길로 눈살을 찌푸리며 다가와 볼프강의 가슴을 톡톡 쳤다.

"아주 우리가 자네를 기다리고 있는 줄 아는가! 자네들 같은 젊은 이들이 얼마나 많이 여기를 뻔질나게 찾아오는지 짐작이나 하나?"

볼프강이 미처 대답도 하기 전에 바스탠드의 무어인이 주인에게 몸을 돌려 뭔가 장광설을 늘어놓았다. 그러자 술집 주인은 마치 볼프강을 난생 처음 보는 것처럼 그에게서 시선을 떼지 않았다. 그리고는 어깨를 으쓱했다.

"그럼 좋아."

무어인 바텐더는 고개를 끄덕이며 푸른색 그랜드피아노를 가리켰다.

"이제 주인은 자네에게 뭔가 있을 거라고 생각해. 그러니 뭔가 제대로 한번 들려주라고."

볼프강이 연주를 했다. 순간순간 머리에 떠오르는 것을 가리지 않고 연주했다. 옛것, 새것, 옛것과 새것을 함께 연주했다. 그는 생각들을 엮어 점점 더 대담한 변주곡으로 만들어가며 시간을 잊었다. 그러자 주위의 자리가 점점 더 꽉 찼다. 그의 느낌에는 마치 술집이 활기를 띠는 것 같았다. 목이 말라 자리에서 일어나 커다란 박수갈채를 받으며 바스탠드로 갈 때야 비로소 그는 아무도 더 이상 술집 저 뒤쪽에 앉아있지 않다는 사실을 알아챘다. 모두들 푸른색 그랜드피아노 주위에 무리를 지어 모인 것이었다. 주인도 책을 앞에 놓고 먼 곳을 바라보듯 조망하는 눈길로 그 속에 앉아있었다. 펼쳐진 책갈피들은 탁자 위에서 꿈에 잠긴 것 같았다.

볼프강은 바의 높은 의자에 앉으려 애썼는데, 자신이 마치 주방 의

자에 기어오르려고 기를 쓰는 아이처럼 느껴졌다. 그는 몸을 돌려 무어인 바텐더에게 말했다.

"이제 주인양반은 손님이 있으려면 훌륭한 클라비어 연주자가 필요하다고 생각하기 쉽겠네요."

그는 머리로 자기 뒤에 있는 술집 주인을 가리켰다.

"자, 적어도 난 내가 할 일을 했으니까, 주인도 자기 할 일을 하고 나한테 갈증을 풀어주는 맥주 한 턱 내줄만 하지 않나요?"

흑인 바텐더는 웃으며 고개를 끄덕였다.

"자네가 노인네를 꽉 사로잡은 것 같아. 내가 보기엔 주인이 자네한테 일주일 내내 일자릴 줄 것 같은데."

그는 볼프강에게 맥주 한 잔을 밀어 건네고 손을 내밀었다.

"난 체르니라고 해."

볼프강은 기쁜 나머지 손을 덥석 잡았다.

"모차… 터만. 볼프강 무스터만입니다."

"볼프강, 저기 저쪽을 좀 보게. 나온 김에 하는 말인데, 저 사람이 아드리안이네. 우리 뮤지션 중엔 터줏대감이지."

체르니는 어떤 젊은 사람에게 오라고 손짓했다.

볼프강은 그 사람이 기억났다. 얼마 전에 그 사람이 콘트라베이스를 기타처럼 뜯는 것을 들었던 것이다.

"저 친구 일하는 날은 고정되어 있고, 매번 다른 연주자들을 데리고 오지. 아드리안이랑 한 번 이야기를 나눠보라고."

아드리안이 다가와 체르니에게 고개를 끄덕여 인사하고, 손을 볼프강의 손에 찰싹 부딪쳤다.

"이보게, 엄청 훌륭하더군! 난 아드리안이야. 이제 종종 여기서 연주할 거라고 들었네."

볼프강은 고개를 끄덕이고 콘트라베이스 연주자의 손을 더욱 꽉 잡았다. 그런데 일순간 마치 지하철을 잘못 탄 것 같은 기분이 들었다. 밤늦게까지 문을 여는 바의 악사라… 이것이 그에게 온당한 운명이란 말인가? 차라리 국립오페라의 오케스트라석에 서서 그곳의 연주자들에게 차례대로 손을 흔들어야 하는 것 아닐까?

여하튼 좋다. 모든 것은 그 나름의 의미가 있을 테니. 이따금 시내의 지하묘지를 헤매지 않았더라면 지난 몇 주 동안 찾아다녔던 수많은 장소에 가보지 못했을 거잖아. 마찬가지로 이 술집에서도 뭔가 발견할 게 있을 거야. 그리고 음악이 이루어지는 곳이라면 진정 그렇게 나쁜 자리일 리가 없어.

"그런데 자네는 재즈 출신이 아니지?"

"난, 에헴….″

볼프강은 아드리안을 속수무책으로 바라보았다. 마치 모르는 외국어에 맞닥뜨린 것처럼, 그는 다시 한 무더기의 낱말들 앞에 서 있는 듯 했다.

"잘츠부르크 출신이네."

그는 상대방을 불안하게 관찰했다.

아느리안이 고개를 끄덕였다

"아하, 클래식을 공부했군. 자네의 손가락 놀림이 잽싼 것을 보고 난 진작 그렇게 생각했지."

"그렇다면 요즈음 빈 사람들은 그 정도의 실력도 없단 말인가?"

아드리안이 웃음을 터뜨렸다.

"자네는 농담을 잘 하는군!"

그는 볼프강에게 공모자 같은 눈길을 보냈다.

"하지만 진심으로 하는 말인데, 평소에 여기 피아노에 앉는 재즈 연주자들 중 왼손으로 그렇게 쥐여주는 사람은 없을걸. 안 그런가? 또 난 말이야, 이렇게 잘 맞는 클래식 연주자하고는 여태 연주해본 적이 없네. 클래식 연주자들은 악보가 없으면 무엇을 연주해야 할지 도통 모르던데."

그는 볼프강을 유심히 쳐다보았다.

"그밖에 또 뭘 하나?"

"오, 나? 난, 에헴, 그러니까 새벽에 일어나서 커피를 마시네. 그래야 제때 화장실에 갈 수 있거든. 그렇게 해야 곡을 쓰기도 더 쉽고 빵을 먹기도 낫거든. 난 화장실을 다녀온 직후 빵을 먹기 때문에…."

"젊은이, 잘 알겠네. 내가 그렇게까지 세세하게 알려는 것은 아니야. 그런데 자네 아는가? 금요일에 우리가 다시 이곳에서 연주를 하거든. 그러니까 내 콘트라베이스와 트럼펫 연주자가 말일세. 자네가 아직 아무런 계획이 없다면… 어쩜 그때 자네 같은 연주자가 필요할 수 있어서."

"우리가 함께 연주를 한다는 말인가?"

볼프강은 절하는 듯한 자세를 취했다.

"아주 기꺼이 하겠네. 나로선 정말 기쁜 일이야. 틀림없이 여기로 오지. 몇 시에 오면 되나?"

"19시면 아주 좋겠어. 이곳으로 오면 돼. 자, 내 번호를 적어줄게. 반드시 와야 하네."

"19시라고?"

볼프강은 이맛살을 찌푸리고, 내민 종이를 잡았다.

"하지만 내 시계엔 열두 시간밖에 안 나타나는데…."

"하, 그거 좋군!"

아드리안이 웃고는 볼프강의 어깨를 툭 쳤다.

"나도 늘 그런 식으로 농담을 하거든. 그럼 잘 가게. 금요일에 보세."

볼프강은 손을 들어 인사하고, 느긋하게 다시 맥주잔을 잡아 마시고는 입술에 묻은 맥주거품을 훔쳤다. 이전에 라틴계 외국사람 집에서 겪었던 혼란이 어렴풋이 기억났다. 부친과 그는 약속을 몇 번 지키지 못했다. 그곳에서는 시계를 정말 익숙해지기 어려운 방식으로 사용했기 때문이다. 이 새로운 세계에서도 사정은 다르지 않은 게 분명했다. 볼프강은 마치 얼음 위를 걷는 기분이었다. 그는 단단히 발 디딜 데를 찾지 못하고 좌우로 흔들렸다. 그 모습이 마치 기괴한 춤처럼 보일 수밖에 없었다. 그는 항상 다음 발을 내딛자마자 살얼음이 깨져서 물속 깊이 빠질 것 같은 불안에 잠겨있었다. 표트르만이라도 빨리 돌아와 그를 무사히 다른 물가로 데려간다면 좋으련만.

마침내 볼프강이 일어나서 카페에 가려고 축축하고 차가운 신발을 신고 나섰을 때는 거의 정오가 다 되었다. 오슬오슬 한기가 느껴져서 서둘러 골목들을 지나며 상점에 진열된 물건들을 죽 훑어보았다. 그러다가 그는 돌연 멈춰 섰다. 어느 진열창에선가 크리스마스트리처럼 반짝거리는 거대한 고음부 기호가 우뚝 솟았던 것이다. 볼프강은 코를 유리창에 바싹 댄 채 온갖 화려한 것들 위로 바이올린, 비올라, 첼로, 크리스마스 천사처럼 걸려있는 종, 팀파니, 트럼펫 등을 보았다.

창틀 없는 높다란 유리문에는 *리버만과 아들*Liebermann & Sohn이라는 금빛 철자가 휘황하게 빛났다. 볼프강은 망설이지 않고 들어갔다. 무거운 돛베처럼 그의 발밑에 놓여있는 연한 청회색의 초대형 양탄자는 마루청의 삐걱거리는 소리를 살짝 완화시켜 주었을 뿐이다.

목재와 낡은 종이 냄새가 났다. 그는 거울처럼 윤이 반짝이는 그랜드 피아노를 부드럽게 어루만지고 건반을 두드려 몇몇 화음을 냈다. 환상적인 음색이었다. 힘차고 맑고 광대하면서도 부드러웠다. 이 무슨 천상의 악기인가! 천국이 있긴 하네, 하고 생각하며 그는 쿠션이 깔린 긴 의자에 주저앉아 건반을 가볍게 두들겼다. 만족감의 큰 물결이 그의 온몸에 넘쳐흘러 두 손을 통해 뻗어나가 공간 안으로 울려 퍼졌다.

"뵈젠도어퍼( Bösendorfer; 빈의 피아노 제조회사 상표)가 마음에 드시나요?"

마음에 드냐고! 그 정도 표현으로는 어림도 없지. 이 피아노는 환상적이고 신묘하고 경이로웠다! 볼프강은 대답 대신 몇 개의 거친 스타카토(Staccato; 음을 하나하나 끊어서 연주하기)를 두들기듯 연주했다. 그리고는 후리후리하게 키가 큰 점원을 심술궂게 히죽거리며 바라보았다. 점원의 옷깃에 달린 작은 금빛 명찰에는 J. 리버만 주니어라고 적혀있었다.

"좀 더 적당한 것은 없나요?"

J. 리버만 주니어는 격분한 표정으로 등을 곧추세우고, 볼프강에게 자기를 따라 매장 안으로 더 들어오라고 권했다.

"대단히 멋진 슈타인웨이도 보여드릴 수 있습니다. 그것도 물론 나름 값이 만만치는 않습니다만."

"그게 얼마인데요?"

"4만."

점원이 대답하고는 볼프강이 신고 있는 오물이 덕지덕지 묻은 신발을 쳐다보았다.

"저런저런저런, 그 돈이면 작은 소시지가 거의 14,290개나 되는

데! 한 사람이 먹다가는 아주 오래 물려버리겠는걸.”

"뵈젠도어퍼라면 2만 8천이면 될 겁니다.”

점원이 말을 맞받고 볼프강에게 콧구멍을 벌름거렸다.

"하지만 그건 아주 정확히 1만이네요!”

볼프강이 환한 표정을 지었다.

"절대 그럴 리 없습니다. 우리는 정액제입니다.”

"작은 소시지 말입니다. 작은 소시지가 정확히 만 개라고요.”

볼프강은 악보 받침대를 정겹게 어루만졌다.

"그렇지만 너무 쎄군요!”

"대체 얼마를 생각하시는데요?”

점원의 목소리는 마치 대화하면서 신문을 읽는 것 같았다.

"지금 난 연주를 좀 하겠다는 것 외에 아무 생각이 없습니다. 게다가 선생님, 에흠, 확인하셔도 됩니다. 여기에는 —이런 젠장— 아무것도 없습니다!”

볼프강은 바지주머니를 잡고 양쪽의 안감을 끄집어냈다. 구깃구깃한 종이와 지하철표, 그리고 흰색과 녹색의 먹다 만 젤리 곰 인형 두 개가 떨어져 나왔다. 볼프강은 떨어진 것을 전부 다 주섬주섬 긁어모으고 손가락의 먼지를 바지에 문질러 턴 뒤, 등반이 없는 의자에 앉아 건반을 두들기며 한 번 죽 훑었다. 이것은 탁월한 그랜드피아노임에 분명했다. 소리가 맑고 훌륭했다. 그런데 첫 소리가 나자마자 그 울림이 자극적일 정도로 여성적이고 부드러웠다. 그래서 그는 더욱 매료되었다.

"손님, 유감입니다만 이 고급 악기들은 오직 저희 고객들을 위해서만 준비해둔 겁니다.”

"리버만 씨, 안녕하세요!”

그때 애정이 넘치는 여자 목소리가 입구 쪽에서 울렸다. 그 목소리가 볼프강의 마음속까지 파고들어 울리더니, 마법을 부린 듯 심술궂은 비웃음이 그의 얼굴에 번졌다.

"손님."

J. 리버만 주니어가 언짢게 목소리를 낮춰 말했다.

"죄송하지만 이제 좀…."

볼프강은 자리에서 일어나, 시종처럼 살짝 허리를 숙여 절하고 뒷걸음으로 슈타인웨이를 떠났다. 그는 모피로 가장자리 장식을 한 여자 손님이 지나갈 때 다시 절을 하고, 기분 좋게 꾸르륵 소리를 내며 첫 번째 그랜드피아노에 앉았다. 날카로운 여자의 목소리는 언제나 음악적 착상에 좋았다! 어느덧 그는 억제할 수 없는 카프리치오(Capriccio; 일정한 형식에 구속되지 아니하고 자유로운 요소가 강한 기악곡) 한가운데 있으면서, 리버만의 목소리와 대조를 이루는 그녀의 목소리를 연주하고, 먼데서 천둥이 울리는듯한 베이스를 덧붙였다. 때마침 그의 머리에 떠오른 대단히 재치 있는 아이디어가 올림다 단조(cis-minor)에서 내림가(As)로 대담하게 건너뛰었다. 그때 리버만 주니어의 조급한 목소리가 그에게까지 들렸다.

"… 빈털터리 피아니스트를 위한 연습실이 아니잖아요! 내일이면 이곳에 저런 인간이 셋은 될 것이고, 끝도 없이 저런 꼴을 봐야 할지 몰라요."

"그런 인간 중에서는 저 사람 같은 사람을 절대 못 찾을걸. 저 사람은 아무에게도 방해가 되지 않아. 아니, 오히려 나를 기쁘게 해주는 걸."

"그렇다면 저 자를 집으로 초대하시지 그래요. 저런 작자들이 여기서 뭘 구하겠다는 건지, 원."

힘찬 걸음으로 J. 리버만 주니어는 급히 상점에서 나갔다. 그는 화가 가득 찬 눈길을 그랜드피아노 쪽으로 던졌다. 볼프강은 놀란 눈으로 그의 뒤를 바라보았다.

누군가가 그의 옆에서 살짝 숨을 헐떡였다.

"그의 본심이 아닙니다. 아들이 정말로 화가 난 것은 오로지 저 때문이죠."

지팡이에 몸을 의지하고 있는 어떤 신사가 미소를 지으며 볼프강에게 다가와 손을 내밀었다.

"리버만입니다. 시니어죠. 부디 신경 쓰지 마세요."

지팡이 때문인지, 아니면 오래오래 입어 낡은 질 좋은 가죽처럼 보이는 피부 때문인지는 모르겠지만, 리버만의 뭔가가 볼프강에게 이미 오래 전에 사라진 친밀한 것, 그러니까 어떤 소나타를 연상시켰다. 그가 소나타를 작곡한 게 언제였던가? 그는 리버만에게 미소를 보내고 변주하며 안단테 주제에 몰두했다.

"브라보!"

볼프강이 연주를 끝내자 그 노인이 조용하지만 힘차게 말했다.

"환상적입니다. 저도 모차르트를 좋아합니다."

"아니, 모차르트 곡인 것을 아셨단 말인가요?"

볼프강은 마치 누군가가 자기 옆에 불을 지피기라도 한 것처럼 화끈거렸다.

"물론이죠."

리버만은 그랜드피아노 주위를 조심조심 빙 돌면서 맨손으로 그 악기를 쭉 어루만졌다.

"이 피아노가 격에 맞게 쓰인다면 좋은 거죠. 그래, 요즘 연주는 하시나요?"

"오, 먹고 마실 것만 준다면 창턱이든 테이블 구석이든 가리지 않습니다."

노인은 잠시 싱긋 웃기만 하고는 볼프강에게서 눈길을 떼지 않았다.

"진심인가요? 본인의 악기가 없다는 말씀인가요?"

볼프강은 그렇다는 뜻으로 말없이 고개를 저었다.

"그렇다면 음악으로 생활하시는 게 아닌 모양이죠? 그거 정말 놀랍습니다."

"오, 물론 음악으로 살지요. 전 음악 외의 다른 그 무엇으로도 먹고 살지 못합니다. 음악은 말하자면 제 혈관 속의 피와 같습니다!"

볼프강은 손을 건반에 올려놓고 C장조로 심장고동 소리를 냈다.

"그럼에도 음악은 지금 제 배를 그저 근근이 채워줄 따름입니다…."

그는 f 단조로 옮아가고, 마지막으로 일어나서 허리를 굽혀 절을 했다.

"볼프강 무스터만입니다. 작곡가입죠."

리버만이 혼잣말로 중얼거렸다.

"작—곡—가라. 아하."

그는 피아노 의자에 자리를 잡고 다리를 뻗었다.

"무스터만 씨, 나를 위해 좀 더 연주해주세요. 모차르트 곡을 더 연주해주세요. 그의 곡보다 아름다운 것은 없답니다."

이 말을 마치자마자 곧바로 그는 다시 일어나 ―그가 몸을 움직이는 게 얼마나 힘겨운지 알 수 있었다― 문 뒤로 사라졌다. 그 노인이 잠시 자리를 비웠음에도 불구하고 볼프강은 그가 바로 옆에 있는 것만 같았다. 또한 그 노인이 주의를 집중하여 자기 연주를 따라오고 있음도 알았다. 뿐만 아니라 그 노인은 볼프강이 재미있는 카덴차로 수백 년 된 악보의 틀을 벗어나 다르게 연주하면 그것도 놓치지 않았다.

"유감이지만 이것이 지금 제가 댁을 위해 할 수 있는 전부입니다."

리버만이 돌아와 볼프강에게 종이 한 장을 내밀었다. 그가 이제 어디에서나 받을 수 있는 것보다 딱딱한 그 종이는 아주 흰색은 아니었다. 그 뒤에 각각 긴 숫자가 딸린 이름 두 개가 적혀있었다.

"거기에서 과외수업을 하실 수 있을 겁니다. 내 이름을 대세요."

볼프강은 손가락을 조금 적셔 파란색 글자를 훔쳤다. 정말이었다. 그것은 품질 좋은 진짜 잉크였다. 그는 고마움의 표시로 미소를 짓고 예의바르게 절하고는 명함을 곰 모양의 젤리과자가 있는 바지주머니에 넣었다.

*

"보급품이야!"

요스트가 엉덩이로 현관문을 쾅 닫고 맥주 박스를 에노의 방으로 끌고 들어갔다.

"여기. 너희들 내가 없으면 어쩔 뻔했어. 게다가 벌써 날도 추운데."

그는 주위를 둘러보고, 새로운 얼굴들이 와 있음을 알았다. 두더지 같은 표정을 짓는 안경 낀 친구도 있었다.

"여기는 게어노트야. 톰이 데려왔어."

"안녕."

요스트는 안락의자에서 에노의 잡동사니를 걷어내고 벌렁 드러누웠다.

"톰과 같이 일하나?"

"아니. 난 음악 하는 사람이야. 지금도 음악대학에 다니고 있지. 다음 학기에 졸업할 거야."

"아하, 음악가라. 그럼 이런 연주자?"

요스트는 손에 든 병으로 바이올린 켜는 시늉을 했다.

"아니. 난 피아노를 연주해. 하지만 내 전공은 작곡과 지휘고."

"작곡이라…."

요스트가 푸 하고 웃음을 터뜨렸다. 그 바람에 맥주가 뿜어져 보슬비처럼 허공에 깔렸다.

"에노! 들었니? 작─곡─가래!"

금발의 미녀 옆에 바싹 붙은 채 침대에 앉아있던 에노가 건너다보았다.

"그래, 그런데 칵테일에서 손가락이나 떼시지."

게어노트가 머리를 좀 움츠렸다.

"그냥 농담이었어!"

에노가 몸을 앞으로 숙이고, 게어노트에게 마개를 딴 맥주병을 건넸다. 응축된 물방울 땜에 잔에는 축축한 막이 생겼던 것이다.

"사실은 일전에 자칭 작─곡─가라는 사람이 찾아왔었어. 그런데 얼마나 고주망태로 마셔대는지, 정말 그 친구 우리 앞에서 뒈질까 불안하더라구. 그래서 침대에 붙잡아두었더니, 다음날 오후까지 악보를 그렸어. 한 꾸러미나 돼. 어디서 온 작자인지는 도통 몰라."

"그래, 슈타인호프(Steinhof; 바움가르트너회에의 정신병원) 출신이겠지. 거기 아니면 어디서 왔겠어."

요스트가 에노의 말을 가로막았다.

"그뿐인가, 완전히 혼란스런 말만 지껄이더니, 마지막에는 자기가 모차르트라고 공언하기까지 했다니까! 이상한 사람이었던 것 같아."

"그렇다면 그 자는 지난해에 부활한 여러 명의 모차르트 중에서 그나마 악보를 쓸 수 있는 첫 번째 사람이군."

두더지처럼 생긴 사람이 이제 수줍은 듯 안경 뒤에서 미소를 지었다.

"어쨌거나 제법 스타일이 있는데!"

"푸하, 그 자가 뭘 긁적거렸는지 누가 알겠어."

"아냐, 저 친구라면 그것을 우리에게 분명히 알려줄 수 있겠지."

에노가 턱으로 게어노트를 가리키고 일어나서는 서가 여기저기를 뒤적였다.

"너, 진짜 그 형편없는 엉터리를 간수했단 말야?"

요스트가 활짝 편 손으로 자기 이마를 쳤다.

"야, 너 참 대단하구나!"

에노는 하얀 종이 뭉치를 서가에서 끄집어내더니 후 하고 불었다. 그 바람에 먼지가 세워놓는 전등의 빛 속에서 춤을 추었다. 그는 서가 아래로 달아나는 듯 떨어지는 검은 것을 향해 과감히 걸어갔다. 마침내 그가 송이들을 집어서 건네주었다.

"자, 너희 동료 모차르트 거야. 난 고추 소스가 따뜻해졌는지 보러 갈래."

그는 춤을 청하듯이 금발의 여자에게 손을 내밀고 그녀와 함께 문쪽으로 사라졌다.

게어노트는 자기 무릎에 놓인 악보가 적힌 면들을 힐끗 보고는 그 위를 손가락으로 훑었다. 악보의 선들은 연필로 그어져 있었다. 각 줄의 시작 부분은 아주 가늘었고, 끝 부분은 좀 더 두꺼웠다. 그 위에 볼펜으로 적혀있었다. 8분 음표 머리와 16분 음표 머리의 상당수는 얼룩져 있었다. 게어노트는 진짜처럼 감쪽같은 서명을 보고 싱긋 웃더니, 스탠드 옆 안락의자에 슬그머니 주저앉아 정신없이 악보를 보며 음악에 잠겼다. 그만이 이 작곡 작품을 알아볼 수 있는 이해력을 갖고 있었다. 그 악곡은 거의 바로크풍이긴 하지만 지나치게 대담하고 뛰어났다. 그래서 그의 속이 괴로운 듯 다시 부글부글 끓기 시작했다. 질투가 아니었다. 그건 아니었다. 체념일 뿐이었다. 하나님이 보우하사 이런 작품들이 많지 않기에 망정이지, 만약 이렇게 뛰어난 작품들이 많다면, 자신도 언젠가는 케언텐에 있는 부친의 음식점으로 돌아가 포도주와 소주를 팔며, 토요일마다 누군가가 덜시머(Hackbrettl; 영어로는 dulcimer, 원시적인 타현악기)로 관광객들의 흥을 돋우는 소리나 경청하게 될 것이라고 느꼈다.

그러다가 누군가의 목소리에 정신이 번쩍 들었다.

"아무것도 안 먹을 거야?"

게어노트가 쳐다보았다. 그는 안경을 고쳐 쓰고 악보를 한데 모으고는 다른 사람들을 따라 부엌으로 갔다. 모두들 빙 둘러 서서, 커피잔이나 뮈슬리(Müsli; 날곡식을 우유에 타서 먹는 아침식사 대용 생식) 대접에 든 수프를 숟가락으로 떠먹고 있었다. 그의 옆에 있는 에노라고 불리는 남자가 잠시 후 종이를 탁탁 쳤다.

"그런데, 우리의 모차르트가 잘 알고 있는 게 대체 뭔가?"

게어노트는 어깨를 으쓱했다.

"물론 아무것도 아니야. 정말 미친 사람이었나 봐. 꽤나 무의미한 짓이었어."

"아하. 어쨌거나 유감이군."

에노가 고추 소스 한 숟가락을 입에 넣었다.

"으흠, 좋은데."

게어노트는 악보 한 장을 끌어냈다.

"그 자가 정말로 이걸 전부 다 갖고 있는 건 아니네. 봐봐, 모차르트의 서명을 그 아래 했어."

그는 마개를 딴 포도주병을 탁자에서 집어 들고 잔을 찾았다.

"내가 이걸 가져가면 안 될까. 수업시간에 보여주면 학생들이 요절복통할 거야."

"문제없어. 어차피 쓰레기라면 가져가."

게어노트는 돌돌 만 종이들을 재킷 안주머니에 조심조심 밀어 넣었다. 그런 다음에 그도 잔을 잡았다.

\*

볼프강이 다시 집으로 가는 길을 찾았을 때는 길을 몰라 오래 헤맨 탓인지 두 다리가 피곤했다. 그런데 그를 괴롭힌 것은 헤맨 시간 때문이 아니라 오히려 길의 상태 탓이었다. 딱딱한 돌은 예전 골목들의 진흙 바닥과 달리 걸음 하나하나가 느껴지게 만들었다. 그는 도중에 지하철역을 여러 개 지나갔는데도 계속 다음 정거장으로 가야 할 것 같아 지나쳤다. 표트르는 만일을 생각해서 볼프강에게 장기 승차권을 구입해주며 부지런히 사용하라고 권했다.

"안 그러면 장기를 구입할 필요가 없거든."

그런데 어두운 터널의 미로에서 길을 잃고 방향이 틀린 도시 끝자락에서 빠져나올지 모른다는 두려움이 볼프강에게는 피곤함보다 더 컸다.

볼프강은 리버만의 명함을 오래오래 관찰했다. 이 악기상이 과외

수업을 제안하면서 주소를 적어주지 않고 숫자만 적어준 이유가 무엇인지 볼프강으로서는 도저히 이해할 수 없었다. 그는 그 숫자들이 무슨 뜻일지 골똘히 생각하더니, 다음날 즉시 빵집 여자에게 숫자만 보고 주소를 알아낼 수 있느냐고 물었다. 그런데 그녀는 엄한 눈초리로 그를 바라보기만 하더니, 데이터 보호가 어쩌고저쩌고 웅얼거렸다. 어디서나 볼프강 위로 쏟아지는 모호한 낱말들의 바다에 있는 또 하나의 말이었다.

볼프강은 집 앞에 도착했을 때야 비로소 손을 활짝 펴서 자기 머리를 쳤다. 리버만이 주소를 암호화한 거야! 그 생각을 즉시 못했다니. 볼프강도 서신왕래를 할 때 종종 그랬던 것처럼 말이다. 그는 서둘러 계단을 올라갔다. 알파벳과 지도를 활용하여 해답을 찾아내기 위해서였다. 그러나 숫자들을 이리저리 옮겨보기도 하고, 더하고 곱하고 나누고 합계를 내는 등 별 짓을 다 해봤지만, 쓸모 있는 어떤 것도 나오지 않았다. 그는 골똘히 생각에 잠겨 지도를 탁자에서 치웠다. 그렇다면 혹시 음악 수수께끼, 그러니까 리버만이 생각해낸 시험일까? 볼프강이 그 숫자들을 각각 내림마장조(Es-Dur) 음계와 동렬에 놓자, 실제로 두 번째 수열의 결과 아주 기묘하게 우울한 선율이 생겨났다. 호기심에 차서 그는 앞에 놓인 이름을 어렸을 때 종종 부친과 함께 했던 방식으로 다루며, 철자로 숫자를 만들고 숫자로 음을 만들었다. 그리고 여기서 생겨나는 결과에다 대위법을 덧붙였다. 장엄했다! 이 리버만은 여우처럼 약은 사람이었다. 볼프강은 열심히 작곡을 계속하여 마침내 대단히 놀라운 피아노 소나타를 짓게 되었다. 3악장을 작곡하는 사이에 저녁이 되었다. 그래서 볼프강은 눈을 가늘게 떠야만 악보의 선들을 알아볼 수 있었다. 결국 양초를 가져오려고 자리에서 일어난 그는 일을 멈추고 팔을 늘어뜨린 채 일순간 미동도 없이 낯선 공간, 낯선 시간 속에 가만히 있었다. 어찌나 오래 앉아 있었던지 오금에서는 아직도 의자가 느껴졌다. 마침내 퍼뜩 정신이 든 그는 문 쪽으로 가서 천장등 스위치를 눌렀다. 그러자 곧바로 실내가 대낮처럼 환한 빛 속에 잠겼다.

볼프강은 힘들게 숨을 쉬며 다시 자리를 잡고, 리버만의 대위법적인 수를 통해 아주 특별하고 거의 대담하기까지 한 느낌의 베이스 성부에 눈길을 주었다. 그는 만족스러운 표정으로 두 다리를 쭉 뻗었다. 그가 리버만의 수열 중 첫 번째 것에 다시 손을 대면 밤의 절반이 지나갈 게 뻔했다. 그 수열에 이런 엄청난 보물이 숨겨져 있다고 해도 그는 놀라지 않을 것이었다.

그 다음날 볼프강은 금빛 글자가 적힌 높다란 유리문을 다시 휘몰아치듯 지나갔다. 리버만의 음악 천국에는 아무도 보이지 않았다. 계산대에서만 어떤 목소리가 숨죽인 채 울렸다. 그래서 볼프강은 놀라운 뵈젠도어퍼 피아노에 앉아, 조용한 음으로 숫자의 주제를 연주하기 시작하더니 두 번째 성부인 알토를 덧붙였다. 그런데 전날 저녁에 생각해낸 소나타 대신 푸가(Fuge;원래 이탈리아어로 fuga, 영어로는 fugue. 하나의 성부가 주제를 나타내면 다른 성부가 그것을 모방하면서 대위법에 따라 좇아가는 악곡 형식)를 만들기로 결정하고 잠시 다섯 성부로 연주하다가 마침내 리버만의 첫 번째 수열 테마를 대담하게 너했다. 공교롭게도 하필 그때 그 노신사가 지팡이를 짚은 채 볼프강 옆에 나타났다.

"무스터만 씨!"

리버만은 지팡이를 안락의자에 기대어놓고 조용히 박수를 쳤다.

"그거 굉장한데요."

"네, 그런가요?"

볼프강은 리버만에게 공모자 같은 미소를 보냈다.

"우리 두 사람은 서로에게 안성맞춤입니다."

볼프강이 건반에서 손을 떼고 자리에서 일어나 리버만에게 손을 내밀었다.

"만족하실 정도로 그 수수께끼가 풀렸으니, 이젠 제가 주소를 알고 싶어해도 되겠죠?"

리버만은 영문을 몰라 그를 바라보았다.

"수수께끼? 주소? 이봐요, 당신이야말로 수수께끼처럼 말씀하시네요."

볼프강은 신중을 기하기 위해 입가를 옆으로 끌어당기고, 한 번 싱긋 웃고는 리버만의 표정을 살폈지만 소용이 없었다. 그는 몇 살일까? 그의 머리는 백발이었다. 70세 생일이 지난 지 오래 된 게 틀림없었다. 그가 하루 전날 생각했던 것을 까맣게 잊었다고 놀라야 하나? 볼프강은 숫자들이 적힌 두꺼운 종이를 바지주머니에서 꺼내 펼치고는, 성의를 담은 미소를 지으며 그 종이를 리버만의 안경 앞에 내밀었다.

"리버만 씨, 친애하는 리버만 씨, 이제 확실히 생각이 나십니까? 하하, 제게 맡기겠다고 생각하셨던 과외수업 말입니다."

리버만이 그 종이를 잡고 간단히 한 번 들여다보고는 볼프강에게 눈길을 던졌다.

"그럼요. 전화하시지 않았나요?"

전화라고. 볼프강은 이 낱말을 찾으려고 기억을 더듬었지만, 그 낱말에 꼭 맞을 만한 어떤 것도 떠오르지 않았다. 전화라니. 표트르가 이 낱말을 사용한 적이 있던가? 생각과 낱말과 음들이 흐트러져 있는 서랍을 통과하듯이 그의 뇌를 지나 쿵 떨어졌다.

"에흠. 그러니까 그게…."

볼프강은 감히 리버만을 바라보지 못하고, 대신 눈길을 건반 위로 보내더니 검지를 올림바(Fis)와 올림사(Gis) 사이의 골에 밀어넣었다.

"전화했죠. 그런데…."

"아하 야단났군. 당신네 예술가들."

리버만은 한숨을 쉬며 몸을 일으키고는 머리를 살짝 흔들었다.

"무스터만 씨, 댁은 전혀 그렇게 부끄러움을 타는 인상은 아닌데요."

그는 볼프강에게 자기를 따라 계산대로 오라고 손짓하고, 그곳에서 작고 까만 물건을 집고는 그 위를 톡톡 쳤다. 그것은 악기임에 틀림없었다. 조용히 높고 가늘게 노래하는 음들이 나왔기 때문이다. 그런데 그 음들은 연주보다는 아이들 장난감에 더 적합한 듯했다. 마침내 리버만이 악기 같은 그것을 자기 귀에 댔다.

"안녕하세요. 리버만입니다. 어떻게 지내세요?"

"훌륭해요."

볼프강이 놀란 표정으로 대답했지만, 그 노인은 볼프강을 바라보지 않았다. 그의 시선은 문틀 안쪽 빈 위쪽 어딘가의 한 지점에 멈춰 있었다.

"댁을 가르칠 수 있는 피아노선생이 있는데. 아직 필요하신지?"

볼프강이 등을 꼿꼿하게 폈다.

"피아노 실력만큼은 저보다 나은 사람이 별로 없을 겁니다. 그 점은 확실히 입증해보일 수 있죠!"

리버만은 볼프강 쪽으로 손을 거세게 흔들었다.

"그 분과 직접 상의하는 게 가장 좋겠소. 마침 바로 옆에 계십니다.

잠깐만요."

볼프강은 머뭇거리며 검정색 물건을 받고, 의심하는 눈초리로 엄지와 검지 사이에 끼었다. 악기 같은 이것은 다섯 개씩 세 줄로 배열된 건반에 숫자가 씌어있었다. 초록색 빛이 나는 사각형 안에 모난 기호들이 기입되어 있었고, 그 위에 마지막으로 지멘스라는 낱말이 적혀있었다. 볼프강은 건반 같은 것들을 더듬다가 조심조심 5라는 숫자를 눌렀다. 그러자 삐 소리가 났다. 그 다음에 그는 4라는 숫자를 눌렀다. 건반 같은 그것은 똑같이 우직한 내림마(Es)로 삐 소리를 냈다. 볼프강은 실망하여 악기 같은 그것을 리버만에게 다시 건넸다.

리버만은 눈살을 찌푸리고는 속삭이기 시작했다.

"자, 이제 그냥 편히 이야기하세요. 잡아먹힐까봐 걱정 안 하셔도 되니까요."

"안녕하세요?"

금속성의 음성이 삐 소리 장치에서 조용히 울렸다.

"안녕하세요!"

"안녕하세요."

볼프강이 대답하고, 그 물건을 귀에 더 가까이 갖다 댔다.

"대체 누구세요?"

금속성 목소리가 초조하게 울렸다.

볼프강은 그 물건을 귀에서 떼고 놀란 표정으로 그 물건을 보았다.

"이게 말을 하네요."

그는 문득이 리버만에게 몸을 돌렸다.

"여보세요! 리버만 씨!"

"아닙니다. 무스터만입니다. 저는 무스터만입니다. 사랑스런 남자임에 확실하긴 하지만, 하하!"

"누구라고요? 무스터만이요?"

대답하는 기계장치라니! 볼프강은 그 물건을 귀에 대고 꽉 눌렀다. 재미가 생기기 시작했다.

"무스터만, 맞습니다. 볼프강 무스터만입니다. 빈에서 온 작곡가입니다. 그건 그렇고, 넌 뭔데?"

리버만이 손으로 이마를 치고는 망연자실하여 볼프강을 바라보았다. 볼프강은 침을 삼켰다. 그런 장치한테는 아마도 공손하게 대하는 게 바람직할 것 같았다.

"에헴, 친애하는 숙녀분께 삼가 용서를 청합니다."

"아우어바흐입니다."

목소리는 이제 좀 더 날카롭게 울렸다.

"댁이 제 피아노 수업에 맞을지 모르겠습니다. 리버만 씨를 다시 바꿔주세요."

뭔가가 잘못되었다. 볼프강은 리버만에게 그 장치를 넘기고, 입을 비죽이며 웃으려 했다. 그 동안 리버만은 그 장치에 대고 달래는 듯한 말을 하더니 마침내 메모지에 뭔가를 적었다. 그는 정말로 어떤 인간과 대화를 나눈 것이다. 맙소사… 이것은 확실히 또 표트르의 기계장치와 비슷하게, 지금껏 그에게 불가능하다고 여겨졌던 일들을 가능케 해주는 별난 물건들 중 하나였다. 이 장치가 정말로 함께 있지 않은 인간의 목소리를 멀리 있는 다른 귀에 전해줄 수 있단 말인가? 얼마 전에 처음으로 어떤 젊은 여자를 보고 놀랐던 일이 문득 떠올랐다. 그 여자는 천애고아처럼 혼자 길거리에 서서 심하게 말다툼을 하는데, 웬일인지 손을 줄곧 귀에 대고 있었다. 볼프강은 그녀에게 연민의 미소를 보내고, 그녀의 머리가 살짝 돌아버린 거라고 생각했다. 그가 자기도 모르게 다시 손으로 눈썹을 짚자, 마침내 리버만이 그 장치를 옆으로 치웠다.

"무스터만, 정말 기인이시구먼. 그런데 아우어바흐하고는 그렇게 이야기하면 안 됩니다. 그녀가 농담을 이해한다는 것을 다행으로 여기세요."

리버만은 볼프강의 손에 새 메모지를 쥐어주었다.

"거기 가서는 예의바르게 행동하세요. 그녀는 수업마다 확실히 20유로씩 지불할 겁니다."

볼프강은 리버만을 따라 순순히 계산대에서 더듬더듬 걷다가 다시 한 번 몸을 돌려 그 이상한 장치를 붙잡았다. 그 위에 뭐라고 적혀 있었더라? 지―멘―스. 그것은 쉽게 알아볼 수 있었다. 볼프강은 만족스럽게 미소 지었다. 다음에는 약점을 보여서는 결코 안 될 일이었다.

볼프강은 표트르가 돌아올 때까지 남은 날짜를 세어보았다. 그가 종이 한 장으로 직접 만든 작은 달력은 감옥의 벽 같았다. 볼프강은 새로운 줄이 시작될 때마다 그날의 이름을 꼼꼼하게 적고, 낮에 작곡한 것을 잠자리에 들기 전에 기입했다. 가느다란 실처럼 그를 저 바깥의 불안한 새 세상과 연결해주는 블루노트의 저녁 공연들은 빨강 색연필로 표시해두었다. 그리고 아침마다 조심스럽게 창 쪽으로 살그머니 걸어가, 모든 게 전날 저녁에 기입했던 그 자리에 그대로 있는지 점검했다. 그와 마찬가지로 낮에는 빨간 글씨가 방금 사라지지 않았는지 여러 번 확인했다. 무슨 일이든 생길 수 있을 것 같았고, 아무것도 더 이상 확실하지 않은 것 같았다.

볼프강은 마담 아우어바흐 집에서의 수업 일정을 목요일에다 기입해놓았지만, 합의된 것보다는 일주일 뒤에 표시해두었다. 자기가 그렇게 빨리 갈 수는 없는 입장이라는 걸 알고 있기 때문이었다. 그의 말을 일단 들어준다면 그녀도 그가 저지른 이 사소한 오류를 틀림없이 용서할 것이었다.

볼프강은 아드리안과 그 친구들의 등장을 매우 초조하게 기다렸다. 이틀 전부터 수중의 돈이 완전히 바닥나서, 말라빠진 빵조차 살 수 없었기 때문이다. 지난주에 아침식사 때 종종 먹었던 맛있는 사과케이크는 아예 꿈도 꿀 수 없었다. 표트르의 싸늘한 식료품 저장고에는 온통 통조림 깡통뿐이었다. 깡통 뚜껑에 엄지를 벤 후로 그는 뚜껑을 무척 조심조심 다루었다. 그리고 표트르가 자신 있게 말한 것처럼, 끓이기 아주 쉬운 국수를 그가 더 이상 손대지 않을 것은 뻔했다. 불도 보이지 않는 이 불판으로 어떻게 모든 음식을 다 만들 수 있단 말인가? 볼프강은 국수를 낮과 밤 가리지 않고 아무 때나 수도관에서 흘러나오는 뜨거운 물에다 완전히 익히려 했다. 그런데 그 물로는 기껏해야 표트르의 마법 같은 분말커피로 블랙커피를 작은 잔으로 하나 만들 정도였다. 국수는 뜨거운 수돗물에 꿀꿀이죽이 되었을 뿐이다. 그런데도 너무 배고픈 나머지 내키지 않는 마음을 접고 그걸 먹었더니 위가 더부룩하게 뭉쳤다.

오페라도 그랬지만 볼프강은 음식점 역시 갈 생각조차 할 수 없었기 때문에, 그냥 집에서 통조림 수프와 올리브유에 담근 정어리를 먹었다. 그리고 꾹꾹 참고 억지로 일하려 했다. 그는 표트르의 작은 식탁을 창 아래로 밀었다. 예전에 그가 용변을 보았던 곳이다. 거기서 밖을 내다보다가 눈길이 낡고 울퉁불퉁한 석판 지붕에 가 닿았다. 그저 힐끗 바라봤을 뿐인데도, 내 집에 있다는 착각이 들었다. 그리고 저녁이면 때때로, 옆 베개에 거무스름하고 부드러운 곱슬머리의 여자가 누워 자기를 기다리는 따위의 일은 절대 없다는 것을 잊어버리

곤 했다. 때로는 아이가 잠들지 않으려고 버티며 징징대는 소리를 듣는 것 같았다. 그러면 그는 소스라치게 놀라 기계장치를 틀고, 외로움이라는 떠들썩한 독소에 맞섰다. 외로움은 그의 머리에서 음들을 앗아가겠다고 으름장을 놓았다.

    그래서 볼프강은 여전히 어두운 새벽까지 일을 했다. 마침내 전등 스위치를 끄고 예전 같으면 늘 잠자리에서 일어났던 시간이라는 생각이 들자, 그는 목이 더 답답해졌다. 예전 같으면… 그는 단숨에 커튼을 쳐서 가로등의 빛을 차단했다. 그의 새로운 습관을 위젓는 것은 작업용 전등뿐인 것 같았다. 그 등은 대낮처럼 환하게 저 혼자 무관심하게 빛나며 그를 깨어있게 했다. 그 불안한 불빛 때문에 삶이 바로 옆에 있는 것 같은 느낌을 주었던 옛날의 석유램프와는 달랐다. 혹은 저녁마다 요괴처럼 펄럭이면서 그의 작곡에 은근슬쩍 잠입했던 뻔뻔한 촛불과도 달랐다. 초는 ―일이 끝난 후에는― 스스로의 키와 볼프강의 눈을 작아지게 만들고, 마침내 지친 마지막 손짓과 함께 편안히 잠들라고 독촉했다.

    볼프강은 겨우 잠이 든 것 같았던 어느 날 아침 드디어 표트르의 열쇠꾸러미가 철컥 하는 소리에 깨어났다.

    "표트르, 정말 기뻐! 내 친구 프시아칠. 자네 건강하게 돌아왔군. 휴, 다행이야! 여행이 너무 힘들지는 않았겠지?"

    바이올린 주자는 지친 한숨을 쉬며 안락의자에 주저앉았다.

    "우린 자동차로 스무 시간이나 달렸어. 다섯 사람이 골프(Golf; 폴크스바겐에서 나오는 자동차 브랜드 중의 하나)를 타고 말이지. 난 지금 커피가 필요해!"

    표트르가 자리에서 일어나 물을 주전자에 따르고 빈 커피잔을 잡앉다. 그는 혼잣말로 웅얼거리더니 냉장고 문을 열고, 콩죽이 반만 남은 마지막 깡통을 꺼냈다. 그리고는 천천히 몸을 돌려 볼프강에게 눈길을 보냈다. 마치 기이한 짐승을 검사하는 것 같았다.

"자네가 남겨둔 게 이게 다야?"

볼프강은 입가를 옆으로 끌어당겼다.

"예끼, 완두콩, 강낭콩, 불콩, 그 말을 들었다간 입을 비죽이겠군!"

"하지만 커피는 없잖아. 새로 사지 않았구먼!"

"이런, 표트르. 친구. 지금 난 막다른 골목에 와 있어, 그래서 자네가 돌아올 날만 초조하게 손꼽아 기다릴 수밖에 없었다고."

"뭐라고?"

표트르가 영문을 모르겠다는 표정을 짓자, 따스함이 갑자기 볼프강을 사로잡았다. 물론 이 폴란드 친구는 방금 고향에서 돌아왔고, 며칠 동안 모국어로만 말을 했으며, 돌연 이런 어법에서 저런 말투로 바꾸는 재주는 없는 게 분명했다.

"이봐, 표트르. 손에 쥔 게 없으니 아무것도 할 수 없잖아? 난 속옷도 새로 마련해야 했고, 다른 데 필요한 비용도 다 마련해야 했는데―간단히 말해서―그렇게 되지 못했네."

"하지만 자네는 수당으로 받은 돈이 3백 유로 넘게 있었잖아. 그리고 이탈리아 레스토랑에서의 공연도 있고. 그 돈은 얻다 썼지?"

"아하, 표트르. 자네가 직접 말하지 않았나, 그 외국인은 사기꾼인데다 아무짝에도 쓸모없는 작자라고? 정직한 사내라고 자처하면서 어떻게 그런 자와 어울린단 말인가? 그런 일로 벌 수 있는 돈이라면 전혀 가치가 없네."

"지붕 위에 앉은 카나리아보다 손안에 든 참새가 더 나을 텐데."

"결코 그렇지 않아! 새가 가득한 새장을 곧 내 것이라고 부를 날이 올 걸세! 다다람담 다다다다람담담―다람, 다람, 다람담담… 만사가 잘 풀렸고 내가 일자리를 찾았다는 말을 들으면 기쁠 걸. 게다가….”
"일자리라고?"
"그래. 더 정확히 말하자면, 말한 적이 있는 술집이야. 자네가 날 데리고 갔던 파란 술집 말이야."
"블루노트, 그 재즈 술집? 볼프강, 맙소사!"
"그곳은 훌륭한 장소야. 몇몇 작품을 환상의 나래가 펴지는 대로 서슴지 않고 연주하기만 하면 되거든. 그러니까 일은 없고, 언제나 쉽게 즐길 수 있는 오락만 있어. 그리고 맥주도 원하는 만큼 마셔도 되고. 더욱이 그곳에서는 내 연주를 듣는 것을 아주 좋아하고 나를 높이 평가해. 표트르, 내 친구. 자네도 한 번 나와 함께 가자구. 자네도 정말 재미있어할 거야."
"난 재즈 연주자가 아니라고 자네에게 말했을 텐데."

볼프강이 벌떡 일어나 급히 탁자로 가더니, 지난 며칠 동안 적은 메모들을 뒤적였다.

"잠깐 기다려, 이 친구야. 그곳에서는 뭐든지 할 수 있어. 그리고 난 자네를 위해 이미 작곡도 해놨단 말이야."

그는 파란 술집에서의 연주 후에 적어두었던 것을 환한 표정으로 표트르에게 건넸다. 대담한 환상곡 몇 개였다. 느린 부분에 강한 표트르의 재능에 딱 어울릴 것 같아서 이 바이올린 연주자가 정말로 형식에 구애받지 않는 연주는 절대로 하지 않을 거라는 점은 간과했다.

"그곳에서는 수당을 얼마나 받나?"
"오, 내 친구 표트르. 우린 음악으로 즐거울 수 있잖아? 왜 성가신 돈 때문에 걱정해야 하나. 커피를 사고 자네의 귀환을 축하하자고."

표트르는 고개를 저으며 악보를 볼프강에게 돌려주었다. 종이 한 장이 삐져나와 바닥에 떨어졌다. 리버만 씨의 쪽지였다! 볼프강이 재빨리 허리를 숙여 그 쪽지를 종이들 사이로 되밀어 넣었다.

"그리고 말이야, 또 얼마 전에 대단히 친절한 신사를 만나는 커다란 기쁨을 누렸지. 악기점을 하는 신사이고, 참으로 음악을 제대로 아는 사람이며 진정한 친구라네. 그 인연 덕분에 순식간에 그가 추천하는 제자 두 명까지 얻었지 뭔가."

볼프강은 조심조심 곁눈질로 표트르를 유심히 쳐다보았다.

"리버만 씨가 내게 그렇게 약속했어. 게다가 여러 번 날 변호해준 것만 봐도, 확실히 날 도와주겠다는 뜻이잖아."

"피아노 과외라. 흠. 볼프강, 자넨 다른 일을 찾아야 해. 그렇지 않으면 너무 애석할 거야. 자넨 내가 아는 한 최고의 피아노 연주자니까."―표트르는 다시 고개를 저었는데, 이번에는 꽤나 언짢은 표정이었다―"하지만, 뭐, 좋아. 이제 시작이니까. 적어도 자네가 카나리아를 잡을 때까지는 말일세."

표트르는 볼프강에게, 손안에 든 참새나 다름없는 연주를 거절한 이탈리아 레스토랑 주인한테 아파서 오지 못했다는 해명을 하라고 다그쳤다. 두 사람은 그 전까지 표트르가 연주했던 모든 술집을 순회했지만, 그 다음 주부터는 날마다 스케줄이 꽉 차지는 않았다. 게다가 볼프강이 새로 구입한 양복에 대해 표트르가 자기처럼 열광하지 않자, 볼프강은 실망이 컸다.

"내가 말했잖아. 크리스마스 지나면 일하기가 훨씬 어려워. 연주가 없을 때는 우스꽝스러운 양복에 돈을 쓸 필요가 없어."

"호감이 가는 외모 따위에 전혀 신경 쓰지 않는 사람이라면 이런 걸 구입하지는 않겠지. 게다가 특별할인 상품이었거든!"

표트르가 코를 찡그렸다.

"그렇게 입으니까 술집 지배인처럼 보이잖아. 자네는 음악가인데, 왜 검정색 양복을 사지 않나? 아니면 적어도 회색을 사야 하지 않을까?"

"하지만 누구나 이렇게 입고 돌아다니는걸."

볼프강이 대꾸하고는 고운 천을 어루만졌다.

"자네도 그 누구나와 다를 바 없군. 가서 그 흉한 물건을 바꿔버려."

그런데 볼프강은 화난 듯 입이 부루퉁해져서, 반짝이는 꼰 실을 고집스럽게 바라보았다. 그리고 표트르도 나중에는 인정하고 따를 수밖에 없는 일이었지만, 볼프강은 몸집이 작음에도 불구하고 가령 팁을 배분할 때 아무도 자기를 무시하지 못하도록 신경을 썼다. 그럼에도 필수품을 구입하는 데는 그 돈이면 충분했다. 볼프강이 꼭 눈에 띄게 행동하기 때문에 표트르는 의심스런 눈초리로 볼프강의 지출을 감시했다. 게다가 블루노트에서 받는 수당은 볼프강의 기대보다 보잘것없었다. 하지만 그는 여하튼 이제 매일 저녁 자유로운 출입을 만끽했고, 체르니의 호의 덕택에 공짜 맥주와 약간의 식사도 제공받았다. 더 이상 별다른 의무가 없는 한 그는 이런 혜택을 마음껏 누렸다. 여기서 볼프강은 기분이 좋았다. 언제나 사람들이 웅성거리는 소리와 음악이 있어서 작곡하기에 안성맞춤인 것 같았다. 그랜드피아노도 제법 쓸 만했다. 그래서 밤의 환락을 쫓아다니는 사람들이 결국 귀로에 오르는 늦은 시각에도 볼프강은 종종 시간을 잊고 작곡에 매달리곤 했다. 그럴 때면 술집에는 체르니만 남아있었다. 흑인 바텐더는 주의를 온전히 집중해서 연주를 돋보이게 할 수 있는 청중들 가운데 한 명이었다.

표트르의 도움으로 볼프강은 지하철 타기에 상당히 익숙해졌다. 지옥에서 온 괴물 같던 지하철에 대한 두려움이 이제는 점차 잦아들었다. 어느 날 저녁에 지하철을 타고 블루노트로 가던 중, 그는 예전에 들었던 슈베르트 아다지오에 너무 몰두한 나머지 내릴 정거장을 놓치고 말았다. 날은 건조했고 공기는 이상할 정도로 미지근했으며, 하늘은 푸른 제 색깔을 아직 완전히 잃지 않았다. 그래서 볼프강은 지나친 정거장으로 걸어서 되돌아가기로 마음먹었다.

그 지역은 낯설었다. 지도가 없었기에 볼프강은 운에 맡기고 반쯤 어둑어둑한 길거리들을 지나가며, 그 이름들을 머리에 새겼다. 행여 그곳에 다시 오게 되면 길을 제대로 찾기 위해서였다. 그런데 다음 순간 그는 소스라치게 놀랐다. 이 거리의 무엇인가가 이상하게도 친숙한 것 같았기 때문이다. 차량들이 나무줄기들 사이에 빽빽하게 주차되어 있었다. 그는 가로등 불빛과 대조되어 섬뜩하게 보이는 앙상한 나무우듬지를 쳐다보면서 확실히 깨달았다. 여기는 에노가 사는 거리임에 틀림없다! 마디가 있는 저 나뭇가지들, 그가 이전에 보았던 것이다. 새빨간 표지판 또한 기억이 났다. 그렇다면 그의 악보가 멀지 않은 곳에 있다는 얘기나. 그 집을 찾을 수 있을까? 그는 그 집을 찾으려고 이집 저집의 문을 다니다가 마침내 장식이 별로 없는 회색의 셋집을 발견했다.

볼프강은 지나가는 도요타의 전조등이 초인종을 비출 때까지 기다려야 했다. 그리고는 용기를 내어 손가락을 초인종에 갖다 댔다. 아무도 문을 열어주지 않았다. 그는 한 번 더 벨을 누르고는 결국 다시 길거리로 발을 내딛었다.

다음날 저녁에 그는 다시 그 길을 찾았다. 방문의 구실이 필요 없

다 하더라도 이번에는 만일을 위해 에노의 흰색 비닐봉지를 가지고 갔다.

그가 벨을 누르고 난 후, 표트르의 집에서도 볼 수 있는 것 같은 금속상자가 덜거덕거리더니 어떤 낯선 음성이 대답했다.

"좀 들어갈 수 있을까요? 정중하게 청합니다. 에노 씨에게 드릴 게 있고…."

문의 자동 계폐장치가 열리는 바람에 볼프강의 말은 중단되었다. 볼프강은 요스트가 집에 없기를 바라면서 위로 올라갔다. 집의 문은 꼭 닫혀 있지 않았다. 그는 복도의 삐걱거리는 마루청 위를 더듬더듬 걸어 들어갔다. 으스름한 갈색 불빛이 그를 감쌌다. 부드럽고 대단히 아름다운 음악이 마치 멀리서 울리는 것처럼 모든 것 위를 떠다녔다. 마치 하나의 선과도 같고, 자유롭고, 풀려있고, 온갖 화음의 저편에 있는 듯 외로운 멜로디였다.

그 다음 순간 그는 사전 경고도 없이 멈춰서야 했다. 당황하여 주위를 둘러보았다. 이상하게 낯선 느낌에 그는 숨을 죽였다. 하필 바로 그 순간 누군가가 그에게 어디서 왔는지 또는 무엇을 원하는지 물었다면, 그는 아무 대답도 못했을 것이다. 그가 보고 있는 그 어떤 것도 친숙하지 않았다. 내가 어디에 있는 거지? 어떻게 이 장소에 오게 된 걸까? 심장이 두근거리는 게 그의 목까지 전해졌다. 그가 기억해 낸 것이라고는 정오에 표트르와 수프를 먹었다는 것뿐이었다. 그런데 지금은? 느닷없이 누군가가 그를 더할 나위 없이 낯선 어떤 장소에 세워놓은 것 같았다.

부드러운 목소리가 떨리며 아름다운 선율처럼 울렸다. 그 소리에 그는 기겁했다. 그리고는 누군가 커튼을 밀어젖히기라도 한 것처럼 별안간 다시 정신이 들었다.

"에노는 아직 안 왔는데요."

부엌문에서 귀여운 여자가 나왔다. 아래로 휜 예쁜 코 때문에 그녀는 작은 새 같다는 인상을 주었다. 그녀의 눈은 두 개의 까만 돌과 같았고, 거무스름한 긴 머리는 이마에 두른 무늬 있는 천에 묶여 있었다.

무언가가 볼프강을 관통하여 지나갔다. 마치 잠에서 막 깨어난 듯. 그리고 그는 느꼈다, 그것이 기쁨이란 것을. 전혀 알지 못하는 이 여자를 보고서 느끼는 순수하고 환한 기쁨이었다. 그는 그녀의 눈길을 마주보며, 약간 너무 오래다 싶을 정도로 계속 바라보았다. 그리고 미소를 알아보았다. 그녀만큼이나 작은 미소였다. 볼프강은 그 이국적인 눈을 응시했지만, 그녀에게 감히 더 가까이 다가가지는 못했다. 에노의, 혹은 요스트의, 아내일까? 아님, 그냥 최근에 그토록 아쉽다던 하녀일까?

"에노의 동료인가요?"

"저는, 에, 실례합니다."

볼프강은 몸을 숙여 인사했다.

"제 이름은 볼프강 무스터만입니다. 에노가 잠시 곤경에 처한 저를 친절하세도 도와주었습니디… 몇 가지 물건으로 말입니다, 근데, 전 이게 더 이상 필요치 않아서… ."

그는 눈이 갸름한 여자에게 비닐봉지를 내밀었다. 그녀의 손가락 끝이 그의 손을 따스하게 살짝 스쳤다.

"부디 그분의 관대함에 대한 정중한 감사와 함께 안부를 전해주시기 바랍니다."

볼프강은 이마에서 머리카락을 쓸어 올렸다.

"저는 남편 분을 직접 찾아뵐 수 있기를 바라는 마음으로 왔습니다. 그런데….”

"남편 분이라고요? 에노가요? 맙소사! 여기는 그냥 베게(WG; 여러 명의 세입자들이 방은 각각 쓰고, 부엌과 욕실과 거실을 공동으로 사용하는 집을 가리키는 Wohngemeinschaft의 약자)예요. 우리는 에노, 요스트, 바바라, 그리고 저 — 이렇게 넷이서 살아요.”

그녀가 머뭇거렸다. 그녀의 눈빛은 밝고 따뜻한 색깔의 글리산도(glissando; 비교적 넓은 음역을 빠르게 미끄러지듯 소리를 내는 방법)가 되었다.

"차를 끓였는데요. 에노는 틀림없이 곧 올 거예요.”

그녀는 머리를 흔들며 부엌 쪽을 가리켰다. 차를 마실 생각을 하자 그는 전율이 일었다. 그렇지만 그녀가 설사 구정물을 내놓았다 하더라도 그는 그녀를 따라갔을 것이다.

"그럼… 요스트는?”

그는 미처 '베게'라는 단어를 곰곰 생각하기도 전에 신중을 기하기 위해 물었다.

그녀는 손목에 찬 아주 작은 시계를 쳐다보고는, 물받이대에 거꾸로 놓인 찻잔을 잡았다.

"요스트는 보통 여섯 시경이면 와요. 그러니까 사실은 진작 돌아왔을 시간인데.”

볼프강은 별안간 문틀에 멈춰 섰다. 그의 눈길은 매우 곧추선 그녀의 등을 따라 훑다가 그녀의 어깨에 살짝 닿았다. 그는 엄지손톱으로 손가락들 끝을 안절부절 쿡쿡 눌렀다.

"제가… 다시 한 번 와도 될까요? 차를 마시러?”

그녀가 미소를 지었다!

"시간이 없나요?”

볼프강은 재빨리 양손을 들어올렸다.

"사실 막 일하러 가는 중이었어요. 진작 이것을 돌려주려고 했죠. 그나저나 제게 꼭 필요한 물건이 하나 있어서, 그걸 좀 물어보아야겠다는 생각이 듭니다만."

"아하. 그게 뭔데요? 내가 도와줄 수 있을지 모르겠네요."

"글쎄요, 그게, 어떻게 된 일이냐 하면, 여기 댁의 집에서 제가 작곡을 끝냈는데, 아주 급히 집에 돌아가야 해서 그만 그 곡을 잊어먹고 안 가져갔답니다."

"작곡이라고요? 으음, 음악가인가요?"

그녀는 조롱일 수도 있고 인정일 수도 있는 묘한 표정을 지었다.

"어디서 일하시죠?"

"어느 술집에서요. 이곳에서 멀지 않아요. 완전히 파란색이어서 아주 특이한 장소이긴 하지만, 그곳에서 연주하는 음악은……"

그녀가 간단히 고개를 끄덕였다.

"블루노트, 알아요."

다시 그녀의 눈빛이 마치 놓지 않으려는 손처럼 그에게 닿았다. 그의 가슴이 비바치시모(vivacissimo; 악보에서 아주 생기 있고 빠르게 연주하라는 말)로 활기차고 빠르게 뛰었다. 그녀는 종내 수줍어하며 바닥을 바라보고는 머리를 돌려 보라는 듯이 부엌 안을 둘러보았다.

"악보가 이 집에 있으면 눈에 띌 텐데요. 대체 어디에 놓아두었나요?"

"저기 저 방에요."—그는 자신이 잠들었던 방의 문을 가리켰다—"매우 친절하게도 제게 잠깐이지만 잠자리를 내주었습니다. 그리고 저는…."

"아니, 뭐라고, 이봐요!"

그녀의 코끝이 좌우 양쪽으로 부풀어 오르는가 싶더니, 그녀는 양손을 허리에 받치고는 한 발 뒤로 물러났다.

"그 멍청이들이 내 침대에 내버려두었던 그 부랑아가 바로 당신이었구만? 내 잔에 오줌을 싸놓고 감히 여기에 나타나다니? 돼지 같으니!"

볼프강의 얼굴에서 피가 몽땅 빠져나가는 것 같았다.

"아, 부디 용서해주십시오. 저는… 그게 요강이라고 정말로 의심의 여지없이 확신했기 때문에, 그리고….”

"요강이라고? 당신 정말 제 정신이 아니군! 당장 꺼져!"

그녀는 두 팔을 흔들면서 그를 집에서 내쫓으려 했다.

볼프강은 잠자코 서 있었다. 그렇다면… 이 여자는 그가 잠을 잔 방의 주인이었다. 그는 자기도 모르게 형체 없는 향내가 기억나서 자색 이불을 덮은 그녀의 몸을 상상하자, 솜털처럼 부드럽고 여린 살갗이 손가락 끝에 느껴지는 것 같았다. 그러자 저절로 미소가 떠올랐다.

"제 악보 없이는 절대 못 갑니다!"

그는 작은 방에서 몇 발자국 걸어 들어가 책꽂이 겸용 책상에 시선을 던지더니, 종이 뭉치 속을 뒤적이기 시작했다.

"헤이, 미쳤어요? 손 떼요. 그렇지 않으면 경찰을 부를 거야!"

그녀는 그의 옆구리를 깜짝 놀랄 만큼 세게 밀쳤다. 그 바람에 그는 발을 헛디뎌 침대에 쓰러졌다. 치마의 반짝거리는 천 아래 있는 그녀의 불룩한 엉덩이가 그의 앞에 모습을 드러냈다. 그는 자기 안의 야수성이 솟구치는 것을 느꼈으나, 간신히 자제하고 숨을 헐떡이며 침대에서 벌떡 일어났다. 말 한 마디 없이 비트적거리며 그 집에서 나가 문을 쾅 닫았다.

아니, 두 번 다시 여긴 오지 않을 것이다. 또 다시 이 집에서 내쫓길 수는 없어. 그는 단호한 걸음걸이로 길거리를 따라 걸었다. 그 망할 놈의 악보를 새로 쓰거나, 아니면 그냥 잊어버릴 거야. 그가 그날 아침에 썼던 것은 어차피 진작 없어졌고, 훨씬 대담한 착상들이 그것을 앞질렀다. 아뉴스 데이를 위해서만도 그는 지난 몇 주 동안 초안을 네 개나 작성했다. 착상들이 줄기차게 그에게 돌진하듯 달려들었기 때문이다. 그 착상들의 생생함 때문에, 이미 썼던 것은 색이 바랬다. 그럼에도 계속 걸어가면서 그는 괴로운 슬픔에 견딜 수가 없었다 — 이런 마음은 두고 온 악곡 때문일까, 아니면 차를 대접하겠다던 그 새 같은 여자가 벌써 아쉬워서일까?

"표트르, 몇 시야?"
표트르가 손목시계를 보았다.
"세시 반. 그렇게 묻는 게 오늘 벌써 열 번째네."
"글쎄. 19시가 되는 것을 놓치고 싶지 않기 때문이야."
"아직 세 시간 반이나 남았어."
"하! 봐봐, 이제 그걸 알 것 같아. 그러니까 밤 한가운데 있는 스물 네 번째 시간까지민 세고, 앞에서부터 다시 첫 번째 시간을 시작하는 거군."
볼프강은 바닥의 소파용 탁자 앞에 웅크리고 앉아, 저녁 분위기에 어울리도록 트럼펫 독주를 좋은 마음으로 썼다. 그런데 그게 순조롭게 나아가질 않았다. 하지만 그 멜로디는 그를 놓아주지 않은 채 계속 전개되더니, 바순 소리처럼 울렸다. 마침내 그는 콘푸타티스에 정말로 어울리는 취주음을 드디어 찾았음을 깨달았다.
"나를 복 받은 자들과 함께 불러내주소서 Voca me cum benedictis."

"뭐라고?"
"바순이야. 콘푸타티스에서 말이야."
"이봐, 또다시 말도 안 되는 허튼소리야."
"그래. 그럴 수밖에— 한밤중에, 그 다음에는 다시 앞에서부터 항상 열두 박자로— 흠, 흐음음음음음, 흠흠…!"
볼프강은 저녁에 매우 흡족한 맘으로 블루노트로 가는 길에 나섰다. 그 사이에 걸어서 가든 지하철로 가든, 유일하게 익숙해진 길이었다. 그 길은 그의 상상 속에서 파란색 띠처럼, 무척 거대해진 도시의 한 부분을 지나 꾸불꾸불 이어졌다. 시간과 호기심이 생길 때마다, 볼프강은 그 길에서 벗어났다. 사소한 일탈들이 점차 커지기 시작한 것이다. 그러면서 그는 주변의 거리들과 광장들을 점점 더 확실히 익히게 되었다.

아드리안의 환영은 진심이었다. 다른 두 명의 음악가도 오랜 친구들과 만나는 것처럼 굴어서, 꾸밈없이 자유로운 가정음악회를 연 것 같았다.
아무도 악보를 갖고 있지 않은 것에 놀라서 볼프강은 피아노 의자를 위로 돌려 높이를 점검하고 열심히 계속 높낮이를 조절했다.
아드리안은 자기의 콘트라베이스를 조심조심 기둥에 기대 세워놓았다.
"게오크가 제안한 건데, 오늘은 제목에 있는 색깔들만 주제로 연주하자고 하네. 이 안에 있는 것은 지겨우니까 파란색만 빼고 전부 다 하자고 하네. 어때, 난 함께 할 거야."
"헤이, 그건 그냥 농담이었어."
아드리안이 게오크라고 부른 남자가 무대 가장자리의 의자에 앉아, 스웨터 소매를 손바닥의 도톰한 곳 위로 끌어당기더니 트럼펫을 닦아 윤을 냈다.

"글쎄. 그런데 재미있군. 그럼, 아이디어는 있어?"

모두들 입을 다물었다. 체르니가 쟁반을 무대 가장자리 위로 밀었다.

"블랙 커피(Black Coffee; 소니 버크 Sonny Burke가 작곡한 팝의 제목)."

이제 막 드럼을 연결한 세 번째 악사가 언짢은 얼굴로 좌중을 둘러보았다.

"블랙 나일(Black Nile; 웨인 쇼터 Wayne Shorter가 작곡한 재즈)!"

"개암나무 열매는 흑갈색(Schwarzbraun ist die Haselnuss;독일 민요)."

게오크가 신음소리를 냈다.

"이봐들, 그만둬. 그러다 죽도 밥도 안 될 거야."

"무드 인디고(Mood Indigo; 듀크 엘링턴 Duke Ellington이 작곡한 재즈)."

아드리안이 입을 찡그려 불쾌한 비웃음을 지었다.

"아주 초를 치고 있네. 하얀 라일락꽃이 다시 필 때(Wenn der weiße Flieder wieder blüht!; 프란츠 될레 Franz Doelle의 대중가요)!"

아드리안은 엉덩이를 흔들며 콘트라베이스를 잡고 가성으로 노래를 부르기 시작했다.

"나의 작은 녹색 선인장…."

"늬들 모두 정신 나갔어, 정말 마음대로 하는군."

게오크가 볼프강에게 고개를 끄덕였다.

"그러면 우리 둘이 지금 블랙 나일을 연주하자고! 오케이?"

볼프강은 좌중을 보고 미소를 짓고는 몸을 숙여 살짝 인사하는 자세를 취했다.

"자, 자, 여러분. 여기 계신 분들은 각자 기법 상 자유롭게 연주하려고 부단히 애쓰시는 것 같네요. 그 모습은 제게도 진정 기쁨이 될 겁니다. 누군가가 그 중에서 아주 작은 조각 하나, 아주 작은 박자 하나, 재치 있는 작은 부분 하나만 연주해주신다면, 저는 금세 숙달될 겁니다."

볼프강은 트럼펫 주자가 아드리안에게 보내는 눈빛을 알아챘다.

"저 친구, 대체 어떻게 저런 생각을 하지?"

아드리안은 좌중을 진정시키듯이 손을 들어 나지막하게 잠깐 쉿 소리를 내고는, 콘트라베이스의 현을 뜯어 짧은 가락을 만들었다. 그러자 타악기 주자가 장단을 맞추었다. 그는 빗자루 같은 브러시 스틱으로 드럼 위를 문지르며 규범에서 벗어난 대단히 삐딱한 리듬을 만들어냈다. 볼프강은 매료되어 고개를 끄덕이고, 가락을 파악하자마자 매우 섬세하고 그윽하게 선율을 덧붙이며 왼손으로 대위법을 연주했다. 그는 신이 나서 대위법을 박자에 맞춰 옮겨가며, 이쪽으로도 저쪽으로도 움직이게 했다. 마지막으로 트럼펫 주자에게 리드를 넘겨주고는 그의 연주에 맞춰 반주했다. 이런 일이 교대로 이루어졌다. 연주자 한 사람 한 사람이 잠깐 동안 자기 악기를 갖고 앞에 나서면 모든 것이 다시 맞춰져서 하나의 전체를 이루었다.

볼프강은 뺨이 붉어지는 것을 느끼고, 어린아이가 공중제비를 하듯, 점점 더 대담한 곡예를 펼쳤다. 그리고 연주에서 얻은 아이디어가 꽉 차서 터져버릴 것 같았다. 종지화음과 함께 그는 목을 움츠리고 환성을 내질렀다.

술집이 꽉 찼음에도 불구하고 볼프강은 푸른 어스름 속에서 거무스름한 윤곽들을 거의 알아보지 못했다. 무대는 밝은 공간이 되었고, 그는 세 명의 악사와 함께 그가 창조한 음을 밤하늘로 내보냈다. 그들이 교대로 몇 곡을 더 연주해 신보였고, 마침내 볼프강의 차례가 되었다.

"자, 이제… 여러분…."

볼프강은 회전목마를 타듯 날쌔게 피아노 의자에 앉아, 날아가듯 건반을 스칠 때마다 오후에 적어둔 독주곡의 박자를 슬쩍슬쩍 선보였다.

"얼마 전에 아이디어가 하나 떠올랐어요. 그 착상을 제가 연주하기로 되어 있는 다른 데 써먹을 수 있었는데, 여러분들을 위해 적어두지는 않았답니다."

볼프강은 궁금하다는 표정으로 좌중을 둘러보았다.

게오크가 이맛살을 찌푸렸지만, 아드리안은 콘트라베이스를 잡고 오선을 뜯었다.

"약간 이상하긴 하지만 왜 안 되겠어. 그래 좋아, 일단 계속해."

볼프강은 온몸을 짜릿하게 파고드는 매혹적인 리듬으로 주제를 이끌더니, 다른 성부를 하나 더 첨가했다. 그러고는 또 하나의 성부, 그러니까 네 번째이자 다섯 번째 성부를 덧붙이고, 각각의 성부를 차례차례 그 안으로 몰아넣었다. 그러자 성부들이 서로 뒤엉키다가 다시 풀리고, 서로 맞서다가 멈추었다. 그리고 다른 연주자들에게 기회가 주어졌다. 그런데 아무도 끼어들지 않았다. 술집 안이 조용해졌다. 아드리안도 입을 다문 지 이미 오래였다. 볼프강은 내쳐 피아노를 두들기며, 서로 대립되는 늘 새로운 정점들을 제시했다. 리듬이 박자들을 통해 대립되는 것과 같은 방식이었다.

그가 연주를 마치자 갑자기 박수가 쏟아지고, 청중들 사이에 탄성

이 터져나왔다. 그는 자기 이름이 큰 소리로 그 공간을 통해 울리는 것을 듣고 깜짝 놀랐다.

"잘츠부르크에서 온 볼프강입니다. 오늘 우릴 위해 그랜드피아노를 맡았습니다!"

아드리안의 목소리가 박수갈채를 헤치고 나아갔다. 그런데 그건 무대에서가 아니라, 옆에 세워진 두 개의 커다란 상자에서 나오는 소리였다. 볼프강은 자리에서 일어나 공손하게 절을 하고는, 호기심에 몇 발짝 옆으로 움직여서 악보대가 잘린 것처럼 생긴 물건 쪽으로 갔다. 그 물건 안쪽에 대고 아드리안이 말을 했던 것이다. 그는 그 물건을 자세히 살펴보고는, 손가락으로 톡톡 쳤다. 코끼리가 발을 구르는 듯한 쿵쿵 소리가 그 공간을 지나갔다.

"이 무슨 놀라운 마법의 물건인가요?"

볼프강은 자기 목소리가 사방에서 당혹스러울 정도로 크게 울리며 자기를 다시 난타하자, 기겁하여 갑자기 뒤로 물러섰다. 갑자기 폭소가 터졌다. 아드리안이 악보대를 잡았다.

"자네 정말 익살꾼이군!"

아드리안이 볼프강의 어깨를 살짝 치고, 눈빛으로 술집 안을 가리켰다.

"하지만 자네에겐 뭔가 굉장한 게 있어. 우리 계속 연주하세."

그러자 볼프강의 생각이 바삐 움직였다. 그들이 곡 하나를 끝내기도 전에 새 곡 두 개가 벌써 그의 머리에 떠올랐다. 그에게 착상이 부족했던 적이 거의 없었음에도 불구하고, 지금은 그가 퍼내면 퍼낼수록 더욱 풍성히 솟아나는 샘에 도달한 것 같았다.

"지금 맥주 한 잔 마시면 딱 좋을 텐데."

볼프강이 의향을 밝혔다. 그러자 아드리안이 결국 웃으면서 손을 들어 올리고 자신의 콘트라베이스를 옆으로 치웠다. 볼프강은 축축하게 젖은 머리카락을 이마에서 훔쳤다. 그리고 다른 사람들을 따라 바스탠드로 갔다. 그곳에는 기품 있는 옷차림의 신사가 눈에 띄는 금발의 미녀 두 명 사이에 앉아있었다. 두 여자는 거품이 이는 포도주를 손잡이가 긴 잔으로 마시고 있었다. 볼프강은 대담하게 맥주잔을 잡았다.

"후휴!"

아드리안은 미끄러지듯이 바로 옆 의자에 앉더니, 반짝반짝 빛나는 숙녀들을 가리키며 목소리를 낮췄다.

"다음 생에서는 나도 매니저나 그 비슷한 게 되어, 저런 여자 셋을 거느려야지."

"엉, 다음 생에서라고?"

볼프강이 말을 멈추고 숨 쉬는 것도 잊은 채 눈이 휘둥그레져서 콘트라베이스 주자를 응시했다.

"그럼… 자네가… 자네는….”

그는 합당한 말을 찾으려 애썼지만 한 문장도 성립되지 않았다.

"언제?"

"유감이지만 언제일지 그 숫자에 대해서는 전혀 모르지, 그러니까 그런 일은 결코 없을 거야."

아드리안은 옆에 있는 숙녀들의 다리를 마음대로 보기 위해 몸을 숙였다.

볼프강이 의자 위에 올라앉았다. 아드리안은 몇 세기에서 나와서 어디로 갈까?

"자동차를 타고 왔나?"

콘트라베이스 주자가 느닷없이 물었다.

"난… 에, 지하철 정기권이 있어."

"하지만 지하철은 지금 혼잡해. 길이 멀면 내가 집까지 데려다줄까."

볼프강은 마음이 가벼워져 고개를 끄덕였다. 그들은 잔을 비우고, 파울이 악기들을 쌀 때까지 기다려 상자들을 뒷문을 통해 나르고는, 그곳에 주차되어 있는 파울의 도요타에 실었다. 축축한 하얀 눈송이들이 볼프강의 머리와 얼굴을 찰싹 때렸다. 그는 콘트라베이스 주자를 따라갔다. 뛰다시피 집에 가지 않아도 되어서 기뻤다. 아스팔트는 진눈깨비에 젖어 축축했고, 그 위에 찍힌 아드리안의 발자국을 아주 잠깐 동안 선명히 볼 수 있었다. 볼프강이 마지막으로 용기를 내어 콘트라베이스 주자의 소매를 잡았다.

"이보게 친구, 아드리안. 묻고 싶은 게 ― 아니, 자네에게 꼭 물어볼 게 있네… 잘 좀 들어봐… 자네가 말했던 자네의 다음 생은… 뭔가 확실한 것이 자네에게 이미 결정되어 있나?"

그는 나직한 목소리로 물었다.

"내 다음 생이라고?"

볼프강은 대답을 기다리며 고개를 끄덕였다. 하지만 희망은 이미 발치 어딘가로 새어 사라졌다. 그가 재빨리 히죽 웃었다.

"하하, 물론 농담이야. 안 그래? 다음 생에는 자네가 누구일까?"

"흠."

아드리안은 계속 걸어가면서 대답했다.

"음악가이겠지. 그밖에 무엇이겠어? 하지만 부유한 부모를 둔 음악가. 그럼 자네는?"

볼프강이 침을 삼켰다. 그에게 아직 얼마나 많은 삶이 있을까? 그리고 선택은 존재할까?

"음악가로서가 아닌 삶은 절대로 내 삶일 리 없겠지. 지금보다 좌절감이 덜 느껴지는 그런 삶을 내가 아무리 바란다 하더라도 말일세."

아드리안은 볼프강에게 쏘아 보는 듯한 눈길을 보냈다.

"그건 그렇고, 난 자네가 지금 행동하는 것처럼 정말 쓸모없게 되었다는 말은 안 믿어. 자네가 연주하는 것을 보면 그렇거든."

그는 콘트라베이스를 들어서 자동차 뒷부분에 넣고 볼프강한테 앞에 타라고 했다.

"어서 안전벨트를 해."

아드리안은 넓은 띠를 배 위로 끌어당겨 찰칵 소리를 내며 시트에 고정시켰다.

볼프강은 무릎 좌우에서 그와 똑같은 띠를 찾아보기 시작했다.

"저기 위에 있잖아."

아드리안의 목소리에는 변화가 없었다.

볼프강은 아드리안에게 수줍은 미소를 보냈다.

"부디 관대하게 봐주게. 이 도요타에 익숙하지 않아서 그런 것뿐이니…."

아드리안의 콧구멍이 커졌다. 그는 단호하게 자동차 옆쪽을 가리켰다. 마침내 볼프강이 띠를 발견하고 아래로 잡아당겼다. 그가 띠를 놓자마자 띠가 휭 소리를 내며 다시 제자리로 돌아갔다. 결국 아드리안이 그 위로 몸을 숙여 단숨에 띠를 끌어당겨 고정시켰다.

"이건 도요타가 아니고 볼보야. 정신 차려. 난 자네가 무슨 말을 하고 있는 건지 모르겠어!"

"후흐! 볼레보(volevo; '나는 원하다'라는 뜻의 이탈리아어)라고? 볼로(volo; '나는 날다, 나는 원하다' 등의 뜻을 지닌 라틴어)인가? 이것도 그렇게

날아가나?"

볼프강은 보라는 듯이 두 손으로 시트를 꽉 움켜쥐었다.

"얏호. 난 볼레보 일당이군. 난 볼보에 타고 볼로를 하고 싶어. 하!"(Voglio un volo im Volvo)

그는 두 팔을 펼치고, 얼마 전에 어느 이탈리아 술집에서 들었던 흉측한 노래를 큰 소리로 마구 부르기 시작했다.

"보오오오오오오오올라레(volare; '날아가다'의 뜻을 지닌 이탈리아어)…."

그는 시끄러운 방귀소리를 내고는 계속했다.

"프흐흐흐— 칸타레(cantare; '노래하다'의 뜻을 지닌 이탈리아어)"

다시 방귀를 뀌었다.

"프흐흐, 넬 블루, 프흐흐흐, 디 핀토 디 블루, 프흐흐흐흐흐…." (Nel Blu, Di Pinto Di Blu; 푸르름 속에서 푸르름을 칠하라, '볼라레(Volare)'라는 제목으로 잘 알려진 이탈리아 칸초네 가사)

아드리안이 머리를 흔들었다.

"자네, 아직 나한테 털어놓지 않았는데, 또 어느 무대에 서는지 말해줄래. 내 생각에는, 자네 같은 사람은 완전히 노는 물이 다른 데서 연주할 텐데. 난 내내 궁금했었어, 자네가 이곳에서 가명을 쓰고 어린애처럼 굴면서 우리 모두를 놀리는 건 아닌가 하고. 자네는 정말로 완전히 커다란 인물 중 하나겠지?"

볼프강은 자기도 모르게 코를 잡았다. 그의 초상화는 자신이 살아 있지도 않은 시점에, 그것도 과도한 상상력으로 그려졌지만, 그래도 그렇지, 콘서트 플래카드, 책, 구형 초콜릿 어디에서나 눈에 띄었다. 아드리안이 그를 알아보았을까?

"글쎄."

볼프강이 우물쭈물 말하기 시작했다.

"그게 무슨 말이야?"

그는 아드리안 쪽을 조심스럽게 슬쩍 보려고 했다.

"자네가 보고 또 상상할 수 있듯이, 확인하고 시험하고 조사해도 좋지만, 관찰하고 분명히 확인하게 될 것처럼, 그 모든 게 나한테 해당되지. 그렇지만 난 절대로 커다란 사람에 끼이지는 못해. 그래서 말인데, 요즘 나의 친한 친구이자 동무인 표트르는 내 키가 절대로 2미터가 아니고, 1미터 90도, 1미터 80도, 1미터 70도 아니며, 1미터 60조차 되지 않는다는 것을 알아냈지. 아냐, 그 친구 내 키를 재더니 1미터 59라고 했거든. 내가 발뒤꿈치를 아주 살짝 들어 올렸는데도 말이야. 물론 그가 알아채서는 안 될 일이었어. 그 표트르가 말일세. 그는 아주 여축이 없거든. 그래서 난 진짜 양심을 걸고 작은 사람 중 하나라고 주장할 수 있다고. 그렇다면 그것이 어쩌면 내가… 가령 모차르트라는 것과 연관될 수 있을까? 날아가는 모차르트? 볼보차르트(Volvozart; 자동차 volvo와 Mozart의 zart('부드러운')를 이용한 말장난)? 조 차르트(So zart; '매우 부드럽게'라는 뜻의 독어로, 발음을 이용하여 모차르트를 연상시키는 말장난)? 그건 딱딱할 텐데."

그의 내부에서 웃음이 피어오르더니 배가 급격히 움직였다.

"하하! 그래, 그 자가 어쩌면 나일 수도… 자네는 지금 내가 모차르트라고 한다면, 불평만 늘어놓는 늙은 고집쟁이, 아둔한 그 모차르트라고 한다면, 그 말을 믿을 텐가?"

그는 불안한 표정으로 상대방을 바라보았다.

아드리안은 짧게 비웃음을 지었다.

"오케이. 전혀 그런 건 아냐. 그럼 자넬 귀찮게 하지 않을게. 나랑 아무 상관도 없으니까."

그는 가쁘게 숨 쉬며 살짝 웃었다.

"모차르트!"

볼프강은 시트 쿠션에 더 깊이 기어들어가 눈썹을 잡아당기고, 번갯불 같은 리듬을 발로 두들겨댔다. 가로등이 차창을 통해 보내는 번쩍이는 빛이 아드리안의 얼굴을 느리고 긴 박자로 샅샅이 비추었다.

녹색의 작은 화살표가 철컥 소리를 내며 침묵을 깨뜨렸다.

아드리안은 보도와 차도를 구분해놓은 연석에다 차를 세웠다. 붕붕거리는 소리가 사라졌다. 볼프강은 아드리안의 눈길이 잠깐 더 자기에게 머무는 것을 느꼈다. 그러고는 말할 기회가 지나갔다.

볼프강이 울부짖었다.

"가(A)—다(C)!"

다시 한 번 큰 소리로 말했다.

"가—다!"

그는 두 팔을 더 높이 훽 끌어올리고 손짓으로 거친 동작을 했다. 그런데 무대의 여자는 제대로 된 음을 낼 수 없었다. 그녀는 가(A)—올림바 장조(Fis), 또 다시 가—올림바 장조로 노래를 불렀다. 그는 그녀에게 '가—다!' 하고 소리쳤다. 그제야 무대의 여자가 계집이 아님을 알아챘다. 목소리를 보면 그렇다고 거세한 가수도 아니었다. 음이 나올 때마다 아주 작은 은빛 조각들이 가수의 입에서 비누거품처럼 내뿜어져 높이 치솟았다가 종내는 비처럼 바닥에 내렸다.

"가—다!"

볼프강은 초조하게 자기 머리를 쥐어뜯었다.

"가—다!"

그 사람은 한 번 무모하게 도약하여 무대 가장자리에서 곧장 오케스트라석 안으로 뛰어내렸다.

"가—눈떠!(A—Hufwachen; '눈뜨다, 정신 들다'라는 뜻의 독일어 aufwachen을 이용한 말장난) 볼프강!"

무대의 그림들이 무너졌다.

"볼프강, 눈떠. 오늘 아침식사 준비할 차례잖아."

볼프강은 잠이 덜 깬 상태로 이불 아래에서 몸부림쳤다. 하지만 표트르는 물러나지 않았다.

"벌써 여덟 시야."

"오, 표트르. 그렇게 몰인정한 사람처럼 굴지 마."

볼프강은 잠에 취한 상태로 일어나 앉아 눈을 비볐다.

"난 몰인정한 사람이 아냐. 하지만 배가 고프거든."

볼프강이 하품을 했다. 그는 표트르가 이틀 전 부엌 장에 걸어놓은 명단을 기억해냈다. 그 명단에는 둘 중 누가 빵을 사러 가고 음식을 요리하거나 청소할 차례인지 세세히 정해져 있었다.

"그러니까 집에 빵이 더는 없다는 거야?"

표트르는 없다고 했다. 그는 이미 옷을 차려입었고, 제대로 면도도 했으며, 분주하게 물주전자를 만지고 있었다.

"그럼 나노 꼭 필요한 믹거리니끼 정녕 수고를 아끼지 않고 신속하게 빵을 갖다 줘야겠네. 그런데 이보게, 친애하는 표트르. 나를 돕는 셈치고 동전 몇 푼만 줄 수 있겠나?"

표트르는 주전자를 손에 든 채 멈칫하고 볼프강을 돌아보았다. 그의 눈이 더 가늘어졌다.

"하지만 자네 어제 연주했잖아."

그는 자신에게 말하는 것처럼 목소리를 낮추었다.

"간밤에 그 돈을 벌써 다 썼나."

"아니, 아냐! 절대로 그건 아니야. 표트르, 난 보잘것없는 크로이처(Kreuzer; 13세기~19세기에 통용된 화폐 이름) 한 푼도 탕진하지 않았어!"

볼프강은 어제 걸쳤던 셔츠를 베개 아래에서 끌어내 주름을 살펴보고 매끄럽게 매만지려고 했다.

"그냥 아직 급료를 받지 못한 거야. 맹세하지만, 콘트라베이스 주자가 성실한 사람이니까 분명히 곧 보상할 거야."

"그 친구 주소를 갖고 있나?"

"아하, 표트르. 어떤 사람이 자네한테 손까지 내밀고 말하면서 과연 진심을 숨길 수 있을까? 더구나 음악이 그의 친구라면? 아냐, 그 사람은 본심을 숨길 수 없었어. 그 사람에게 본심이 없다면, 자네가 나를 아둔한 사람이라고 불러도 좋아. 표트르, 걱정 말게. 그는 자동차도 자기 거라고 했네. 게다가 난 그의 후한 손님 대접도 누리고 한밤중까지 맥주도 많이 마셨다고."

표트르가 이마를 찌푸렸다.

"자네 이 사람들을 조심하는 게 좋겠어. 맥주를 너무 많이 마시면 성격이 나빠진단 말이야."

그는 문 쪽으로 가서 몸을 숙여 신발을 집었다.

"맥주는 필요하지 않아도 돈은 필요할 거야. 출판사와는 어떻게 되었지?"

"출판사라고?"

오, 이런. 그 출판사! 출판사에는 벌써 몇 주 전에 문의했어야 하는데.

"그래, 맞다. 표트르. 그 출판사. 그럼, 그 출판사에 착실하게 전부 다 보냈어."

"그래서?"

"글쎄, 항상 시간이 필요하잖아. 뭔가 있어 보이도록 하려면, 너무 성급히 달려들어선 안 돼."

"무슨 허튼소리야. 거기 가봐. 오늘. 아침 먹고 당장."

이 말과 함께 표트르는 재킷을 머리 위로 던지듯 껴입었다. 그리고 지갑을 뒤져 5유로짜리를 한 장 꺼내, 작고 파란 딱딱한 종이와 함께 볼프강에게 건넸다.

"이게 뭐야?"

볼프강은 그 이상한 물건을 자세히 관찰했다. 그것은 놀이용 카드보다 작았고, 뭘로 만들었는지는 도무지 알 수 없었다. 검은 선이 팔과 다리처럼 그어진 히죽 웃는 빵 세 개가 그 위에 그려져 있었다.

"가져가. 모퉁이 빵집의 할인카드야. 거기로 가."

"그게 무슨 뜻이야?"

"할인카드. 뭔지 몰라? 빵을 30유로치 사면 바게트를 공짜로 얻는 거야."

"표트르. 우리가 빵을 30유로치나 살 리는 절대 없을 텐데! 누가 그걸 먹는다고? 절약도 생각해야지, 정말. 그렇게 하면 확실히 유리한 게 있을 때에만 그런 제안이 먹힐걸."

"멍청이 같으니. 한꺼번에 사는 게 아니야! 할인카드를 보여주고 점수를 모아야 해. 자네가 빵을 살 때마다 카드에 적립되면 일 년 내내 유효하다고."

"아!"

볼프강은 고개를 끄덕이며 돈과 할인카드를 바지주머니에 넣었다. 언젠가 그걸 소상히 설명해줄 누군가를 찾을 것이다. 그리고 그때까지는 그냥 빵을 사기만 하면 되었다.

유스투스 징링어는 번거롭게 안경을 닦고, 묵직하고 거무스름한 책상에 펼쳐져 있는 볼프강의 악보를 살펴보았다.

"멋진 필체군요."

그가 멍한 표정으로 단언하고 헛기침을 했다.

"그런데 무스터만 씨, 이것으로 —그는 빽빽하지 않게 적힌 페이지를 가리켰다— 우리는 피아노 교습 상급반용 모음집을 만들고 싶습니다. 이것을 그 용도에 맞게 손질하고, 좀 더 쉬운 주제를 몇 개 보완해주실 수 있습니까? 두 손으로 치는 비교적 쉬운 곡 다섯 개와 네 손으로 치는 곡 한 개를 더 해주실 수 있을까요?"

"피아노 교습용이라고요?"

볼프강은 먼저 출판업자를, 그 다음엔 악보들을 바라보았다. 그러니까, 상점용 소곡들을 원했다는 말인가? 이거 사람 죽이는구먼! 그냥 유치한 장난이었을 뿐인데, 어쩌다 그게 실수로 노트북에 미끄러져 들어간 것임에 틀림없었다.

"훌륭한 피아노 콘서트도 두 곡 있습니다. 그 작품들이 더 마음에 드실 겁니다."

징링어는 웅얼거리며 머리를 이리저리 흔들었다.

"그런 작품 땜에 아주 골치가 아프답니다. 제 말을 고깝게 듣지 마세요. 하지만 댁의 피아노 콘서트는 무척 요구하는 바가 많아 까다롭습니다. 그리고 뿐만 아니라…."

"무척 까다롭다고요?"

볼프강은 레몬즙을 삼킬 때처럼 말하는 데 시간이 걸렸다.

"음악이 요구하는 바가 있기를 바라긴 하겠지만요. 그렇지 않으면 음악은 김빠지고 허무합니다. 진수가 없는 셈이죠. 들을 줄 모르는 사람들에게 말입니다."

"확실히 그렇습니다. 무스터만 씨, 맞는 말씀이에요. 그것뿐이라면 문제도 아닐 겁니다. 하지만 악보에 쓰신 것은, 에흠 ―징링어의 머리가 여전히 흔들렸다― 글쎄 뭐, 너무 심하게 모차르트 곡처럼 들립니다."

"너무 심하게 모차르트 곡 같다고요? 굉장하네요! 너무 심하게 모차르트 곡 같다고요!"

볼프강은 갑자기 웃으며 자기 허벅지를 쳤다. 그의 눈에 눈물이 맺혔다.

"모차르트 같으면 무슨 문제가 있나요? 그는 모든 시대를 통틀어 가장 위대한 작곡가 중 한 사람 아닌가요?"

"말해 뭐합니까. 무스터만 씨, 말해 뭐합니까. 저 또한 열렬한 모차르트 숭배자 입니다. 하지만 그런 음악에 적합한 시장이 오늘날에는 더 이상 없습니다. 그리고 댁은 어쨌거나 돈을 버는 게 목적 아닌가요."

볼프강이 벌떡 일어났다.

"하지만 모차르트의 곡은 곳곳에서 연주되고 있습니다. 심지어는 지하철역의 화장실에서도 사람들이 그의 곡에 맞춰 오줌을 눈다고요."

"모차르트의 곡에 맞춰서… 그렇죠. 그는 하나의 아이콘이고, 모차르트란 인간과 그의 작품들은 떼려야 뗄 수 없는 관계니까요. 하지만 그건 모차르트의 작품이잖아요, 무스터만 씨, 댁의 작품이 아닙니다!"

출판업자의 손이 책상에 펼쳐져 있는 악보들을 쓰다듬었다.

"댁의 작품들이 너무나 훌륭하고 모차르트보다 백배나 더 좋게 들린다 하더라도, 댁의 곡들은 그런 데서 연주되지 않을 겁니다."

징링어는 확실히 들릴 정도로 숨을 쉬었다.

"댁이 모차르트가 아니기 때문이죠."

그는 몸을 뒤로 기대고 침묵했다. 끝으로 더 나지막한 목소리로 이렇게 말했다.

"무스터만 씨, 모차르트에게서 벗어나세요. 그러면 앞에 찬란한 미래가 펼쳐질 거예요."

볼프강은 장모의 우아한 마님 방에나 있을 법한 안락의자 같은 쿠션 의자에 주저앉아 두 손으로 허벅지를 문질렀다. 그러더니 악보에서 눈을 떼어 징링어 쪽을 보고는 다시 악보로 눈을 돌렸다.

그는 징링어에게 진실을 대답으로 내던지고 싶었다. 그런데 그게 무슨 소용이 있으랴? 2백 년이라! 그는 코지 판 투테(Cosi fan tutte; 모차르트의 오페라 작품)의 맨 첫 번째 공연을 떠올렸다. 아무도 그 오페라를 보려고 하지 않았다. 아무도 그 작품을 이해하지 못했다. 모두들 그 작품을 부도덕하고 냉소적이라고 여겼다. 그런데 그 작품은 그가 그 무렵 세나(Scena; 오페라에서 극적인 독창 부분)에서 정립한 진실 외에 아무것도 아니었다. 그런데 그렇게 퇴짜 맞았던 오페라가 온갖 무대에서 줄기차게 공연된다. 관객이 틀림없이 감격할 거라고 믿다니, 그는 얼마나 바보였는가. 그가 그만둘 수밖에 없었던 바로 그곳에서 계속한다면 말이다. 단지 여전히 그가 오래 전에 만들었던 음악 주위를 모든 것이 맴돌고 있다는 이유 때문에 그런 생각을 하다니. 2백 년인데. 인간들은 더 이상 같은 인간들이 아니었다. 또 볼프강이 알고 있던 세상을 그들은 몰랐다. 통조림을 따는 것처럼 그의 음악을 들으며, 잠시 과거의 취향에 빠져들 따름. 그들의 그런 행동을 나쁘게 여겨야 할까? 그들은 자기들이 익숙한 것에 매달린 것이다.

그가 살던 시절의 사정은 얼마나 달랐는지! 관객들은 항상 최신곡만 들으려 했었지. 하긴 그가 지금 여기에 있는 이유도 바로 그것이 아닌가? 먼지에 파묻히는 대신, 장차 듣게 될 진정 새로운 음악을 창조할 만큼 밭을 갈 수 있는 휴양지가 충분히 있지 않은가? 그는 단숨에 벌떡 일어나 악보를 낚아챘다.

"그래요, 선생, 피아노 교본을 갖게 해드릴게요. 아니, 그보다 더 많은 걸 얻을 겁니다! 그런 거라면 저한테 착상이 무궁무진이지요. 그러니까 저도 분명히 머지않아 거기서 한몫을 챙길 수 있는 거죠, 그렇죠?"

볼프강은 징링어가 조용히 신음하는 소리를 듣는 것 같았다. 그때 징링어는 서류를 탁자 너머로 볼프강에게 건넸다.

"무스터만 씨, 댁을 우리 작곡가 명단에 올린 다음 계약서를 보내드리겠습니다. 쓸 만한 물건 몇 개를 월말까지 가져오시면, 얼마간의 선금을 드릴 수 있을 겁니다."

출판사를 다시 떠날 때 그는 돌연 햇빛에 눈이 부셔서 절로 재채기가 나왔다. 그는 재킷의 지퍼를 가슴까지 내리고 햇빛이 셔츠에 스며들게 했다. 아버지가 생각났다. 아버지는 볼프강이 어린 소년이었을 때, 볼프강이 지금껏 살면서 끝까지 철저하게 궁리했던 법칙들에 친숙해지도록 만들어준 장본인이었다. 그렇다. 설령 그 법칙들이 언제나 그에게 버팀목이었다 하더라도, 그는 궁극적으로 그걸 깨뜨려버리고 싶었다. 그런데 지금은? 마치 땅도 안 보이는데 느닷없이 배에서 내린 것처럼, 그는 너무 너무 가벼운 작은 보트로 큰 파도를 넘고 있었다. 너무도 많은 길이 그를 기다리고 있었다. 너무도 많은 가능성, 너무도 많은 자유가 그를 기다리고 있었다. 그는 길을 따라 터벅터벅 걸어갔다. 땅바닥이 그의 발아래에서 흔들렸다.

## 콘푸타티스
(사악한 자들이 혼란스러워 할 때)

심판의 날에 저주 받은 자들은
거센 불길에 처해지리니
나를 복 받은 자들과 함께 불러내주소서.

어떤 식으로든 시간이 부족할 수밖에 없었다. 마치 누군가가 시간의 한 조각을 훔치기라도 한 것 같았다. 도시는 어느새 푸르게 물들었다. 내가 잠을 잔 건가? 그는 엉덩이를 공원 벤치 등받이에 걸친 채 웅크리고 앉아있었다. 춥다는 것을 깨닫고 그는 몇 번 호흡을 가다듬으며 방향을 잡아야 했다. 그 지역이 낯설었기 때문이다. 그 자리를 뜰 때 징링어가 했던 말들이 꿈처럼 다시 뇌리에 떠올랐다. 잠이 깬 후 서서히 형태가 명료해지는 작품이었다. 내 악보! 그는 재빨리 돌 벤치로 돌아가, 그 위는 물론이고 아래와 옆까지 샅샅이 뒤졌다. 악보를 징링어에게 놓아두었단 말인가? 그는 출판사로 허겁지겁 달려갔다. 그 길을 알고 있다는 게 놀라웠다. 그런데 출판사는 이미 문이 닫혀있었다. 그는 결국 회색 종이공책을 출판사 입구 맞은편 플라타너스 옆에서 발견했다. 그리고는 잃어버린 착상들을 생각하느라 또 다른 착상들을 잃어버리지 않기로 결심했다.

그런데 전혀 다른 걱정이 볼프강을 괴롭혔다. 하릴없이 빈손으로 집에 돌아온 이유를 표트르에게 어떻게 설명해야 하나? 빌라 양을 방문하여 맥주와 빵과 햄을 충분히 사 갖고 가서 표트르의 좋은 기분에 맞춰준다는 게 그의 원래 계획이었다. 그는 우선은 표트르에게 걸리지 않고 곧장 블루노트로 가는 게 상책이라고 작정했다. 체르니가 저녁에 와서 일을 도와달라고 부탁했던 것이다. 동료 한 명이 도요타 문을 닫다가 그만 손가락을 부러뜨렸다나. 가련한 녀석 같으니. 체르니라면 틀림없이 훌륭한 저녁식사를 제공하고, 운이 좋으면 선불까지도 챙겨줄 거야.

흑인 바텐더는 그 술집의 재산목록에 속하는 것 같았다. 볼프강이 가게 문을 열기도 전에 찾아가도 그는 이미 그곳에 있었다. 바텐더는 단골손님을 일일이 기억했으며, 마지막 손님이 떠날 때까지 남아있었다. 그에게 쉬는 날이란 아예 없는 게 분명해. 그가 바스탠드 아래 매트리스를 깔고 눌어붙어 살았다 한들, 볼프강은 놀라지 않았을 것이다. 오늘도 볼프강이 문을 두드리자 바텐더는 커다란 유리문으로 와서 문을 열어주었다.

"이렇게 일찍 벌써?"

"공교롭게도 근처에 있었는데, 좀 더 일찍 와서 체르니 자네의 말동무라도 되어주면 안 되나, 하는 생각이 들었지. 그러니까 자네가 싫어하지만 않는다면 지금 연주 좀 할 수 있을까?"

"서러, 내가 싫어힐 리기 있겠어. 오히려 기쁜걸."

볼프강은 마음이 좀 편안해져서 피아노 의자에 앉았다. 오늘은 나사를 돌려 의자를 낮출 필요가 없다는 것 때문에 그는 기분이 좋아 두 손을 침착하게 건반 위로 가져갔다.

블루노트에서 연주하는 것은 숲을 산책하는 것처럼, 피로를 확 풀어주는 동시에 활력을 주는 것 같았다. 볼프강이 그곳에서 한 것이라고는, 언젠가 작곡했던 어떤 주제를 그 어떤 방식으로 변화시키고 자유롭게 연주하는 것뿐, 다른 건 하나도 없었다. 그러는 동안 그는 그

시간을 이용하여, 새롭고 점점 더 대담한 전혀 다른 곡들을 마음속으로 생각했다.

"음악가가 앞쪽의 좋은 방에서 꽤나 평범하게 콘서트를 여는 동안—그는 언젠가 콘스탄체에게 이렇게 설명하며 자기 머리를 톡톡 쳤다— 진짜 일은 뒷방에서 이루어진다오."

출판업자의 말은 오랫동안 여운을 남겼다. 볼프강이 오랫동안 원했던 것을 하도록 징링어가 마침내 허락해준 것 같았다. 감히 열 엄두도 내지 못했던 저 문들을 전부 확 열 수 있게 해준 것 같았다. 소리의 온 세상이 그 문 뒤에 숨겨져 있다는 것을 볼프강은 아주 어렸을 때부터 알고 있었다. 그는 정신이 팔려 있어서, 아드리안이 어깨를 두드리고 묻는 표정으로 콘트라베이스를 가리킬 때에야 비로소 그를 알아보았다. 볼프강은 기쁜 표정으로 몇 박자 동안 아드리안을 곁에 두고 자신의 작은 카덴차를 공개했다. 그들은 함께 계속 연주했다. 그러다가 고기 굽는 냄새가 솔솔 나자 볼프강은 문득 배가 고프다는 생각이 들어 아드리안과 함께 바스탠드로 갔다.

"자, 말해보게. 이번에도 그게 전부 자네 곡인가?"

아드리안의 눈길에는 의심이 배어있었다.

볼프강이 웃었다.

"글쎄. 옛날 모차르트의 것도 좀 있었네!"

"자네는 진짜 천재야. 어제 연주한 것도 엄청 아름다웠어."

"흠, 어제라고. 생각 좀 해봐야겠는데…."

"그건 흠, 다암—디 다, 다비다 디 다담…."

"아, 그래. 맞아. 난 거의 다 까먹은 것 같아."

볼프강은 접시를 앞에 내려놓는 체르니에게 고맙다는 눈빛을 보내며 포크를 잡고, 냅킨에 싼 김이 나는 경단을 으깨기 시작했다.

"이 친구, 그런 건 기록해두었어야지. 진짜 훌륭했거든!"

"그러게, 자네 말이 맞아. 헌데 그런 것 재빨리 적어두려면 진짜 종이를 갖고 다녀야 해. 기록하는 것보다는 생각해내는 게 분명히 더 쉽더라고."

아드리안은 무대로 가서 악기 가방을 뒤지더니 이윽고 악보 용지를 챙겨 바스탠드로 돌아왔다.

볼프강은 종이 한 장을 집어, 어제 집에 돌아가는 길에 떠올랐던 착상을 대충 적었다. 생각에 잠겨 눈을 들었을 때 그는 거무스름하게 빛나는 갈기 같은 것을 발견했다. 그러자 심장의 박동이 바뀌었다. 그는 그 사이에 심장이 지난번의 16분 음표 대신 4분 음표로만 뛴다는 것을 무시하고 용기를 총동원하여, 마치 젤리 위를 걷는 듯한 걸음으로 그녀의 탁자로 갔다.

"안녕하세요, 메드므와젤(Mesdemoiselles; 여러 명의 아가씨를 지칭할 때 쓰는 프랑스어. 혼자일 땐 Mademoiselle 마드므와젤을 쓴다)."

그는 우선 그녀 앞에 허리를 굽혀 인사한 다음, 그녀의 동행에게도 인사했다.

"제가 오늘 아가씨에게 좋은 포도주를 한 잔 낼 수 있는 영광을 기대해도 될까요?"

그녀는 볼프강을 바라보지도 않은 채 말했다.

"관심 없어요. 우리는 벌써 주문했는걸요."

속이 거북하고 목도 조이고 발밑이 미끌미끌한 듯 그는 잔걸음으로 바스탠드로 슬며시 돌아가, 아드리안과 체르니가 서로 시선을 주고받는 것을 보았다.

"왜들 그렇게 보나? 그녀가 싫대. 어쩔 수 없지."

아드리안이 괴로운 듯 오만상을 찌푸렸다.

"볼프강, 그런 식으로는 안 돼."
"그럼, 자네 생각에는 내가 어떻게 해야 하는데?"
"그러니까…."
아드리안이 볼프강의 재킷을 훑어보았다.
"아마 바로 이 양복을 입지 말았어야 하는 건데!"

볼프강이 집으로 돌아왔을 때는 이미 자정이 지난 후였다. 표트르는 작은 독서용 램프의 불빛 속에서 침대 위에 다리를 꼬고 앉아 있다가 책에서 눈을 떼어 쳐다보았다. 그림자들 때문에 그의 얼굴이 산처럼 솟은 부분과 시커먼 계곡처럼 움푹 들어간 부분으로 나뉘었다.
"지금 일하기에는 너무 늦은 시간인데!"
표트르의 어조가 무뚝뚝하고 심지어 매섭기까지 했다.
볼프강은 살짝 미소를 지으며, 표트르의 얼굴에서 그 이유를 알아내려고 했다. 이 폴란드사람의 표현방식은 때때로 얼굴을 좀 더 자세히 들여다본 후에야 해명이 되곤 했다.
"일이야 물론 오래 전에 끝났지."
"그래? 일이 끝났다고. 정말?"
표트르의 목소리는 맘먹고 그를 호되게 두들겨패는 것 같았다.
"오늘 나 혼자서 일했잖아!"
볼프강은 소스라치게 놀랐다. 외국인 식당에서의 연주를 말하는 것이었다!
"오 이런, 표트르."
그는 소파에 너무 심하게 쾅 주저앉는 바람에 다시 튀어 올랐다.
"그걸 까먹었네! 머릿속이 온통 일 생각뿐이다 보니 그만."
볼프강은 웃으면서 소파 위에서 시소를 타듯 이리저리 몸을 흔들었다.

"하지만 자네, 나를 칭찬해줘야 할 걸. 내가 얼마나 열성적이었고, 얼마나 즐겁게 연주했으며, 친구 아드리안한테 얼마나 곡을 많이 적어주었는지 알아?"

"출연료도 안 주는 바로 그 친구?"

"아하, 표트르. 난 정말 먹고 살 만한 수입만 있으면 돼. 그보다는 우선 제대로 된 인간관계를 맺어야 하잖아. 그러고 나면 금세 돈 들어오는 소리가 날 테니까. 자, 봐…."

볼프강은 주머니에서 블루노트의 주인이 준 지폐를 꺼냈다.

"벌써 돈 소리가 나잖아. 돈 소리가 아름답지. 그렇지?"

표트르가 씩씩거렸다.

"피아니스트도 없이 나 혼자 갔을 때 주인 목소리가 어떤지 들어봤어!"

피아니스트. 표트르는 이 낱말의 첫 모음 '이'에 항상 강세를 두었다. 그래서 볼프강은 그 단어를 들을 때마다 자기도 모르게, 표트르가 연주하는 '피아'라는 이름의 악기가 틀림없이 있을 거라는 생각이 불쑥 들었다.

"그 피아―니스트에게 피아로 연주했어야 한다고 말해봐. 그러면 분명히 알아들을 거야. 하하. 왜냐하면 피아를 알고 있는 사람이라면 당장 달려올 테니까. 피아가 곁에 있는 그 피아―니스트가 말이야."

"그만해. 볼프강, 농담이 아냐. 벌써 세 번째야. 내가 자네를 믿는 거 잘 알지."

"표트르! 그 이야기는 그만 하세. 두 번 다시는 그런 일이 없을 거야. 내가 꼭 고칠게. 고치겠다고 정말 맹세할게. 엄숙하게 약속할게…."

"말로 하지 마! 행동으로 보여주라고!"

갑자기 표트르가 다리 위에 놓인 책을 탁 덮고, 이불을 턱 아래 끌어당기고는 방안을 어둡게 했다.

볼프강은 조용히 앉아 소파 아래가 푹신하게 계속 움직이는 것을 느끼고, 어둠에서 서서히 드러나는 윤곽을 응시했다. 세 번째라니. 표트르의 말이 무슨 뜻일까? 이 바이올린 주자를 이미 한 번 헛되이 기다리게 한 것은 기억이 났다. 그는 살그머니 창가로 가서, 맞은편 집들의 반짝이는 마지막 불빛들을 바라보았다. 일순간 어떤 버팀목도 없이 떠다닌다는 느낌이 들었다. 그의 마음속 깊은 데서 그 어떤 것이 끈질기게 괴롭히며, 표트르를 거짓말쟁이라고 부르는 것은 부당하다고 알려주었다.

\*

"게어노트 군, 어서 오게!"

미하엘리스 교수가 안경을 벗고, 왼손잡이 디플로마 준비생에게 손을 내밀고는 자기 책상 맞은편에 앉으라고 했다.

"논문에 진척은 있었나?"

"저는 에… 그러니까. 제가 곰곰이 생각해보았는데요. 이 교향곡들은, 그러니까 으음, 사실 이미 무척 많은 사람들이 졸업 논문에서 다루었던 주제입니다. 그런데 제가 더 다루고 싶은 다른 주제가 떠올랐습니다."

그는 책가방을 무릎 위로 들어 올리더니, 종이를 뭉치별로 책상에 나누어 놓기 시작했다.

"주제를 바꿀 건가? 하지만 그러기에는 꽤나 늦었을 텐데."

"그래서 말씀인데요."

게어노트가 동요하지 않고 설명했다.

"모차르트의 *레퀴엠*을 할 겁니다."

"모차르트의 *레퀴엠*이라고? 나 원 참…."

어떤 학생이 연구 계획에 좌절하고 포기하는 일은 가끔 있었다. 그렇지만 교수는 이 학생이 무엇 때문에 신기하다는 말로는 표현이 안 될 만큼 성향이 바뀌게 되었는지 정말 궁금했다. 하지만 어쨌든 이 게어노트 학생은 더 이상 자신감 부족으로 고생하는 것 같지는 않았다.

"확실한가? 좀 너무 거창한 계획이 아닌가?"

게어노트는 교수의 이의에 개의치 않고, 색칠이 된 종이들을 교수 쪽으로 밀었다.

"빠진 부분들을 새로 손질해야겠다는 생각이 들었습니다. 그래서 전부 다는 아니지만 샘플로서 그 중 세 부분을 손질해보았습니다. 그러니까 여기 빨강색칠이 된 부분은 쥐스마이어 본이고, 노랑색칠이 된 부분은 모차르트의 것으로 알려진 스케치에 해당됩니다. 그리고 여기 초록색 부분은, 그러니까, 제가 만든 건데…."

"잠깐. 자, 좀 천천히."

교수는 종이들을 밀어서 떼어놓았다. 모차르트이 *레퀴엠*에는 논문을 쓸 수 있는 가능성이 무진장 숨겨져 있기는 했다. 반면에 학생들이 이 작품을 다루는 것은 교수의 눈에 신성모독처럼 보였다. 그라면 기껏해야 비범한 재능이 두드러지는 학생들에게만 그것을 허용했을 것이다— 하지만 게어노트는 그다지 재능 있는 학생 축에 속하지도 않았다.

"새로 손질했다고. 대체 어떤 기준으로?"

"글쎄요. 모차르트의 본 의도에 좀 더 가까워야 할 것 같아서

요….”

"게어노트 군, 그것은 모두가 원하는 바네. 문제는 다만 모차르트가 자신의 의도를 무덤 속에 함께 갖고 갔다는 거잖아."

이번에는 좀 제대로 되려는 모양이었다. 이 게어노트는 천부적인 작곡가와는 모든 면에서 달랐고 지휘자로서도 실패할 것 같지만, 지금까지 결코 오만한 적은 없었다.

미하엘리스 교수는 맨 위에 놓인 종이를 잡고 대강 훑어본 다음 멈칫하더니 좀 더 철저히 읽어보았다. 그는 다시 한 번 읽었다. 종이 한 장 한 장을 집어, 세심하게 완성된 성부들을 유심히 관찰했다. 그러면서 그 학생이 안절부절못하고 의자에서 계속 이리저리 움직이는 소리를 들었다. 모차르트의 *레퀴엠*이었다. 로베어트 미하엘리스에게 그렇게 신성한 곡은 별로 없었다. 그래서 그는 빈 시간 대부분을 바쳐가며 그 곡의 음표 하나하나를 익혔다. 누구인들 이 장례미사곡을 완성하려고 온갖 노력을 경주해보지 않았겠는가! 그러나 모두들 그 곡의 완성을 포기했다. 모차르트 자신 외에 그 누구도 그 곡을 정말로 완성시킬 수는 없을 것이었다.

그리고 이제 이 악보들이 미하엘리스 교수 앞에 놓여있었….

미하엘리스 교수는 종이들을 떨어뜨렸다.

"게어노트, 이거 훌륭하군. 아니, 그냥 훌륭한 정도가 아니야. 탁월해."

그는 잠시 말을 멈추고, 이 젊은이의 얼굴이 빨개지는 것을 보았다.

"이보게, 그것을 누가 썼는지 이제 말해주게."

게어노트가 입을 다물었다.

"제가 그것을… 그러니까…."

"게어노트 군, 그만두게. 살아생전 자네에게 그럴 능력이 없다는 것은 우리 둘 다 알고 있잖은가. 나는 학생이 남의 공적을 자기 것인 양 내보이며 으스대려 했다고 화를 내는 게 아니야. 하지만 학생이 나를 바보로 여겨도 된다고 생각한다면, 바로 그런 태도야말로 고약한 걸로 받아들일 걸세."

미하엘리스 교수가 게어노트의 반응을 기다렸지만 허사였다.

"자, 들어보게. 내가 제안을 하겠네. 이 일은 전부 다 잊도록 하세. 그리고 학생이 원래의 주제로 만족스럽게 시험에 통과하도록 내가 도와줄게. 하지만 그 대신, 이 음악을 누가 썼는지 지금 털어놓으라고."

게어노트는 입을 다물고 완강하게 버텼다.

"좋아, 원하는 대로 하게. 모차르트의 *레퀴엠*을 시험 주제로 하게. 그 다음에 늦어도 구술시험에서는 알게 되겠지. 학생이 이… 영감을 어떻게 얻었는지 말이야."

미하엘리스 교수가 예상했던 대로였다. 3초도 걸리지 않아서 이 학생은 교수의 시선을 더는 견디질 못했다.

"그러니까? 말해보게. 누가 그것을 썼나?"

"저는… 저는 몰라요."

"뭐라고? 젠장, 대체 어디서 이걸 얻었는데?"

게어노트는 엄지손톱을 깨물었다.

"그러니까… 그… 어떤 미친 사람이 술에 취한 상태에서 그걸 적었어요…."

"게어노트 군! 그 무슨 말도 안 되는 소리인가?"

"허튼소리가 아닙니다."

게어노트는 당장이라도 눈물을 쏟으려는 듯한 표정을 지었다.

"어떤 사람이 그것을 잊고 거기에 두었습니다. 제가 아는 사람들의 집에서 파티가 끝난 후에 말입니다."

그는 머리를 숙였다.

"저 자신도 그걸 도저히 믿을 수 없었지만, 교수님께서 원본을 보실 수 있다면…."

"그렇다면 바로 그 원본을 보여주게. 그리고 그 작가의 이름도 알려주게, 내 말 뜻을 분명히 알아들었나?"

게어노트는 악보 있는 쪽으로 손을 뻗었지만, 미하엘리스의 눈길에 그만 멈칫했다. 그러고는 당황하여 인사를 하는 둥 마는 둥 교수연구실에서 빠져나가 사라졌다.

*

"이게 뭐야?"

볼프강이 묻고는, 초록색 줄이 그어져 있고 빨간색으로 Ps와 Ws라고 적힌 커다란 전지 두 장을 피곤한 표정으로 주시했다. 표트르가 부엌 찬장에 붙여놓은 종이였다. 그 전까지만 해도 그곳에는 아침 메뉴가 붙어있었다.

"일정표야. 연주 일정을 전부 다 적어두는 거야. 그러면 자네도 더 이상 까먹지 않을걸."

"아하."

볼프강은 더 가까이 다가가, 갈라진 틈을 따라 손가락으로 어루만졌다.

"그런데 이것은 목요일이잖아!"

"그래. 우린 다시 4구역에 가는 거야. 알았지? 일본 피아노가 있는 곳."

"흠. 거기에서 난 아드리안과 다른 신사들과 함께 연주해야 하는데…."

"볼프강, 그만해. 그 사람들과는 언제라도 함께 할 수 있잖아. 자네가 노는 날에 종종 가는 것만으로도 충분해."

볼프강은 표트르의 생각에 반기를 들려고 했다. 하지만 표트르가 세차게 머리를 흔드는 바람에 입을 다물 수밖에 없었다.

"피아노 과외 시간도 써넣어. 당장."

"피아노 과외 시간이라고?"

"그래. 악기상을 통해 과외 제자 두 명을 얻었다며!"

"그래, 그래. 맞아."

볼프강은 보온주전자를 흔들어 확인하고는 얼굴이 그려진 잔에 남은 커피를 따르고, 옷을 주섬주섬 찾아 모으기 시작했다.

"과외 수업은 언제 하나?"

"내 양말 봤어?"

"저기, 안락의자에. 신문 아래 말이야. 내가 과외 수업 시간을 물어봤잖아."

표트르의 집요함에 볼프강이 한숨을 쉬었다.

"오, 날짜는 아직 정해지지 않았어."

"그래? 볼프강, 자네가 전화를 해야 돼!"

"전화하려면 지멘스가 필요해."

"뭐라고?"

"지멘스. 안에 대고 말하는 것 말이야. 그렇지 않아? 난 없잖아."

"오늘은 말도 안 되는 농담에 웃지도 못하겠군."

표트르는 검정색 배낭을 뒤져 작은 지멘스를 꺼내 안락의자에 던

졌다.

"바보 같은 수다쟁이야, 노키아를 집어. 그리고 제자가 될 여자한테 전화하라고. 자네도 일을 더 많이 해야 전화기를 살 수 있지."

볼프강은 매료된 채 아주 작은 기계장치를 잡았다. 기껏해야 손바닥만한 그 장치는 블루노트의 벽처럼 매우 창백하게 푸른색으로 빛났다. 그는 조심조심 키를 어루만졌다.

"텔—레—폰?"

"번호는 어디 있어?"

표트르의 목소리가 조급한 것처럼 들렸다. 볼프강은 신중하게 어깨를 들썩이고, 표트르의 말이 무슨 뜻일지 열심히 생각했다.

"전화번호가 적힌 쪽지를 내게 보여주었잖아. 저기, 자네의 혼란스러운 악보 더미 속에 있었어. 베이지색 쪽지였던 걸 똑똑히 기억하는데."

볼프강은 몸이 굳어졌다. 리버만의 숫자 수수께끼였다! 뭔가 알 것 같은 예감이 갑자기 떠올랐다. 볼프강이 불안하고 성급한 손놀림으로 악보 더미를 뒤적였지만, 리버만의 작은 카드는 찾을 수 없었다.

"그게… 에흠. 표트르, 곧 찾을 거야. 이봐, 친구, 걱정하지 마."

"걱정 말아라, 걱정 말아라! 허구한 날 걱정하도록 만들면서. 자네가 걱정을 안 하니까 내가 늘 걱정할 수밖에. 자넨 하고 싶은 것만 하지, 막상 일은 하려고 들지 않잖아."

볼프강이 깜짝 놀라 갑자기 뒤로 돌았다. 이 표트르는 누구일까? 시험일까?

"그건 정녕 사실이 아냐. 내가 일을 거부하지 않는다는 건 하나님도 알고 계셔! 그렇고말고. 수많은 날들을 새벽부터 밤늦게까지 작곡에만 몰두했는걸! 훌륭하고 성실한 노동이 즐거움을 주고 진정한 예술의 목적에 부합되는데도 대가를 받지 못하는 것은 내 잘못이 아니야. 그런데 사람들은 매우 불쾌하고 대단히 어려운 일을 수행하기 전에는, 자신이 그만큼 돈을 받을 자격이 있다는 걸 입증하지 못하는 것 같아. 말이야 바른 말이지, 시대는 달라지지 않았어. 오히려 나는 적잖이 달라졌고!"

"자네 어디 갈 건가? 볼프강, 빵은 내가 이미 샀어!"

"어디 가느냐고? 일하러 갈 거야. 그것도 빨리 가야겠어! 저것이 또 하나의 녹색 명령으로 내가 못 가게 막기 전에!"

볼프강은 찬장의 일정표를 가리키며 재킷을 잡았다.

"아니면 내가 허락을 구해야 하나?"

그는 목소리를 가성으로 올렸다.

"대단히 선하고 존경할 만한 아버지 표트르, 제가 오늘 삼가 외출을 해도 될까요?"

대답을 기다리지도 않은 채 볼프강은 표트르에게 고개를 끄덕여 인사하고 방을 나섰다.

볼프강은 지하철을 타고 곧장 시내로 가서, 마음이 진정될 때까지 골목들을 누비고 나녔다. 몹시 괴로워할 이유가 무엇이겠는가. 풍성한 하루가 온전히 그의 앞에 펼쳐져 있고, 일하고 싶은 짜릿짜릿한 충동이 그를 금세 가득 채워 멋진 악상이 거침없이 달려드는데 말이다. 이곳의 열린 창문에서는 베이스가 울려 퍼지고, 저기에서는 어느 기계의 지옥 같은 소란이 일었다. 그 기계는 춤을 추는 못처럼 보도를 파먹고, 딱딱하고 시커먼 껍데기를 위로 던졌다. 두 소리 사이사이에 그 이름이 무엇이든 도요타, 볼보 등이 느닷없이 경적을 울려댔다.

멀리서 나는 여자의 아주 작은 웃음소리까지 포함하여 그 모든 것이 어우러져 하나의 커다란 전체, 그러니까 하나의 교향곡이 되었다. 그것이 그의 마음속에 계속 울려 퍼지고, 흡사 맥처럼 뛰며 항상 이 새로운 시대의 숨 가쁜 리듬을 뒤따랐다. 그는 소리로 꽉 차 터질 지경이 되어, 초봄의 태양을 경배하듯이 카페 앞에 놓여있는 안락의자에 주저앉았다. 그의 안팎에 있는 모든 것이 음으로 살아나는 이런 상태에 견줄 수 있는 거라곤 아마도 사랑의 도취뿐이리라. 그의 내부로 파고들었다가 마치 샘솟듯이 그에게서 분출되는 음들. 그래, 그 자신이 샘이었다. 그가 바로 음악이었다. 음악은 그의 가장 내적인 것이었다. 그는 음악을 위해 태어났다. 그리고 음악이 있어야만 그는 행복할 터였다.

볼프강은 악보 공책을 재빨리 펼치고, 여자 종업원에게 소리 질러 주문을 하고는 악보를 적기 시작했다.

그리움에 찬 아주 잠깐 동안 그는 멈칫하더니, 사랑을 생각하고 애가 타는 것을 느꼈다. 그러고는 얼른 다시 일에 열중했다.

볼프강은 재킷으로 몸을 단단히 감싼 채 오전 내내 악보를 적고, 따뜻한 포도주를 주문했다. 그리고 오후가 되어 비가 내리기 시작하자 비로소 카페 안으로 자리를 옮겼다. 음식 냄새에 흥분되어 그는 점심식사를 주문하고 만족스런 표정으로 쿠션에 몸을 기댔다. 공책 세 권이 가장자리까지 악보로 빼곡히 채워졌다. 여기저기 오선을 더 그려 넣어야 했지만 자리가 충분치 않았다. 비가 수그러들기만 하면 곧장 공책을 한 권 새로 사야지.

볼프강의 시선은 사람들에게 푹 빠져버렸다. 그들은 약속한 사람을 찾거나, 외로운 사람들의 억제된 눈빛을 한 채 카페에 발을 들여놓거나 떠났다. 세인의 이목을 끌 정도로 우아한 숙녀가 자기 탁자를 지나갈 때, 그는 누구나 걸치는 것 같은 파란색 바지가 몸에 편한 일상복으로만 적합한 게 아님을 확인했다. 천은 산뜻하게 보이는 그녀의 엉덩이에 딱 맞는 게 마치 제2의 피부 같아서, 그의 눈길이 손처럼 그 위로 미끄러지는 느낌이었다. 그런데도 아무도 그녀를 보고 알몸이라고 주장할 수 없을 것이다. 이 새로운 세계에 온 지 아직 며칠 안 되었을 때만 해도, 그는 이런 엉덩이를 보고 격분에 사로잡혔었다. 그런데 이제는 맨살이 드러난 두 다리와 소시지 껍질에 싸인 것 같은 하복부에도 더 이상 놀라지 않고, 오히려 보고 싶은 욕구마저 생기기 시작했다. 정말이지 그도 더는 자기 자신을 알 수 없었다. 카페의 탁자를 보호막 삼아 그의 손은 자기 몸을 더듬으며 옆구리를 따라 내려가다가 마침내 엉덩이에 이르렀다. 그 한가운데 주위의 살은 여전히 부드러웠고, 바지의 벨트 위로 불룩 나왔다. 그래도 그것은 지난해, 그러니까 지나간 생에서만 하더라도 그의 몸이었던 부풀어 오른 육체와는 비교도 안 되었다. 그의 온몸은 붓기가 있는 데다 힘도 없었다. 그것은 그 당시 그를 급사하게 만든 병의 결과임에 틀림없었다.

어쨌든 볼프강은 이 세상에 도착한 다음날 —마음속으로는 이걸 때때로 부활이라고 부르면서도, 그따위 위험한 생각을 부끄러워했다— 오줌을 엄청 누어야 했고, 그 뒤 서서히 다시 사람 꼴을 갖추게 되었다. 이런 파란색 바지가 잘 어울릴까? 그는 아드리안의 말과, 아드리안이 볼프강의 석류빛 양복을 바라보는 비웃는 듯한 눈빛을 기억했다. 아드리안, 체르니, 표트르, 심지어 여자들이 분명히 떼를 지어 모여드는 저 키 큰 색소폰 주자… 모두들 파란색 바지를 걸쳤다. 잠깐 결심한 듯 볼프강은 벌떡 일어나 계산대에 돈을 지불하고 카페를 떠났다. 그는 그라벤을 이리저리 다니다가 몇 번씩 골목길로 들어가, 옷 가게의 진열품과 그곳을 드나드는 인간들을 눈여겨보았다. 그리고는 까무잡잡한 사람이든 꺽다리든 다들 구입하는 것처럼 보이는 옷을 고르기로 결심했다. 그곳에는 파란색 바지가 탁자에 정말 엄청 많이 쌓여있었다. 볼프강은 그 바지들을 청바지라고 부르고 변종이 무수히 많다는 사실을 알고 여러 시간에 걸쳐 입어보았다. 하지만 자기한테는 적어도 한 뼘 정도 길지 않은 바지는 하나도 없었다.

"줄이세요."

점원들 중에서 머리 모양이 뾰족하고 귀고리를 한 젊은 남자가 어깨를 으쓱하며 말했다.

"단이 풀리면 그만큼 더 편하게 보일 겁니다."

이른 저녁 시간, 블루노트에 들어섰을 때 볼프강은 익숙지 않은 딱딱한 천 때문에 허벅지 안쪽에 상처가 난 것 같았다.

감촉이 너무 꺼끌꺼끌해서, 그는 겉만 멀쩡한 조화로운 세계를 확 뒤집고 싶은 마음이 솟구쳤다. 아침에도 이미 종이 위에다 그렇게 했었지. 그는 동요 몇 곡을 장조와 단조 가리지 않고 다 시도해보고, 오전에 떠오른 악상들을 더욱 대담한 형태로 바꾸어보았다. 그리고 마지막으로, 둔중하고 꾕꾕히 울리는 아주 낮은 음부터 쨍그랑거리고 와장창 소리를 내는 고음까지 그랜드피아노의 음을 전부 다 손보았다. 그렇게 하는 것조차 자신에게 더 이상 흡족하지 않을 때까지.

잠시 후 볼프강은 짧은 금발에 대담하고 해맑은 눈빛의 여자가 계속 자기 쪽을 건너다보는 것을 알아챘다. 그의 마음속에 기분 좋게 유쾌한 기분이 번졌다. 그는 조금씩 취하게 만드는 포도주를 홀짝홀짝 마시듯, 열 박자마다 그녀의 눈빛을 살짝 스쳤다. 들뜬 기분으로, 연속되는 불협화음들을 즐겼다. 그녀가 자기 쪽을 바라보자마자, 그는 불협화음을 간단히 풀리지 않게 그대로 두었다.

"헤이!"

한 곡이 끝나고 다음 곡이 시작되기 전에 체르니가 볼프강의 어깨를 툭 쳤다. 체르니의 얼굴은 평소보다 훨씬 어두웠다.

"그런데 오늘 자네 곡예에는 도가 좀 지나치군. 한 템포 늦추라고. 정말이지 사람들한테 너무 부담을 주고 있거든."

볼프강은 혼잡한 손님들을 쭉 훑어보더니 눈을 부릅떴다.

"오 맙소사, 가련한 사람들. 가엾게 여기길! 그들에게 너무 많은 걸 쉽게 요구할 수 있어, 안 그래? 그들이 반드시 귀를 사용하도록 말이지— 아니, 그 위의 머리까지도. 오, 아닐세. 이보게, 그런 일은 절대 일어나지 않을 테니, 걱정일랑 꽉 묶어두라고."

볼프강은 뒤에서 그를 우롱하며, 칠현금을 타듯이 도나우 강 왈츠를 연주했다. 그는 박자에 맞춰 이빨을 갈았다. 몇몇 손님이 마구 소리 지르기 시작하자 그는 본의 아니게 웃음이 나왔다. 결국은 임시변통으로 프레이징(Phrasierung; 영어의 phrasing으로, 음악의 흐름을 유기적인 의미 내용을 갖는 자연스러운 악구로 구분하는 일)을 했는데, 그럴 때마다 그의 기분이 다시 침착해졌다.

그 다음 30분 동안 볼프강은 표트르의 CD에서 들었던 슈트라우스 왈츠 전곡을 즉흥 연주하는 것으로 시간을 보냈다. 별 생각 없이 손가락으로 긴빈을 누비며 음악을 연주했다. 그러면서 골똘히 생각했다. 지난번에 징링어에게 갔을 때 갑자기 닥친 깨달음을 어떻게 하면 오페라로 옮길 수 있을까.

뭔가가 그로 하여금 귀를 기울이게 했다. 누군가가 그를 향해 연주하고 있었다. 색소폰이었다! 아니, 얼마나 오랫동안 연주로 화답하고 있었을까? 그가 쳐다보자, 환한 두 눈이 금속과 앞을 다투듯 번쩍였다. 공간 전체가 금빛에 잠기는 것 같았다. 그리고 개미들이 기어

다니듯 그의 온몸이 근질근질했다.

그녀는 우아하면서도 대담하게 연주했다. 그는 그녀에게 음을 몇 개 던졌다. 그러자 그녀가 그 음들을 받아 곡예사처럼 다루더니 사전 경고도 없이 되던졌다. 볼프강의 호흡이 빨라졌다. 얼굴에 어떤 미소가 닿는 게 느껴졌다. 금세 사라지지 않는 그 미소는 거의 비웃음에 가까웠다. 그는 점점 더 긴밀하게 그녀에게 음을 보냈다. 마침내 그녀의 몸을 건드리는 것처럼 생각될 때까지. 그 다음에 그는 속도를 바꿔, 음악이 그녀의 날씬한 팔을 다정하게 어루만지게 하고 그녀의 목덜미를 부드럽게 스치게 했다.

그녀는 볼프강을 바라보았다. 그에게는 한없이 긴 순간이었다. 그러고 나서 그녀는 눈길을 다시 자기 악기로 돌렸다. 그러고는 미소 지으려는 것처럼 입을 잠깐 실룩거렸다.

볼프강은 두 손을 청바지에 문질러 물기를 닦았다. 어느새 그녀는 다시 시작하더니, 매우 대담한 사운드 시퀀스로써 도전적으로 그를 자극했다. 그녀가 남자였다면, 그는 그녀와 엄청난 격전을 치렀을 것이다. 그런데 대신 그는 예의상 그녀에게 우선권을 양보하고, 그녀를 도발적으로 자극할 수 있는데도 그녀의 연주를 지지했다.

잠시 후 그녀가 멈칫했다.

"파티게(Fatigue ; 피곤해? 라는 뜻의 프랑스어)?"

그녀가 프랑스어로 비꼬듯이 물었다. 그녀의 눈빛만으로도 볼프강은 자신이 필요 이상으로 더 늙은 것처럼 느껴졌다. 그는 오랫동안 아무도 프랑스어로 말하는 것을 더는 듣지 못했다. 그런 유행은 한 물 간 것 같았다.

볼프강은 피곤하지 않다는 듯 천천히 고개를 흔들어 부인하면서 그녀의 눈길을 빤히 쳐다보았다.

"영업 끝!"

체르니의 목소리가 그 순간 갑자기 끼어들었다. 체르니는 볼프강에게 봉투 하나를 내밀었다.

"집에 가서들 계속 연주하라고. 난 이미 오늘 계산을 끝냈어."

볼프강은 화들짝 놀라 뒤돌아보고서야, 가게가 텅 비고 의자들은 모두 탁자에 올려져 있음을 알았다. 받은 봉투에서 눈길을 떼지 않은 채 그는 그랜드피아노를 탁 덮었지만 자리에서 선뜻 일어나지 못했다. 마침내 그랜드피아노를 과감히 떠날 때, 그는 그녀의 키가 자기보다 아주 약간만 크다는 것을 알고 마음이 놓였다. 그녀는 한 마디도 하지 않고 그를 그저 바라보기만 하다가 머리로 출구 쪽을 가리켰다. 그가 그녀를 위해 문을 열었을 때, 그녀의 팔이 그를 슬쩍 건드리며 향수 냄새를 풍겼다. 그 냄새를 맡으면서 알 수 있었다, 그것을 앞으로 오래오래 기억하리란 것을. 체르니가 그들 뒤에 대고 뭐라고 외쳤다. 하지만 이제 바깥이었다. 그곳에서는 어떤 소리도 볼프강에게 더 이상 들리지 않았다. 그들은 밤의 한기 속에 서 있었다. 여전히 입을 다문 채였다. 그 다음에 그는 별 생각 없이 그녀 옆으로 걸어갔다.

그녀는 가로등 불빛 속에서 이따금 볼프강에게 얼굴을 돌렸다. 가로등을 하나씩 지나갈수록 그의 호흡이 더욱 가빠졌다. 그는 숄을 턱에 내고 더 단단히 눌렀다. 그들 앞에 보도가 놓여있었다. 인적은 없었다. 다만 여기저기 조명간판이 켜져 있어 활기 있게 보일 뿐이었다. 그는 가로등의 원추형 빛이 몇 개인지 세어보고 그녀의 눈빛을 열망하며, 길 끝까지 그녀를 그렇게 따라갈 힘을 낼 수 있을지 자문했다.

"어디로…."

"쉬잇…."

그녀는 검지를 입술 위에 놓고, 그를 다시 바라보지 않은 채 다음 길모퉁이까지 계속 걸어갔다. 볼프강은 그녀가 걸을 때마다 색소폰 가방이 외투에 닿는 소리를 들을 수 있었다. 마침내 그녀는 열쇠를 주머니에서 꺼내고 어떤 건물 입구에 들어섰다. 그 입구 위에는 흰색 글씨로 호텔이라는 단어가 반짝거렸다.

볼프강은 그녀를 따라 복도를 지나갔다. 벽에 붙은 작은 함에서 나오는 창백한 녹색 불빛 덕분에 겨우 윤곽을 알아볼 수 있었다. 그녀를 따라 방에 들어섰을 때 그는 몸이 떨리는 것을 느꼈다. 문을 닫고 그 문에 몸을 기댔다. 건물 전면에 있는 조명 글자에서 나오는 듯 창백한 불빛이 창문을 통해 흘러 들어왔다. 그녀의 그림자 윤곽이 종이를 오려 만든 형체처럼 두드러져 보였다. 볼프강은 그녀가 외투를 안락의자 위로 던지고 신발을 그 아래로 차서 넣는 것을 보았다.

볼프강의 재킷이 조용히 바닥으로 미끄러졌다. 그의 숨소리와 악기 가방을 여는 소리만 들렸다. 그러고는 불쑥 하나의 음이 미풍처럼 부드럽게 속삭이듯이 공간을 떠다니며 커졌다가, 다음 음과 엮이듯 연결되어 하나의 그림자처럼 되었다. 볼프강은 매료된 채 여자를 주시했다. 그녀는 거기에서 연주하는 모습 그대로 오롯이 음악 그 자체였다. 녹색의 은빛 멜로디였다. 멜로디가 너무 부드럽고 낭랑해서 볼프강은 꼭 반론을 제기하고 싶었다. 그 다음에 그녀가 다시 느닷없는 사소한 반전으로, 그를 놀리는 것 같았다. 그는 더 가까이 다가갔다. 솜털처럼 부드러운 바닥이 그의 발소리를 흡수했다. 끝 모를 한 순간, 그는 그녀의 뒤에 서서 두 손을 들어 올리다가 멈칫하고 감히 그녀를 건드리지 못했다. 대신 그녀의 향내를 들이마시고 그녀의 목덜미에 더 가까이 몸을 숙여 온기를 느낀 다음, 드디어 두 손을 그녀의 어깨에 올려놓았다. 그녀는 동요하지 않고 계속 연주했다. 그는 각각의 음이 그녀의 몸 이리저리로 떠도는 것을 느끼고 그녀와 함께 몸을 흔들었다. 그러면서 두 손으로 앞을 더듬어 옷의 트인 곳을 찾고, 천천히 단추 하나하나를 더듬으며 블라우스를 풀어나갔다. 그녀는 그 속에 아무것도 걸치지 않았다. 그가 얼마 전에 옷 매장에서 보고 감탄했던 부드러운 가슴 지지대조차 없었다. 거의 멜랑콜릭하게 그는 여자의 노출된 작은 젖가슴을 어루만졌다. 그녀는 돌연 미끄러지듯 더 낮은 음을 내더니, 끝날 것 같지 않고 매우 깊고 낮은 내림 나와 함께 몸을 뒤로 기댔다. 그 바람에 블라우스가 그녀의 어깨 위로 미끄러졌다.

그러고 나서 그녀는 전혀 어울리지 않게 나 단조(h)를 한 번 연주했다. 볼프강은 멈칫하고, 그녀가 뭘 하고 있는지 이해가 갈 때까지 가만히 있었다. 그녀는 한 손으로만 그 음을 떨게 했다. 그리고 다른 손으로는 소매를 흔들었다. 왼편에서도 그것을 똑같이 감동적으로 반복했다. 이번에는 올림 다 단조(cis)가 암청색 공간을 통해 울려 퍼졌다. 볼프강은 그녀를 빤히 응시하다가 스스로에게 물었다…. 이런 모습을 눈앞에 보지 않고도 다시 올림 바 단조를 생각할 수 있을까.

당신을 사랑해요, 그는 이런 말을 꼭 속삭이고 싶었다. 하지만 입술만 그녀의 목 안쪽으로 낮추고, 악기의 끈 아래쪽 블라우스를 마저 풀고, 그녀의 몸이 움직이는 대로, 그러니까 그녀의 음악이 움직이는 대로 따랐다. 그의 두 손은 그녀의 허리를 찾아 미끄러지듯 아래로 내려갔다. 그녀가 몸을 살짝 구부렸다. 그녀가 악기에 대고 낄낄 웃어대는 것처럼 음이 흔들렸다. 그는 아주 잠깐 그녀에게서 눈을 떼고, 떨리는 손가락으로 자기 셔츠의 단추를 풀어 벗어던졌다. 그리고 그녀가 내는 음들의 박자에 맞춰 맨살의 가슴을 그녀의 등에 대고 눌렀다. 그 다음에 배를, 끝으로 아랫도리를 대고 눌렀다. 꼭 끼는 청바지 때문에, 쾌감이 느껴질 법한 곳이 아팠다. 그의 두 손이 점점 더 초조해졌다. 그는 침착하지 못하게 그녀의 바지 단추를 찾아 서툴게 만지고 잡아당겼다. 그러자 마침내 그녀는 다시 긴 올림 바 단조를 유지하면서, 손을 그의 손 위에 올려놓고 그를 도와주었다. 드디어 그는 파란색 옷을 그녀의 엉덩이 위로 밀어내고, 가벼운 마음으로 자기의 바지 단추를 풀 수 있었다. 마치 그가 정말로 2백 년 이상이나 여자를 그리워한 것처럼, 꼭 끼는 바지의 괴로운 압박감은 모든 것을 점령하는 쾌감에 곧바로 굴복했다. 그는 아주 잠깐 콘스탄체를 생각했다. 하지만 그녀는 죽어 썩은 지 이미 오래 되었고, 이제 그녀에 대한 의무는 더 이상 없다는 비현실적인 자신감으로, 그는 그 생각을 떨쳐냈다. 그는 속옷 가장자리 장식 아래를 과감히 쓰다듬다가 손가락을 더 깊이 밀어 넣고는, 부드럽게 까칠까칠한 살갗을 느끼고 스스로 깜짝 놀라 신음소리를 내며, 모든 것이 녹아내리는 따스하고 거뭇거뭇한 곳을 더듬었다. 그가 그녀의 엉덩이를 함께 느끼며 그녀의 몸 안으로 파고들려 애쓰는 동안, 그녀는 동요하지 않고 악기를 잡고 있었다.

그녀의 연주가 중단되었다.

"아탕(기다려요)."

그녀는 나긋나긋하게 그에게 몸을 돌려 색소폰을 바닥에 내려놓고, 그의 어깨를 따라 손바닥을 내려 그의 가슴을 쓰다듬었다.

"갖고 있나요…. 그것을 뭐라 하죠? 고무?"

그녀의 악센트가 매력적이었다. 그의 혀끝이 도발적으로 그녀의 입술을 따라 미끄러졌다. 그녀는 뒤로 물러나 의아하다는 듯 그를 빤히 바라보았다.

"고무라고요? 메 위, 마 쉐리, 장 네…(아무렴요. 내 사랑, 나한텐…)"

볼프강은 미소를 지었다. 그 말뜻을 알고 기뻤다. 그는 그녀의 볼에 입을 맞춘 다음 문으로 갔다. 그리고 재킷 옆에서 자기의 바지와 악보용지가 담긴 종이봉지를 발견했다. 그가 오후에 샀던 풀려있는 종이들은 탄력이 있는 고리 하나에 묶여 있었다. 표트르의 주방 서랍에서 보았던 고리였다. 볼프강이 그 고리를 풀고, 용지는 아무렇게나 놓아두었다. 그제야 비로소 불쾌감이 그를 엄습했다. 그녀는 이걸로 뭘 하려는 걸까? 정말 우연히도 그는 기대감에 불뚝 솟은 자기 샅 위에 손을 보호하는 자세로 대고 있다가, 그녀에게 머뭇머뭇 고무 고리를 내밀었다.

"뛰 뜨 푸 드 므아!(농담하는 거예요?)"

창을 통해 파고드는 흐릿한 빛 속에서 볼프강은 그녀의 얼굴에서 괴롭게도 비웃는 듯한 표정이 나타나는 것을 보았다. 그 표정은 종종 그에게 발밑의 바닥이 전혀 단단하지 않다는 점을 상기시켰다. 그는 신중을 기하기 위해 싱긋 웃었다.

그녀는 일순간 곰곰이 생각하는 듯하다가 고무 고리를 엄지와 검지 사이에 끼고 팽팽히 잡아당겼다. 다음 순간 볼프강은 미처 대비를 하기도 전에, 약간 따끔한 아픔이 가슴에 느껴졌다. "다코르(좋아요). 메 에쿠트(하지만 이봐요), 조심해야 할 거예요. 오케이?"

볼프강은 안도의 숨을 쉬고, 재촉히여 침대로 갔다. 드디어. 물론 조심할 거야. 그런 일은 훤히 알고 있지. 줄곧 그렇게 해왔으니까.

그의 손가락이 그녀의 손가락 사이로 미끄러져 들어갔다. 그는 그녀의 몸을 부드럽게 뒤쪽으로 눌렀다. 그러자 마침내 그녀가 몸을 쭉 뻗고 그의 앞에 누워있었다. 그는 얼굴을 그녀의 가슴 사이에 묻을 수 있었다. 그는 그녀의 심장소리를 듣고 그녀의 살갗을 느끼며, 그녀의 냄새, 온기, 떨림을 맛보았다. 그러던 중 그녀의 몸이 그를 향해 구부러졌다. 연주되기를 기다리는 악기 같았다. 그는 ―레가토(legato;

음이 끊어지지 않게 매끄럽게 연주하는 것)로— 시작하자마자 크레셴도(crescendo; 점점 세게)로 빠져들어, 과거도 현재도 더 이상 느끼지 못했다. 오직 벌거벗은 존재만이 느껴졌다. 그는 스타카토(staccato; 음을 하나하나 짧게 끊어서 연주하는 연주법)에 이르렀다가, 종내는 마지막 남은 의지력을 총동원하여 약속을 이행했다. 그는 할 수 있는 한 깊숙이 그녀의 목 안쪽을 꽉 깨물었다. 그런데도 쾌감만 남았다.

그가 깨어났을 때는 어스름 빛이 방을 가득 채웠다. 그는 자기 손 아래에 따뜻한 손이 있음을 느끼고 그녀의 엉덩이를 더듬으며, 그녀가 잠든 낌새를 알아챘다. 그녀의 얼굴을 유심히 살펴보며 손가락을 그녀의 입술을 따라 움직였다. 그러자 마침내 그녀가 깨어나며 하루가 시작되었다.

"난 당신의 이름조차 모르오."

볼프강이 프랑스어로 속삭였다.

"그럼 이름 하나를 대봐요."

"마쉐르, 마벨, 마퐁, 마페쉬, 마… 아니오. 당신의 진짜 이름을 말해줘요, 마두스(내 사랑)."

"마도. 그러니까, 마들렌느예요. 이름 때문에 우리 집에서는 구운 과자라고도 불러요. 하지만 난 쿠키가 아니에요."

"하지만 달콤하군! 흐음. 마도…!"

볼프강은 어둡고 따뜻한 이불 속으로 숨어들어가 그녀의 배꼽을 깨물었다.

"당신은 내가 여태 맛보았던 것 중에서 가장 맛있는 쿠키야. 확실해."

그는 음탕하게 그녀의 엉덩이를 잡았다.

"그리고 멋진 자두 궁둥이를 갖고 있어요, 마프륀(내 자두)."

"뭐라고요?"

그는 이불 아래에서 빠끔 내다보았다.

"하하, 너무나 아름다운 마도. 당신은 내 머리에 떠오른 음악 중에서 가장 훌륭한 것이요. 당신에게 그 음악을 적어주겠소. 우리, 날마다 그 음악을 연주해요. 네?"

"늘 그 파란색 술집에서 일하나요?"

"마도, 우리 함께 그곳에서 연주합시다. 우리는 자두 속의 벌레처럼 잘 어울리거든!"

그는 신이 나서 손가락을 그녀의 음부에 찔러 넣었다.

그녀는 몸을 뒤틀며 다리를 포갰다.

"어제 그것은 당신의 음악이었죠, 네스빠?(그렇지 않나요?) 당신은 하는 일이 정말 행복한가요?"

"귀여운 마도, 날 행복하게 하는 건 당신이야. 난 당신이 원하는 것을 연주하겠소!"

"아니, 당신이 원하는 것을 연주하는 게 나을 거예요."

마도는 몸을 돌려 눕고서 두 팔을 머리 아래 깍지 끼듯 교차시켰다.

"연주할 땐, 난 자유롭고 싶어요. 마음에 드는 음악을 꾸미지 않고 말이죠."

"그러면서도 당신이 배곯아 죽지 않을 곳에서?"

"파리에는 훌륭한 재즈 클럽들이 있어요."

"파리라고."

그 도시가 그의 기억에 희미하게 떠올랐다. 끔찍스레 싫은 도시였다.

"난 파리에서 행복하지 않았소."

"무슨 일이 있었나요?"

"어머니가 그곳에 묻혀 있소. 게다가 내가 중요하게 여기는 모든 일이 그 도시에서는 실패했어요."

그는 마도의 뺨을 어루만졌다. 그녀의 얼굴이 그의 어두운 생각들을 완전히 지워버렸다.

"하지만 마도, 그게 당신의 도시라면 난 파리마저 사랑할 거요!"

볼프강이 그녀의 손을 잡고 그 손에 입을 맞추었다. 그런데 그녀는 손을 그에게서 빼내고 침대 가장자리에 앉았다.

"난 가야 해요."

"아홉 시도 안 되었는데…."

그녀는 대답 대신 어깨를 들썩였다.

"연습하러 가는 거요? 마도, 내가 바래다주리다."

"농(아뇨)."

그녀는 자리에서 일어나 욕실로 갔다. 그는 그녀의 작고 튼실한 엉덩이를 바라보고 순간 욕정을 다시 느꼈다. 그녀가 샤워기를 트는 소리가 들렸다. 그는 앞으로 나서서 그녀를 잡았다. 그러는 동안 온수가 두 사람의 얼굴 위로 흘러내렸다. 하지만 그는 그녀가 자기를 떠나보낼 수 있음을 알고 있었다. 그리고 그것은 견디지 못할 일이었다.

# 라크리모사
(눈물의 날에)

　　　　*눈물의 날, 그날에…*

　아침은 흙과 맑은 물 냄새를 풍겼다. 오로지 공기가 신발 아래를 떠받치고 있는 것인 양, 볼프강은 자기 발걸음을 거의 느끼지 못했다. 마도! 그는 여전히 온통 그녀 생각뿐이어서, 다른 어떤 것도 마음속에 들어올 수 없었다. 그는 무슨 소리를 듣든 그녀의 귀로 듣는다고 여기고, 무엇을 보든 그녀의 눈을 통해 본다고 생각했다. 그리고 그의 생각이 곧 그녀의 생각일 수 있을 것만 같았다.
　날은 서늘했다. 그렇지만 봄날의 햇빛 덕분에 그의 재킷이 따뜻해졌다. 하수구 옆의 웅덩이에는 푸른 하늘이 담겨있었다. 그는 멈춰서서 고개를 움츠리고, 이상하게도 급히 머리 위를 휙 스쳐 지나가는 하얀 구름 조각들을 관찰했다. 표트르의 집 계단을 올라가고서야 그는 자신이 온종일 걸어 다녔다는 사실을 깨달았다.
　그는 소파에 쓰러서 엎드린 채 재킷 소매를 애써 밀어 올렸다. 그리고 그녀의 남은 체취를 킁킁 냄새 맡으며 자기의 아래팔을 샅샅이 뒤졌다.
　아버지 같은 목소리가 돌연 그를 몽상에서 낚아챘다.
　"이제는 날마다 그 파란색 술집에 다니는 거야?"
　한 번의 외침에 볼프강은 정신이 번쩍 들어 표트르를 알아보았다. 표트르의 얼굴은 회색 화강암처럼 보였다.

"맙소사, 소스라치게 놀랐잖아!"

볼프강은 간신히 숨을 내쉬고 소파에 다시 주저앉았다. 망상을 떨쳐내기 위해서는 잠시 몸을 부르르 떨어야 했다.

"아하, 표트르."

그가 느긋하게 웅얼거렸다. 그는 팔꿈치 오금에서 그녀의 향수가 남은 흔적을 발견했다. 그가 손으로 살며시 스치기만 하면 냄새를 맡을 것 같았다.

"자네가 일하러 오지 않은 이유를 내가 물었는데!"

볼프강은 눈을 가늘게 떴다. 그는 모든 일과 너무 멀리 떨어져 있었다. 그래서 애써 표트르의 세상을 이해하려고 했다. 그러던 중 문득 생각이 떠올랐다.

"맙소사! 이런 얼간이 같으니!"

볼프강은 손으로 자기 이마를 쳤다.

"표트르, 제발. 그런 얼굴 하지 말게. 다시는 이런 일 없을 거야. 그러지 말고 나와 함께 기뻐해줘."

"내가 무엇 때문에 기뻐하겠어. 이탈리아 식당의 일자리를 잃었는데. 우리 합의를 해야지 안 되겠어!"

볼프강이 팔꿈치에 몸을 괴었다.

"그 자가 자네를 내쫓았나? 아하, 표트르. 심각하게 생각하지 말게. 새로운 일자리를 찾을 테니. 그곳 주인은 역겨운 바보였어. 견딜 수 없는 사기꾼이고, 게다가 멍청한 속물이야! 그게 조금도 기뻐할 이유가 되지 못한다면, 사랑이라면 훨씬 더 나은 이유가 되지 않을까."

"자네 드디어 사악한 밤의 여왕을 유혹했나?"

표트르가 미소를 지었다. 억지 미소인 듯했지만, 어쨌든 미소를 지었다.

"표트르, 금발이야. 그녀는 환한 샛별 같은 금발이고, 색소폰을 연주하는 모습이 그야말로 태양 자체였다구."

그는 투덜거리며, 푹신한 소파 위로 다시 쓰러졌다.

"금발이라고? 자네 지금 여자들과도 골칫거리를 만들고 있나? 몇 주씩 검은 머리의 여자가 어쩌구, 떠들어대더니. 세상에서 가장 아름다운 여자라며. 그런데?"

"오, 표트르. 그만해! 마도는… 경이로워. 자네도 그녀를 보면 경이롭다고 느끼고, 그런 일 따위는 몽땅 잊을 거야."

"나도 여자들을 경이롭다고 여기지. 하지만 그런 문제 때문에 결코 할 일을 잊어버리지는 않아."

"표트르, 난 내 일을 잊은 게 아냐. 가슴이 사랑으로 꽉 차서, 내 머리가 온통 무지무지 아름다운 음악으로 가득해. 자네는 그녀가 얼마나 경이로운지 음악으로 듣게 될 거야."

"여자와 침대에서 고작 하룻밤을 보내고는 사랑을 운운하다니. 쁘시야쳴, 자네는 바보야! 자네 머릿속에는 늘 별이 가득하지만, 삶은 이곳 아래, 그러니까 땅 위에 있는 거야."

"오, 맙소사, 표트르, 별도 없고 사랑도 없이, 그게 제대로 된 삶일 수 있을까? 내 친구 프시아칠, 자네도 별을 몇 개 잡게. 약간의 기쁨만 있어도 자네의 기분은 상당히 좋아질 테니."

"쁘시야쳴, 난 별을 잡지는 않을 거야. 난 집세와 음식값을 지불하고, 집의 수도관을 수리하겠네. 그런데 자네는? 수중에 한 푼도 없이 손에 별을 쥐고 하는 일 없이 빈둥거리고 있잖아."

"그래, 젠장! 그것 때문에 난 잘 지내. 엄청 잘 지낸다고. 난 만족해. 기뻐. 행복해. 아주 기뻐. 황홀해. 충만해. 반했어! 이것이 인생

이야! 그런데 자네는 내게서 뭘 원하지?”
"난 자네가 내일 아침을 생각하길 바라. 그리고 다음 주와 내년을. 자네는 집과 침대와 냉장고가 필요할 거야.”
"표트르, 우리는 아무것도 부족하지 않은데.”
표트르의 목소리가 조용해지더니, 그의 눈이 볼프강을 슬프게 빤히 쳐다보았다.
"쁘시야쳴, 하지만 자네는 내 소파에 누워있는걸.”
한 마디도 없이 볼프강이 자리에서 일어나 빈 비닐봉지를 쓰레기통에서 꺼내고는, 사방에 흩어져 있는 악보 뭉치를 봉지 안에 넣기 시작했다.
"볼프강, 나는 언젠가 떠날 거야. 폴란드로 돌아갈 거라고. 그러면 자넨 어떻게 할 건가?”
표트르의 말에도 귀를 기울이지 않은 채 볼프강은 다른 자질구레한 물건들을 다른 봉지에 쑤셔 넣었다.
"자네 지금 바보 같은 짓을 하고 있어. 돈도 없이 어디로 갈 건데?”
"내가 부담이 되지 않는 누군가에게 갈 거야.”
표트르가 뭐라고 대답도 하기 전에 볼프강은 첫 번째 층계참에 이르렀다.

"잠깐만요. 대체 어디로 가려는 거지요?”
목 쉰 소리가 좁은 복도를 통해 울렸다.
"위로 올라가려고요!”
볼프강은 몸을 돌려 뒤쪽으로 계속 갔다. 뚱뚱한 여자가 입구에 나타났다. 그녀는 배에 앞치마를 두른 작은 코끼리처럼 보였다.
"하지만 우리 손님이 아니잖아요.”

"저는 마드므와젤 마들렌을 찾아온 손님입니다."

"그래요!"

그녀가 소리치고 양손을 허리에 짚었다. 그녀의 목소리가 고무 고리처럼 길어졌다.

"하지만 그 아가씨는 이미 떠났는데요."

"떠났다고요? 마도가—"

볼프강은 목이 졸리는 것 같았다. 그는 할 수 있는 한 빨리 복도를 지나 계단을 급히 올라가더니, 마도가 있었던 열린 방 앞에서 갑자기 멈춰 섰다. 그 방은 생명이 없는 죽은 곳이나 다름없었다. 깃털 이불이 이운 듯 침대 모서리에 걸쳐있었고, 커튼은 옆으로 잡아당겨진 채 그의 별나라를 무정하고 차가운 대낮에 넘겨주었다. 침대 옆 탁상에는 그가 그녀에게 쓴 메모가 여전히 놓여있었다. 욕실문을 통해 젊은 여자가 보였다. 그녀는 그때 막, 사용한 수건들을 파란색 세탁물 자루에 던지고 있었다.

"안 돼!"

볼프강은 단숨에 그녀 쪽으로 달려가 수건을 다시 끄집어내고는 뺨에 갖다 댔다.

"제가 말씀드렸잖아요. 이제 여긴 아무도 없다고 말이에요."

그의 뒤에서 여자주인이 헐떡이는 목소리로 말했다.

"내가 이곳에 머물 겁니다."

"아직 방 정리가 안 끝났어요. 일층의 방을 쓰실 수는 있지만."

"아니, 꼭 이 방을 원해요. 지금 있는 그대로 말이요."

볼프강은 청소부를 욕실에서 밀어냈다.

"됐어요. 그만하세요."

젊은 여자는 볼프강이 마치 뭔가 무례한 일을 청하기라도 한 것처

럼 힐끗 바라본 다음, 도움을 구하는 듯한 표정으로 여자주인을 바라보았다. 여자주인이 어깨를 움찔했다.

"하지만 접수를 하셔야 하는데…."

"나중에 내려갈게요."

갑작스런 희망이 그가 하던 말을 멈추게 했다.

"그런데 그녀가 메모를 분명히 남겨놓았겠죠?"

"유감입니다."

"그럼 주소는요? 그녀의 주소요!"

코끼리 같은 여자주인은 머리를 흔들었다.

"무엇을 기대하시나요? 정말 프랑스 여자를."

볼프강은 문을 잠그고 커튼을 쳤다. 그는 신발을 벗고 침대에 쓰러져 베개에 얼굴을 묻었다. 마도의 베개였다. 그녀의 체취가 이 베개에 얼마나 오래 남아있을까? 하루, 이틀? 일주일? 볼프강은 그녀의 몸이 시트에 남겨놓은 주름들을 부드럽게 어루만지며, 베개에 흘린 눈물 때문에 관자놀이가 차가워지는 것을 느꼈다. 그녀는 그에게 이름조차 물어보지 않았다.

날이 어두워지고서야 그는 아래로 살그머니 내려가 방값을 미리 지불했다. 그가 가진 돈은 방값 사흘 치와 적포도주 두 병 값으로 족했다. 그 다음에 어떻게 될지는 두고 볼 일이었다.

볼프강이 눈을 떴을 때는 사방이 고요했다. 문을 여닫는 소리도 나지 않았고, 복도에서는 발소리나 목소리도 들리지 않았다. 그 건물 앞에 있는 조명광고판 문자들이 창백한 빛을 방안으로 들여보냈고, 그 방은 이미 오래 전부터 친숙한 것처럼 그를 감쌌다. 모든 게 변한 것 없이 그대로여서 그는 아주 잠깐 희망을 품었다. 하지만 그 다음에 자기 옆에 차가운 시트가 있음을 느끼고, 텅 빈 안락의자를 보고, 열려있는 욕실문의 깜깜한 틈새를 보았다. 그러자 그의 마음 안에서 뭔가가 오그라들어 끈적끈적한 새까만 덩어리가 되었다. 그가 벌떡 일어나 창을 활짝 열자, 차가운 밤공기가 그의 벗은 몸을 스치며 방안으로 들어왔다. 도시의 굉음이 저음으로 끊임없이 울려퍼졌다. 갑자기 언젠가 밤중에 서 있었던 바다가 연상되었다. 그때 그는 바다의 광활함에 압도당했고, 시커먼 바닷물이 새까만 하늘과 연결되었으며, 찰랑이는 수평선이 그의 발아래 놓여있었다. 먼 세계의 끝자락이 다시 그를 향해 기어와, 호텔방이 섬인 양 그를 발견하지 못하고 주위를 씻어냈다. 아무도 그를, 낯선 사람을, 난파한 사람을 알아보지 못했다. 그가 창가에 가까이 다가가는 바람에 차갑고 매끄러운 창틀이 배에 느껴졌다. 그는 몸을 앞으로 숙이고, 조명광고판 글자들이 윙윙거리는 소리를 들었다. 색소폰. 바다. 바다는 얼마나 깊을까? 틀림없이 12엘레(Elle; 독일의 옛 길이 단위로, 1엘레는 약 66cm에 해당됨)정도는 될 거야. 그는 마치 뭔가가 끌어당기기라도 하는 것처럼 창밖으로 몸을 좀 더 숙였다. 먼저 옷을 좀 입어야 할까? 정말로 떨어진다면 어떡하지? 나 같은 사람이 삶을 걱정해야 하나? 그냥 일어나서 걸어가면 되지 않을까? 그러면 훨씬 더 먼 낯선 장소에서 다시 깨어날까? 하마터면 그것을 감행하고 싶은 유혹을 느낄 뻔했다…. 그렇지만 그 다음에 그는 뒤로 물러나 숨을 헐떡이며 다시 몸을 일으켰다. 안 돼! 이건 주님을 시험하는 거야. 그는 창문을 닫고 커튼을 치고는 비틀거리며 침대로 되돌아갔다. 침대 옆 탁상에 놓인 양치용 물잔에 적포도주가 여전히 손가락 두 개 정도 높이로 남아있었고, 그 옆에는 마도에게 쓴 메모가 놓여있었다. 볼프강은 잔을 더 채워서 마시고는 메모지를 잘게 조각조각 찢어 바닥에 떨어뜨렸다. 저기 바깥의 일은 그와 아무런

상관이 없었다. 마도는 그와 아무 상관이 없었다. 이 세상의 그 무엇도 그와는 상관없었다.

문을 두드리는 소리가 볼프강을 깨웠다. 그는 푸딩에 빠졌다가 나온 몰골로 나타났다. 머리가 깨질 듯 아팠다. 그는 마지막 남은 일말의 희망을 갖고 침대에서 벗어나 문을 열었다.

담청색 앞치마를 두른 아가씨가 짧은 비명을 내지른 다음 몸을 돌려 복도를 따라 서둘러 갔다. 볼프강은 자기 몸을 내려다보고는 소스라치게 놀라서 흥분을 감추고 재빨리 문을 닫았다. 힘없이 침대에 도로 누워서 미도의 이불을 껴안고는 키스를 퍼붓다가 종내에는 자기 몸을 파고들었다. 그는 고통에 차서 자기 몸을 비비다가 마침내 벌떡 일어났다. 잠깐 동안 그녀가 그곳에 없다는 사실도 잊었다. 그리고는 울면서 베개 위로 다시 쓰러졌다.

볼프강은 욕실의 물로 포도주를 희석시켰다. 그는 말없이 누워서 양탄자에 그려진 바둑판 무늬의 수를 세고, 보이지 않는 그녀의 육체를 여전히 사랑했다. 쾌감은 없고 고통뿐이었다. 그가 다시 마시고 잠들기를 반복하던 중, 사랑하는 것도 점차 멈추었다.

그는 그녀의 색소폰 소리를 들었다. 그 소리가 그치지 않고 며칠 동안 계속되는 것 같았다. 그는 그녀의 발치에 바쳤어야 할 새로운 멜로디가 끝없이 계속되는 것을 깨달았다. 반쯤 풀린 악보용지가 봉지 옆에 있는 게 보였다. 침대 옆 탁상에는 잉크가 든 펜이 놓여있었다. 그런데 그는 곡을 쓰는 대신 포도주를 마시고 자리에서 일어나, 샤워기를 틀어서 뜨거운 물이 머리 위로, 어깨 아래로, 배와 다리 위로 흘러내리게 하며 모든 음을 씻어내고 내쳤다. 그러자 씁쓸한 라 단조(d minor)가 고로롱거리며 몽땅 배수구로 사라졌다.

\*

"맥주 한 잔 드릴까요?"

바스탠드 뒤쪽에 있던 흑인이 표트르를 의아스레 바라보았다.

표트르가 고개를 끄덕였다.

"작은 잔으로 주세요."

그는 술집 뒤쪽 부분을 쭉 훑어보았다. 바텐더가 잔을 내밀었을 때, 표트르는 손짓으로 바텐더가 다른 손님에게 몸을 돌리는 것을 막았다.

"볼프강을 보셨나요? 볼프강 무스터만?"

바텐더는 멈칫하더니, 보란 듯이 손목시계를 들여다보았다.

"아니오. 그 친구 오늘도 올 것 같지 않은데요. 미안합니다. 하지만 괜찮으시다면 키스 재럿(Keith Jarrett; 세계적으로 유명한 재즈 피아니스트)의 판을 올려놓겠습니다."

그는 양해를 구하면서 손바닥을 폈다.

표트르는 맥주를 마시며, 가능한 한 근심 없는 표정을 지으려 애썼다.

"그를 어디서 찾을 수 있는지 아세요?"

"친구이신가요?"

"오, 미안합니다."

표트르는 바의 의자에서 몸을 약간 곧추 세웠다.

"표트르 포토키입니다. 네. 볼프강의 친구죠. 그는 저의 집에서 살고 있습니다. 정말입니다."

"아하, 표트르. 바이올린 주자군요. 볼프강이 진작에 당신에 대해 이야기했어요. 그런데 우리 서로 말을 놓아도 될까요? 나는 체르

니요."

바텐더는 바스탠드 너머로 표트르에게 손을 내밀었다.

"하지만 볼프강에 대해서는 이틀 전부터 아무 이야기도 못 들었어."

깔보듯 히죽거리는 표정이 바텐더의 얼굴에 나타났다.

"그러나 이상할 것도 없지."

"여자 때문인가?"

"그녀의 침대가 어디 있는지는 전혀 알 수 없지만, 그 친구 틀림없이 바로 거기 누워있을걸. 자네가 그 두 사람을 최근에 보았다면…."

"그런데 난 내일 그 친구와 연주가 있어. 그렇다고 대타를 금방 구할 수도 없고."

"볼프강 무스터만의 대타라?"

체르니는 웃음을 터뜨린 다음, 연민이 생겨 입을 꼭 다물었다.

"글쎄, 우리 둘 다 알고 있잖아. 그만한 사람은 거의 찾지 못할 걸세. 안 그런가?"

표트르가 깊이 숨을 쉬었다.

"때때로 난 그런 짓이 인생의 엄청난 낭비라고 생각해. 볼프강은 서른여섯 살이고, 내가 아는 한 최고의 피아니스트야. 하지만 그는 자기 소유의 집도 없고 선불제 핸드폰조차 없지."

"그렇다면 내가 생각하는 것처럼, 그는 전기와 수도 없이도 잘 견디는 유형이군. 그런가? 정글 어딘가에서 성장한 것처럼 말이야. 대체 그 친구 어디서 왔나?"

"나한테도 그건 절대 말해주지 않더군. 나는 단지 그의 가족이 모두 죽었다는 사실만 알고 있어. 틀림없이 뭔가 나쁜 일이 있어났던 거야. 어쩌면 무슨 전쟁 통에…."

"하지만 그렇게 보기에는 그 친구 너무 단순해."

"내 생각에는 심리적인 문제인 것 같아. 내가 진지하게 말할 때마다 그는 터무니없는 소리를 하거든. 그러고 나서는 이상한 말들을 늘어놓거나 춤추듯이 돌아다닌다고… 웃기는 녀석이지. 그러나 볼프강의 음악을 들을 때마다 나는 그가 사랑하는 하나님의 작은 형제라는 생각이 들어."

체르니는 맥주와 포도주잔을 쟁반에 올려놓고, 표트르에게 알겠다는 듯한 눈길을 보냈다. 그러고는 사람들 무리 속으로 사라졌다.

표트르는 등을 바스탠드에 기대고 파란색 그랜드피아노 쪽을 바라보며, 볼프강을 대성당 광장에서 처음으로 만났던 날의 오후를 생각했다. 부랑자. 그 이상의 아무 것도 아닌 부랑자. 삶을 그 어느 지점에선가 손에서 놓아버렸고, 그 다음부터 발을 질질 끌며 낡은 옷가지들로 가득한 비닐봉지를 들고 도시를 두루 돌아다니는 떠돌이 같았다. 표트르는 자신이 볼프강과 대체 어떻게 엮여있는지 잘 알지 못했다. 볼프강이 흥분한 것은, 표트르라면 농담으로 여길 법한 괴팍한 표현들보다는 오히려 지극히 당연한 것, 완전한 신념 때문이었다. 그런 신념이 있기에, 볼프강은 엄청난 바보짓도 저지를 수 있었다. 아니, 표트르는 그를 이해할 수 없었고, 언젠가 볼프강을 다시 볼 수 있을지 갑자기 더 이싱 자신이 없었다. 표트르가 마음속으로 볼프강을 의리 있는 녀석이라고 부른다 할지라도, 이 피아니스트는 표트르가 아는 사람들 중에서 가장 신뢰할 수 없는 인간이었다. 거래하는 단골을 잃는다는 것이 표트르에게 무슨 뜻인지 볼프강이 과연 상상이나 할 수 있을까? 이탈리아 식당 주인은 역겨운 놈일지 모르지만, 경기가 좋지 않은 시기에도 한 달에 적어도 두 번은 표트르에게 연주할 기회를 줬다. 표트르는 자의반타의반 블라디미르를 생각했다. 다시 한

번 그 러시아인에게 함께 해보자고 해야 하나? 혹시 그 사람이 표트르를 용서했을까. 그보다 표트르가 과연 참고 그 사람과 다시 일할 수 있을까? 볼프강과 함께 연주해본 지금에 와서? 답답하고 암울한 생각이 표트르의 마음에 드리웠다. 과연 다시 다른 사람과 연주할 수 있을까? 표트르는 동전 세 개를 바스탠드에 올려놓았다.

"됐어, 넣어두게."

체르니는 돈을 도로 내밀었다.

"만약 그가 오면 뭐라고 전할까?"

그가 필요하다고 전해줄래, 하고 생각하며 표트르는 재킷을 입었다.

"그에게 부디 일정을 잊지 말라고 전해줘. 내일 저녁에는 다브루노Da Bruno 식당에서 연주해야 한다고 말이지."

그러고는 표트르가 고개를 저었다.

"아하, 아냐, 아냐. 아무 말도 하지 말게. 내가 왔었다는 것을 그 친구가 알 필요는 없어."

표트르는 바텐더의 미소에 응답하고는 터벅터벅 밤거리로 걸어 나갔다.

\*

나흘째 되는 날 볼프강은 그가 놓아둔 그대로 여전히 벽에 기대어져 있는 봉지를 집어 들고, 고치에서 벗어나듯 호텔 입구를 나섰다. 그리고 전혀 그의 것일 리 없는 현실 세계의 소음과 추위 속으로 들어갔다. 어디로 가야 한단 말인가? 표트르의 집에는 결코 백 보 이상 가까이 가지 않겠어. 마도를 생각하는 것을 그는 어제 저녁에 영원히 포기했다. 아드리안의 주소는 몰랐고, 리버만에게 가는 것은 체면상 할 수 없었다. 그래서 그는 힘겹게 몸을 끌고 간신히 블루노트 방향으로 향했다.

허기가 너무 심한 탓에 오히려 배고픔도 더 이상 느끼지 못했다. 도중에 슈퍼마켓을 지나갔다. 선반들을 두루 다니며, 남은 동전으로 살 수 있는 음식이 행여 있는지 찾아보려고 몹시 애썼다. 맨 아래 칸에서 결국 그는 조각으로 잘린 빵 3파운드짜리가 비닐봉지에 담겨있는 것을 발견했다. 그 빵을 마치 갓난아기처럼 팔오금에 끼고, 걸어가면서 한 조각 한 조각 입에 쑤셔 넣었다.

블루노트는 아직 문이 닫혀 있었다. 볼프강은 문틈을 통해 엿보다가, 체르니가 바스탠드에서 일하고 있는 것을 보고 유리를 쿵쿵쳤다.

"맙소사! 그 여자가 금발이었나? 자네 몰골은 지승사자 같군."

볼프강은 손으로 턱을 쓰다듬었다.

"면도기가 없어서."

"자네한테 없는 게, 뭐, 그것뿐이겠어?"

체르니가 묻는 듯한 표정으로 맥주잔을 높이 쳐들었다.

볼프강은 빵을 바스탠드에 올려놓았다.

"인간이 필요로 하는 모든 것이 부족해. 음악을 잘 이해해주는 분이자 대단히 존경할 만한 후원자인 주인어른이 계셔서 내게 조금만 후원해달라고 청할 수 있으면 좋으련만. 난 방을 구해야 하는데 땡전 한 푼 없어."

"이봐, 자네 신경과민이군. 그 노인네 자네한테 엄청 화가 났어. 여기 음악은 이틀 저녁이나 음반으로 대신했지."

"그런 기계장치는 늘 믿을 수 있어서 노인이 꽤나 기뻤겠군. 그 기계장치는 우리 같은 사람의 심적 상태를 모를 테니까, 내가 할 수 있는 것보다 일을 잘 해냈을 게 분명해. 그때는 내 마음이 너무 무거워서 진짜 장송곡 외에는 아무것도 해낼 수 없었을 거야."

볼프강은 차가운 맥주를 들이키며, 마음속으로 주먹이 쥐어지는 것을 느꼈다. 위에서 경련이 일었다. 그는 잔을 바스탠드에 탕 소리를 내며 올려놓고 화장실로 돌진했다. 그가 자리로 돌아왔을 때는 체르니가 칵테일에 늘 꽂아주는 파란색 빨대처럼 두 다리가 금방이라도 꺾일 것 같았다. 그는 고정되어 있는 탁자들 사이를 뚫고 바스탠드까지 간신히 나아갔다. 맥주를 보자 그는 속이 다시 메슥메슥해져서, 손가락 끝으로 맥주잔을 체르니 쪽으로 도로 밀었다.

"차라리 차를 줘."

"이봐, 무스터만. 무슨 짓을 저지른 거야?"

"사흘간 아무 것도 먹지 못했어."

체르니의 눈길이 반쯤 빈 빵 봉지 쪽으로 갔다가 다시 볼프강에게 돌아갔다.

"그 여자, 그럴 가치가 있었나?"

볼프강은 눈을 감고 토한 것의 냄새를 여전히 혀에 느끼며, 푸른색 그랜드피아노에 몸을 기댄 마도의 모습을 떠올리고 고개를 끄덕였다.

"설사 그렇더라도— 자네 몰골을 보니 지금 다시 침대에 누워야 할 것 같군."

"이젠 침대도 없어."

"그런 어처구니없는 일이 있을라고?"

체르니의 비웃음에 볼프강은 목이 졸리는 것 같았다. 그는 다시 마도를 떠올렸다. 이번에는 무릎 사이에 색소폰을 끼고 침대 모서리에 앉아있는 모습이었다.

"아, 그러지 마, 나한텐 웃을 일이 아냐. 묵을 집도 더 이상 없어. 오랫동안 바이올린 주자의 집에 있었지. 잡상인 같은 그 연주자의 집에 말이야. 그는 내가 얼마나 자주 똥을 누러 가도 되는지까지 가르치려 했다구."

"난 자네들이 함께 일하는 줄 알았는데?"

"끝났어. 지나갔다고! 다른 바보를 찾아보라지. 난 내 길을 가겠네. 호텔방을 구할 돈만 있으면 돼. 정말로 어디든지 잠자리는 있어야 할 테니까."

"그냥 그 친구한테 다시 돌아가면, 혹시 잠자리는 생기지 않을까."

볼프강은 싫다고 머리를 흔들며, 찻잔에서 올라오는 김을 호호 불었다.

"그럼 이제 어떡할 건가?"

"음악을 해야지. 그밖에 뭘 하겠어?"

볼프강은 바스탠드 너머 체르니 쪽으로 몸을 숙이고, 체르니의 까맣고 하얀 눈을 절박하게 바라보았다.

"음악이야, 체르니. 음악이야말로 자네를 결코 떠나지 않을 유일한 사랑이야."


"조용해. 그렇지 않으면 헬레네가 깰 거야."

체르니가 속삭이면서 볼프강 앞에서 어스름한 복도를 더듬더듬 지나 문을 열고 손으로 다른 쪽 문을 가리켰다.

"저기가 침대야. 화장실은 여기고."

"고마워. 나의 유일한 진짜 친구…."

"여기, 대체 무슨 일이에요?"

헝클어진 긴 머리의 여자가 아침 가운을 가슴 앞에 여민 채 문틈에 모습을 드러냈다.

"헬레네… 에, 이 사람은 볼프강이야. 오늘밤 여기서 묵을 거야."

볼프강이 몸을 숙여 인사를 했다. 그런데 고개를 들고 보니 두 사람은 이미 사라지고 없었다. 그는 간이침대에 주저앉았다. 방이 너무 좁아서 발끝이 탁자 아래로 비죽 나갔다. 여자가 체르니에게 참견하는 잔소리가 옆방으로부터 들렸다. 볼프강은 봉지를 탁자 아래에 던지고, 바지와 신발을 벗었다. 그리고는 미처 그 무엇인가를 곰곰 생각하기도 전에 잠에 곯아떨어졌다.

그는 커다란 광장에 서 있었다. 주위에는 건물들이 하늘로 솟아있었다. 그는 몸을 빙글빙글 돌렸다. 처음에는 천천히 돌다가 점점 더 빨리 돌았다. 그런데 그가 한 번 돌았다고 생각할 때마다, 무대배경이 달라졌다. 매번 새로운 건물들이 나타났다가 사라지고 그의 곁을 날아서 지나갔다. 장식 없는 정방형 건물, 기울어진 작은 건물, 높은 유리 건물, 현란한 석고 장식 건물 등이었다. 그가 점점 더 빨리 돌자, 건물들도 마찬가지로 빠른 속도로 계속 바뀌었다. 갑작스레 그가 멈칫했다. 천둥소리와 함께 건물들의 전면이 무너지며 넓은 7차로를 탁 트이게 해주었다. 몇 개의 차도는 그가 서 있는 지점으로부터 별 모양으로 갈라져, 끝없이 이어지는 우유처럼 하얀 곳으로 점차 사라졌다.

각각의 차도에서부터 나오는 음악이 그를 불렀다. 일곱 개의 멜로디가 각기 다른 음색과 리듬으로 내는 지독한 불협화음이었다. 그는 우선 하나의 차도를 찾아 다가가고, 그러고 나서 그 다음 차도에 다가갔다. 그는 차도들의 방향을 종잡을 수 없었다. 길들 중 하나에서 마침내 마도를 알아보았다. 그녀는 맨살의 어깨 위에 이불만 걸친 채 색 소폰을 불고 있었다. 그 다음에는 그녀가 노래하는 소리가 들렸다.

"이곳에 남자는 안 돼요!"

자극적이면서도 힘찬 콜로라투라(Koloraturstimme(coloratura); 성악곡, 특히 오페라에서 기교적으로 화려하게 장식된 선율)였다. 그녀의 귀여운 체격에는 도저히 어울릴 것 같지 않은 목소리였다.

"이곳에 남자는 안 돼요!"

"마도!"

볼프강은 소리치려고 했지만, 그의 목이 말을 듣지 않았다. 그녀를 향해 달려가 손으로 그녀를 잡으려 했다. 온통 땀범벅이 된 채 그는 소스라치게 놀라 잠에서 깨어났다.

"… 그 사람한테 어떤 문제가 있건 상관없어. 자기가 일 처리하는 거나 좀 보라구요!"

격분한 여자 목소리가 볼프강이 있는 방 앞에서 3도 음정으로 울렸다. 헬레네의 목소리임을 알 수 있었다. 볼프강은 깜짝 놀라 눈을 크게 떴다. 날은 대낮처럼 환했다. 문을 쾅쾅 치는 소리가 들렸다. 그는 풀이 죽은 채, 꿈속에 들었던 음악에 다시 잠겨 음 하나하나와 박자 하나하나를 기억하려 애를 썼다. 무엇보다도 일상의 긴박한 요구에 선념했더라면, 순전히 그 분주함 때문에 느끼지도 못했을 박자였다. 모습이 각기 다른 일곱 개의 음형을 가진 일곱 개의 곡이 있었다. 각각 홀로 존재하면서도 서로에게 속하는 곡들이었다. 그는 이제 그 곡들을 주제별로 분류하고, 머릿속에 안전하게 넣어두었다. 그러고 나서 자리에서 일어나 조심조심 머리를 문 밖으로 내밀었다.

커피 냄새가 났다. 복도의 다른 쪽 끝에서 음악이 울려 퍼졌다. 볼프강은 방으로 되돌아가 청바지를 집어 들고 머뭇거리다가, 입기 어

러운 파란색 바지를 내려놓고, 봉지를 뒤적여 입기 편한 낡은 바지를 찾아냈다. 그는 신문에 얼굴을 파묻은 채 식탁에 앉아있는 체르니를 발견했다. 커피의 김이 두꺼운 빨강 주전자에서 나와 구름을 이루었다.

체르니는 말없이 벽장의 도자기 잔들을 가리켰다.

볼프강은 투덜거리며 맞은편 의자에 주저앉아 커피를 따르고, 두꺼운 검정색 글자로 적힌 신문 제목을 대강 훑어보았다. 뜻을 알 수 없는 이름과 개념들이 신문에 적혀있었다. 그래서 볼프강은 자신이 길을 잃었다는 느낌을 다시 받았다. 미처 예상하지 못한 장소에 좌초한 것 같았다. 물리치고 비웃듯이 낯선 말에 싸여있는 장소에 말이다.

"잘 잤나?"

체르니의 어조로 봐서, 그가 아침에 살아있어야 한다는 자체를 이미 형벌처럼 여기는 사람이라는 데는 의심의 여지가 없었다.

"오, 그래. 간이침대를 내줘서 진심으로 고마워. 난 정말 큰 욕심이 없네. 밤에 쉴 곳이 있고 낮에 일할 자리만 있다면 말이지. 그러니 잘 풀릴 거야. 우선 익숙해지기만 하면…."

"아니, 그게 아니라…."

체르니는 신문을 내려놓았다.

"헬레네는 늦어도 12시 반이면 돌아와."

그는 긴장한 표정으로, 반쯤 빈 잔을 저었다.

"자네가 그때까지 나가면 좋겠는데. 지금은 화를 돋구어봐야 좋을 일이 없거든."

볼프강은 입가만 살짝 들어 올려도 되는 억지 미소를 짓고 잔을 밀어내며 자리에서 일어났다.

"그럼 나무들이 벌써 움트기 시작한다는 것을 정말 다행으로 여기면 되겠지. 길거리에 밤의 잠자리를 만들면 기껏 손가락 몇 개쯤 동상 걸리는 정도고. 손가락 하나, 둘, 그 정도야 큰 손실도 아니지. 유능한 피아니스트라면 한두 음역 적게 연주하면 되고, 그로 인한 걱정일랑 떨쳐버릴 테지. 단지 발만 아프다면 운이 좋은 셈이고. 그것만으로도 아주 나쁜 상황이겠지만…."

"헤이! 이보게, 유감이야. 하지만 여긴 헬레네 집이야. 그녀가 좀 예민해. 난 그녀에게 자네가 여자친구 문제로 스트레스를 받았고 오늘 다시 집으로 간다고 말했거든."

집으로라고. 그 말이 싸늘한 안개처럼 볼프강을 감쌌다. 이 연무 속 어딘가에 마도의 이름이 악령처럼 숨겨져 있었다.

"자네한테 집도 없다고 말하면, 그 여자 정말 머리꼭지가 돌 거야. 그것은 차치물론하고, 난 자네가 그 폴란드 친구에게 적어도 연락만큼은 해야 한다고 생각해. 그 사람도 며칠 전부터 짜장 걱정하고 있으니까…."

체르니의 눈길이 갑자기 아래로 떨어졌다.

"내 생각은 어쨌든 그래."

"표트르?"

불쾌감이 볼프강의 마음속에 확 솟구쳤다. 마치 연극을 보러 너무 늦게 와서 뭔가 결정적으로 중요한 장면을 놓친 것 같은 느낌이었다. 그러나 자신이 도통 모르는 일들이 있다고 해보았자 무슨 큰 차이가 나겠는가. 그렇지 않아도 이 연극에서 그는 어차피 이방인이었는데. 볼프강이 체르니의 눈을 그윽히 쳐다보았다. 체르니의 눈은 존재의 창인 눈동자가 그 속에 묻혀 사라질 정도로 거무스름했다. 체르니가 한숨을 쉬었다.

"그래, 좋아. 금요일이었지. 그 친구가 바에 와서 자네를 찾았어. 하지만 자네한테는 그 사실을 이야기하지 말라고 부탁했어. 그 친구 괜찮던데. 그러니까 괜히 화내는 짓은 그만해. 어쨌든 자네가 그 친구를 공연히 기다리게 했잖아. 그 반대가 아니고. 자, 여기….”

체르니가 볼프강에게 접시를 밀어주고 빵 바구니를 가리켰다.

"헬레네가 돌아오기 전에 이제 좀 먹어둬.”

오후가 되어 마침내 볼프강은 표트르의 집 문 앞에 도착했다. 그는 잠시 꼼짝 않고 그곳에 서서, 빨간색 끈이 달린 열쇠를 엄지와 검지 사이에 끼고 이리저리 돌리며, 수염의 뾰족뾰족한 끝을 손톱으로 훑었다. 어떤 뚱뚱한 여자가 다리를 질질 끌며 계단을 올라와, 발을 세게 디디며 복도를 따라 걸어갔다. 볼프강은 그 여자가 사라질 때까지 기다린 다음 귀를 기울였다. 표트르의 집 안은 아주 조용한 것 같았다. 그런데도 볼프강은 그렇다고 믿으려 하지 않았다. 그는 열쇠를 자물쇠 방향으로 움직이다가 멈칫하고 팔을 다시 내렸다. 필경 그는 열쇠를 문아래 밀어 넣고 그냥 다시 가는 게 옳았다. 어디가 되었든 곧장 떠나야 했다. 그의 눈 안 깊은 데서 뭔가가 화끈거렸다. 그는 가슴이 더 답답해지는 것 같았다.

"왜 빈둥빈둥 서 있는 거야. 문을 열라구, 그러면 내가 배낭을 벗을 필요가 없잖아.”

볼프강은 소스라치게 놀랐다. 그의 눈길이 표트르의 몸 아래로 급히 내려가더니 발바닥까지 훑었다. 표트르의 발소리를 듣지 못했던 것이다. 볼프강은 고개를 끄덕인다는 게 잘 되지 않았다. 그는 급히 열쇠를 자물쇠에 밀어 넣고 문을 열고는 우물쭈물 입구에 서 있었다. 그리고 시선을 반쯤 내린 채, 표트르가 바이올린 가방을 안락의자에 올려놓고 배낭을 바닥에 내려놓는 모습을 관찰했다.

볼프강이 작곡하기 위해 창 아래로 밀었던 작은 탁자는 예나 지금이나 그 자리에 있었고, 그가 잊고 있었던 악보 더미가 그 위에 놓여있었다. 그는 신발조차 벗지 못한 채 그저 조용히 문을 닫고 그대로 서 있었다. 그러는 동안 표트르는 빵에 발라 먹는 스프레드 치즈 한 봉지를 냉장고에서 꺼내고 빵 조각들을 커다란 접시에 나누어 놓았다.

"자네의 샛별과는 다시 끝났나?"

표트르가 볼프강을 바라보지 않은 채 쾌활하게 물었다.

볼프강은 아랫입술을 깨물었다. 그의 머리는 영업시간이 끝난 후의 블루노트처럼 텅 비어 멍하고 우울했다. 어느 구석을 뒤져도 꾀어낼 만한 아주 사소한 농담조차 없었다.

표트르는 치즈빵이 가득한 접시를 소파용 탁자에 올려놓고 소파에 자리를 잡았다. 소파 구석에는 여전히 볼프강의 이부자리가 개어져 있었다. 자른 치즈 조각을 표트르가 잡았다. 그는 고개를 끄덕이며 볼프강에게 자기를 따라 똑같이 하라고 권했다.

볼프강은 악보 뭉치를 든 채 발꿈치를 아래로 누르며 머뭇머뭇 신발을 벗고, 맞은편 안락의자에 웅크리고 앉았다. 그는 숨을 깊이 늘이쉰 다음 오래오래 내쉬었다.

"그녀가 내게 남겨놓은 것은 어둠뿐이네…."

볼프강은 침을 삼켜야 했다. 눈물이 속에서 치솟는 것을 느꼈기 때문이다.

"그곳에서 내게 모든 걸 다 줘놓고…."

그가 코를 쿵쿵대며 숨 쉬자 표트르가 주방용 휴지를 건넸다.

"시골에서 온 사람에게 이곳 여자들은 쉽지가 않아. 이곳 여자들

은 남자들 같고, 재미를 보고, 자유와 모든 것을 누리려 하거든. 자네도 사랑 따위 생각할 필요 없어. 아마도 자네도 며칠 지나면 다시 괜찮아질걸, 그리고 — 두고 보면 알겠지.”

"표트르, 그녀는 가버렸어. 떠났어. 사라졌어. 실종되었어. 사라졌어. 없어졌어. 가버렸어. 사라져버렸어. 나를 호텔방에 버려두었어. 자기 이름조차 말해주지 않았어.”

"그녀가 방값은 지불했고?”

"그녀가 그 하룻밤 이후에도 나를 개처럼 취급했지만, 난 자존심 때문에라도 예의바른 기사처럼 처신하고 싶어….”

"하룻밤이라고? 자네는 나흘 밤이나 외박했잖아!”

볼프강이 어깨를 들썩였다.

"호텔에 내내 있었던 거야? 거기서 뭘 했나?”

"아무것도 안 했어.”

표트르가 볼프강을 빤히 쳐다보았다.

"나흘간이나 호텔방에 있었으면서 아무것도 안 했다고? 사람은 일을 해야 해, 볼프강, 자네는 작곡을 해야 하고.”

"표트르, 난 작곡하고 있어. 새벽부터 밤에 잠들 때까지 작곡을 해. 심지어는 잠 속에서도 음악이 나를 내버려두려 하지 않아. 음악은 계속 내 안에서 싹트고, 5월의 잡초처럼 돋아나고 있어. 그래서 작곡하는 것은 결코 억지로 해야 하는 일이 아니라 현재의 상태야. 다만, 내가 그것을 그때 적어두지 않아서 달아나버린 거야.”

"자네의 음악을 어떻게 달아나게 둘 수 있단 말인가?”

"정말 얌전히 샤워해야 해. 충분히 오래 서서 두 팔을 하늘로 쳐들면, 물이 흘러내리면서 모든 것을 씻어내고 바닥에 있는 구멍으로 사라지지. 그러고 나면 모든 것이 고로롱거리며 그 안으로 흘러들어

가. 사랑은 물론이고 음악도."

표트르가 벌떡 일어났다.

"자네가 엄청난 보물을 갖고 있다면, 그것은 신에게서 받은 거야. 자네가 삶을 내팽개쳐서 음악이 수챗구멍 속으로 사라진다면, 그건 죄야."

그는 코로 씩씩거리며 숨을 쉬었다.

"수챗구멍이라니! 자네가 그런 재능이 있다면, 자네는 신과 약속한 거야."

표트르의 말이 볼프강의 양심을 찔렀다. 볼프강은 아랫입술을 깨물고 두 팔로 무릎을 껴안았다.

표트르는 턱으로 창 아래 있는 작은 탁자를 가리켰다.

"하지만 자네한테 자제심이 없다면 아무 소용이 없지. 지금 여기 앉아. 그리고 음악이 수챗구멍 대신 종이 위로 흐르게 하는 거야."

볼프강은 순순히 고개를 끄덕이고, 작은 아파트를 느릿느릿 걸어다니다가 부엌의자에 자리를 잡았다. 아무것도 적지 않은 빈 공책과 이미 적기 시작한 공책 등 여러 권의 커다란 악보공책이 뭉치를 이루어 그의 앞에 놓여있었다. 그는 한 권을 끄집어내고, 괴로운 듯 억지로 미소를 짓고는 손으로 표지를 어루만졌다. 영원한 안식을 Requiem aeternam. 신과의 약속이라. 내가 얼마나 멀리 온 걸까? 그는 아직 비어있는 처음 몇 페이지를 조심조심 넘겼다. 에노의 집에 두고 잊었던 것을 언젠가 적어 넣을 페이지였다. 볼프강은 위쪽 여백에 제목만 이미 적어두었다. 입당송, 키리에, 거의 모든 부분을 갖춘 속송. 마지막 여백 위에만 대문자 L 외에 아무것도 적혀있지 않았다. 그는 계속 페이지를 넘기다가, 두려운 음들이 그에게 도달하기 전에 급히 고개를 들었다.

볼프강의 눈길이 창에서 벗어나 지붕들 위를 배회했다. 그는 마음속에 너무 생생하게 살아있는데도 점점 더 그에게서 미끄러지듯 빠져나가는 시간이 아주 잠깐 다시 기억나는 것 같았다. 집. 그것은 그저 열쇠 딸린 방에 불과한 것이 아니었고, 사람들이 거리와 광장을 알고 있는 어떤 장소 이상이었다. 그 모든 것은 덧없이 지나갔고, 현실적으로 구속하지 못했다. 그는 어깨 너머로 표트르 쪽을 바라보았다. 표트르는 소파에 앉아, 급히 꺼낸 펜으로 달력을 넘기고 있었다.

집. 그것은 결코 친구라고 불리는 사람들이 아니었다. 그들이 속한 세계가 어떤 사람에게는 늘 낯설고 허용되지 않는 한 말이다. 집. 그것은 그저 자기 가슴속의 작은 장소, 마음속 깊이 있는 작은 장소에 불과할 수 있었다. 볼프강은 길게 숨을 내쉬었다. 그는 마음속의 말에 귀를 기울일 필요조차 없었다. 가슴속 깊이, 마음속 깊이 음악이 있었다. 음악 외에 아무것도 없었다. 그리고 그건 결코 달라지지 않을 터였다.

# 오페르토리움 (봉헌송)

# 도미네
(주여)

*그러나 지도자 성 미카엘이*
*그들을 거룩한 빛에 드러내주네*

"무스터만 씨, 정말 기대가 되는데요. 이걸 왜 지난번에 진작 가져오지 않았나요?"

"그때는 아무것도 작곡하지 못했으니까요. 그러니까 아무것도 보여줄 수 없었던 거죠."

징링어는 서류가방을 빤히 쳐다본 다음 다시 볼프강을 응시했다.

"그러니까, 이 많은 게 4주간의 결과물이란 말씀이죠?"

"성가시게 악보를 적는 일에 시간을 거의 통째로 쓰지 않았더라면, 틀림없이 더 많은 것을 가져왔을 겁니다. 그랬다면 환상곡의 피아노 편곡과 론도(rondo; 주제가 같은 상태로 여러 번 되풀이되는 동안에 다른 가락이 여러 가지로 삽입되는 형식의 기악곡)가 더 있었을 거예요. 그리고 소나타곡도 있겠죠. 이 형식에는 코다(coda; 악곡을 끝맺는 느낌을 강조하기 위하여 덧붙이는 종지부)가 필요했어요. 하지만 인간은 아무래도 모든 것을 다섯 번씩 씹으려 하는 소가 아니죠! 음메에!"

볼프강은 악보를 먹다가 목구멍에 걸려 억지로 삼키는 풍풍한 젖소를 상상하자 너무 우스워서 횡경막이 떨렸다.

징링어가 악보의 페이지들을 넘겼다.

"무스터만 씨, 놀라운 천재시네요. 선생을 이렇게 착상으로 꽉 차게 하는 게 무엇인가요?"

"징링어 씨, 앙증맞은 요정들 덕분입니다. 요정들이 끊임없이 제 머릿속에서 시끄럽게 이리저리 움직여서 소동을 일으키며, 무척 대담한 일들을 이야기해주거든요. 때때로 요정들이 제발 저를 조용하게 내버려두었으면 할 때도 있어요. 그런데 요정들이 너무 많답니다. 모퉁이마다 요정들이 숨어서 기다리고 있죠. 그리고 어느 요정이 말을 건네기만 하면 ─제가 생각했던 것보다 빨리─ 음악이 된답니다!"

볼프강은 몸을 흔들더니, 혀로 간유라도 맛보는 듯 외마디 소리를 내뱉었다.

"그 중 쓸모가 있는 것은 물론 극소수입니다. 하! 그러나 그 나머지를 악보로 적기에는 인생이 충분히 길지 않습니다. 저는 종종 어떤 요정이 도와주기를 바랐습니다. 물론 그 요정은 제 머릿속을 훤히 들여다볼 수 있어야 하겠죠. 그런데 심한 혼란이 머릿속을 지배하고 있으니, 저 혼자 그것을 해내야 할 겁니다."

안이 꽉 찬 서랍을 열듯 누군가가 그의 뇌를 열고 그 안에 든 것을 보고는 슬그머니 주저앉는다고 상상하자, 볼프강은 다시 절로 웃음이 나왔다.

마지막으로 그는 웃느라고 촉촉이 젖은 눈을 소매로 훔치고 목소리를 낮췄다.

"징링어 씨가 조금 더 참고 기다려주신다면, 마음에 들 만한 특별한 작품을 하나 더 내놓을 겁니다. 특히 연말에 내놓는다면 언젠가 세인의 이목을 끌 겁니다."

"연말이라고요?"

징링어의 얼굴이 고통스러운 표정을 지었다.

"그게 도대체 무슨 음악이길래?"

"장례미사곡입니다. 그러니까… 평미사곡이 아닙니다. 그 미사곡이 틀림없이 온 세상의 이목을 끌 거라고 믿습니다. 그렇지만 그 미사곡으로 사람들을 경악하게 하려면 지금 너무 많이 밝히면 안 됩니다."

징링어가 힘없이 미소 지었다.

"그럼 일단 해보시고, 끝나면 전부 다 가져오세요. 하지만 연말이 지나면 그것을 머릿속에서 빨리 떨쳐내세요."

그가 볼프강의 서류가방을 탁 닫았다.

"연말까지는 이 작품들 중에서 어떤 것도 여기에서는 연주되지 않을 겁니다."

볼프강은 개를 연상시키는 징링어의 넓적한 얼굴에서 그 뜻을 헤아리려고 했다. 그가 뭔가 또다시 잘못 알아들은 게 틀림없었다. 혹시 그 사이에 달력도 달라져서 연말이 한여름으로 옮겨진 걸까?

"지금이… 4월인데요."

그가 이의를 제기하듯 머뭇머뭇 말했다.

"12월까지면 수백 번은 연주할 수 있지 않을까 싶은데요?"

"무스터만 씨, 선생의 마음을 상하게 할 의도는 없습니다. 하지만 제 생각에, 선생은 무명의 예술가이신 자신의 능력을 너무 과대평가하는 것 같네요. 유명한 작곡가들의 경우에는, 하나의 작품이 불과 몇 달 안에 콘서트홀에 오르기도 합니다. 그러나 선생의 경우, 과연 뭐가 만들어질지 일단은 지켜봐야 합니다. 그리고 뭔가 나온다 해도, 보통은 일, 이 년 후에나 연주가 가능합니다."

"일, 이 년이라고요? 맙소사, 그러면 어떻게 먹고 살라는 말인가요? 제가 살던… 음, 모차르트의 시절엔 작품이 미처 완성되기도 전에 무대에 올랐는데요."

징링어가 웃었다.

"모차르트와 관계가 있으신가보죠. 그런가요? 하지만 우리는 18세기에 살고 있지 않아요. 그때는 모든 것이 너무 성급히 이루어져야 했기에, 가련한 모차르트는 틀림없이 고양이 울음 같은 음악을 너무나 많이 들어야 했을 거예요. 무스터만씨, 여유를 가지세요. 제가 연락드리겠습니다."

볼프강은 별 법석을 떨지 않고 그곳을 떠났다.

얼마나 힘이 드는 일인가! 이것을 표트르에게 어떻게 설명해야 하나? 볼프강은 무거운 발걸음으로 길거리를 따라 위태롭게 더듬더듬 걸어갔다. 맞았다. 표트르가 옳았다. 그리고 표트르는 다만 그가 최선을 다하기를 바랐다. 그리고 그에게 대단한 명성을 가져다줄 수 있는 음악을 작곡하는 것은, 결국 그의 간절한 바람일 뿐만 아니라 거룩한 사명이기도 했다. 그렇지 않다면 그가 무슨 이유로 이 세상에 돌아와야 했단 말인가? 가장 탁월한 최상의 곡, 그러니까 오직 그만이 만들 수 있는 곡을 창작하는 것은 그 어느 때보다도 더 그의 신성한 의무였다. 오, 그런데 그가 자기의 신분을 밝힐 수 있다면 모든 문제가 단번에 풀리고, 그는 즉시 이 세계의 지휘자석에서 환영받을 텐데. 그가 일원으로 속하고 있는 그곳에서 말이다. 그곳에서는 그를 현재의 그로서 존중하고, 그의 음악을 가치 있는 것으로 틀림없이 인정할 것이었다. 그가 이 힘난한 길을 전부 다시 한 번 갈 수 있을까? 그렇게 해서 어디에 도착할까? 그는 궁색한 피아노 연주자로서 술집들을 전전하는 것에 더는 오래 만족하지 못하리라는 것을 알고 있었다. 커다란 콘서트홀, 영광스러운 오페라극장들이야말로 나의 영역이건만, 방문하려 했던 국립오페라극장에서는 골목을 배회하는 비루먹은 개처럼 쫓겨났다. 볼프강은 내리는 이슬비를 막을 수 있기라도 한 것처럼 어깨를 움츠렸다. 그렇다. 표트르가 옳았다. 볼프강은 표트르가 시킨 대로 할 것이다. 악보를 쓰고 연주를 하고, 하기 싫은 과외를 당분간 신의 이름으로 할 것이다.

*

"여러분, 더 하실 말씀이 있나요, 아니면 회의를 끝내도 될까요?"
음악대학 학장이 메모장과 연필을 서류가방에 넣으며 자리에서 일어날 채비를 했다.
"사실은 선생님들께 드리고 싶은 말씀이 더 있습니다."
로베르트 미하엘리스 교수가 일어나서, 준비한 복사자료를 나누어주기 시작했다.
"여기 이것을 잘 살펴보시기 바랍니다. 모차르트의 *레퀴엠*을 새로 손질한 것입니다. 상투스와 베네딕투스 부분입니다."
"이것이 어디서 났나요?"
"제자 중 한 명이 그것을… 흠… 그것을 발견하여 제게 시험용으로 제출했습니다. 하이메르트 선생과 깊이 논의한 결과, 저는 이것이 가급적 모차르트에 충실한 레퀴엠 본을 찾는 데 하나의 이정표가 된다는 견해를 갖게 되었습니다. 여러분이 저와 같은 견해를 갖게 되신다면…."
"여기 있는 이 부분들이 다인가요?"
학장이 안경을 고쳐 썼다.
"아닙니다. 아뉴스 데이와 콤무니오의 스케치 내지는 완성된 부분들도 있습니다. 필사본 형태로 말입니다."
"이거 믿어지지 않는군요. 정말로 경쾌함과 천재성이 엿보이네요. 진짜로 모차르트가 직접 쓴 것 같습니다. 이거, 지금까지 몰랐던 모차르트의 어떤 친필 원고를 모방한 게 아니라고 확신하시나요? 그렇다면 이건 센세이션이에요!"

"저도 물론 그 점을 염두에 두고 나름대로 조사를 했습니다―제가 무엇에 대해 말하는 건지 아실 테지요― 하지만 그런 친필 원고가 나타났다는 말은 듣지 못했습니다."

"헌데, 이것은 대체 어디서 나온 건가요?"

"말씀드렸듯이, 제 학생 중 한 명이 갖고 있는 것입니다. 그래서 이걸 쓴 작곡가가 누구인지 조사하려고 합니다. 그것이 필요하다는 데는 여러분 모두 같은 생각이겠죠?"

미하엘리스 교수의 의견에 동의한다는 의미의 중얼거림이 답변으로 이어졌다.

"물론 그걸 조사하는 건 어려울 겁니다. 작가는 이름도 알려지지 않은데다 공공연히 사라져버렸으니까요."

오른쪽에 있는 동료 교수가 끼어들었다.

"여러분이 모두 동의하신다면, 그것을 우리의 친구 니콜라우스에게 넘겨주었으면 합니다. 그 친구는 습득한 이 원고에 틀림없이 큰 관심을 보일 겁니다. 제 생각에는, 이런 작품을 세상에 숨겨서는 안 될 것 같습니다."

미하엘리스가 고개를 끄덕였다. 내일 당장 게어노트 학생을 다시 한 번 호되게 추궁해봐야지.

\*

볼프강은 커다란 유리문을 조심조심 밀어 열었다. 그 바람에 작은

놋쇠 종이 정말로 딱 한 번 조용히 울렸다. 그는 머뭇머뭇 들어가 멈춰 서서 귀를 기울였다. 누군가 무슨 말을 했는데, 목소리가 위층에서 나오는 것처럼 너무 멀었다. 뵈젠도어퍼 피아노가 번쩍번쩍 빛났다. 볼프강은 마음을 가다듬고 한 발 한 발 조심스럽게 내딛었다. 마루청이 때때로 회청색 양탄자 아래에서 삐걱거렸다. 그가 이곳에 왔었고 리버만이 과외학생들의 번호를 적어준 게 얼마나 오래 전 일일까? 몇 주나 몇 달은 족히 되었다. 볼프강은 그 후로 리버만에게 연락도 않았고 감사인사를 하지도 않았다. 그 사실이 축축한 외투를 걸친 것처럼 그의 마음을 무겁게 짓눌렀고, 그의 발걸음을 위축되게 했다. 그는 감히 리버만에게 말을 걸지 못할 것이었다. 그가 할 수 있는 거라곤 연주를 하는 것뿐이었다.

볼프강은 뵈젠도어퍼 피아노를 친밀한 애인처럼 건드렸다. 그에게 이미 자신을 기꺼이 바쳤고 이제는 다른 약속들로 유혹하는 애인을 대하는 듯했다. 그는 늘 새로 깨어나는 음형들로 이루어지는 멜로디를 정말이지 들릴락 말락 피아니시모(pianissimo; 매우 여리게, 약하게)로 그 공간 안으로 보냈다. 마치 꽃들을 엮어 꽃다발을 만드는 것 같았다. 그리고는 변주가 이루어지더니 연주가 더욱 노골적으로 되었다. 그리고 잠시 후 그는 고개를 들지 않고도 리버만이 가까이 다가오는 것을 느꼈다.

리버만은 그저 잠자코 듣기만 하더니, 볼프강이 두 손을 무릎에 올려놓고 난 한참 후에 마침내 조용히 박수를 쳤다.

"이봐요. 드디어 다시 왔군요. 도통 뵈지 않아서 댁을 다시는 못 볼까봐 걱정했어요."

그가 뵈젠도어퍼 피아노를 가리켰다.

"그런데 이렇게 찾아온 것은 나 때문이 아니라 저것 때문이겠죠.

그런가요?"

"그것도 하나의 이유이지만…."

볼프강이 피아노를 정성스럽게 어루만지더니 일어나서 예의바르게 허리를 굽혀 인사했다.

"존경하는 선생, 그런데 이건 아주 훌륭한 악기인 것 같습니다. 오래 전부터 연주해본 것 중에서 가장 훌륭한 것임에 분명합니다. 그러나 그런 건 제게 아무 의미도 없습니다. 온 마음으로 음악을 이해하고 사랑할 수 있는 인간이 제 음악의 청중이 되지 않는다면 말입니다."

"무스터만 씨, 아주 멋진 말씀입니다. 정말이지 댁의 목소리를 다시 듣게 되어 기뻐요. 다시 뵙게 된 것도 물론 기쁘고요. 댁을 걱정했다고 솔직히 고백하지 않을 수 없네요— 더 이상 뵙지 못하게 된 이후로 말입니다."

리버만의 목소리가 부드럽게 울렸다. 하지만 볼프강은 그 말속에 비난이 담긴 것 같아 억지로 미소를 지었다.

"정말이지 시간이 어찌나 빨리 지나가는지. 성실한 사람으로서 세상에 나설 의향이 있었다면, 뒤늦게 나타나지는 않겠죠."

"그럼 피아노 과외를 할 시간이 없다는 말인가요? 그렇다면 진작 말해주었어야죠."

"아닙니다, 아닙니다. 확실히…."

볼프강은 눈을 내리깔고 집게손가락만으로 뵈젠도어퍼의 음계를 가볍게 톡톡 건드렸다. 게다가 노래까지 간신히 참고 들어줄 만큼 엉터리로 불렀다. 마침내 그는 노래를 멈추고 리버만에게 몸을 돌렸다.

"다만, 찾을 수가 없어서 그랬습니다."

"누구를요? 아우어바흐 부인을?"

"아뇨, 숫자요. 지멘스를 위한 숫자 말입니다."

리버만의 양미간에 깊은 주름이 두 줄 나타났다.

"에— 전화 말입니다. 전화를 위한 숫자 말이에요. 사라졌어요!"

"전화번호를 잃어버렸나요? 그럼 왜 진작 이리로 오지 그랬어요?"

그에게 무슨 말을 해야 하나? 삑삑거리는 이 작은 장치를 보게 된 이후, 어디에서나 그의 눈에 뜨이긴 하지만 방금 전까지만 해도 이 장치가 어디에 쓰이는지 몰랐다고 말해? 이 장치를 갖고 있지 않고, 게다가 어떻게 사용하는지 모른다고? 심지어 그 숫자 속에 수수께끼가 있다고 추측하고, 그 숫자를 가지고 협주곡을 만들었다고? 이제 그를 조롱하려 하는 협주곡을? 마법이 더 이상 통하지 않는 이 시대는 얼마나 인색한가!

"저는… 용기가 없었습니다. 그런데 제 처지가, 저 혼자 생계를 떠맡는 상황이어서."

"어려움에서 아직 벗어나지 못했다는 말인가요? 납득할 수가 없군요. 나이로 보나, 능력으로 보나 댁 같은 사람이…."

리버만은 안락의자에서 일어나, 악기들 사이를 정처 없이 이리저리 거닐다가 마침내 멈춰 서서 볼프강을 꿰뚫듯이 빤히 바라보았다.

"혹시… 빚이 있나요?"

볼프강은 아주 잠깐 망설인 후 그렇지 않다고 부인했다. 체르니에게 아직 빚지고 있는 2백 유로는 언급할 가치가 없었다. 그리고 표트르와 그 사이에는 어차피 적용되는 규칙이 다를 것이었다.

"저 자신은 자유롭고 평판이 좋은 남자라고 자부합니다."

리버만은 청회색 양탄자의 거무스름한 선들을 지팡이로 긁었다. 마지막으로 그는 볼프강에게 장난기서린 미소를 지어 보였다.

"무스터만 씨, 우리가 댁을 좀 더 유명하게 만들어줄 수 있을 겁니다. 자, 연주를 하세요. 전화 좀 할 테니까 연주하고 있어요."

볼프강이 굉장한 그랜드피아노가 있는 데로 가는 동안, 리버만이 사무실에서 말하는 소리가 들렸다. 리버만은 전화기를 귀에 대고 있는 것 같았다. 리버만은 흥분해서 내내 알레그로로 말하다가, 안단테의 끝에 이르러서야 되돌아와서 인정한다는 듯이 볼프강의 어깨를 두드렸다.

"그래요, 내 젊은 친구. 깜짝 손님이 되었어요. 우리 자선협회의 자선음악회에 말입니다. 그건 간단하지 않았어요. 신사분들이 때때로 좀— 흠, 힘이 들거든요. 하지만 내가 댁을 과장해서 칭찬했어요. 그리고 수년 전부터 그랜드피아노를 그곳에 놓아둔 장본인이 바로 나인데, 나도 한 번은 연주할 사람을 정해도 되지 않겠어요?"

리버만의 눈이 번득였다. 그런 행동이 그의 삶을 지탱해주는 것 같았다.

"그러니까 무스터만, 이제는 전적으로 댁에게 달려있어요."

리버만은 볼프강을 꿰뚫듯이 빤히 바라보았다.

"보수는 물론 한 푼도 없을 거예요. 하지만 단정한 양복 한 벌과 언론의 좋은 평판은 얻을 거요."

리버만은 공모자 같은 표정으로 고개를 끄덕였다.

"그리고 마땅한 사람들에게 댁이 소개될 수 있도록 주선하리다. 지휘자와 프로그램을 상세히 상의할 수 있게 화요일에 이곳으로 와요."

그 결과, 볼프강은 며칠 후 그레고어 클리셰브스키라는 남자를 알게 되었다. 그런데 이 남자는 볼프강의 출연을 기정사실로 받아들이지 않는 것 같았다. 그 남자는 볼프강을 개의치 않고 리버만을 비난했다.

"요한네스, 자네 어떻게 그런 생각을 하나? 매번 이름조차 못 들어

본, 어디서 굴러먹다 들어온 피아니스트 때문에 프로그램을 완전히 망친다면 우리가 어떻게 되겠는가? 없던 일로 하게! 당치도 않아. 하려면 나 없이 하게."

그 남자가 볼프강을 한 번 훑어보았다. 기껏해야 하수구에서 썩고 있는 쥐를 바라보는 눈길이었다.

볼프강이 벌떡 일어났다.

"리버만 씨, 도와주시는 뜻은 고맙습니다만, 사태가 지나치면 어쩔 수 없는 법입니다. 아주 당연한 일이지만 저는 자존심이 너무 세서, 이런 식으로 위신을 떨어뜨릴 수 없습니다!"

그는 격분하여 재킷을 집고, 리버만에게 허리를 굽혀 인사하려 했다.

"선생의 노고는 좋은 뜻으로 여기겠습니다. 그리고 영원히 감사할 겁니다. 다만, 제가 저 자신을 존중할 줄도 알고 있어서요."

볼프강이 몸을 돌려서 가려고 했다. 그런데 리버만이 의외로 빨리 볼프강 곁에 와서 팔을 붙잡았다.

"무스터만, 가만있어요."

리버만이 대단히 침착하고 다정하게 말하지 않았다면, 볼프강은 진작 문 밖으로 나갔을 것이다. 그런데 리버만의 목소리에는 볼프강이 차마 거역할 수 없는 힘이 담겨있었다.

"그리고 연주해요!"

리버만은 클리셰브스키 쪽으로 몸을 돌려 말을 계속했다.

"그레고어, 자네가 뭔가 망치기를 바라는 사람은 아무도 없네. 이 사람은 그냥 별도로 연주하는 거야."

리버만은 볼프강을 꽉 잡고서 그랜드피아노 쪽으로 끌고 갔다.

"별도라고! 무슨 말도 안 되는 소리야! 하지만 내 평판을 망치게 둘

수는 없어."

"무스터만, 연주해요. 연주해요."

볼프강은 격분하여 양손을 옆구리에 받쳤다. 이런 역겨운 놈 앞에서 자신의 실력을 입증할 필요가 있을까? 그렇지만 그 다음에 볼프강은 표트르를 생각했다. 아버지를 생각하고, 그 이름이 어떻든 라흐마니노프(1873~1943), 이 러시아사람의 서곡을 생각했다. 정말이지 라흐마니노프, 그 자는 복수에 적합했다. 볼프강은 무척 요란한 스타카토로 건반을 두드려, 음울하게 도전적인 내림마단조(es minor)를 만들어냈다. 그러자 분노가 손가락들 사이로 녹아 없어졌다. 그리고는 새로운 성부가 담녹색 내림나장조(B-Dur)로 춤을 추듯 연주 속으로 슬그머니 들어가 점차 우위를 점하더니, 마침내 그의 마음을 사로잡아 리버만과 가련한 악장을 잊게 해주었다.

"그가 모차르트 곡을 연주할 때까지 우선 기다려봐."

리버만의 조용한 목소리가 클리셰브스키를 가지 못하게 말렸다.

"여러분이 듣고 계신 것은 모차르트입니다."

볼프강이 그 사이에 소리쳤다.

클리셰브스키가 이맛살을 찌푸렸다.

"바보 같은 짓이야! 난 전혀 모르겠어. 작품 이름이 대체 뭐지?"

"아, 135번인가?"

"말도 안 돼. 135번은 루치오실라(Lucio Silla; 모차르트의 3막짜리 비가극 오페라)야."

클리셰브스키가 경멸적으로 대꾸했다.

"그렇지만 확실해요. 틀림없어요. 크뇌헬 목록(음악학자 쾨헬(Ludwig von Köchel; 1800-1877)의 이름에서 딴 모차르트 작품목록(Köchelverzeichnis)을 비꼬아 장난스럽게 부른 명칭, 약어는 KV)에 나오

는 135번 모차르트 쿠겔이에요. 브알라 라 상 트랑트시지엠(이것은 136번이에요)."

빠른 속도로 볼프강은 내림 가와 내림 마 음계를 바꿔가며 연주했다. 계속 두 음계를 오락가락했다.

클리셰브스키가 볼프강을 멍하니 바라보았다. 그의 눈빛에서는 경외심과 분노가 서로 다투는 것 같았다. 보란 듯이 머리를 흔들지 못하는 듯, 머리가 살짝 흔들렸다.

"요하네스, 그래 좋아. 하지만 순전히 자네를 위해서야. 순전히 자네를 위해서라고."

불과 며칠 후에 볼프강은 팔피 궁전의 피가로 무대에 발을 들여놓고, 작지만 관객이 꽉 들어찬 홀 앞에 서 있었다. 이 공간의 이름이 그의 마음을 뒤흔들었다. 하지만 이 장소에 대한 선명한 기억 때문에 그는 마음이 훨씬 더 흔들렸다. 그는 눈을 감았다. 마치 얼마 전에 처음으로 이곳에 있어본 것 같았다. 그럼에도 30년 이상 된 게 틀림없었다. 그 다음에 그는 생각에 잠겨 웃다가, 마치 목욕을 한 개처럼 몸을 흔들어 털고는 밝게 조명된 콘서트홀 안을 둘러보았다. 뒤쪽 열 어딘가에 표트르가 앉아있는 게 분명했다. 하지만 볼프강은 그를 찾아낼 수 없었다.

그는 밀초의 부드러운 향내가 없어서 아쉬웠다. 그의 기억 속에서는 모든 음악회와 떼려야 뗄 수 없는 향내였다. 홀에서는 은은하게 향수 냄새만 났다. 지팡이를 짚고 걸어가는 주름진 노인의 냄새 비슷했다. 씻지 않은 몸에서 나는 냄새는 절대 아니었다. 그 대신, 공기 중에는 뭔가 다른 냄새가 배어있었다. 활기차고 끈덕진 냄새였다. 그 냄새는 늘 똑같은 것 같았다. 돈 냄새였다.

볼프강은 그랜드피아노에 자리를 잡자마자 땀을 흘렸다. 밝은 조명들 때문에 검정색 연미복이 따뜻해졌다. 연미복 소매는 너무 길어서 임시변통으로 끝을 접어 핀으로 고정시켜놓았다.

관현악단은 수수하면서도 깔끔하게 연주했다. 뺨이 붉은 뚱뚱한 첼로 연주자만 힘에 부친 듯 낑낑대면서 숨 가쁘게 다른 사람들 뒤를 좇아 달려가는 것처럼 보였다. 베토벤 교향곡은 물론이고, 그 전에 연주했던 하이든의 아다지오도 설령 아무리 느긋한 사람에게라도 시간의 여유를 주는데 말이다.

볼프강이 너무도 잘 기억하는 피아노협주곡이 프로그램의 대미를 장식했다. 그런데 이 협주곡은 그가 집에 있었을 때 자유롭다고 느낄 수 없었던 시기에 작곡되었다. 마치 촛불이 여기저기 샅샅이 비추는 것처럼 아버지의 두 눈이 집 구석구석을 훑고 다녀서 볼프강이 도저히 마음의 평정을 찾을 수 없었던 때였다. 그 시절이 아버지와 함께 보내는 마지막 날들일 줄 짐작이라도 했다면, 그 날들을 어떻게 보냈을까? 볼프강은 자신이 그런 이유에서 이 저녁에 피아노협주곡을 선택한 것은 아닌지 확실치 않았다.

"그래 좋아요. 하지만 무스터만 씨, 모험은 안 돼요."

클리셰브스키가 총 연습 때 부탁하듯 말했다.

"이곳에서 연주하고 싶다면, 악보에 있는 것으로 부탁해요."

볼프강은 속으로 비웃고 마지막으로 청중을 바라보았다. 그리고는 협주곡이 마음속에 솟구치게 하고, 알록달록한 선들이 물결치는 평지와 합일되는 소리를 듣고, 숫자와 높이와 깊이를 보았다. 그는 관현악단을 향해 고개를 끄덕이고 카덴차까지 끈기 있게 연주했다. 클리셰브스키가 마지막으로 지휘봉을 내리고 볼프강에게 무대를 넘겨주자, 볼프강은 마도를, 푸른색 금빛 밤을 생각하고 세 개의 재즈

화음을 내기 시작했다. 그는 하이든 아다지오로 주제를 재빨리 옮겨 갔다. 베토벤 교향곡의 한 토막을 대위법에 삽입하기 위해서였다. 그는 관현악단을 한 번 훑어보았다. 적어도 연주자들의 정신이 번쩍 든 것 같았다. 뚱뚱한 첼로 연주자는 겁먹은 표정으로 볼프강 쪽을 멍하니 바라보았다. 그것이 재미있기 시작했다. 그는 수도원 부속학교 학생처럼 정숙하게 서두르지 않고 되돌아갔다. 그러다가 클리셰브스키가 지휘봉을 들어올리자, 취주자들이 악기를 불기 시작하고 현악기의 활들이 올라갔다…. 볼프강은 피아노 위를 계속 나는 듯이 움직이며, 블루노트에서 종종 했듯이 수백 년에 걸쳐 이어지고 있는 세 가지 저녁 테마로 즉흥 연주를 했다. 때때로 무조음악無調音樂(악곡의 중심이 되는 조성調性이 없는 음악)적인 것의 한계를 부수고, 드디어 딸림음(die Dominanten; 주음主音에 대하여 5도의 관계를 가진 음) 상의 긴 트레몰로와 함께 지휘자가 원하는 바로 그 부분으로 되돌아갔다.

지휘자가 다시 지휘봉을 들자 관현악단이 새로 연주를 시작했다. 그런데 그 순간 볼프강이 영감에 휩쓸렸다. 그는 화음을 급격히 바꾸며 다음 변주에 전념했다. 클리셰브스키는 놀라 몸을 움츠렸다. 뚱뚱한 첼로 주자는 물론이고 몇몇 연주자들도 더 이상 참고 가만히 있을 수가 없어서 볼프강의 연주에 찔끔찔끔 끼어들었다. 볼프강이 결국 유화적인 태도를 보이며 악보에 있는 카덴차로 넘어가자, 단원들 사이에 안도감이 흐르는 게 분명히 느껴졌다.

우레 같은 박수가 떠나갈 듯 쏟아지기 시작하여 끝날 줄 모르더니, 리듬을 타며 약동하듯 그를 향해 올라왔다.

자선협회 회장이 무대에 올라가, 볼프강의 손이 헐까봐 걱정하는 것처럼 조심조심 흔들고는 볼프강에게 연주를 더 해달라고 간곡히 부탁했다.

"무스터만 씨, 좀 더 연주해주세요. 원하는 곡이 무엇이건 상관없지만, 어쨌든 연주를 해주세요!"

볼프강은 거치적거리는 연미복을 벗고, 리버만의 숫자 수수께끼에서 영감을 얻었다고 하여 리버만 소나타라고 이름붙인 새로운 피아노소나타의 테마를 즉흥적으로 연주했다. 그 후에 그에게 보답으로 돌아온 것은 떠들썩한 박수갈채만이 아니었다. 그레고어 클리셰브스키의 얼굴에도 이제 호의적인 표정이 나타났으니까.

볼프강은 무대에서 받은 꽃을 로비에서 다시 빼앗겼다. 대신 샴페인 잔이 손에 쥐어졌다. 표트르는 그의 옆에 말없이 서 있었는데, 얼굴 전체가 환하게 빛났다.

"무스터만, 정말 귀신같군요!"

요하네스 리버만은 절뚝거리는 사냥개 그레이하운드처럼 볼프강에게 돌진하더니 볼프강의 어깨를 쳤다.

"이리 와요. 댁을 보고 싶어 안달들이라니까."

리버만은 볼프강을 잡아끌고, 줄곧 쫓아다니는 시선들을 뚫고 지나갔다. 볼프강은 그 눈길들을 3월의 햇빛처럼 기분 좋게 받아들이며, 오른쪽을 향해 허리를 굽혀 절을 하고 왼쪽을 향해서는 미소를 지었다. 그 바람에, 키 큰 신사와 부딪치고야 비로소 그 남자를 알아차렸다. 샴페인 잔이 흔들리더니 그 남자의 회색 바지 위로 쏟아졌다. 볼프강은 깜짝 놀란 나머지, 상대방의 무릎에서 거무스름한 얼룩이 서서히 아래쪽으로 번지는 것을 넋을 잃고 멍하니 바라보다가 손을 입에 대고 눌렀다. 하지만 도저히 참을 수가 없어서 킥킥거리다가 결국 푸 하고 웃음을 터뜨리고 말았다. 아주 작은 귀신들의 무리처럼 마침내 제 길이 열리기만을 학수고대했던 뭔가가 떨어져나가는 것 같은 느낌이었다.

볼프강은 돌연 표트르가 자기 발을 살짝 밟는 것을 느끼고, 애써 심각한 표정을 지으려 했다. 그리고 주위 사람들이 그 신사의 발걸음을 재미있게 바라보는 것을 보았다.

"오, 이런. 저는 에… 선생님, 부디 용서해주세요. 분명히 제 의도가 아니었습니다. 선생님을… 선생님을 에, 적시려는 게, 흠뻑 젖게 하려는 게, 선생님의, 에, 바지를 더럽히려는 게…!"

볼프강은 다시 푸 하고 웃음을 터뜨리지 않을 수 없어서 숨을 헐떡거렸다.

"실례합니다…."

바닥에 닿는 하얀 앞치마를 두른 새파랗게 젊은 아가씨가 전력을 다해 볼프강을 밀어제치며 지나갔다.

"아우어바흐 씨, 실례합니다…."

그녀는 천으로 얼룩을 두드려 닦다가 즉시 멈칫했다. 자기의 행동이 어울리지 않는다는 것을 알아차린 것 같았다.

"어, 이런…."

볼프강이 히죽 웃으며, 유화적인 태도로 그 신사의 팔을 톡톡 쳤다. 자신의 키가 그 남자의 어깨에도 미치지 못했기 때문이다.

"아무리 고약한 불행도 나름 유익한 면은 있을 겁니다. 우리 같은 사람이야 그런 기쁨을 으레 맛보지는 못하겠지만요. 이봐요, 안 그런가요?"

그 신사는 얼굴이 빨개져서 볼프강의 팔을 밀쳐냈다. 볼프강은 리버만이 자신을 잡아 뒤로 끌어당기는 것을 느꼈다.

"무스터만."

리버만이 낮게 중얼거렸다.

"참아요. 저 사람은 에트바트 아우어바흐예요."

그러고는 옷이 더러워진 사람에게 몸을 돌렸다.

"아우어바흐 씨, 정말 송구스럽습니다. 저희 예술가가 대단한 연주 후에 좀 긴장한 모양입니다."

아우어바흐는 볼프강에게 험악한 눈길을 보냈다.

"정말로 대단한 연주였죠."

그는 리버만에게 겨우 고개만 까딱하고 사라졌다.

리버만은 끙끙 신음소리를 내며 볼프강의 손에서 샴페인 잔을 빼앗았다.

"맙소사. 무스터만, 제발 좀 그만 마셔요! 내가 당신에 대한 온갖 희망을 에트바트 아우어바흐에게 걸었단 말이오."

"보시다시피, 제 잔이 빈 탓도 있습니다. 저는 유머감각이 있고 재미있으니까, 이런 날 저녁에는 저처럼 성실한 사람이 그런다고 나쁘게 보이지는 않을 겁니다."

"집에서야 얼마든지 재미있어도 되지."

표트르가 볼프강에게 호통치듯 말했다.

"하지만 에트바트 아우어바흐와 그런 식으로 말해서는 안 돼. 마이 보제(Moj Boze; '세상에'라는 뜻의 폴란드어)! 자네에게 일생일대의 기회가 생겼는데 내던져버리다니!"

"제기랄, 이 아우어바흐가 누구길래 사람들이 그를 둘러싸고 이 법석을 떠는 거지?"

볼프강은 취기가 올라 자신이 똑바로 서있지 못한다는 사실도 생각하지 못했다. 그런데 리버만과 표트르가 쳐다보는 눈빛에 그만 바닥이 꺼진 듯 어안이 벙벙했다. 그는 한 걸음만이라도 뒤로 내딛을 수 있기를 또 한 번 바랐다. 그래야 적어도 일순간이라도, 자신이 속하고 자신을 지탱해주는 세계로 물러날 수 있을 것 같았다.

표트르가 거의 경외심에 가득 찬 목소리로 볼프강에게 몸을 돌려 말했다.

"아우어바흐 재단의 이사장이야. 어마어마한 음악의 후원자라고."

그가 한숨을 쉬었다.

"쁘시야첼, 자네는 정말로 미련한 멍청이야!"

"나 원 참. 뭔가 건질 게 있다면 이미 최고 실력자가 차지했을 것이고, 그렇지 않다 해도 나와는 상관없을 건데, 뭘."

볼프강은 비웃음을 지으며, 쟁반에 올려져 차례로 돌려지는 포도주 잔 하나를 잡았다.

"내게 훌륭한 자격이 더 이상 없다고 여긴다면, 나 역시 더는 어떤 자격도 필요로 하지 않겠네."

볼프강은 몸을 돌려 사람들 무리를 헤치고 관현악단이 모인 곳으로 가서 단원들과 차례차례 축배를 들고, 마지막으로 지휘자와 함께 취하도록 마셨다. 시간이 꽤 늦어지자 그는 지휘자를 그레고어라고 부르며, 현악협주곡을 써주겠다고 약속했다. 게다가 악단과 함께 흑해 기선을 타고 콘서트 여행을 하자는 초대를, 포도주에 취해 기분 좋게 그 자리에서 수락했다.

다음날 아침에 볼프강이 머리가 무거워 겨우 깨어났을 때, 표트르는 이미 커피잔을 들고 식탁에 앉아있었다. 그런데 표트르는 예상했던 훈계 대신 만족스런 표정으로 신문을 높이 쳐들고 있었다.

"자선음악회가 맹인보호소 블린덴하임에 무슨 도움이 되었는가. 돈에 대해서는 두 줄, 오케스트라에 대해서는 한 문장을 썼군. 그런데 환상적인 피아니스트 볼프강 무스터만의 새로운 발견에 대해서는 일곱 줄이라니!"

\*

"담배 한 대만요? 제발, 담배 한 대만요? 제발, 몇 센트만요?"
아뉴는 고개를 들어 쳐다보며, 거절의 뜻으로 머리를 흔들었다.
"이크, 죄송합니다…."
부랑자가 재빨리 몸을 돌려 슬며시 사라졌다.
아뉴는 손수건을 뒤적여 꺼냈다. 지하철 부랑자가 심지어 아주 예의바르게 슬그머니 사라질 때, 그녀는 매우 불쾌해하는 게 역력했다.
에노와 요스트가 이미 집에 와 있을까? 그녀는 전광판에 부착된 시계를 힐끗 보았다. 그녀는 집이라 부르는 장소에서조차 방해 받지 않고 실컷 울 수가 없었다. 이제는 새 집도 아무 소용이 없다는 생각에 다시 눈물이 핑 돌았다. 그녀는 모든 것을 너무 아름답게 상상했다… 두 애송이와 그 패거리 없이, 전적으로 혼자만을 위한 작은 아파트를 상상했던 것이다. 그런데 그 패거리는 공동으로 사용하는 베개를 끊임없이 드나들며 사적 공간이라는 단어조차 모르는 것 같았다.
그녀는 격하게 울기를 그치고 생각을 고쳐먹었다. 자기가 하는 일이 안정이라는 단어와 양립할 수 없다는 것은 결국 그녀노 저음부터 알고 있었으니까. 그녀가 생물학자로서 전념해온 연구 프로젝트들을 진행할 만한 자금은 거의 없었다. 그 프로젝트들은 언제나 기한부로만 승인되었다. 그 다음의 일은 그때그때의 운에 달렸다. 하지만 이번에는 모두들 자신이 있었다. 수년 전부터 프로젝트 수장으로서 연구를 계속하려고 안간힘을 썼던 교수도 기대를 가졌었다. 몇 주 후면 아뉴도 또 다시 일이 없게 될 테니, 방세가 싸다는 것을 결국 다행으로 여길 것이다. 아뉴는 눈물의 장막을 걷어내려 헛되이 눈을 깜박

거리며 에스컬레이터에 발을 올려놓았다.

그럼 이제는? 어쨌든 시간이 생길 거야. 여러 달 전부터 미루어왔던 책 출간 작업에 드디어 몰두할 시간이. 그녀의 생각은 지난 번 인도 여행 이후 서가에 보관해온 표본으로 옮아갔다. 그때 에스컬레이터 끝에 이르렀다. 미처 알아차리기 전에 그녀의 발이 모서리에 걸렸다. 아뉴는 몸의 균형을 잃고, 에스컬레이터 손잡이를 잡고 버티려고 허공으로 손을 뻗었다. 그녀가 젠장, 하고 굽이 높은 구두를 원망하는 말을 내뱉었다. 그런데 넘어질 때 뭔가가 팔과 허리가 붙잡는 것 같았다.

면도용 화장수의 기분 좋은 은은한 냄새가 더해져 확 마음을 끄는 체취였다. 그 냄새에 그녀는 일순간이나마 친한 사람을 만난 것 같은 느낌을 받았다. 낯선 손이 위로라도 하려는 양 그녀의 등을 살짝 스칠 때, 그녀는 다시 한 번 넘어져 붙잡히고 싶은 충동을 느꼈다.

그녀는 재빨리 감사의 말을 던지고 벌떡 일어나 치마를 매만지고는 고개를 들어 바라보았다. 그리고 다음 순간 그녀는 화들짝 놀랐다. 그녀가 일전에 자기 방에서 내쫓았던 음악가의 매우 아름답고 깊은 눈이 바로 앞에서 반짝거렸기 때문이다.

*

새의 인상을 한 바로 그 여자! 금세 가슴이 쿵쿵 두근거리며 볼프강이 그녀를 뒤에서 바라보았다. 그녀는 깜짝 놀라는 미소를 지으며 갑자기 그에게서 몸을 돌려 휘텔도어퍼 노선 쪽으로 서둘러 갔다. 그러더니 정말로 다시 한 번 머리를 돌려 쳐다보았다. 표정에는 분명히 근심이 담겨있는데도 불구하고, 볼프강을 바라보는 눈길은 호기심이 서려 있었고 거의 따뜻한 느낌마저 들었다. 기쁨과 두려움이 그의 마음속에서 섞여 기분 좋은 불안이 되었다. 그는 그 느낌이 그렇게 쉬이 떠나지 않을 거라고 확신했다. 얼마 후 블루노트에 도착했을 때는 이미 결심이 섰다. 그 결심이 저녁 내내 그를 친구처럼 따라다녔다. 덕분에 며칠 전부터 그에게 붙어다니던 괴로운 불쾌감은 거의 잊혀졌다.

음악회는 상당한 호평을 받았지만, 어울리지 않는 연미복과 너무 긴 바지 외에 그가 얻은 거라곤 없었다.

"무스터만, 참아야 합니다."

리버만이 볼프강을 진정시키려 애썼다. 그런데 리버만의 눈빛은, 지금까지 콘서트 여행의 계획 이상 진척되지 못한 것이 잠재적 후원자를 무례하게 대한 볼프강의 거동 탓임을 확실히 말해주었다.

그나저나 예전에 여행했을 때에도 가보지 못했던 흑해에 가겠군.

볼프강은 블루노트의 문을 비틀어 열고 체르니에게 인사한 뒤 부엌 안을 들여다보고는 여자 요리사 테레자에게 허리를 많이 굽혀 절했다. 그녀는 키가 남자만큼 컸다. 어쩌면 바로 그런 이유 때문에, 모든 남자들이 그녀를 뒤에서 바라보는 건지도 몰랐다.

그녀가 장난스럽게 손짓하자, 볼프강은 그녀의 어깨를 붙잡고 끌어당기더니 뺨을 어루만졌다.

"테레자, 당신은 가장 사랑스럽고 가장 좋은 사람이요. 내가 몹시 사랑하는 좋은 사람들 중에서 최고요. 내 친구, 당신이야말로 그 사실을 가장 잘 알고 있잖소. 그렇지 않소?"

그녀가 웃더니 팔꿈치로 볼프강을 한 번 밀쳤다. "그리고 내 뇨키(Gnocchi; 감자와 치즈와 밀가루를 이용하여 만든 경단 모양의 이탈리아 파스타)가 최고겠죠. 맞죠? 자, 오늘 저녁엔 오직 나만을 위해 연주하거

나, 적어도 그 비슷하게 좀 해봐요. 그러면 나도 뇨키를 좀 남겨둘 것 같으니까."

볼프강은 테레자에 대해 별로 아는 게 없었다. 그가 그녀를 좋아하는 것은, 항상 장난치고 싶어하는 젊은이를 좋아하는 심정과 같았다. 그는 음식에 대한 기대감에 기쁜 마음으로, 파란색 그랜드피아노에 앉아 매혹적인 멜로디의 변주에 몰두했다. 새를 닮은 여자와 만난 이후 그의 가슴을 줄곧 두근거리게 하는 선율이었다. 그럼에도 여러 번이나 바스탠드 쪽을 바라보았다. 주인의 모습은 보이지 않았다. 그곳에는 체르니뿐이었다. 그는 손님을 접대할 때 거들어주는 두 아가씨를 마치 술집을 헤집고 다니는 닭처럼 쫓아버렸다. 꽤 늦은 밤이 되어서야 이 바텐더는 볼프강이 앉아있는 그랜드피아노 위에 포도주 한 잔을 올려놓고 잘난 척하며 히죽히죽 웃었다.

"여름이 곧 끝나지 않는다면, 난 자네에게 봄이 찾아왔다고 말할 텐데. 자네는 심지어 불을 내뿜는 원자로처럼 빛이 나."

볼프강은 연주에 단순하게 변화를 주더니 돌연 연주를 중단했다.

"정말 그런 거지. 그럼 말해주게. 내가 주인어른을 오늘 볼 수 있을까?"

체르니는 주위 탁자들에 있는 빈 잔 몇 개를 쟁반에 모았다.

"주인은 일요일까지 없어. 무슨 일 때문인가?"

"아… 주인이 혹시 내 수당에 대해 뭐라 말하지 않던가?"

"주인이 지난 주 수당을 지불하지 않았던가?"

"오, 그래. 그런데— 급히 돈을 써야 할 일 좀 있어서. 그렇지 않다면 내가 물어보지도 않았겠지만."

볼프강은 체르니에게 태평하게 미소를 지었다.

"이보게, 그러니까 자네가 혹시, 아마도, 어쩌면, 경우에 따라 도와줄 수 있다면….”

"이봐, 이보게. 자네 벌써 또다시 쪼들리다니, 대체 뭘 하고 다니는 건가? 자네가 이곳에서 버는 수입이 결코 그렇게 형편없는 것도 아닌데.”

칠흑빛 주름살이 체르니의 이마에 새겨졌다.

"나한테도 2백유로의 빚이 있잖아.”

"난 명예를 소중히 여기네. 그것은 자네도 모를 리 없지. 그래서 형편이 허락하기만 하면 곧장 자네에게 이자와 함께 전부 다 갚겠네. 정말로 내 인생에 봄이 찾아오면 가급적 빨리 그렇게 하겠어. 그런 고로 난 내 일을 그만큼 더 잘 해내려고 하네. 일단 사랑이 우리를 동행한다면, 어떤 운명이 주어지건 지금이 그만큼 더 쉬울 테니까. 이보게, 친구. 그렇지 않은가? 그래서 내가 부탁하는 것은 다만 작은 마지막 호의뿐이네. 내가 사랑의 대상을 제대로 확인할 수 있도록 말이야.”

체르니의 가슴이 눈에 띄게 벌렁벌렁 뛰는 게 보였다.

"난, 정말이지, 끼어들고 싶지 않아. 하지만 일단 짜내려는 여자들이라면 자네는 여하튼 잊을 수 있을 테지.”

"이보게, 체르니. 걱정하지 말아. 이전에 내가 아무리 세상물정에 어두운 멍청이었다 하더라도, 지금은 사정이 완전히 나르다고 그만큼 더 자신 있게 말할 수 있어. 자네가 진정 우정 어린 호의로 내게 다시 한 번 백 유로를 빌려줄 수 있을까?”

"백 유로라고?”

체르니가 큰 소리로 숨을 헐떡였다.

"무스터만, 들어봐. 그렇지만 이번이 정말로 마지막이야. 그리고 조건이 세 가지 있어.”

"조건이라니?”

"첫째, 여기 내 일이 끝날 때까지 자넨 오늘 저녁에 계속 연주하는 거야."

"좋아!"

"둘째."

체르니의 표정이 진지해졌다.

"앞으로 세 번에 걸쳐 일요일마다 매번 백 유로씩 내게 돈을 갚는 거야."

볼프강이 머뭇거리며 고개를 끄덕였다.

"그리고 셋째."

체르니의 눈길이 일순간 볼프강에게 머물렀다.

"자네 조심해야 해. 난 자네가 다시 이곳에서 토하는 꼴을 볼 마음이 없거든."


"온종일 어디 박혀있었나?"

손에 칫솔을 든 채 표트르가 욕실 문에서 머리를 내밀었다. 하얀 거품이 바닥에 뚝뚝 떨어졌다. 표트르는 화장지를 뜯어 바닥의 하얀 얼룩을 닦아냈다.

"이보게 친구, 난 일을 했어. 모든 성실한 사람, 특별히 작곡가에게 어울릴 법한 일이었지."

볼프강이 일전에 장만한 배낭에서 악보노트를 꺼내 흔들어댔다.

"피아노 3중주와 환상곡이네. 대단히 특별하고 완전무결해… 그리고 이것은….”

"피아노 3중주라고? 자네는 클리셰브스키에게 현악협주곡을 약속했잖아. 그 사람 연주 여행 때문에 오늘 두 번이나 전화를 했어. 그건 그렇고 그 사람 이름은 폴란드식인데, 폴란드어는 전혀 못하더군.

자네도 드디어 전화기를 사야지. 당장!"

"지금 난 부드러운 베개를 사서 잠이나 오래 잘 거야. 그러면 내일은 충분히 수면을 취했을 테니, 운이 좋으면 현악협주곡을 만들고 싶어지겠지. 그 다음에 그에게 협주곡을 몇 곡 연주해주겠어. 슈트리취, 슈트라취, 슈트루취. 왜냐하면 그러고 싶은 기분이 아니면 제대로 된 어떤 것도 나올 수 없을 테니까."

"자네는 일단 내일 일찍 에이전트한테 가야 돼."

"어디로 가야 하는데?"

"클리셰브스키의 콘서트 에이전트한테. 그 에이전트가 우크라이나 연주 여행을 준비하고 있거든."

볼프강은 콘서트 에이전트라는 단어의 의미를 파악하려고 애썼다.

"이보게 표트르, 그건 아직 시간 여유가 있어. 난 먼저 다른 일을 처리할 거야. 도저히 미룰 수 없는 일이거든. 표트르, 현재 빈에서 구입할 수 있는 가장 고가의 최고급 도자기를 어디서 만드는지 말해주겠나?"

"도자기라고? 우린 접시면 충분한데. 내가 슈퍼마켓에서 구입했잖아."

"표트르, 가장 비싸고 최상품의 최고급 도자기 말일세!"

"난 잘 몰라. 내가 알기로는 마이센 도자기가 가장 비싼 것 같아."

"마이센이라고! 맞다. 나도 그 도자기를 알아!"

볼프강은 대단히 호화로운 꽃병과 작은 입상들이 어렴풋이 기억났다…. 작센 궁정에서 그것들을 보고 감탄했던 게 언제였지? 발트슈테텐 여남작이 그 그릇을 하나 소유하지 않았던가?

"이보게, 그렇고말고. 무엇이 남아있건, 그곳 도자기는 훌륭하고

진짜이고 아름다운 것이지! 표트르, 그것을 어디서 살 수 있는지 말해봐."

"자네는 절대 구입할 수 없어. 그런 물건을 살 수 있는 돈이 없잖은가. 자네는 음악가이지 매니저가 아니야. 에이전트와 면담 시간을 잡고, 비자를 얻을 서류도 잊지 말라고."

볼프강은 설레는 마음으로 춤추듯 경쾌하게 걸어 방으로 들어갔다. 마이센에서 만든 찻잔이라. 그보다 더 적당한 건 없을 거야. 그리고 지금 빈에서 그런 것을 사들일 수 있다면, 온종일 발이 부르트게 돌아다니더라도 기필코 찾아낼 텐데. 체르니가 그랜드피아노 위에 올려놓은 포도주를 마신 덕분인지, 표트르의 충고어린 말이 부드럽게 들리고 안개 속 유령처럼 사라졌다. 볼프강은 불을 끄고 지붕창으로 다가가 밤하늘을 바라보며 맞은편의 흑회색 집들을 관찰했다. 그리고 마지막으로 눈길을 들어 가로등의 우윳빛 불빛 너머를 보며 잠시 그대로 머물다가 마침내 별 몇 개를 찾아낸 것 같았다. 그가 창문짝을 조용히 열고 몸을 구부려 밖으로 내밀었다. 그러자 마침내 그럴 마음만 있다면 지붕의 기와를 손으로 잡을 수도 있을 것 같았다. 볼프강은 별 하나하나가 빛을 발할 때까지 하늘에서 눈길을 떼지 않았다. 그가 오래 쳐다볼수록 별의 수는 더욱 많아졌다. 언제나 그랬던 것 같았다. 별빛을 보고 그의 가슴은 기쁨으로 벅차올라서 하마터면 행복하다고 말할 뻔했다.

볼프강이 전부 다 적다보니 무려 오전의 절반이나 지나갔다. 그는 즐거운 기대에 가득 차서 깨끗하게 샤워를 한 뒤 곧바로 길을 나섰다. "하지만 콘서트 에이전트에게 가는 것을 잊지 말아. 오늘 반드시 가야 한다구. 내가 그렇게 약속했어."

표트르가 볼프강에게 종이 한 장을 내밀었다.

"여기, 주소를 가져가. 내가 자네를 위해 계획을 세워두었지."

"오, 표트르. 그 일은 좀 기다려야 할 걸. 난 미룰 수 없는 보다 중요한 일을 처리해야 하거든."

"콘서트 에이전트보다 더 중요할 게 뭐야? 쁘시야첼, 기회가 생겼을 때 잡아야지!"

볼프강은 마지못해 종이를 집어 배낭에 쑤셔 넣었다. 거기에는 내일까지 가면 되었다. 하루 먼저 가든 후에 가든 정녕 중요하지 않았다.

대성당 근처 가게에서 그는 찾고 있던 것을 빨리 발견했다. 그는 두꺼운 종이봉지를 들고 조심조심 지하철역으로 갔다. 하지만 우물쭈물 망설이며 건물 벽의 시계를 쳐다보고는, 어떻게 할지 선뜻 결정하지 못하고 서 있었다. 그가 예전에 느꼈던 용기와 결심은 불안한 망설임에 굴복했다. 볼프강은 우선 커피를 마시기로 마음먹었다. 체르니가 빌려준 지폐에서 남은 돈으로는 카페에서의 점심 한 끼도 먹을 수 없었다. 그런데 그렇잖아도 신경과민 때문에 그의 위에는 음식이 들어갈 자리가 없었다.

커피를 마신 후 볼프강은 지하철역으로 되돌아가서 선로로 가더니, 혹시 다른 노선을 타야 하나 고민했다. 그가 어제 같은 시간대에 그녀를 만났던 카알스플라츠 행 노선을 말이다. 그는 더 이상 지체하지 않기로 했다. 그래서 그녀를 떠올리게 하는 마법의 멜로디를 큰 소리로 휘파람 불기 시작하고는, 타야 할 지하철을 타고 급히 떠났다.

회색 주택에 가까이 다가갈수록 볼프강의 걸음이 느려졌다. 그는 길 건너편으로 옮겨서 사람 키보다 더 큰 차량 뒤에 몸을 숨기고, 나란히 나 있는 창문들의 수를 세어보고 입구를 살폈다. 그러자 목덜미

에서 가슴이 묵직하게 두근거리는 게 느껴졌다. 그는 자신을 나무랐다. 넌 왜 도둑처럼 거기 서 있는 거야! 그리곤 용기를 총동원하여 달려 나갔다. 그런데 도요타의 느닷없는 경적에 그만 깜짝 놀라 몸을 움츠렸다. 그리고는 단박에 두 번 뛰어서 연석에 안전하게 몸을 피했다. 그러지 않으면 안 될 정도로, 이 기분 나쁜 차량들은 너무나 빨랐다. 길을 건너는 것은 거의 필사적인 용기에 가까웠다. 언젠가는 그도 탄환처럼 빠른 이 차량들의 속도를 정확히 헤아릴 수 있을까?

볼프강은 숨도 가빠졌다. 그는 잠시 문 앞에 서 있었다. 그런 식으로 그곳에 도착해서는 안 되었는데. 문이 열리자 그는 소스라치게 놀랐다. 그런데 문 밖으로 나온 것은 T자형 지팡이를 든 노파뿐이었다. 노파는 볼프강을 언짢게 훑어보더니 문을 단호히 쾅 닫았.

그가 착각해서 노파의 눈빛에 호의가 담겨있다고 잘못 생각한 걸까? 노파는 볼프강을 전혀 알아보지 못한 모양이었다. 그게 아니면 혼동했거나. 그 노파라면 틀림없이 그를 호통 쳐서 집에서 쫓아낼 텐데. 그가 또다시 그런 봉변을 당하고 싶겠는가? 그는 가운데가 오목하게 들어간 검정색 초인종 단추를 마지막으로 힐끗 보고 천천히 몸을 돌려 느릿느릿 보도로 되돌아갔다. 거기 가만히 서 있었다. 건물의 위쪽을 바라보았다. 그러자 반항이라도 하는 것처럼 마법의 멜로디가 더욱 커지고 다성적多聲的으로 되더니, 마침내 오케스트라의 소리 전체가 재촉하듯 울려 퍼졌다. 볼프강은 등을 쭉 펴고 문 쪽으로 걸어가 손가락을 오목하게 들어간 검정색 부분에 갖다 댔다.

다섯 박자 후에 문의 자동 개폐 장치가 굉음을 냈다. 볼프강은 안으로 들어가, 삐걱거리는 계단에 한 발 한 발 천천히 내딛다가 멈칫하고는 계단 구멍을 통해 쳐다보았다. 그런데 그곳에서는 젖빛의 등과 위로 갈수록 좁아지는 것 같은 계단 난간 외에 아무것도 보이지 않앉다.

긴 금발에 좀 뚱뚱한 여자가 문틈으로 그를 바라보았다. 안도의 마음과 실망이 뒤섞여, 그의 마음속에서 뜨뜻미지근한 감정이 되었다.

"실례합니다. 저는… 이곳에 거주하는 숙녀를 찾아왔습니다. 그녀가 집에 있겠죠? 제가 어제 그녀를 만났는데, 그녀를 위해 뭔가를 가져왔습니다. 선물을…."

"아뉴한테요? 오케이. 그녀가 오늘 저녁에 돌아오면 전해줄게요."

그녀는 의심하는 눈초리로 문틈에서 손을 내밀었다.

볼프강은 단호한 표정으로 종이봉지의 두툼한 끈을 꽉 움켜쥐고 있었다. 이 여자는 요스트가 말한 적 있는 그 심부름꾼인 것 같았다. 그래서 이런 심부름이 너무 일상적인 일이기에, 꼭 필요한 신중함을 보여주지 않는 것 같았다.

"마드므와젤, 제가 직접 그녀의 방에 가져다놓아도 될 텐데요. 그녀를 만나지 못하는 상황이니, 제가 그녀에게 몇 줄 적을 수 있다면 좋겠는데."

"흠, 글쎄요, 모르겠네요… 대체 누구신지?"

"제 이름은 볼프강 무스터만입니다."

"무스터…."

그녀가 재채기를 하는 바람에 나머지 이름이 묻혔다. "무스터만(Mustermann, '샘플·본보기'라는 뜻의 'Muster'와 '남자'라는 뜻의 'Mann'이 합쳐진 이름)이라고요? 정말인가요? 굉장한데요!"

그녀는 웃느라고 눈물에 젖은 눈으로 올려다보았다.

"쏘리. 하지만 제 생각에는 말이죠… 저는 댁을 이곳에서 한 번도 본 적이 없고…."

그녀가 봉지를 가리켰다.

"그 속엔 대체 뭐가 들어있나요?"

"프로쉬(Frosch; '개구리'라는 뜻으로, 의성어 '크박'을 연상시키는 일종의 응고 치즈)와 오래된 치즈입니다. 그래서 프로쉬가 치즈를 먹어 치우지 않도록 무척 신경을 써야 하죠."

그녀는 봉지를 빤히 쳐다보더니 눈길을 볼프강에게 옮겼다. 잠시 동안 볼프강은 뻣뻣하게 서 있다가, 자신의 흠잡을 데 없는 옷과 꼼꼼한 치장을 생각해냈다. 사소한 기억을 더듬는 동안, 그는 자기의 거동이 적절한지에 대한 의심이 순전히 새로운 삶 때문임을 깨닫고 한 발 앞으로 나섰다.

"그러니까 허락하신다면…."

그녀가 어색하게 옆으로 비켜섰다.

"저기 왼쪽으로."

"고맙습니다. 저도 이미 알고 있습니다."

"그녀가 문을 잠갔는지는 모르겠습니다."

볼프강은 손잡이를 눌러 방문을 열고, 잠깐 멈칫했다. 결코 잊지 못할 이 공간의 대기를 빨아들이고 싶은 충동을 꾹 눌렀다. 그녀의 방은 그 당시보다 더 밝았고 햇볕이 잘 들었다. 침대 위에는 이제 난황색 이불이 놓여있었다.

그는 가정부의 시선을 느끼고, 지체 없이 유리로 된 책상에 다가가 종이를 잡았다.

볼프강이 그 건물을 떠났을 때, 약간의 비애가 찾아들더니 그를 끈질기게 졸졸 따라다녔다. 반나절이 텅 빈 공간처럼 그의 앞에 놓여있었다. 그를 재촉할 만한 것은 아무것도 없었다. 잠깐 동안 그는 리버만을 방문할까 생각했지만, 그러고 싶은 마음이 사라졌다. 표트르가 있는 집으로도 결코 가고 싶지 않았다. 집의 음울한 답답함은 견딜 수 없을 것 같았고, 표트르의 훈계도 불쾌할 따름이었다. 볼프강은 비애가 얼마나 끈질긴지 시험할 겸 걸어서 시내로 돌아가기로 마음먹었다. 도중에 뭔가가 그를 도와서 좋은 유머감각을 되찾게 할지도 모를 일이니까. 그가 어느 정도만이라도 그녀의 취향에 맞추었다면 결국 손해랄 것도 없었다. 그리고 그렇게 훌륭한 찻잔이 있는데, 사정이 절대 달라지지는 않을 것이었다. 그러면 그녀가 약속한 차를 대접하겠다고 틀림없이 초대하겠지… 혹시 그가 집으로 방문하는 게 적절한 것 같지 않으면, 같이 카페에 가겠지.

그린제제멀 빵집 체인점을 지나갈 때 볼프강은 핫케이크 한 조각을 사고 배낭을 뒤적거려 할인카드를 찾다가 에이전트 주소가 적힌 종이를 발견했다. 그는 표트르를 생각하고, 클리셰브스키를 생각하고, 연주 여행을 생각했다. 그리고 살구 고명을 한 입 물다가, 구애에 열을 올리기 전에 해야 할 바를 우선 생각하고 필요한 상황을 조성하는 데 시간을 쓰는 것이 현명하고 옳다고 여겼다. 그리고는 뱃속이 충분히 든든하다는 느낌으로 표트르의 메모를 매끄럽게 폈다.

에이전트는 대단히 열성을 보이며 볼프강을 사무실로 안내하고 그가 앉도록 의자를 잘 밀어주며 자신을 프리트리히 방어만이라고 소개했다. "이렇게 와주셔서 감사합니다. 그 사이에 좀 급하게 되었습니다. 수속절차가 말입니다. 이미 아시겠지만…."

볼프강은 무슨 말인지 모른 채 고개를 끄덕이고 고맙다고 말하며, 앞에 내놓은 커피잔을 잡았다.

"클리셰브스키 씨는 물론이고 리버만 씨도 제게 선생이 대단히 재

능 있는 대가라고 설명했습니다. 어쩌면 앞으로도 저희가 댁을 위해서도 일할 수 있을 겁니다. 선생의 소개서를 저희에게 주시겠습니까?"

볼프강은 커피를 홀짝홀짝 마시고 미소를 짓더니 입을 다물었다.

"녹음 자료는요? 혹시 데모 테이프는 있나요?"

"원하신다면 기꺼이 연주해보이겠습니다."

"지금까지 외국에서 일하셨나요?"

"저는, 에흠, 전적으로 그래요. 네, 물론입니다."

"선생의 이력에 대해 좀 이야기해주시겠어요? 어느 교수에게서 공부했나요? 어디에서 데뷔했나요?"

"그런데, 저는 에… 제 대학공부는, 확실히… 제가 세 살 때부터 항상 아버지가 저를 가르쳤습니다. 연주 여행은 대체로 프랑스와 이탈리아로 다녔습니다. 나폴리까지 갔었죠."

"선생의 부친이라고요. 아하."

"제 아버지, 맞습니다. 아버지는 탁월한 음악가였어요. 옛것을 용인하지 못하긴 했지만. 그런데 부자관계라는 게 그렇잖아요. 새것을 보려면 반드시 밖으로 나가야 하죠."

"그렇다면 부친의 존함은 제가 이미 들어보았겠죠?"

볼프강이 혀끝을 깨물었다.

"그런데 무스터만 씨, 저희의 제안을 잘 생각해보고는 계시겠죠. 저희는 일단 여행에 신경을 써야 합니다. 부디 이 서식을 작성해주세요. 그리고 선생의 증명서도 필요합니다."

"제 증명서라고요?"

에이전트가 고개를 들어 쳐다보았다.

"그렇습니다. 선생의 신분증명서 말입니다."

"그런 게 꼭 필요합니까?"

"무스터만 씨, 들어보세요. 예술가 한 명 한 명 신분증을 확인하지 못한다면, 연주 여행 준비는 더 이상 진척되지 못합니다. 제 말을 부디 오해하지 마세요. 선생의 신상에 해가 되는 게 아닙니다. 하지만 저희는 늘 이런 식으로 일을 해왔습니다. 그러니까 미안합니다만?"

볼프강은 몸을 일으켜 재킷을 잡았다.

"제가— 에흠. 그런 신분증명서는 어디서 받을 수 있나요?"

에이전트의 눈빛이 너무 콕콕 찌르는 듯해서, 볼프강은 즉석에서 후딱 사라졌으면 싶었다. 그는 어찌할 바를 몰라 웃기 시작했다.

에이전트는 거의 눈에 띄지 않게 입술을 씰룩였다. 볼프강은 신음소리를 들은 것 같았다.

"시청에서 발급받으면 됩니다. 원한다면, 제 여비서가 도와드릴 수 있습니다."

방어만 씨는 자리에서 일어나지 않은 채 머리로 문 쪽을 가리키고는 작별인사로 볼프강에게 고개만 까딱했다.

볼프강은 불안한 마음으로 시청건물의 계단을 올라갔다. 이것이 현실적인 파급력을 숨기고 있는 문제와 연관이 있을 거라는 불길한 예감을 그는 너무나 잘 알고 있었다. "여권과"표시를 따라가니, 커다란 사무실이 나왔다. 볼프강은 사람들과 책상들과 불빛 상자들을 보고 멈춰 서서 우물쭈물 망설였다. 표트르가 없어서 아쉬웠다. 결국 볼프강은 벽 쪽 의자에 앉아 머리를 한결같이 급격히 움직이고 있는 젊은 남자에게 물었다.

"저는… 에… 실례합니다. 신분증이 필요해서요."

"뭐라고요?"

그 젊은 남자는 귀에서 뭔가를 끄집어내고 몸을 움찔하더니, 의아하다는 표정으로 볼프강을 바라보았다.

"신분증이요. 신분증이 있어야 하거든요."

"아하?"

젊은 남자가 히죽 웃었다.

"이봐요."

"여기로 가라고 해서. 그런데 어떻게 하는 건지 잘 모르거든요…."

"이리 앉아요. 여기로 오는 게 맞아요. 번호는 있겠죠?"

볼프강이 주위를 둘러보았다. 리듬을 타는 달그락 소리가 그 어딘가에서 났다. 틀림없이 도요타가 창문을 연 채 거리를 지나가는 것 같았다. 얼마 전에 처음으로, 어떤 사람에게서 그런 시끄러운 음악이 흘러나오는 바람에 그가 무척 놀란 일이 있었다.

"저기요."

"어디요?"

볼프강은 그 남자가 팔을 쭉 뻗어 가리킨 곳을 눈으로 좇았으나 무슨 뜻인지 전혀 이해할 수 없어서 어깨를 들썩였다. 젊은 남자가 벌떡 일어나 입구 옆의 함 같은 것을 누르더니, 볼프강에게 작은 메모지를 건넸다. 볼프강은 기쁜 표정으로 메모지를 쳐다보았다. 그것은 그가 생각했던 것보다 간단했다.

"이리로 와서 앉아요."

젊은 남자가 볼프강에게 자리를 정해주었다.

"저기 위쪽 전광판을 보면 댁의 번호가 언제 차례가 되는지 알 수 있어요."

"그럼 이게 내 증명서가 아닌가요?"

그 남자는 비웃듯 입을 삐죽하더니, 앞서 귀에서 뽑아낸 것을 다시 밀어 넣었다. 그러자 달그락 소리가 점점 잦아들었다. 볼프강은 미처 그 일을 파고들어 조사하거나 그 남자에게 물어보기 전에 벌떡 일어나 책상 중 하나로 달려갔다.

볼프강은 손에 든 메모지를 다시 살펴보았다. 256이라고 적혀있었다. 그는 그 남자가 가리킨 전광판을 쳐다보았다. 그곳에는 248이라고 적혀있었다. 그 다음에 갑자기 249라고 적힌 게 보이자 납득이 가기 시작했다. 그는 조심스럽게 몸을 뒤로 기댔다. 가장 가까운 책상 앞에는 은회색 머리의 숙녀가 앉아 종이들을 펼치고, 잘 안 들리는지 손을 귓바퀴 뒤에 댔다. 그러는 동안 어떤 여자가 매우 큰 소리로 그녀에게 참견하듯 말했다.

"정말 이건 사용할 수 없어요. 이 사진요. 그러니 새로 찍으셔야 해요."

"하지만 이건 그 전의 증명서에 있는 것과 같은 사진인 걸요. 이것을 일부러 간직해왔는데."

"그치만, 이건 안 돼요. 오래 된 것이라고 해보았자, 반 년 된 것이어야 해요. 그리고 이렇게 찍힌 대로는 어차피 안 돼요. 머리 크기가 너무 작거든요. 보세요. 저렇게 되어야 맞는 거죠…."

그녀는 벽면에 붙어있는 대형 포스터를 가리켰다. 일련의 초상화들이 그려져 있는 포스터였다.

"그럼 그것이, 신분증이, 저런 모습인가요?"

노파는 떨리는 손과 가늘게 뜬 눈으로 또 다른 포스터를 가리켰다.

"맞아요. 하지만 그것을 위해 필요한 것은…."

볼프강은 더 이상 말을 듣지 않고, 노파가 가리킨 담청색 직사각형만 멍하니 바라보았다. 그 포스터에는 여러 가지 기호들 외에 낯선 남자의 초상이 있었고, 그 옆에 막스 무스터만이라는 이름이 눈에 띄게

붙어 있었다. 볼프강은 목이 조이고 뺨이 뜨거워지는 것을 느끼고, 새 번호의 호출을 선포하는 또렷하지 않은 올림 사음(Gis)을 알아듣고 자리에서 벌떡 일어났다. 256. 책상들 가운데 위에서 녹색 불빛 같은 게 반짝거리는 게 있었다. 볼프강은 망설이다가 뚱뚱한 숙녀 맞은편에 앉아, 애써 미소를 지으면서 숨을 깊이 쉬고는 용건을 말했다.

"예전 신분증이 있나요?"

볼프강이 머리를 흔들었다.

"아니오. 저는….”

"하지만 그걸 가져와야 합니다. 예전 신분증은 회수됩니다.”

"저는…에, 신분증이 없어요.”

"그럼, 잃어버렸군요.”

그녀가 고개를 끄덕이고, 서류에 뭔가 기입했다.

"그럼 출생증명서를 주세요.”

"잃어버렸습니다.”

볼프강이 시험 삼아 그렇게 해보았다.

"잃어버렸다고요?”

그녀가 쳐다보며 이마에 주름살을 지었다.

"하지만 그 무엇인가 틀림없이 있을 텐데요. 전입신고서? 여권? 운전면허증?"

볼프강이 머리를 흔들었다.

"학생증? 그 무엇이든?"

"아무것도 없습니다. 전부 다 잃어버렸어요.”

"정말 전혀 아무것도 없다면, 우선 새로 발급받은 출생증명서가 필요합니다.”

그 숙녀는 굴러가듯 책상 반대쪽 끝으로 갔다. 그 바람에 의자가 그녀의 무게 때문에 신음하듯 삐걱거렸다.

"성을 말씀하세요."

볼프강은 불안한 눈길을 포스터에 던졌다. 그리고는 그 숙녀를 바라보았다. 그는 일어나서 떠나가야 할지 곰곰이 생각했다.

"무스터만."

그가 조용히 말했다.

"볼프강 무스터만."

"무스터만이라고요?"

그 숙녀는 재미있어 하는 얼굴로 볼프강을 바라보았다.

"출생지는요?"

"잘츠부르크!"

"출생지 잘츠부르크… 잠깐, 같은 이름이 있네요. 저기… 무스터만!"

그녀는 손가락으로 앞에 있는 불빛 상자 같은 것을 만졌다.

"에리히, 구스타프, 슈테판, 지모네. 혹시 또 다른 이름은 없나요?"

볼프강이 의자 모서리에서 신경질적으로 움직였다.

"요하네스, 크리소스토무스, 네오빌루스. 하지만…."

그녀는 머리를 흔들었다.

"생년월일로 찾아보죠."

"1월 27일."

"네. 그리고?"

볼프강은 계산하고 곰곰이 생각하고 다시 계산하고 마지막으로 어깨를 으쓱했다.

"56."
"그러니까…."
그녀는 자판을 두드렸다.
"56년 1월 27일… 56년?"
그녀가 꼼꼼히 뜯어보는 눈초리로 볼프강을 쏘아보았다.
"그런데 아직 멋져 보이시네요."
그녀는 다시 불빛 상자 같은 것에 몸을 돌리고, 곧장 다시 머리를 흔들었다.
"무스터만 씨, 아니네요. 댁의 서류를 찾지 못하겠어요. 그래서 신분증도 교부해드릴 수가 없네요."
"하지만 제가 여기 있잖아요!"
무슨 증거라도 되는 듯 볼프강은 재킷 모서리를 잡고 흔들었다.
"제가 보이나요? 제 말이 들리나요? 신분증이 급히 꼭 필요합니다!"
일순간 세례증서가 얼핏 뇌리에 떠오르며 그의 마음이 홀가분해졌다. 세례증서가 이 도시 어딘가에, 그러니까 유리관 속에 있다면, 이상하게 여길까? 볼프강은 한숨을 쉬었다. 설령 그렇다 하더라도, 그게 이제 무슨 도움이 되겠는가?
"잘츠부르크에 가서 먼저 말씀하셔야 합니다. 다만, 그곳에서도 그 무엇인가를 제출하셔야 해요. 다른 어떤 것도 더 이상 남아있지 않다면, 친척 중 한 명이 댁의 보증을 서야 합니다. 그것은 문제없겠죠…."
의자가 그가 있는 쪽으로 다시 삐걱거렸다. 그녀가 그를 날카롭게 주시했다.
"댁이 신고한 내용이 정확하다면 말입니다."

볼프강은 대답을 할 수 없어서 자리에서 일어나 힘겹게 간신히 움직여 그 공간을 빠져나갔다. 그가 밖으로 나갈 때 그 뚱뚱한 여자가 '교활한 놈' 어쩌고 하는 말을 중얼거리는 게 들렸다. 그러자 그는 의기소침해져서 계단을 내려갔다.

모든 것이 이 신분증에 달려있다면, 흑해로의 연주 여행은 갈 수 없을 거야. 누구나 그런 서류를 소지하고 있고, 그렇기 때문에 그 어떤 비열한 방법을 이용해서든 등록이 되어 있는 게 분명했다. 신분증을 소지하고 있지 않으면 존재하지도 않는 것이었다. 일순간 볼프강은 다시 한 번 마음 편히 세례증서를 떠올렸다. 그리고는 가던 길을 멈추고 방향을 돌렸다. 여권과로 급히 되돌아가서는, 포스터에 가까이 다가가 그려져 있는 신분증을 꼼꼼히 살펴보았다. 확신과는 거리가 먼 예감뿐이었지만, 그 무엇인가가 말해주었다. 그런 건 이미 수중에 있잖아?

\*

"어떤 사람이 널 찾아왔었어. 특이한 친구던데. 오늘 낮에."

바바라의 목소리와 코에 스며드는 좋은 냄새가 부엌에서 나왔다.

"뭘 좀 같이 먹을래? 두부 수플레(Auflauf; (불어로 souffle) 거품을 낸 계란 흰자에 치즈와 감자 따위를 섞어 틀에 넣고 오븐으로 구워 크게 부풀린 과자나 요리)를 만들었거든."

아뉴가 부엌에 들어가 찬장에서 크래커 한 봉지와 찻잔을 꺼냈다.

"아니, 고마워. 배고프지 않아. 대체 어떤 친구였는데?"

"아주 웃기는 녀석이었어. 키 작은 놈이었지. 어쨌거나… 이상했어. 그 사람이 무엇을 원하는 건지 도통 알아듣지 못하겠던데."

아뉴가 멈칫했다.

"날씬하고 금발이고 완전히 파란 눈?"

바바라가 음식을 씹으면서 고개를 끄덕였다.

"그 사람은 음악가야."

이렇게 말하는 게 일종의 변호처럼 들리는 것을 깨닫고 아뉴는 입술을 깨물었다.

"아하."

바바라는 그저 올려다볼 뿐이었다.

"난 네가 으스대며 달가워하지 않을 거라고 생각했는데. 그건 그렇고, 좌우간 네 방에 작은 꾸러미를 갖다놓았어."

차를 걸러내지도 않은 채 아뉴는 잔을 내버려두고 부랴부랴 자기 방으로 들어가 문을 잠그고 잠시 어스름 속에 서 있었다. 모든 것은 예전과 똑같아 보였다. 그럼에도 그의 존재를 마치 잊어버린 향기처럼 느낄 수 있을 것 같았다.

"말도 안 돼."

그녀는 팔로 스위치를 눌렀다.

책상에 하얀 라크지 봉지가 놓여있었다. 그 아래 편지 한 통이 있는 게 보였다. 꼬불꼬불한 데다 특이하게도 옛날식 서체여서 해독이 거의 불가능했다. 아뉴는 봉지를 집고, 흰색 공단의 장미꽃 장식이 달린 상자를 꺼냈다. 그리고는 심장이 두근거리는 것을 또렷이 느끼며, 침대 모서리에 앉아 까다로운 매듭을 풀었다. 장미무늬가 있고 금테를 두른 예쁜 찻잔이 모습을 드러냈다. 기분이 오싹하네… 아뉴는 그렇게 생각하며 이 으스스한 물건을 사방에서 관찰했다. 찻잔은 지텐할러 부인의 떡갈나무 찬장에서 나온 것처럼 보였다. 그녀의 눈길이 찻잔 바닥에 그려진 두 개의 교차된 칼에 닿았다. 이 음악가는 얼마나 이상한 사람인가! 그녀는 읽은 편지를 다시 한 번 읽기 시작했다.

마드므와젤!
당신을 만나고 싶은 조급한 마음으로 —급히— 그러니까 예고도 없이 불쑥 찾아왔는데… 아쉽습니다! 이것만큼은 아니었어야 하는데. 저는 당신이 관대하게, 저의 진심어린 소망에 맞게 작은 선물을 받아주실 거라고 상상하는 것만으로 제 마음을 달래는 수밖에 없습니다. 제가 개인적으로 당신에게 남겨놓은 불쾌감을 보상하고 저의 애정을 표현하면서 부탁드립니다 — 앞으로는 저를 너무 나쁘게 생각하지 않으시길!
보트르 트레 셍세르(안녕히 계세요)
볼프강 A. 무스터만

*

볼프강은 다시 지하철역에 와 있는 스스로를 발견했다. 역의 닫힌 유리문에 몸을 기댄 채 앉아있었다. 처음에는 소음 외에 아무것도 듣지 못했다. 간혹 차량들이 붕붕거리는 소리에 윙윙대는 소리나 산발적인 쿵 소리가 섞이곤 했다. 그는 그 소리들이 나는 광경을 눈앞에서 똑똑히 보았다. 그리고 아주 잠깐 동안일지라도 고요함도 휴식도 없다는 것을 차츰 깨달았다. 그는 앉아있을 때부터 등이 뻣뻣했고 밤의 한기가 바짓가랑이에 축축하게 달라붙어있는 것도 드디어 알아차렸다.

역의 유리문에서 창백한 불빛이 한 점도 새어나오지 않았다면, 표

지 말뚝이 도로로 통하는 작은 자갈길을 비추지 않았다면, 가로등이 멀리까지 알아볼 수 있게 비추지 않았다면, 건설 공사용 크레인에 아주 높이 달려있는 전조등이 눈부시게 번쩍이는 빛을 모든 것 위에 흘리지 않았다면, 완전히 깜깜했을 것이다. 볼프강은 너무 피곤하고 오슬오슬 춥고 사지에 힘이 빠지자, 기운을 차리고 벌떡 일어났다. 지금 이런 장소에 있으면 안 될 것 같았다. 그는 자신이 찾지도 선택하지도 않은 장소에 내던져져 있었다. 문을 흔들어보았지만, 역은 잠겨있었다. 그렇다면 자정이 지난 지 한참 된 게 틀림없었다. 그는 유리를 통해 녹색의 노선번호 U4를 보고 쇤브룬이라는 지명을 읽으며, 절망감이 혈관을 통해 흐르는 것을 느꼈다.

    볼프강은 기억을 더듬어 표트르를, 에이전트 방어만을 생각했다. 거기에는 젊은 남자가 앉아있었어. 여권과에… 그랬다. 볼프강은 그녀의 방에 들어가 그녀의 냄새를 맡았고, 그녀와 가까이 있음을 느꼈었다.

    그리고는? 일순간 그는 소리를 지르고 어찌할 바 모르는 이 밤의 속수무책 상태를 전부 다 털어놓아야 할 것 같았다. 하지만 그래보았자 무슨 소용이 있겠는가? 그는 뺨에 눈물이 흐르는 서늘한 기운을 느끼고 그곳을 떠나 넓은 길을 건너고 계속 지하철역의 위치를 어림짐작하며, 교차로마다 그리고 건물 모퉁이마다 역이 있기를 기대했다. 결국 기운도 없고 어떤 확신도 없는 상태에서 남부 역을 발견했다. 거기서부터는 그도 집으로 가는 길을 알고 있었다.

    볼프강이 드디어 침대 겸용 소파에 주저앉자 표트르는 혼잣말로 중얼거리기만 했다. 비교적 비스듬한 지평선 위로 첫새벽이 걸려있었다. 볼프강은 눈을 감고, 낯익은 장소들과 얼굴들이 있는 안온함 속으로, 지나간 포옹들의 행복 속으로, 마지막으로 소리의 진실 속으로 달아나려 했다. 그런데 밤을 밝히는 거리와 광장들이 그를 따라잡고, 불빛과 차량들이 그를 향해 날아오고, 담과 인간들이 그의 주위를 맴돌았다. 그리고 발밑에서 흔들리는 바닥마저 꺼지면 어쩌나 하는 두려움이 끊임없이 그를 사로잡았다.

*

아뉴는 재킷을 가슴 앞에 여미고 무거운 유리문을 비틀어 열었다. 블루노트에는 딱 한 번 가보았다. 그 이후로는 그곳에 가겠다는 생각조차 한 적이 없었다. 그녀는 파란색 불빛이 너무 많으면 불쾌감을 준다는 생각을 버리지 못했다. 그런데 사실은 세련된 사람들 사이에 섞이면 그녀가 외롭다고 느끼기 때문이었다. 그들 모두 아뉴는 입장조차 안 되는 클럽의 멤버인 것처럼 행동하는 사람들이었으니까. 그녀는 멋지게 굴 용기가 도무지 나지 않았다.

우묵 들어간 벽에서 아뉴는 초만원인 술집을 눈으로 쭉 훑어보았다. 아무도 그녀에게 주의를 기울이지 않았다. 아뉴는 마음이 편해지는 것을 느꼈다. 계단을 올라간 후에도 심장만 쿵쿵 뛰었다. 그녀는 분위기가 마음에 든다고 시인하지 않을 수 없었다. 분위기가 너무 좋아서, 그녀도 머뭇머뭇 좀 더 앞으로 나아갈 정도였다. 사람들이 웅성거리는 소리가, 간혹 웃는 소리며 유리잔이 쨍그랑거리는 소리와 뒤섞였다. 모든 것 위에 음악이 있어서 사람들 사이를 휘젓고 움직이며, 돌연 모든 것을 연결하는 그물처럼 보였다. 음악이 사건에 우선 생기를 불어넣어주는 극장에 있는 것 같군, 하는 생각이 뇌리를 스쳤다. 극장에서는 음악 덕분에 모든 분위기가 매우 그럴싸하고 직접적이고 구체적으로 될 수 있으니까. 작은 무대 위에 있는 엄청 큰 촛대의 껌벅거리는 불빛을, 푸른빛이 희미하게 나는 그랜드피아노의 열린 뚜껑이 반쯤 가렸다. 그 바람에 술집의 서늘한 대기가 이상하게 비현실적인 느낌을 주었다.

 그 다음에 그녀는 볼프강을 보았다. 그녀의 가슴이 아주 잠깐 박동을 멈추었다. 그의 옆모습만 볼 수 있었지만, 인상적인 코와 특이하게 부푼 것 같은 머리를 보고 그녀는 단박에 그를 알아보았다. 그럼에도 이 사람이 꼴사납고 신경질적인 그 남자일 리 없다는 인상을 받았다. 그녀의 부엌문에 서서 짐승 같은 느낌을 주었던 사람일 수는 없을 것 같았다. 그때는 친숙한 자기 구역에서 나와서 잘 모르는 위험한 지역으로 밀고 들어간 짐승 같았는데. 그 남자가 그랜드피아노에 똑바로 앉아, 맑음과 집중된 평온함을 발산하고 있었다. 아뉴는 더 가까이 다가가, 매료된 채 그의 작은 두 손을 관찰했다. 그의 두 손은 매우 다정하게 건반 위를 오갔다. 그가 만지는 게 악기가 아니라 애인인 것 같았다. 그의 두 손은 애인을 붙잡고 등을 부드럽게 쓰다듬는 듯 했다. 그녀는 떨면서 손을 들어 머리칼을 얼굴에서 쓸어 올렸다. 그러자 바람을 맞고 있는 아주, 아주 어린 나무처럼, 건반 앞에서 몸을 이리저리 흔드는 이 남자의 냄새가 기억났다. 그의 온몸이 그랜드피아노와 하나였고, 음과 하나였다. 아주 잠깐 동안이지만 아뉴는 그와 하나가 된 것 같았다.

*

 볼프강은 악보를 펼쳤다. 그러자 공기가 채워지는 풍선 위에 쓴 글씨처럼, 악보가 더 넓어지고 투명해졌다. 그가 마지막 박자들을 늘리자, 마침내 하나하나의 음들만 불안정한 의문부호처럼 남았다.

그는 연주를 끝낸 후 맥주잔을 잡았다. 그의 주위에서 대화가 다시 많아지는 것 같았다. 그는 새를 닮은 여자를 생각하고, 지하철역에서 그녀가 달아나다가 다시 한 번 고개를 돌리는 모습을 떠올렸다. 그때 그녀의 알록달록한 넓은 치마는 종아리 주위를 춤추듯 맴돌았다.

볼프강이 사람들 무리를 쭉 훑어보는 모습은, 공교롭게도 그 모든 사람들 가운데 앉아있음에도 불구하고 마치 밖을 내다보는 것 같았다. 온갖 소음들이 뒤섞여 그를 에워쌌다. 소리와 철자와 높이와 깊이는 각각 그 나름의 의미를 이루지만 전체적으로는 소란스러움만 될 뿐이어서, 받아들여지지 않은 채 사라지기 마련이었다. 그는 이것들로 쑨 죽에서 단서가 되는 빨간색 실을 찾아내려고 했다. 그리고 서로 속하지 않는 음들을 무심코 묶고 엮다가 중단한 뒤 또 다시 시작하고는, 늘 같은 모양으로 다양하게 나타나는 음들과 얼굴들을 헤엄치듯 지나갔다.

그가 갑자기 멈칫하더니, 다시 한 번 그 방향을 보았다. 그는 절로 부드럽게 미소를 지었다. 그런데, 그녀는 물론 거기에 실제로 없었다. 하지만 환상 속에서는 바로 그의 곁에 있어서, 그는 그녀를 이미 보고 있다고 믿을 정도였다.

# 호스티아스
(성체)

*주여, 찬양과 기도의 제물을 드리니
오늘 우리가 추도하는 영혼들을 위해 받아주소서.
주여, 지옥의 형벌로부터 신자들의 영혼을 구하시어
그들을 죽음을 지나 생명으로 나아가게 하소서.*


볼프강은 시내 여기저기를 배회했다.

머릿속에 너무나 많은 음악이 있는데도 불구하고 작업을 끝내지 못했다. 기다리고 참고 견디고 뒤로 미루었다. 구원과도 같은 소식이 그녀에게서 온다면, 일에 더욱 열심히 집중할 거라는 확신에 차 있었다. 그는 기다림이 공연한 짓일 수 있다는 생각을 하지 않았다. 희망이 점점 희박해지고 반투명하게 되다가, 결국 그의 인생이 다시 지금까지와 같은 꼴이 되고 말 거라는 생각은 개의치 않고 내버려두었다.

볼프강은 며칠 동안 박물관들을 쏘다녔다. 그곳의 자료와 그림과 물건들은 한때 그에게 미래였던 것의 흔적을 상기시켰다. 그는 서점에도 들러서, 팔려고 내놓은 무수히 많은 책들과 연대기 저자들이 보고하는 터무니없는 일들에 놀라움을 금치 못했다.

그들은 자신의 임종조차 예외 없이 다루었고, 그가 말한 것들을 아니라고 주장했다. 그게 아니면 그 자신 전혀 모르는 사람들에 대한 비난을 그가 했다고 우겼다. 설마 처제 조피아가 그런 이야기를 했을까? 내가 죽어가면서도 팀파니 소리를 흉내 냈다고? 그녀라면 틀림없이 더 잘 알고 있었을 텐데. 생전에 그는 빰을 부풀려 팀파니 소리를 흉내 내고 싶어한 적이 없었다. 그런데 왜 하필 임종하는 자리에서 그런 짓을 한단 말인가?

엄청 퍼붓는 비를 피해서 그는 어떤 서점에 발을 들여놓았다. 그리고 음악에 관한 책들이 있는 곳까지 물어물어 가다가, 서점 뒷부분에서 탁자에 부딪쳤다. 그 탁자에 얇고 오렌지처럼 붉은 노트가 놓여있는 게 보였다. 그 순간 그의 가슴이 살짝 두근거렸다. 아버지의 바이올린 교본이었다! 그는 교본을 뒤적이다가 깜짝 놀라, 페이지들을 정성껏 어루만졌다 — 그 착상들은 볼프강 자신만큼이나 오래되었음에도 불구하고 아무것도 달라진 게 없었다. 그는 자기도 모르게 절로 미소가 나왔다. 이 노트를 반드시 표트르에게 선물해야지! 그는 기쁜 마음으로 느릿느릿 전기傳記 서적들이 있는 데로 갔다. 손가락으로 서가를 미끄러지듯 더듬다가, 마침내 그의 시선이 멈추었다. 콘스탄체 모차르트. 그는 깜짝 놀랐다. 흠칫 놀란 듯 그의 손이 뒤로 빠졌다. 마치 이미 오래 전에 먼지투성이가 된 박제나 다름없는 짐승을 그가 건드리자 뜻밖에 그 짐승이 손짓이라도 한 것 같았다!

볼프강은 남몰래 주위를 둘러보다가, 연분홍색 소책자를 머뭇머뭇 집어 들고 책장을 넘기기 시작했다. 페이지들을 대강 훑어보았을 때 자기의 손이 떨리는 것을 알아챘다. 그래서 책을 과감히 탁 덮고 계산대로 갔다.

표트르와 함께 하는 저녁공연을 놓쳐서는 안 되었다. 게다가 먹을 빵도 미리 마련하겠다고 약속까지 해놓았던 것이다. 비는 그쳤다. 그는 어깨를 잔뜩 움츠린 채 서점에서 나와, 그린제제멀 빵집이 나올 때까지 책을 읽으며 걸었다. 할인권은 까마득히 잊어버렸다. 계속 책

읽기에 몰두한 채 지하철의 파란색 얼룩이 있는 의자에 주저앉았다. 대문 앞에 섰을 때는 이미 16쪽이 펼쳐져 있었다. 그는 손가락을 책갈피처럼 양쪽 페이지 사이에 끼고, 다른 손으로 열쇠를 주머니에서 끄집어냈다. 여러 장의 구기질러진 휴지, 마찬가지로 마구 구겨진 5유로 지폐, 그린제제멀 할인카드 등이 탁한 갈색 웅덩이에 비 내리듯 떨어졌다.

"형편없는 멍청이 같으니! 골칫거리 좀 만들지 마! 일없으면 죽치고나 있어!"

볼프강은 등을 구부려 지폐를 주머니에 도로 쑤셔 넣고 그린제제멀 할인카드를 집어 들었다. 더러운 물방울들이 카드 위에서 작은 물줄기를 이루어 가장자리로 흘러내리는 게 보였다.

*"좀 더 조심했어야지."*

에노의 목소리가 메아리처럼 기억을 뚫고 울렸다.

아, 그거였어! 볼프강은 자기가 진작에 신분증을 갖고 있었다는 사실이 이제 생각났다. 그 당시, 그가 이 세상에 온 첫날 에노의 집 앞에서였다. 에노는 지금 볼프강이 한 것 그대로, 진창에서 작은 카드 하나를 끄집어내 자세히 들여다보고는, 그 카드가 볼프강 것이라고 단정했다. 그러니까 그 카드 위의 사진이 틀림없이 어떤 남자의 모습을 보여주고 있었다. 적어도 볼프강과 생김새가 비슷한 남자였을 것이다. 볼프강은 그 당시 그 카드를 집어넣었던 바지주머니를 반사적으로 잡았다. "이런 멍청이!" 하고 그가 자신을 나무랐다. 물론 이미 오래 전부터 다른 옷을 걸치고 있었던 것이다. 그런데 에노가 그때 넘겨주었던 암청색 바지의 매우 부드러운 천이 주었던 느낌이 기억에 남아있었다. 그 바지가 어디 있을까? 볼프강은 숨 가쁘게 대문을 열고 달리다시피 계단을 올라가 집으로 냅다 뛰어들더니, 서랍을 잡아 열고 옷가지들을 파헤쳤다. 아무것도 없었다. 그는 곰곰이 생각하며, 여전히 열려있는 현관문을 닫았다. 그 바지를 어떻게 한 건가? 표트르가 내버렸을까? 이 바이올리니스트는 어디 박혀있는 거야? 손잡이가 달린 표트르의 찻잔이 축축한 티백과 함께 싱크대에 놓여있었다. 볼프강은 갑자기 기억이 났다. 에노의 물건들을 되돌려주려고 몽땅 가지고 갔을 때, 새를 닮은 여자에게 쫓겨나기 전에 건네주었던 것이다.

그는 한숨과 함께 부엌 의자에 주저앉아 눈을 감았다. 새를 닮은 여자. 그녀의 유연한 육체에 대한 기억이 그의 몸에 고스란히 전해졌다. 가슴이 두근거리는 동안 그 기억은 곤충이 바람에 흔들리는 꽃에 붙어있듯이 그에게 달라붙어 있었다. 그 다음에는 그들이 서로 알아보았을 때의 전율이 느껴졌다. 그녀의 연락을 기다리겠다고 결심했음에도 불구하고, 그는 신분증을 바로 그곳에서 틀림없이 찾을 수 있을 거라는 기대 때문에 작은 나방 같은 뭔가가 그의 가슴을 휘저으며 매우 활기 있게 움직이는 것을 느꼈다.

*

아뉴는 편평한 상자를 책상에 조심조심 올려놓았다. 그 상자는 이미 너무 오래 서가에 놓여있었다. 그녀는 지난 번 인도 여행에서 가져온 거미 두마리와 그 비슷한 허물을 겁먹은 표정으로 주시했다.

그녀가 쌍안용 광학기계 쪽으로 몸을 숙이려는 바로 그때 현관에서 초인종 소리가 났다. 아뉴는 시계가 있는 쪽을 보고, 소포 배달부라고 짐작했다. 그녀는 복도로 나가 신호기를 작동시켜 문을 열고, 문 앞 신발털이에 놓여있는 화려한 건축자재가게 광고지 꾸러미를

집어 들었다. 부엌의 쓰레기통은 넘치도록 가득 차 있었다. 아뉴는 알록달록한 종이를 쑤셔 넣고, 쓰레기통을 눈에 띄게 공간 한가운데 놓아두었다. 요스트가 걸려 넘어져야 할 텐데!

"누구 없나요?"

우편배달부의 목소리가 들렸다. 오늘따라 개 세 마리한테 물리기라도 한 것 같은 목소리였다.

"잠깐만요!"

아뉴가 부랴부랴 문으로 갔다. 그녀 앞에는 볼프강 무스터만이 서 있었다. 그는 애벌레처럼 작은 미소를 지었다.

"들어가도 될까요?"

볼프강은 고풍古風으로 절했다. 마치 꽃다발 뒤에 숨으려는 듯, 꽃다발을 코앞에 들고 있었다.

아뉴는 그의 얼굴을 들여다보았다. 그 얼굴은 바스락거리는 비닐 포장지 뒤에서 묘하게 세속적이면서도 이상하게 술에 취한 것 같은 인상을 주었다. 그녀는 수줍게 꽃다발을 받고 옆으로 비켜나 그를 들어오게 했다.

"맹세코 이번에는 찻잔 때문에 온 게 아닙니다."

그녀가 웃었다. 무서워하는 표정이 그녀에게서 씻은 듯 사라졌다.

"그럼, 차 마실까요?"

갑자기 그녀는 자기 몸의 힘줄 하나하나가 다 깨어있는 것 같았다. 생생하고, 또 놀라울 정도로 촉각이 곤두서는 느낌이었다. 엔도르핀이군, 하고 그녀는 생각하고 절로 싱긋 웃었다. 그리고는 꽃다발을 부엌 탁자에 내려놓고, 무턱대고 찬장문들을 열고 다시 닫기 시작했다. 마침내 꽃병을 찾으려 했다는 생각이 떠올랐다. 그녀는 일전에 꽃병이 있었던 냉장고 위의 여닫이 서랍 쪽으로 몸을 쭉 뻗었다. 그러나 팔이 거기에 닿지는 못했다.

"도와드려도 될까요?"

그녀는 그가 자기 뒤에 나타난 것을 느꼈다. 그는 그녀가 미처 피할 수 없을 정도로 가까이 다가온 것 같았다. 그의 온기와 냄새가 그녀를 다시 감쌌다. 지하철에서 그녀를 심하게 스쳤던 그의 냄새였다. 마치 그가 어느새 팔을 그녀에게 두르는 것 같았다.

무스터만은 발가락 끝으로 몸의 균형을 잡고 여닫이 서랍에 손이 닿았지만, 서랍을 열 수가 없었다. 그는 웃으면서 팔을 내렸다. 아주 잠깐 동안 그들은 말없이 나란히 서 있었다. 그가 묻는 듯한 표정으로 의자를 잡았지만, 아뉴가 만류하듯 머리를 흔들었다.

"그냥 백맥주 잔으로 하죠."

그녀가 단호히 말하고 옆으로 몸을 돌려 코를 꽃 속에 묻었다.

"고마워요. 아름답네요!"

그녀가 꽃을 선물 받은 게 얼마만일까? 롤란트는 몇 년 동안 한 번도 꽃을 가져온 적이 없었다.

"난… 댁이 연주하는 것을 들었어요. 지난주에 블루노트에서요. 유감이지만 음악을 들어도 별로 잘 이해하지 못해요. 난 정말 음악을 몰라요. 하지만 댁의 연주는 정말로 무척 아름다웠어요. 말로는 도서히 뭐라 표현할 수가 없네요."

"음악을 모른다고요?"

아뉴는 하마터면 그의 눈빛에 살짝 농담이 들어있다고 여길 뻔했다.

"그럼 정말로 거기에 왔단 말인가요? 잘못 알아들었나 내 귀를 의심해야만 할 것 같아서. 왜 날 찾지 않고 숨었어요?"

"나는—에… 난 가봐야 했거든요…. 내 일이, 으흠…."

아뉴는 보온주전자를 집고 그가 있는 쪽으로 잠깐 돌아보았지만, 마치 그들의 눈길이 서로 스치기라도 한 것처럼 곧바로 다시 차가 있는 데로 몸을 돌렸다. 김이 모락거리는 찻잔 두 개를 손에 든 채 그녀는 그에게 따라오라는 눈짓을 보냈다.

그는 그녀의 방에 들어가 침대를 쳐다보았다. 그때 그의 태도에서 불안해하는 기색이 역력했다. 그녀는 곧바로 바닥에 놓인 방석을 가리키고, 찻잔을 내려놓고 자리에 앉았다.

"넘어질 뻔한 나를 잡아준 것, 고마워요."

그녀가 결국 말을 꺼냈다.

그는 머리를 숙여 인사하는 듯한 자세를 취했다. 그녀는 그를 감싸고 있는 매력적인 향내를 다시 맡았다. 그런데 그것은 사실 냄새가 아니었다. 더 정확히 말하자면, 그를 둘러싸고 있는 공기가 더욱 단단하고 따뜻하고 확실한 것 같았다.

"그렇다면 나의 부적절한 처신을 용서했나요?"

아뉴가 미소를 지었다. 자기의 분노가 언제 날아가 버렸는지조차 이제 더는 알지 못했다. 잠깐 정적만 흐르더니, 벽 속의 수도관을 졸졸 흐르는 물소리가 아득하게 들렸다.

"난 그때… 들었던 음악을 여전히 기억해요."

볼프강이 망설였다.

"예전에 차 마시자고 나를 초대했을 때 들었던 음악 말이에요. 낯설었고, 놀랍도록 아름다웠어요."

그녀는 무슨 곡이었는지 즉각 알아챘다. 그가 찾아왔던 후에도 오랫동안 어쨌든 그 음악과 함께 방에 박혀 있었으니까. "그건 인도의 라가(Raga; 인도의 고전 음악을 구성하는 선율)였어요."

"인도라고요! 거기가 댁의 고향이죠?"

"엄마가 그곳 출신이에요. 나는 잘츠부르크에서 태어났고."

"잘츠부르크?"

그의 표정이 환해졌다.

"나도 그런데요! 이런, 내가 댁의 이름도 물어보지 않았다니."

"아뉴예요."

"아뉴."

그는 마치 철자들을 음미하듯이 발음했다.

"은빛 원판 음악이었죠. 항상 새로 연주할 수도 들을 수 있는 음악 말이에요. 그렇지 않나요? 아뉴, 오늘도 내게 그 즐거움을 나누어주 겠죠?"

"물론이에요."

그녀는 일어나서 서가에서 CD를 꺼냈다. 커버는 거의 읽을 수 없는 지경이었다. 색깔이 오래가지 못하는 싸구려 종이였기 때문이다. 타블라(Tabla; 북인도의 대표적인 타악기)가 둥둥 울리는 동안, 그녀는 바람에 휜 작은 점포를 생각했다. 색이 바랜 너덜거리는 비닐로 입구와 길거리를 갈라놓은 상점이었다. 점포 주인은 직직거리는 확성기로 음악을 내보내, 소와 아이들과 오토바이 등이 먼지로 뒤덮인 길에서 울부짖는 소리를 압도하려고 했다. 아뉴는 바로 옆 상점에서 명주를 찾느라고 샅샅이 뒤지고 있었는데 음악이 들렸다. 그녀는 음악이 들리는 곳으로 당장 달려갔다. 분명히 그 점포 뒷방에서 자동으로 구워지고 있는 CD를 사기 위해서였다. 그 이후로 그녀의 모든 갈망은 그 음악에 쏠렸다.

볼프강은 벽에 기댄 채 쿠션에 앉아있었다.

"뭘 듣고 있는 거죠?"

그녀는 시디의 제목을 말했다.

"채움의 시간이란 뜻이죠."

"뭐가 들리냐구요?"

그가 똑같은 질문을 반복했다. 그의 목소리가 부드럽게 울렸다.

내 심장이 얼마나 두근거리는가, 하고 아뉴가 생각했다.

"비예요."

그녀가 대답했다.

"따뜻한 비죠. 그리고 그로 인한 기쁨이에요."

"봐요. 댁은 절대 음악을 모르지 않아요. 음악은 댁의 가슴속에 살고 있어요."

아뉴는 깜짝 놀란 표정으로 그를 바라보았다. 그녀에게 이렇게 말하는 이 사람은 어떤 남자일까? 그녀는 찻잔을 내려놓고, 우연히 그런 것처럼 손을 그의 손 옆에 갖다 댔다. 시타르(Sitar; 기타와 유사한 인도의 현악기)의 울림이 공간과 침묵을 채웠다.

그녀는 머뭇거리며 그에게 수줍은 미소를 보냈다. 그의 눈빛이 그녀를 파고들었다. 인도의 봄 하늘처럼 맑은 눈빛이었다. 그녀의 맥박이 점점 더 빨라졌다. 어지러움을 느끼지 않으려면 바닥을 바라보아야 했다.

"아뉴, 무슨 일을 합니까? 특별히 좋아하는 것은 뭔가요?"

그녀는 침을 삼키며, 부득이 생각을 다른 방향으로 돌렸다.

"인도늑대거미(Arctosa indica). 더 정확히 말하면, 그 종족 중 하나죠."

그녀는 그가 의아해하는 표정을 재미있다고 여기고, 물건이 든 상자를 바닥에 내려놓았다.

"와!"

무스터만은 기겁하여 뒤로 물러섰다.

"이거… 아직 살아있나요?"

"아니오."

아뉴는 동료들을 제외하고는 늑대거미를 보고 무서워하지 않는 사람을 보지 못했다.

"봐요, 털이 얼마나 아름다운지."

"댁은 연구하는 학자군요!"

아뉴는 이것이 질문일까 아니면 확인일까 자문했다. 그러는 동안 무스터만은 입술을 뽀족하게 내민 채 표본 위로 몸을 숙였다. 그는 확대경을 통해 처음에는 머뭇머뭇 망설이며 보더니, 점점 더 아래로 몸을 숙여 그 곤충을 사방에서 관찰했다.

"하늘에 계신 참으로 선하신 주님!"

그가 소리쳤다.

"이 피조물에 비하면 내 코는 흉하기 짝이 없군."

아뉴는 절로 웃음이 나왔다.

"그건 당신의 코를 이 작은 놈보다 쉽게 무시할 수 없느냐에 달려있어요."

당신 코는 절대 그렇게 흉하지 않아, 하고 그녀는 생각했다.

"기어 다니는 작은 벌레들이 전부 다 이렇게 아름답나요?"

"네. 특히 그 곤충들을 사랑스럽게 관찰할 땐 그렇죠."

아뉴는 유리관을 조심스럽게 어루만졌다.

"정말로 놀랍도록 아름다운 것들을 보여줄 수 있는데…."

그녀는 자기도 모르게 목소리를 낮추었다.

"댁이 좋아한다면 말이에요. 내 말은, 자연사박물관에 우리가… 그러니까 아마도 주말에 갈 수 있을 거예요. 그곳에서 일한 적이 있어서…."

부엌에서 시끄럽게 욕하는 소리가 났다. 요스트의 목소리가 욕을 퍼붓고 있었다. 무스터만의 눈빛이 순간 굳어졌다. 그리고는 그가 싱긋 웃었다.

"내 친구 요스트! 그는 내가 찾아온 것을 틀림없이 무척 기뻐할 거요."

아뉴는 기겁했다. 요스트가 당장 불쑥 방으로 와서, 쓰레기통이 어쩌고, 언짢은 말을 내뱉을 게 확실했다. 그러면 그녀는 볼프강 무스터만이 하필 그녀의 방에 앉아 차를 마시는 이유를 설명해야 할 테고. 다시 한 번 그런 부랑자를 집에, 그것도 자기 방에, 들인다면 빈대와 벼룩을 그들의 방에 풀어놓겠다고 에노와 요스트에게 을러댔는데 말이다. 그녀는 무스터만에게 곁눈질을 했다. 그랬다. 정말로 그녀는 부랑자라고 말했었다. 그리고 지금은 그렇게 말한 것에 대해 그에게 용서를 구해야만 할 것 같은 심정이었다. 아뉴는 조용히 하라는 부탁의 표시로 손가락을 입에 갖다 대고 복도로 잽싸게 빠져나간 뒤 문을 닫았다.

"장애물경주를 하고 싶으면 다음번에는 팻말을 세워!"

요스트는 부엌바닥에 웅크리고 앉아 빈 요구르트 통, 끈적끈적한 달걀 껍데기, 커피 앙금 등을 뒤집힌 빨간 쓰레기통에 삽질하듯 퍼 담았다.

"이런, 기다려. 내가 도와줄게."

"꺼져. 나 혼자 할 수 있어!"

"그래 알았어."

아뉴는 가만히 휙 방으로 돌아갔다. 문은 열려있었다. 볼프강 무스터만은 떠나고 없었다.

\*

"볼프강! 볼프강, 제발 말 좀 들을래!"

표트르의 목소리와 그의 어깨에 있는 바이올린 활이 볼프강을 깊고 따뜻한 잠에서 깨우듯 생각에서 벗어나게 했다.

"내가 말할 때 도통 듣지를 않잖아. 토마토로 귀를 막았군!"

"아, 그래. 그럴 거야— 기다려— 아아아… ."

볼프강은 집게손가락을 귓속에 집어넣고 머리를 옆으로 기울이고 몸을 흔들며 신음소리를 냈다.

"아아. 메 농, 빠 드 토마뜨!(하지만 아냐. 토마토로 막은 건 아니야!)"

그는 의기양양하게 표트르의 코 아래 호두 같은 것을 내밀었다. 술집주인이 그들을 위해 피아노에 올려놓았던 것이었다.

"얼마나 역겨운 마개가 내 귀에 박혀있는지 보이지? 놀랄 것은 없어. 하지만 어디에서나 너무도 많은 조잡한 쓰레기가 그 안에 들어가려고 해. 귀를 막아야 해. 마개로."

볼프강은 호두 같은 것을 귓바퀴에 밀어 넣고, 잠깐 여권과의 남자를 생각했다.

"바보 같은 수다쟁이. 무슨 일 있어?"

볼프강은 나시 봄을 옆으로 기울이고 얼굴을 찌푸리며, 정말로 귀를 꽉 막은 호두 같은 것을 손톱으로 후볐다. 그러는 동안 밖으로부터 대화의 토막들이 그에게 굉굉히 울리면서, 아주 오래된 바장조(F) 소나타 단편들과 인도풍의 음들과 섞였다. 이미 며칠 전부터 그의 마음속에서 한데 엮이던 음들이었다.

"오, 표트르. 내 머릿속의 시끄러운 소란에 비하면, 바빌론조차 조용한 트라피스트 수도원(Trappistenkloster; 가톨릭 관상수도회)이

야. 그러니까 자네가 다시 강의해야 할 걸."

"마이 보제."

표트르가 머리를 흔들었다.

"쁘시야첼, 갑자기 말도 안 되는 소리를 그렇게 많이 늘어놓으면, 난 정말 자네가 걱정스러워."

그는 턱으로 그들이 저녁에 연주하는 음식점의 주방을 가리켰다.

"그는 우리가 각각 50유로를 받고 계속 더 연주할지 물어보았어. 난 물론 문제될 게 없다고 말했고."

"아하…."

볼프강이 오른쪽 눈썹을 찌푸렸다.

"벌써 시간이 늦었는걸. 안 그래?"

"한 주 내내 자정 전에 집에 들어온 적도 없으면서 무슨. 돈은 안 벌 거야?"

"아하, 표트르. 50유로가 있다고 무슨 궁궐을 지닐 수는 없잖아."

분명히 한 시간 이상은 걸리지 않겠지. 한 시 전에 블루노트에 가기는 글렀네. 그 후에도 그녀가 거기 있을지… 어쨌든 그녀가 온다면.

표트르의 눈길에 그는 그만 오싹해지는 걸 느꼈다.

"벌써 또 어딜 가려고?"

"아직 처리해야 할 게 있어. 그러니까… 연주 여행 건으로…."

"이런 멍청이 같으니. 그 기간은 진작 끝났어. 칠칠치 못하게 일을 망쳤군."

표트르는 바이올린을 활과 함께 한 손에 잡고, 다른 손으로 피아노 건반을 강렬한 스타카토로 두들겼다.

"자네 할 일은 지금, 여기, 있어. 일을 하라고."

볼프강이 얼굴을 찌푸렸다. 그는 이 바이올리니스트에게 서류 땜에 생긴 어려움을 끝내 밝히지 못했다. 그렇지만 볼프강이 흑해로 여행하지 않을 게 분명해진 다음에도, 표트르의 눈빛은 더 불신에 찬 것 같지 않았다. 볼프강은 표트르의 체류허가에 대해 슬쩍 한 마디 꺼낸 덕분에 다른 질문들을 피할 수 있었다.

그래서 그는 연주했다. 표트르와 처음으로 함께 한 저녁 이후 연주하는 데 익숙해진 늘 똑같은 곡들을 기계장치처럼 감정 없이 기계적으로 연주했다. 늘 똑같이 들리는 감상적인 짧고 단순한 멜로디였다. 그 틀을 깨뜨리고 새로운 착상들을 받아들이려는 온갖 시도는 술집 주인에게—마지막에는 표트르에게— 단호히 거부당했다.

"돈을 벌 생각이면 늘 똑같이 연주해야 돼. 그게 아니면 딴 데로 가게…."

두 사람 사이에는 이미 오래 전부터 침묵이 생겼다. 그들은 각자 침묵 속에 자신의 소망을 혼자 간직하고, 상대방과 함께 말없이 한 길을 갔다. 함께 가는 그 길은 줄기차게 매번 다음 모퉁이까지만 이어졌다.

그 다음날 저녁이 되어서야 볼프강은 다시 이른 시각에 블루노트로 서둘러 달아났다. 한결 가벼워진 마음으로 체르니에게 50유로를 갚고, 젊은 여자요리사 테레자에게 한번 뽀뽀 동작을 해보였다.

아뉴의 방에서 들었던 이국적인 음들이 기억났다. 그 기억은 반쯤 잊어버렸지만 항상 다시 잠기고 싶어하는 꿈의 기괴한 분위기처럼, 그의 마음속에 생생하게 살아있었다. 그리고 그때 이후 연주하고 작곡하는 모든 것에 고운 먼지처럼 내려앉았다. 특히 아주 오래된 그 소나타에 말이다. 이유는 알 수 없었지만, 그 소나타는 요즘 들어 그 어

느 때보다도 생생하게 떠올랐다.

꽤 늦은 밤 시간에 테레자가 나타났다. 그녀는 늘 그렇듯이 음식이 나온 것을 알리는 종처럼 가장 높은 올림바장조(Fis)를 세 번 두드리고, '경단을 남겨놓았어요' 비슷한 말을 속삭였다. 마음이 착한 사람이었다! 볼프강은 연주를 중단하고, 그녀의 손목을 잡고 끌어당겨 허리를 감싸고 뺨에 뽀뽀해주겠다고 우겼다. 그녀는 웃으면서 그의 머리를 개구쟁이처럼 헝클어뜨려놓았다. 테레자. 키가 그렇게 크지 않고 치마가 그렇게 겁 없이 짧지만 않았다면, 그는 어쩌면 그녀에게서 호감 같은 것을 느꼈을 수도 있었다. 그녀의 뒷모습이 보였다. 흑회색 스타킹을 신은 그녀의 엄청 긴 다리가 주방에서 사라지는 게 보이자, 그는 은근한 흥분을 느꼈다. 그리고 어쨌거나 자신이 여자들의 파렴치한 유행 이상으로 그녀의 다리에도 익숙해져 덤덤해질 수 있을까 자문했다. 여자들의 옷을 벗기는 것은 어쨌든 남자들의 과제였다. 그런데 이 새로운 삶에서는 여자들이 남자들에게 이런 책무에 대한 권리는 물론이고 훨씬 많은 다른 권리까지도 인정하지 않는 것 같았다. 볼프강은 허기가 져서 그랜드피아노를 그대로 내버려두고 자리에 앉아 식사하며, 새를 닮은 여자를 생각했다. 크게 이리저리 흔들리는 무척 긴 치마, 날씬한 무종아리, 탄력 있고 가냘픈 몸도 생각났다. 그 몸을 다시 살짝 만질 수만 있다면, 그는 거의 모든 것을 걸었을 것이었다.

그는 그녀에게 신분증에 대해 물어본다는 것을 완전히 까먹었다. 그래서 그녀를 다시 찾아가봐야 한다는 생각을 마음속에 간직했다. 마치 마지막 한 개 남은 맛있는 초콜릿 사탕 프랄린을 찬장에 숨겨둔 것처럼.

\*

이번에 블루노트를 향해 갈 때 아뉴는 기분이 한결 가벼웠다. 시간이 늦었다. 그녀는 결심하는 데 오래 걸렸고, 용기를 내어 정작 옷을 입는 데 훨씬 더 오래 걸린 것 같았다. 그런데 정작 다 입고 보니 단순한 셔츠와 치마였다. 그 치마는 그녀가 가장 즐겨 걸치는 옷이었다. 그녀는 깊이 숨을 쉬었다. 어쩌면 그 사람, 거기 없을지 몰라. 그런 술집들은 무시로 연주자들을 바꾸기 마련이니까. 이런 생각을 하며 그녀는 술집의 문을 밀쳐 열었다.

그랜드피아노 소리가 들렸다. 그랜드피아노의 여리고 부드러운 모습들이 그 공간에 퍼졌다. 따뜻한 비가 대지를 적시는 것 같았다. 따뜻한 비와 그로 인한 기쁨이 전해졌다. 아뉴는 몸을 떨기 시작하더니, 잠시 그대로 있다가 마침내 계속 나아갔다. 그 공간 안으로 더욱 깊이 들어가, 가능한 한 그랜드피아노에 가까이 다가갔다. 그녀는 그 남자가 지금 그곳에 앉아있는 것을 알았다. 하지만 그는 그녀를 볼 수 없을 것이다.

이번에는 술집이 전보다 한산했다. 몇몇 손님만이 바스탠드와 뒤쪽 구석에 서 있었다. 그래서 앉아서 음악을 들을 수 있는 자리가 남아있었다. 음악은 사람들 무리의 혼잡에 묻혀 사라지는 대신, 방해받지 않고 그 공간을 꽉 채웠다.

아뉴는 하얀 앞치마를 두른 젊은 여자가 음식이 가득한 쟁반을 들고 몸의 균형을 잡는 것을 보고 피했다. 그리고 머리를 돌려 자리를 찾다가 벽 가까이 있는 작은 탁자에 앉았다. 왜 진작 이곳에 와보지 않았을까? 이 술집은 집 가까이에 있었다. 아뉴는 갑자기 생각했다, 저녁 내내 이곳에서 시간을 보낼 수도 있겠네. 추억을 발견하게 되는 곳이 바로 집이잖아, 하고 그녀는 생각했다. 그리고 손으로 CD 케이스를 닫았다. CD 케이스 때문에 재킷 주머니에 아무렇게나 주름이 생겼다. CD를 그냥 주머니에 넣은 채 가도 돼. 그래도 세상은 잘 돌아갈 거야. 하나의 갈림길에 서 있다는 의식이 매우 분명하게, 거의 너무 또렷하다 싶을 정도로 그녀를 감쌌다. 바로 지금, 바로 이곳에서, 자유롭게 결정할 수 있을 것 같았다.

말도 안 되는 소리! 이 남자는 음악가다. 그는 내가 갖고 있는 음악을 마음에 들어 했다. 그래서 복사한 걸 한 장 주려고 가져온 것이다. 그게 다였다. 방해되지 않게 곡이 끝날 때까지 기다려, 그에게 이 작은 선물을 줄 거야. 그뿐이야. 그는 고맙다고 말하겠지. 어쩌면 절하는 듯한 우스운 인사를 꾸벅 하거나 —그녀는 절로 싱긋 웃음이 나왔다— 손에 입을 맞출 거야. 그게 다일 거야. 그렇다면 그녀는 왜 꼭 이곳에 앉아, 인도 라가의 모음집 하나 때문에 흥분하고 있는 걸까?

그녀의 가슴이 두근거리며 뱃속까지 쿵쿵 울렸다.

미니스커트와 부츠 차림의 키 큰 여자가 그랜드피아노 쪽으로 갔다. 아뉴가 멈칫했다. 그 여자는 블루노트에서 매번 아뉴의 기분을 상하게 했던 여자들과 같은 타입이었다. 그 여자들의 현란함 때문에 아뉴는 눈에 띌 수 없었다. 그 여자는 무스터만의 연주 중에 딸랑딸랑 소리를 내더니, 그가 있는 쪽으로 몸을 숙였다. 그러자 그가 그녀에게 입을 맞추었다. 그러는 동안 그의 한쪽 손이 그녀의 엉덩이에 멈춰 있었다.

음악 중간에 솜씨가 대단한 누군가 음을 바꾼 것 같았다. 여전히 남아있는 것은 의자다리들이 긁어대며 울리는 소리, 낯선 목소리들의 불협화음 같은 끊임없는 수다, 유리잔이 바닥에 떨어져 깨지는 느닷없는 쨍그랑 소리뿐이었다. 아뉴는 머리를 그랜드피아노에서 다른 쪽으로 돌리고, 걸음걸이마저 거의 느껴지지 않게 살며시 출구를 향해 걸어갔다. 재킷 주머니 속의 비닐 케이스가 그녀가 움직이는 리듬을 방해했다.

이게 다였다. 그렇지 않은가? 통행금지 팻말이 붙은 갈림길이 나왔다. 그 다음에 그녀는 바스탠드에 서 있었다. 몇 자 적은 노란 메모지를 케이스에서 뜯어내고 바텐더에게 시디를 건네줄 때, 그녀는 눈이 뜨거워졌다.

"부탁인데, 이것을 저 피아니스트한테 주세요."

그녀는 무스터만 쪽을 돌아보지 않은 채 밖으로 나갔다. 자기가 온 것을 그는 알아채지도 못했으리라고 확신했다.

*

볼프강은 접시를 바스탠드로 가져갔다.

"지금 생각으로는, 더 이상 큰 돈벌이는 될 것 같지 않아. 그러니 자네가 허락한다면 쉬러 갈래."

체르니가 고개를 끄덕였지만, 긴장한 눈빛이 오래 갔다.

"이보게, 무스터만. 자네는 늘 어자들하고 뭘 하는 건가?"

"무슨 말인지 영문을 모르겠는데…."

대답 대신 체르니는 바스탠드 위에 놓은 작은 케이스 속의 은빛 원판을 볼프강에게 밀었다. 그 속에는 종이는 없고 원판뿐이었다.

"방금 전에 어떤 여자가 자네에게 주라고 이걸 맡겼어."

볼프강을 바라보는 체르니의 눈빛이 여전히 따가웠다.

볼프강은 작은 케이스를 손에 들고 흔들었다.

"그 여자 예쁘던가?"

"작고 가무잡잡했어. 이국적이고."

볼프강의 가슴이 뭔가에 걸려 비트적거리는 듯했다.

"아뉴!"

뭔가 따뜻한 것이 그의 마음속에 퍼졌다. 그는 애정을 듬뿍 담아 비닐 케이스에 코를 대고 큼큼 냄새를 맡았다.

"무스터만!"

체르니의 두 눈이 하얀 실눈이 되었다.

"그 여자, 울었어!"

지하철을 타러 가는 길에 볼프강은 재킷 주머니에 든 케이스를 움켜쥐고 있었다. 아뉴였다! 그녀가 그를 찾아왔던 것이다! 그는 은빛 원판에서 들을 수 있는 곡을 진작 알고 있었고, 그 곡의 모든 음을 외우고 있었다. 그런데 그녀의 눈물을 생각할 수밖에 없는 한 기뻐하지 못할 것이었다. 대체 왜 울었을까? 어떤 사람이 그 여자를 이해하겠는가! 여자들이 도무지 적절치 않은 때에 눈물을 터뜨린다는 것은 앞으로 2백 년, 아하, 천 년이 지나도 달라지지 않을 일이었다. 그것은 콘스탄체의 경우에도 다르지 않았다— 일단 왜 우는지를 묻는다면, 이런 말 외에 아무것도 들을 수 없었다. "아이, 나를 내버려둬요…." 혹은 "당신이 대체 뭘 알겠어요…." 이런 대답이 아니면 아예 입을 다물어버리는 게 다였다. 다른 경우라면 여자들이 지껄였을 수많은 말들 가운데 한 마디도 더 나오지 않았다.

그런데 한 가지는 확실했다. 아침에 당장 가서 그녀를 끌어안고, 그녀가 팔에 안겨 기쁘고 평온하게 있을 때까지 그녀의 눈물을 키스로 닦아줄 거야. 이런 생각을 하자 기분 좋은 짜릿한 전율이 일었다. 그가 집에 가서 잠에 빠져들 때까지 그 전율은 계속되었다.

"음악작품이 필요한데요. 볼프강 아마데 모차르트가 만든 피아노 소나타 바장조요."

"바장조 소나타라. 흠. 그게 열두 번째 곡이죠. 그렇지 않은가요?"

점원은 수많은 CD 케이스가 있는 섹션을 뒤지기 시작했다.

"그 전에 작곡된 몇몇 작품은 계산에 넣지 않은 거니까, 그 곡이 절대 열두 번째일 리 없어요."

"뭐라고요?"

점원이 볼프강에게 케이스를 하나 내밀었다.

"여기, 바장조예요. 12번이네요. 말씀하시는 게 이것인가요?"

"곡을 들어보아도 된다면, 당장 알 수 있을 거예요."

점원은 케이스에서 비닐 포장지를 뜯어내고, 볼프강에게 귀마개를 한 쌍 건넸다. 볼프강은 부드럽게 푹신푹신한 면을 이맛살을 찌푸리며 만져보았다. 그때 갑자기 지지직거리며 윙윙 울리는 소리가 밀려나왔다. 그는 깜짝 놀라 귀마개를 귀에 대었다가 결국 머리에 올려놓았다. 그러자 콘서트홀 한가운데 있는 것 같았다. 그는 깊이 숨을 쉬면서 귀를 기울였다. 이 새로운 시대는 그를 위해 얼마나 많은 기적을 준비해놓은 걸까? 어떤 한 가지에 익숙해지는기 싶으면 다음 것이 그를 놀라게 하니까.

"찾으시는 곡이 아닌가요?"

"아뇨, 틀림없어요… 다만… 원래 정해진 대로 연주하고 있지 않아서. 연주자 솜씨가 서투네요."

점원의 입술이 가늘어졌다. 점원은 또 다른 케이스를 뒤적여 볼프강의 코밑에 들이대며, 볼프강이 모르는 이름을 댔다. 음악이 중단되더니 곧 다시 시작되었다. 볼프강은 귀마개를 홱 벗어버렸다.

"에이, 죽 단지를 핥아먹고 곧바로 연주하면 이럴까— 하, 죽으로 건반을 붙여버리겠군!"

점원은 말없이 원판을 교체한 다음, 한 번 더 그렇게 했다. 그러자 마침내 볼프강이 귀를 기울였다. 그 시디 속 연주자는 곡을 제대로 이해하고, 아무것도 지우거나 파묻거나 장식하지 않았다. 그럼에도 모든 활력과 힘을 쏟아 넣었다. 그랬다. 이것이야말로 그의 음악에 어울리는 연주였다. 볼프강은 CD 케이스를 잡고, 여자 피아니스트의 사진이 있는 것을 보고 놀라며 기뻐했다. 그리고는 고개를 끄덕이며 점원 앞에 그 케이스를 내놓았다.

"볼프강 아마데우스 모차르트 한 장. 손님, 더 원하는 것은 없나요?"

"네, 됐어요."

볼프강이 당당하게 쳐다보았다.

"아마데라고 해요. 아마데, 그의 이름이 그거죠. 다시는 아마데우스라고 부르지 마세요."

이번에는 그녀의 목소리가 문 스피커에서 나왔다. 그는 머뭇거리며, "접니다"하고 스피커 격자에 대고 말했다.

그녀가 잠시 침묵했다. 그러고 나서 "볼프강?"하고 나직이 묻는 말이 들렸다.

"네. 맞아요! 들어가도 되는지?"

윙윙거리는 소리가 났다. 볼프강은 문을 밀어 열고 잽싼 걸음으로 위로 올라가 그녀 앞에 멈춰 섰지만, 망설이듯 싱긋이 웃고는 포옹도 하지 못했다. 그 전날 밤만 해도 껴안을 수 있다고 그렇게 자신만만했었는데 말이다.

그녀는 마치 뭔가를 막으려는 듯 아치의 안쪽 밑 부분과 문짝을 손으로 붙잡았다. 뭔가가 사라져버렸다. 뭔가 소중한 것이 말이다. 볼프강은 목이 답답해졌다. 그는 감히 묻지 못했다.

"뭔가 특별히 원하는 게 있겠죠?"

당신이오, 하고 그는 생각했다. 그의 숨이 가빠졌다.

"그럼요. 물론이죠… 일전에 내가 에노에게 주려고 가져왔던 자루를 기억할 수 있나요? 내가… 으흠, 그 속에다 뭔가를 두고 까먹었는데…."

"악보인가요?"

그녀가 히죽이며 웃는 바람이 입이 비뚤어졌다.

"아니에요. 다른 겁니다. 그 자루가 아직 있나요?"

그녀는 몸을 돌려 그를 세워두고는 잠시 후 열쇠를 들고 돌아와, 그에게 따라오라고 하며 계단을 내려갔다.

지하실에서는 먼지투성이 궤짝과 말라서 쭈글쭈글해진 사과 냄새가 났다. 단 하나 있는 전등이 흔들거리며 어둠에 맞서 고군분투하고 있었다. 아뉴는 격자의 칸막이벽을 열고, 찾아보는 시늉도 없이 선반 뒤로 손을 뻗고는 볼프강에게 봉지를 내밀었다. 볼프강은 안심하는 마음보다 답답한 심정이 더 컸다. 그는 꿇어 앉아, 가득 채워진 자루를 디듬더듬 만졌다. 무슨 천을 잡아끌자 내용물이 튀어나왔다. 파란 바지주머니 속에서 작은 카드가 만져졌다. 그는 깊이 숨을 쉬고, 남의 눈에 띄지 않게 그 카드를 자기 재킷주머니에 슬쩍 집어넣고는 나머지를 전부 다 봉지에 도로 쑤셔 넣었다.

"고마워요." 그가 나직이 말하고 대문 손잡이를 꽉 붙잡았다.

"뭐가요?"

그는 그녀에게 CD를 내밀었다.

"당신을 위해 음악작품도 가져왔어요. 매우 아름다운 음악이에요. 그 음악은 당신 얼굴과 잘 어울려요. 그리고 나 대신 당신을 기쁘게 해줄 거예요. 내가 그럴 수 없을 때 말이에요."

그는 자기 안에서 뭔가가 잡아끌고 당기는 것처럼 편치 않았다. 그리고 이제 가야 한다는 것을 알았다. 하지만 단 한 번만이라도 그녀를 감동시키고 싶었다.

"나도 장차 그 음악을 듣고 당신을 생각할 거요. 그리고… 당신도 때로는 나를 진정한 친구로 생각하겠죠. 날이면 날마다 항상 당신에게 호의를 갖고 있는 친구로 말이죠. 아듀."

그가 떠나려고 몸을 돌렸다.

"볼프강."

그녀의 입이 떨리기 시작했다.

"아마도… 그 음악을 함께 들을 수 없을 것 같아 너무 유감이네요."

그녀가 목소리를 낮추었다.

"하지만, 난 정말이지 그런 줄 몰랐어요…."

그의 오른손이 아주 천천히 올라갔다. 그는 전혀 자기도 모르게, 거의 눈에 띄지 않게 손가락 끝을 그녀의 뺨에 부드럽게 대고 아주 잠깐 동안이지만 그녀의 온기를 느꼈다.

"뭘요?"

그녀가 망설였다. 그녀의 가슴이 오르내리는 게 또렷이 보였다.

"난 당신들을 보았어요. 어제 저녁에요. 당신 여자친구와 당신을…."

"내 여자친구라뇨?"

그는 여전히 그 말뜻이 확실치 않았다. 표트르에게 물어본 적도 없는 말이었다. 그렇지만 여자친구라는 단어의 의미가 애첩과 비슷할 거라고 짐작했다. 그 단어에 어떤 외설적인 의미가 더 이상 담겨있지 않은 것 같지만 말이다.

"그 숙녀가 누굴까요? 그 숙녀가 예쁘고 얌전하다면, 내게 일단 소개시켜주지 않을래요? 나도 곧 그녀와 진짜로 즐겨보게 말이죠."

"짧은 치마를 입은 키 큰 여자예요. 어제 블루노트에서 보았는데. 그 여자가 당신의 여자친구 아닌가요…."

"오, 그렇군. 여자요리사 얘기군, 그래요! 그녀는 정말 좋은 여자친구죠. 나의 테레자, 가장 친한 친구예요. 그녀는 내게 항상 아주 맛있는 경단을 요리해주고, 대단히 세심하게 나를 챙겨요. 그 덕분에 내가 까마귀처럼 여위지 않는 겁니다. 내가 그녀에게 뽀뽀한 것은 순전히 우정 때문이고, 먹고 살기 위해 그런 거요. 정말이라는 것을 당신에게 물론 확인시켜줄 수 있소. 그런 일 때문에 당신을 불쾌하게 만들면 안 되죠. 그런데 당신이 불쾌하다면, 난 앞으로 이 세상의 모든 테레자에게서 기꺼이 손을 떼고 차라리 굶어죽겠소."

그녀의 조용한 웃음소리가 홀가분하게 울렸다. 그녀는 새 같은 눈으로 그를 바라보았다. 그는 자기가 무슨 말을 더 하려 했는지 잊고 그녀의 어깨를 잡고 그녀 쪽으로 보다 가까이 몸을 숙였다. 두근거리는 가슴을 안고 불안하게 섬섬 더 가까이 다가갔다. 그의 주위에는 정적만 흘렀다. 그는 할 수 있는 한 부드럽게 입술을 그녀의 입술에 대고 눈을 감고는, 그녀가 그에게 다시 키스하는 것을 느꼈다. 그의 영혼이 신명나게 춤을 추었다. 그녀의 입술이 벌어졌다. 처음에는 수줍은 듯, 그 다음에는 더욱 열성적으로. 목에서 그녀의 손길이 느껴졌다. 그로 하여금 모든 것을 잊게 만드는 감촉이었다. 그는 나지막하게 신음소리를 내면서 그녀를 끌어당겼다. 그녀의 등을 타고 허리 맨 아래까지 내려가 몸을 부르르 떨고는 뒤로 물러났다. 그녀가 무서워 겁낼까 싶어서였다. 그런데 그녀가 그의 손을 붙잡아 계단으로 끌고 갔다. 그리고 그들은 말없이 함께 위로 올라갔다.

비가 돌풍 때문에 창에 찰싹 부딪치며, 접시에 단단히 붙여놓은 초들의 펄럭거림에 맞춰 몇 시간 전부터 연주하고 있었다. 날이 차츰 어두워지기 시작했다. 볼프강은 손가락 끝으로 아뉴의 등에 그림자를 드리우고, 새를 닮은 그녀의 여린 얼굴을 들여다보았다. 그 얼굴이 초의 불빛 속에 온화한 표정으로 놓여있었다. 모든 것이 하나로 엮어졌다. 빗방울이 후드득 떨어지는 소리, 불빛, 그녀의 등마루 가장자리에 나 있는 감촉만 느껴지는 아주 작은 털, 이 모든 것이 그의 마음 속에서 다시 울려 완전히 새로운 선율이 되었다. 그런데 그는 그 선율을 이미 오래 전에 들은 것 같았다.

그녀는 팔을 머리 아래 약간 구부린 채 몸을 돌렸다.

"당신은 어느새 다시 노래를 흥얼거리고 있네요."

"내가 흥얼거린다고? 뭘 말이오? 그럴 리 없을 텐데!"

그는 이불을 살짝 쳐들고 자기 아래쪽을 보다가 바짓가랑이를 손바닥으로 살짝 쳤다.

"파리가 있네. 뚱뚱한 파리야."

그는 입을 다물고 계속 흥얼거렸다. 그녀가 미소를 짓자 그는 그녀에게 몸을 숙여 키스했다. 그녀와의 키스는 경이롭고 부드럽고 따뜻했다. 그래서 그는 점점 더 깊이, 그녀 안으로 완전히 들어가고 싶었다. 그녀의 신비스럽고 포근한 온기 속을, 단 하나의 위안일 수 있는 그녀의 품속을 파고들고 싶었다. 그는 작고 느린 동작으로 조심조심 진심으로 정성을 다해 그녀를 다시 사랑했다. 그가 보기에는, 그런

동작이 온갖 열렬한 맹세보다, 사랑하면서 삶을 열망해야 하는 사람들이 자제하지 못하고 숨 가쁘게 다투는 것보다 훨씬 더 강력한 것 같았다.

나중에 그녀는 작은 버튼들이 달린 조그만 장치를 손으로 잡고, 마술지팡이처럼 벽 선반에 있는 기계장치를 향하게 했다. 그리고는 구르듯 그의 팔에 다시 안겼다. 알레그로가 새로 울려 퍼졌다. 볼프강이 장치를 잡았다. 지멘스라는 단어가 눈에 들어왔다. 그의 입가에 절로 미소가 퍼졌다.

"이것으로도… 에— 전화 통화도 할 수 있어요?"

"리모콘으로? 안돼죠. 난 그렇게 현대적이지 못해요. 이건 아주 오래된 것이에요. 내가 쓴 지도 벌써 6, 7년은 되었을 거예요. 하지만 내가 아는 사람들 집에서는 이걸로 전등을 켜기도 해요."

"인간이 터무니없는 것들을 아무리 고안해낼 수 있다 하더라도, 남자와 여자가 함께 있는 이런 것은 오직 하나님만이 생각해낼 수 있을 거요."

그는 자신을 그녀에게 더 단단히 밀착시켜 그녀를 껴안고, 손으로는 그녀의 살갗을, 뺨으로는 그녀의 숨결을, 가슴으로는 그녀의 가슴이 뛰는 소용한 리듬을 느꼈다. 더 이상 부족한 것 없는 충만한 기분으로 그는 잠깐 가만히 누워있었다. 그의 모든 감각은 배부르고 취했다. 하지만 살짝 건드리기만 해도 허기가 다시 일깨워진다는 것을 그는 알고 있었다.

"간지러워!"

그녀의 엉덩이가 움찔했다. 그제야 그는 자기의 오른손이 CD에서 흘러나오는 협주곡을 함께 연주하고 있음을 깨달았다.

"곧 아다지오가 나올 거요. 그러면 더 부드럽게 될 거요. 내 작은 날개, 기다리기만 해요. 여기에서. 들어봐요….”

그는 다정하고 거의 어루만질 듯한 동작으로 그녀의 팔위로, 어깨 위로, 그녀의 작고 부드러운 가슴 쪽으로 연주하듯 움직이고는 배로 기어 내려가 갑자기 꼬집듯 살을 잡아당겼다.

"헤이!"

그녀는 웃으면서 몸을 돌려 그를 살짝 꼬집고는 그의 팔에 도로 안겼다.

"그것도 연주할 수 있어요? 피아노로? 정말 아름다운가요?"

"물론이지."

그는 그녀의 음부 주위에서 작고 빠른 연속음을 따라갔다.

"난 전부 다 연주할 수 있소. 다만 제대로 된 악기가 필요할 뿐이지.”

"전부 다 할 수 있다고요. 아하."

그녀의 눈빛에 그가 내던 음이 반 박자 끊어졌다.

"당신이 그걸 연주하는 것을 듣고 싶어요. 저기 저것 같은 것을 말이에요. 당신은 저런 곡들도 어딘가에서 연주하나요?"

"담 다다담 다람, 담 다다담 다라람, 딤, 디디딤, 딤….”

배가 쪼르륵거리는 소리가 크게 나는 바람에 그는 흥얼거리는 것을 돌연 중단했다.

"헤호— 저기 저 뱃속에 있는 친구는 무슨 꿍꿍이수작인지….”

그는 스타카토로 배를 내리치고는 가능한 한 머리를 멀리 아래로 움직여 긴장한 채 귀를 기울였다.

"아하. 저 녀석 배가 고파서 기분이 언짢군. 돼지 같은 놈이야! 그리고 탐욕스러워! 입 다물어!"

"나도 배가 고파요. 난 아침도 먹지 않은 것 같은데요. 대체 몇 시에요…?"

그녀는 침대 옆 바닥에 놓여있는 탁상시계 쪽으로 팔을 뻗었다.

"욕실에 갈 거면 걸칠 것을 가지고 가는 게 좋을 거예요. 다른 사람들이 금세 들이닥칠 테니까."

"요스트가?"

그녀가 고개를 끄덕였다.

"그 사람하곤 사이가 별로 좋지 않죠? 그 당시 일 때문인가요? 당신들, 대체 어디서 서로 알게 되었나요?"

"글쎄. 난⋯ 그냥 전에 우연히 만났는데, 그 다음에는 두 번 다시 보지 못했소. 그래서 이런 기쁜 일이 있으리라고는 아예 꿈도 꾸지 못했소."

"그 당시 대체 무슨 일이 있었나요?"

"오, 그건 더 언급할 가치가 없소. 남자들 사이에서 벌어지는 그런 일이니까."

"아하."

아뉴가 입을 다물었다.

"자, 그건 그렇고 식사해요. 금세 모두들 여기 부엌에 모일 거에요. 바비라, 요스트, 에노, 전부. 특별히… 흠, 낭만적이진 않지만."

그녀가 수줍게 미소 지었다.

"하지만 나도 밖에 나가고 싶지 않아요."

그녀는 비가 여전히 부딪치는 창 쪽을 머리로 가리켰다.

"당신은?"

"브르르르르!"

"이탈리아 음식을 시켜먹을 순 있을 거예요. 좋아해요?"

"이탈리아 음식이라. 물론."

아차, 그 이탈리아 식당!

"이크, 이탈리아 식당! 오늘이 무슨 요일이죠?"

"화요일."

"맙소사, 표트르!"

볼프강은 놀라서 벌떡 일어나 탁상시계를 잡고 신음소리를 냈다.

"대체 무슨 일이에요?"

"오, 오늘 표트르와 함께 해야 하는 공연을 완전히 까먹었소. 그는 내 가장 친한 친구인데. 하지만 아하…."

그는 뒤로 주저앉아 이불을 머리 위로 잡아끌었다. 그 바람에 보라색의 약한 불빛이 그를 감쌌다.

"아하, 어떡하지?"

이불이 아래로 끌어내려지고, 아뉴가 그를 음울한 표정으로 바라보았다. 그는 그녀의 허리를 잡고, 얼굴을 그녀의 배에 묻었다.

"난 못해!"

"어째서 못 하는데요?"

"아하, 내 작은 날개. 여기 이것을 가질 수만 있다면… 날씨가 나빠도 곧 떠나리다!"

그는 다시 한 번 더 아래로 미끄러져 내려가 그녀의 배를 따라 입을 맞추고는 그녀의 허리를 꽉 잡았다. 그녀를 떠난다는 생각만으로도 견디기 어려운 모양이었다. 지금 떠나간다면 그녀를 두 번 다시 보지 못할 것 같았다.

"들어봐요. 일하러 가야 한다면 당신과 함께 가겠어요!"

"내 작은 날개, 가련한 남자에게 너무 엄하게 굴지 말아요."

"난 엄하지 않아요. 그저 당신이 그 표트르를 헛되이 기다리게 해서는 안 된다고 생각할 뿐이지. 그가 당신 친구라면, 그런 대접을 받는 건 온당치 않아요."

그는 한숨을 쉬며 몸을 일으켰다. 그녀의 말이 옳았다. 그는 이불 속을 뒤져 속옷을 찾다가 마침내 매트리스 발치에서 발견했다. 속옷을 급히 걸치면서도 그는 눈길을 아뉴의 얼굴에서 떼지 않았다.

"좋아요. 가리다. 하지만 당신 없이는 안돼요. 자, 우리가 연주하는 동안 당신은 그곳에서 식사할 수 있어요. 내 작은 날개, 오래 걸리지는 않을 거요."

그가 셔츠를 집었다.

그녀는 기분 좋게 투덜거리며 기지개를 켰다.

"으흠. 아하, 아니에요. 난 가지 않는 게 낫겠어. 여기서 먹을래요."

볼프강은 목이 답답해졌다. 아주 잠깐이지만, 그냥 다시 그녀가 있는 이불 속으로 잽싸게 들어갈까 생각했다. 그는 소심하게 그녀의 손을 잡았다.

"하지만 가도 된다고 당신이 허락한다면, 연주를 너무 오래 하지는 않겠소. 짧은 소곡 하나만 할 거요. 트라라라라라, 다다 탐, 밤. 그러면 끝. 내 작은 날개, 그런 다음 재빨리 다시 당신 곁에 오리다. 그래도 되니요?"

그녀가 고개를 끄덕이고 미소를 지으며 몸을 쭉 폈다. 그러자 그가 작별인사로 그녀에게 키스하고 재킷을 집어 들고는, 곧바로 한 번에 계단 세 개씩 건너뛰며 층계를 서둘러 내려갔다.

뚱뚱한 남자가 시중을 드는 피자가게에 가서도 볼프강은 아뉴 생각뿐이었고, 보라색 이불을 덮고 있는 그녀의 이마 위에 드리운 거무스름한 머리카락만 떠올랐다. 표트르가 무슨 말을 하든, 볼프강에게

는 그 소리가 마치 안개를 뚫고 나오는 것처럼 들렸다. 그리고 다시 그녀와 마주 선 다음에야 볼프강은 또렷이 듣고 보고 할 수 있을 것 같았다.

그가 벨을 울리자마자 버저가 작동되었다. 그는 돌진하듯 위로 올라갔지만, 마지막 층계참에 이르렀을 때 멈칫하고 숨을 깊이 쉬며 어깨를 팽팽히 했다. 요스트를 만나지 않았으면 싶었다!

그런데 다행스럽게도, 새를 닮은 뾰족한 작은 얼굴이 문에서 미소를 지으며 엿보더니 그를 안으로 잡아끌고는 그에게 바싹 달라붙었다. 그리고 온 세상이 가라앉았다.

갑자기 불이 켜졌다. 볼프강은 소스라치게 놀랐다.

"믿을 수가 없군! 에노!"

볼프강은 머리를 돌려 요스트를 보았다. 요스트는 눈이 휘둥그레져서 거실 문에 서 있었다.

아뉴가 손을 여전히 볼프강의 목에 댄 채, 깜짝 놀라 갑자기 뒤로 돌았다.

"헤이, 너희들 미쳤니? 여기에서는 2분도 편히 쉴 수가 없어?"

"무슨 일이야?"

에노가 신발을 끌며 복도로 들어왔다.

"나 좀 꼬집어봐! 대체 믿을 수가 없어."

요스트가 두 손을 주먹 쥔 채, 부자연스럽게 눈을 비볐다.

"이걸 보게. 나 같은 사람은 몇 달 동안이나 여자들을 극장이다, 음식점이다, 데리고 다니고, 공동묘지의 꽃까지 슬쩍하는 판국인데. 그 결과는? 아무것도 없어. 하지만 이제 다음번에는 뭘 해야 할지 알겠어. 오줌이나 찔끔찔끔 누면 되는 거야! 잔에다 말이지! 하, 그러면 여자들을 몽땅 차지할 수 있는 거야!"

"이봐, 그래, 알았어."

에노가 웃으면서, 여전히 머리를 흔드는 요스트를 거실로 도로 밀어넣었다.

"바보."

아뉴는 볼프강의 손을 잡고, 손가락을 그의 손가락과 깍지 꼈다. 그는 그녀의 손 감촉이 레이스처럼 부드럽다는 것을 알고 다시 놀랐다. 여자 하프연주자의 손 같았다. 그녀는 볼프강을 부엌으로 잡아끌고 찬장에서 잔들을 꺼내 그의 손에 포도주 병을 쥐어주고는 그에게 방으로 가라고 시켰다.

"CD에 다른 곡이 하나 더 있는 걸 알았어요. 그게 세상에서 가장 아름다운 곡이에요. 기다려요. 여기 이거네요."

손에 케이스를 든 채 그녀는 기계장치를 눌러서 돌렸다. 그는 침대에 앉아 코르크 따개를 병에 박고 돌리며 아뉴의 목을 유심히 관찰했다. 그녀는 머리를 틀어 올려 은 핀으로 꽂았다. 거무스름한 가닥 몇 개만이 그녀의 목 위로 흘러내렸다.

"당신이 세상에서 가장 아름다워."

넓은 치마 아래로 빠끔 보이는 그녀의 맨발 아래에서 라크 칠 된 마루청이 삐걱거렸다. 그의 호흡이 급해지다가 얕아졌다. 맨살의 목과 우아한 발 — 세상에서 아무리 짧은 치마라 할지라도 그를 이보다 더 흥분시킬 수는 없을 것이었다. 그는 무릎으로 기어 그녀에게 가서 그녀의 무릎을 감싸고, 음악의 박자에 맞춰 그녀와 함께 몸을 흔들었다.

"그 곡이 사랑을, 어떤 여자에 대한 사랑을, 말하고 있기 때문에 당신이 그걸 좋아하는 거요."

그녀는 그의 옆에 웅크리고 앉아, 아무렇게나 놓여있는 쿠션 몇 개를 끌어당기고 양초에 불을 다시 붙였다.

"그 곡이 무엇에 대해 이야기하는지 누가 알겠어요. 하지만 그건 아주 오래된 거예요. 어쩌면 그 곡은 전혀 다른 어떤 것을 말하고 있는지도 몰라요. 그러니까….'"

"거미요!"

그는 손가락을 구부려 그녀의 목을 따라 간질였다.

"오케이. 당신이 이겼어요. 그러니까 사랑에 대해 이야기하고 있는 거예요."

그녀는 전화기가 아닌 지멘스 장치를 낚듯이 잡았다.

"그 곡을 다시 한 번 들어볼게요. 곡이 무척 아름다워요. 내가 모차르트에 이렇게 매료될 거라고는 전혀 생각도 못했는데. 나에게는 그 곡이 항상 어떤 식으로든… 흠, 낡은 잡동사니였거든요."

"낡은 잡동사니라고? 오, 내 사랑 아뉴. 이 음악은 3월의 봄처럼 젊어요. 당장 들어봐요. 여기. 지금 난 다음 주제를 위해 현악기 활을 당기고 있어요. 다람, 다라람. 이건 대담해요. 오늘 어떤 사람이 그것을 감행할 거라고!"

그녀는 대답 대신 볼프강의 팔 안에 더 바싹 달라붙어 목 안쪽의 냄새를 맡았다. 그들은 꼭 껴안은 채 바닥에 누워, CD가 나직이 긁는 소리를 내며 작동을 멈출 때까지 포도주와 음을 음미했다.

"내 사랑 아뉴. 지금껏 어떤 여자와도 결코 이렇게 열성적으로 음악을 들을 수는 없었소. 고맙소."

그는 그녀에게 키스하고 그녀와 사랑을 나누고는 그녀를 아이처럼 안아서 침대로 데려갔다. 그녀는 그에게 안겨 잠이 들었다.

볼프강은 깨어있으면서 그녀의 숨소리가 사라질 수 있기라도 한 것처럼 주의하여 귀를 기울이고, 집과 거리의 정적을 자기 안에 받아들여서 그 고요함을 온갖 음으로 채웠다. 벽에 드리워진 검푸른 그림자들이 그를 먼 세상으로 데리고 갔다. 그는 이 세상에서 처음 깨어났던 날의 아침이 생각났다. 그리고 그 당시나 지금이나 그녀의 베개에서 올라오는 향내를 생각했다. 그러자 오랫동안 느껴보지 못한 평온함이 찾아왔다. 추억이 있는 곳이 집이야… 그는 생각하며 잠에 빠져들었다.

그가 깨어났을 때도 여전히 방안이 어둑어둑했다. 그는 방광에 압박감을 느끼고 조용히 일어나 살그머니 욕실로 갔다. 방으로 다시 돌아온 그는 초에 불을 붙이고, 유리가 덮인 책상에 앉았다. 종이는 그가 예전에 찾아냈던 곳에 여전히 놓여있었다. 그는 줄을 긋고 적기 시작했다. 도요타들의 경적에 아뉴가 잠에서 깰까 불안해질 때까지 마음속에서 솟아나오는 모든 것을 적고, 마지막으로 전부 다 침대에 펼쳐놓았다.

목구멍에서 나오는 짧은 올림 사(gis)와 함께 그녀가 몸을 옆으로 돌렸다. 그녀의 팔이 종이 위에 내려놓였다. 그는 그녀의 손을 오랫동안 경건하게 어루만지다가, 눈물이 왈칵 솟구치려 하는 것을 느꼈다. 그는 그녀의 눈꺼풀에 부드럽게 키스했다. 그러자 그녀가 마침내 잠에서 깼다.

"내 사랑, 장미 대신이오."

그녀는 깜짝 놀라 상체를 일으켰다.

"그게 뭐예요? 음악인가요? 당신이 만든 건가요?"

그녀는 종이 한 장을 잡고 잠시 유심히 들여다보았다.

"마음에 들어요?"

"마음에 드냐고요? 어쩜, 당신 귀엽네요! 이거 아름다운 것 같아요. 하지만 내게는 난해한 기호예요. 어쩌면 인도 문자가 당신에게 그럴 수 있는 것처럼 말이죠. 설령 사람들이 이해하지 못할지라도, 인도 문자들 역시 무척 아름답게 보이잖아요. 아니에요. 그게 어떤 느낌일지 난 짐작도 못해요."

"그건 당신이 눈으로 읽지는 못하지만, 귀로 들을 수는 있을 거요."

그는 흥얼거리기 시작하며, 백연 연필로 책상판을 두드리고 손톱으로 포도주 잔을 톡톡 쳤다.

"그렇지만 다른 성부들도 있어요. 그걸 들으면 사람들이 발로 소리 내고 싶어할 걸."

손에 여전히 종이를 든 채 그녀는 그어진 오선지 위를 어루만졌다.

"이건 정말 너무 아름다워요."

그녀의 목소리는 가벼운 숨결 같고 부드러웠다.

"당신, 일단 내 앞에서 제대로 연주해야 해요. 난 당신이 쓴 곡을 꼭 다시 듣고 싶어요."

그녀는 그를 초대하듯이 이불을 옆으로 젖혔다.

그는 머뭇거리며 그녀를 말없이 관찰했다. 그가 원하는 게, 그녀 곁에 있고 그녀와 함께 있고 그녀 안에 있는 것뿐인데도 말이다. 집이야, 하고 그는 생각했다. 집이야. 이 사람은 너의 가슴이 그리워하는 인간이야. 너의 가슴이 열리는 인간이야. 의아해하는 그녀의 눈빛이 그의 눈앞에서 흐릿해졌다. 그는 힘차게 싱긋 웃고, 눈물을 삼키며 눈을 훔치고는 지멘스 리모콘을 잡았다.

"이걸 켜요."

그는 그녀에게 모든 것을 선사하려 했다. 그의 음악, 그의 사랑, 그의 삶을 말이다. 그는 깊이 숨을 쉰 다음, 자주색 이불 속으로 몸을 밀어넣었다.

"무슨 일이에요?"

그의 가슴이 두근거렸다. 수요일에는 그녀에게 말하고 키스하고 웃을 수 있을 거야. 그러면 모든 게 그 전처럼 될 거야.

"아뉴, 내 사랑. 당신은 내가 쓴 곡을 듣고 싶어 했지."

"네. 그런데요?"

당신은 그걸 지금 듣고 있소, 하고 그는 생각했다. 그러고는 그가 그 말을 했다.

"당신은 그걸 지금 듣고 있소."

"정말?"

그녀는 놀란 표정으로 그에게 얼굴을 돌렸다.

"당신이 취입한 연주곡인가요? 진짜요?"

"그건 절대 아니오. 내가 그것을 작곡했소."

그녀는 놀라 멈칫하고 환하게 웃다가 순식간에 진지해졌다.

"당신이라고요. 아, 그렇군요. 그거 근사하네요. 〈종의 기원〉(영국의 생물학자 C. 다윈(1809~1882)의 생물의 진화론에 관한 저서), 알죠. 그런데 그거 내가 썼어요!"

그녀가 와아 웃었다.

그는 어리둥절하여 그녀의 눈빛을 보고 그 이유를 알려고 애썼다. 그런데 그녀의 눈은 당돌하게 번쩍일 뿐이었다.

"다윈의 진화론 책 종의 기원에 대해서는 당신도 틀림없이 들어보았겠죠."

음악은 그 안에서 마치 잊힌 가방 같았다.

"오, 쏘리."

그녀는 손으로 입을 감쌌다.

"당신 말은, 당신이 그것을 —그런 걸 뭐라고 하더라?— 편곡했다는 거죠. 그거 아닌가요? 이제 무슨 말인지 알겠어요. 미안해요. 난 당신이 장난친다고 생각했어요. 그런데 그게 모차르트의 것인지는 나도 알아요."

"물론, 장난이오."

그는 미소도 지을 수 없었다. 음악이 요지부동으로 단조로 바뀌자, 눈물이 솟구쳤다. 그는 울음을 삼키며 일어나 앉아 얼굴을 무릎에 대고 눌렀다. 아뉴의 손이 등에 닿는 것을 느끼고 애써 눈물을 참았다. 주저하는 듯한 그녀의 손길 아래에서 그의 몸이 흔들렸다.

"볼프강? 무슨 일이에요?"

그는 쿵쿵대며 간신히 숨을 쉬고 눈물을 이불에 슬쩍 닦고는 몸을 일으켰다. 그가 얼마나 비참한 모습을 보여주어야 한단 말인가. 애인이란 사내가 엉엉 우는 꼴이라니, 얼마나 창피한가! 그는 마음을 굳게 다잡고 숨을 깊이 쉬었다.

"내가 당신 방에서 잠을 잔 날을 기억해요? 오늘까지도 난 그 당시 어떻게 그곳에 이르렀고, 그 전에 있었던 장소를 어떻게 떠날 수 있었는지 몰라요. 물론 이상한 여행도 무수히 많이 했지만, 그거야말로 내가 여태 했던 여행 중 확실히 가장 기이한 것이었소."

아뉴가 눈살을 찌푸렸다.

"당신이 그 전에 있었던 곳이라니, 대체 어떤 장소였나요?"

"글쎄, 난… 집에 누워있었소… 내 침대에 말이오. 그리고 반드시 죽을 거라고 생각했지."

그는 그녀의 손을 잡고 방의 천장을 쳐다보았다.

"난 아팠소. 불치병에 걸렸소. 신장병이었지. 그건 지금도 잘 알고 있어요. 그 당시에는 이런 병은 치료할 방도가 없었어. 난….”

"그 당시라뇨?"

볼프강은 깊이 숨을 들이쉬었다.

"설명하기가 그다지 쉽지 않군…. 그 시절에는… 아하, 난….”

어쩌면 그는 그냥 웃고 일어나서, 마치 아무 일도 없는 것처럼, 장난친 것을 까먹은 것처럼 굴어야 할 것이었다. 그렇다. 그는 그렇게 해야 했다. 그런데 그 다음에 아뉴의 손이 느껴진 것이다. 그의 두 눈이 다시 화끈거리기 시작했다. 그는 말을 계속했다.

"그 당시, 세상은 아직 넓고, 밤은 아직 어두웠소. 그 날 저녁에 우리는 거리에 불을 밝히기 위해 창 앞에 촛불을 놓아야 했소. 아뉴, 당신은 상상할 수 없을 거요. 그렇죠?"

아뉴는 어깨를 으쓱했다.

"내가 알고 있는 인도의 몇몇 지역에 사는 사람들도 그렇게 해요. 근데, 당신은 대체 어디에서 살았길래?"

"빈에서 살았소."

그녀가 웃었다.

"빈이 아니라 오히려 아프리카 밀림에 있는 무슨 선교 기지 이야긴 줄 알았네요. 내가 물었던 것은, 그 특별한 여행 이전에는 당신이 어디 살았느냐는 거예요."

"그 전에도 난 빈에서 살았소. 십 년 동안 말이오. 12월까지. 1791년에 말이오."

그러고 나서 그는 자신이 이미 죽음을 느꼈던 시절에 대해, 시간이 그에게서 달아나 버릴 수 있다는 불안에 대해, 그곳에서 맞이한 마지막 밤과 낯선 침대에서 깨어난 것에 대해 이야기하기 시작했다. 아뉴는 그의 앞에 앉아 있다가 그의 손을 잡고 입을 다물었다.

"내가 가끔 너무 별스럽게 보이는 이유를 이제 알 거요. 오직 당신 혼자만 말이오. 아뉴, 내 사랑 아뉴, 내가 하필 당신 방에서 깨어난 데는, 거룩한 지혜와 섭리가 틀림없이 있었을 거요."

그는 눈을 감고 그녀의 손을 들어 자기 입술에 대고 오래오래 붙잡고 있었다.

그는 아뉴의 눈가에 눈물이 반짝거리는 것을 보고 지멘스 리모콘을 잡고 알레그로 부분이 나올 때까지 눌렀다.

"듣기만 해요! 아주 즐거운 음악이니까."

단조 이후 갑작스럽게 시작된 알레그로는 그에게 거짓말을 한다고 책망하는 듯 했다.

"나… 좀 나갔다 올게요."

아뉴가 침대에서 기어나가 아침 가운을 집어들고 사라졌다. 그는 문이 탁 닫히는 소리를 들었다. 그 다음에는 정적이 영원히 이어지는 것 같았다. 다시 나타난 그녀는 거무스름한 피부색에도 불구하고 창백하게 보였다.

"볼프강. 다른 사람 그 누구와도 그런 이야기를 하면 안 돼요."

그녀의 손이 그의 뺨을 부드럽게 어루만졌다.

"그러겠다고 내게 약속해줘요. 네?"

그는 그녀가 숨 쉬는 소리를 들었다.

"난… 볼프강, 난 당신이 나를 이제 혼자 내버려두었으면 해요. 부탁이에요. 가세요."

불안에 찬 그녀의 어조가 그의 가슴을 에는 듯 했다. 그는 옷을 입으면서, 왜 가야 하는지 이유를 알지 못했다. 그녀는 그를 어두운 복도로 데려가 그의 가슴에 잠깐 꼭 안기고는 방으로 다시 달려갔다. 그는 목이 답답했고, 점점 더 답답해졌다. 그는 그녀가 "아듀" 하고 말하는 것을 들었다. 그리고 현관문이 덜컥 닫히는 소리가 나더니, 멀리서 나는 것 같은 우는 소리가 들렸다.

축축한 바람이 잎들을 보도 위로 몰아갔다. 볼프강은 공연히 발로 바닥을 더듬거렸다. 끝없는 바다를 헤엄쳐서 나아가는 듯한 기분이었다. 텅 빈 것 같은 적막감이 고통스러웠다. 그는 흥얼거리기 시작했지만, 그래보았자 소용이 없다는 것을 알고 있었다. 그가 두 손을 재킷 주머니에 밀어 넣자, 휴지와 열쇠와 텅 빈 젬멜빵 봉지 사이에서 작은 카드가 느껴졌다. 그는 그 카드를 끄집어내어 보지도 않은 채, 아주 가까운 하수구 웅덩이에 던졌다. 그리고는 멈춰 서서, 갈색 구정물에서 삐죽 나온 담청색 물건을 주시하다가 허리를 굽혀 그 물건을 다시 집어들었다. 그녀가 그를 쫓아냈다. 물론이었다. 하지만 영원히는 아니었다. 그녀는 그를 사랑했다. 그는 그것을 똑똑히 알고 있었다. 그녀가 사정을 파악하고 그를 이해하여 다시 온전히 그의 곁에 있게 될 때까지, 그는 그녀에게 시간을 줄 터였다. 당분간은 일을 하고 부지런히 노력하여, 그녀에게 어울리는 존재라는 것을 입증할 거야. 그녀는 그가 연주하는 것을 들어야 했다. 어느 날, 그에게 명예를 안겨줄 무대에서 말이다.

그는 작은 카드를 조심스럽게 바지로 훔쳤다. 카드에 있는 사진은 불분명했는데, 어떤 남자의 모습을 보여주었다. 엄밀히 말하면 볼프강 자신일 리는 없겠지만, 형제쯤은 될 수 있을 법한 남자였다. 머리만 약간 너무 검은 것 같았다. "에버하트 팔―루―스―치―츠―크," 하고 볼프강이 제대로 읽어보려고 애썼지만, 어떻게 발음해야 하는 건지 알 수 없었다. 그는 생면부지 남자와 은밀히 가까이 있다는 야릇한 느낌을 갖고, 작은 카드를 재킷에 과감히 도로 밀어 넣고는 지하철을 타러 달려갔다.

　며칠이 지나갔지만 아뉴는 오지 않았다. 볼프강은 그녀에게 표트르의 지멘스 전화기 번호를 대주었고, 이 바이올린 연주자에게 전화기를 밤낮 켜놓으라고 고집을 부렸다. 하지만 전화기는 울리지 않고 잠잠했다. 그는 아직도 그녀의 땀이 자기 살갗에 닿는 게 느껴지는 것 같아서 몸을 더 이상 씻지 않았다. 그러자 마침내 표트르가 역정을 냈다. 볼프강은 욕실로 달아나 눈물을 왈칵 쏟고는 샤워로 눈물을 씻어냈다. 그는 억지로라도 일을 해야 했다. 시험 삼아 장송곡에 매달려보고, 쾌활한 8중주를 손쉽게 뚝딱 썼다. 내면의 어두운 수렁 속에 자신의 횡설수설을 쏟아 부어야만 할 것 같은 느낌으로 말이다. 진혼곡이 머리에 떠올랐다. 이것이 끝나면 어떻게 될까… 불안한 의문은 여전히 해결되지 않았다. 혹시 그가 끝낼 수 있을까, 정말로 이 모든 것을 끝내야 하나? 그는 악보 페이지들을 표트르의 타일 탁자에 펼쳐놓고, 써놓은 것을 들여다보다가 연필을 찾았다. 그리고는 머뭇거리고 짐작하고 걱정하다가, 종이를 빈손으로 다시 돌돌 말아서 그 위에 고무 고리를 씌웠다. 그리고 오래 전에 잃어버린 삶처럼 잠깐 마도를 생각했다. 그는 쉼 없이 시내를 불안하게 쏘다니고, 공연히 아뉴의 현관문 초인종을 눌러대고, 저녁에는 블루노트에 앉아 무엇을 하는지도 모른 채 연주를 했다. 그러면서도 시선은 항상 입구를 향하고 있었다. 그는 가슴이 아팠다. 이루 헤아릴 수 없는 큰 그리움을 담을 만큼 그의 가슴이 크지 않았던 것이다.

"자네한테 전화 왔어."
　표트르가 초연한 얼굴로 지멘스 전화기를 볼프강에게 내밀었다.

"아뉴!"

"무스터만 씨?"

볼프강은 맥이 빠져 주저앉았다.

"무스터만 씨? 크라흐트 에이전시의 방에만입니다."

"네."

볼프강이 힘없이 말을 내뱉었다.

"신분증은 있습니다."

"으흠. 무스터만 씨, 그거 잘 되었군요. 물론 이제는 좀 늦었지만요. 그렇지 않은가요?"

볼프강이 입을 다물었다.

"무스터만 씨, 내가 음악협회에 당신이 연주할 자리를 하나 마련할 수 있을 것 같은데. 물론 아주 단시일 내에 말이오. 당장 오늘 낮에 내 사무실로 올 시간이 있으시면…? 그렇다면 세 시쯤 만나 이야기할까요?"

볼프강은 기다렸다. 그러고는 생각을 했다.

"연주할 자리라. 아, 물론이죠. 네. 갈게요."

그는 지멘스를 내려놓았다. 기계장치에서 나오는 음악도 인정할 거야. 결국은 그 안에 집어넣은 것이 다시 나오는 셈이니까. 그런데 받아들여지지 않은 채 공중을 떠도는 목소리들 때문에 그의 생각들이 이리저리 흩어졌다.

"뭐라고? 에이전트로부터 초빙을 받았다고? 어딘데?"

"음악협회래."

볼프강이 침을 삼켰다. 그녀는 언제 전화할까?

"음악협회! 언제?"

볼프강이 어깨를 으쓱했다.

"단시일 내라고 에이전트가 말했어."
"볼프강! 얼굴이 당장 달라 보이네. 그게 최선이야. 뭔가 좋은 일이 생길 것 같구먼. 음악협회라!"
그리고는 표트르가 슬픈 표정으로 지멘스를 옆으로 치웠다.
"자네한테는 제대로 된 첫 번째 콘서트인데, 내가 폴란드에 있게 되면 함께 할 수 없을 거야. 하지만 내가 돌아온다면, 자네는 매주 공연 초청을 받을 거야. 자네, 드디어 유명해지는 거야! 이제 결실을 보는 거지."

볼프강은 셔츠를 새로 입고 신분증을 주머니에 넣은 다음, 방에만 에이전트를 찾아갔다.
"무스터만 씨, 지금 피아니스트 땜에 골치가 아픕니다. 모차르트 해석자로서 어느 탁월한 음악가가 자기만큼 실력 있는 사람을 구하고 있어요. 다음 주에 음악협회에서 연주를 한대요."
방에만이 두 손을 들어올렸다.
"원래 피아니스트가 행방불명이랍니다. 요트를 타고 남해 어딘가에서 말이에요. 아무도 그가 어디에 있는지, 왜 사라졌는지, 연유를 몰라요. 진작에 돌아왔어야 해요. 그가 과연 나타날지조차 모르겠어요. 단시일 내에 그 정도의 실력을 갖춘 대역을 구한다는 게…."
방에만이 손으로 허공을 훔쳤다.
"그런데 모차르트 전문가시잖아요. 그렇지 않은가요?"
그는 잠시 말을 멈추고 볼프강을 날카롭게 바라보았다.
"기막힌 기회가 될 수 있어요."
"그게 확실하다면, 응할 용의가 있습니다. 언제 어디서 뭘 연주해야 하나요?"

방에만이 볼프강에게 인쇄된 메모지를 밀어주었는데, 그 종이에서 약간 광택이 났다.

"이것을 익힐 수 있겠죠?"

볼프강은 눈썹을 치켜올렸다. 그가 혈기왕성한 젊은이였을 때 생각해내고 연주했던 피아노 소나타였다. 기억에 거의 없는 디베르티멘토(Divertimento, 둔주곡의 자유 삽입곡)에 대한 변주곡이었다. 지금 처지를 고려하면, 이것은 그에게 기회일 수 있었다. 그런데, 이게 그가 원하는 것이란 말인가? 이런 것을 위해 그가 21세기에 착륙했단 말인가? 2백 년 전에 이미 똑같은 방식으로 열었을 법한 콘서트를 하려고? 그 이후로도 똑같은 형태로 이미 천 번이나 열었을 콘서트 때문에? 그 사이에 누구나 은빛으로 빛나는 CD로 음반장식장에 소장하게 된 콘서트를 열려고? 모두들 그것에 질리지는 않을까? 나 자신은 질렸는데. 간을 넣은 경단을 일곱 개나 먹고 나서 단 한 개도 더는 도저히 먹을 수 없는 것처럼, 너무 질렸는데. 볼프강은 나지막하게 신음소리를 냈다.

방에만은 코 날개를 부풀렸다.

"그런데, 이 프로그램에 어려움이 있으시면… 당연히 프로그램을 원하시는 대로 변경해드릴 수 있습니다. 물론 모치르트여아 하지만요… 그러니까 그것에 자신이 없으시면 말입니다. 하지만 그것은 어쨌든…."

"자신이 없냐고요? 오, 그 어떤 것보다 자신 있는 곡입니다. 제가 이 소나타에서 느끼는 것은, 무엇이 모든 진정한 예술의 죽음인가 하는 겁니다. 기백과 신선함으로 황량함과 따분함에 맞서는 것을 어떻게 성스럽게 할 수 있을까 하는 것이죠. 그래서 허락하신다면, 아주 기꺼이 모차르트 저녁 콘서트를 열겠습니다. 그렇지만 내 방식대

로 하겠습니다. 틀림없이 호평과 호의적인 많은 박수를 받게 될 겁니다."

"무스터만 씨, 제가 바랄 수 있는 것은 물론 너무 큰 모험이 아니기를…."

"훌륭하고 신선한 음악은 항상 모험입니다. 모험이 없는 곳에서는 음악이 실패할 뿐 아니라, 조금도 양심에 거리낌 없이 말씀 드리지만, 그런 음악은 예술이라고 말할 수 없습니다. 나는 모차르트를 연주합니다. 그것으로 됐습니다. 예를 들면 이 소나타도 연주할 겁니다. 내 방식으로 말입니다."

이번에는 방에만이 조용히 신음소리를 냈다.

"좋습니다. 무스터만 씨, 물론입니다. 그럼, 무슨 곡을 연주하실지 말씀해주세요. 포스터에 그 내용을 적을 수 있게 말입니다."

"〈볼프강 M.의 사랑에 대한 변주곡〉이라고 적으세요. 사랑은, 친애하는 방에만씨, 사랑은 결코 사라지지 않으니까요."

2007년 10월 27일 빈에서.

경애하는 친구이자 애인(?)에게

당신에게서 소식도 듣지 못하고 편지 한 통도 읽어보지 못한 지 이제 2주가 지났군요. 그럼에도 불구하고— 당신이 어디로 편지를 써야 할지 알 수 없다면, 내가 어떻게 당신의 글을 읽겠소. 고로, 난 당신의 편지를 받을 수 없을 거요— 그래서 이제는 내 숙소가 어디인지 당신에게 털어놓겠소. 남부역에서 멀지 않고 따라서 특별히 비싼 숙소가 아니기에, 실제로 그

다지 볼만하지는 않을 거요. 그렇지만 값이 싸고, 나는—동봉한 음악회 티켓을 보고 당신이 쉽게 짐작할 수 있듯이 금세 더 아름답고 더 나은 숙소를 가질 수 있을 거요. 이 숙소의 장점과 저 숙소의 장점을 비교하여 철저히 검토해야 하겠지만 말이오. 난 참으로 진정한 바이올린 연주자인 친구 표트르와 함께 여기 한 지붕 아래 살고 있고, 따라서 비용을 나눌 수 있소. 그렇기에 좀 더 쾌적한 새 숙소를 우선 찾아내면, 비용을 나눌 수 없다는 점이 꽤나 아쉬울 거요. 나중에는 이런 지출을 혼자 다 감당해야 할 테니까. 그런데 사람들이 단언하는 말로는, 내 콘서트가 크게 성공을 거두고 많은 이목을 끈 후에는 다른 음악회들에서도 내가 공연하고 연주하는 것을 무척 듣고 싶어한다고 하네요. 그리고—브왈라(그래요)— 만사 틀림없이 잘 풀릴 테고, 나는 곧 음악협회에서 열리는 이 음악회에서 당신을 보는 즐거움과 영광을 누릴 거요. 그러니까 당신은 내가 이 저녁에 원래보다 천 배나 더 아름답고 훌륭하게 연주할 것임을 믿어야 해요. 내가 앞서 말한 청중들 중에서 오직 내 사랑하는 최고의 아뉴만을 알고 당신을 볼 수 있다면 말이오. 그러면 난 이미 행복할 것이고 오직 당신을 위해 연주할 기요. 그래서 난—당신은 알아아 하고, 잘 알고 있어야 하고, 들여다볼 수 있어야 하고, 잘 알고 있어야 하고, 인식해야 하고, 짐작하고, 느끼고, 마음속으로 각오해야 하고, 받아들여야 해요— 대단히 가능성이 있다고 여기고, 두려워하고, 추측하고, 사색하고, 예감하고, 당신을 냉대하지 않을 거요. 난 당신을 예전처럼 여전히 몹시 사랑하오. 내가 매우 높이 평가하고 대단히 사랑하는 최고의 아뉴 당신을 난 항상 숭배하겠소 —당신은 내 말을

곡해하면 안 돼요. 그러면 난 목 매달아 죽어버리겠소─ 그런 당신이 영원히 항상 거짓말하지 않고 기꺼이 있어준다면, 나도 지금부터 또 만날 때까지 그렇게 있을 거요.

상기인 볼프강 M.

우리의 친구인 다리가 여덟 개인 거미와 파리에게 보내는 내 안부를 전해주오 ─ 파리가 당신에게 여전히 붕붕, 윙윙대며 음악회를 열어주나요?─ 그게 아니라면, 내가 기꺼이 서둘러 가서 파리를 도와 악보를 써주겠소. 어쩌면─ 파리가 그 악보들을 그냥 잊었을지도!

# 상투스 (거룩하시다)

*거룩하시다, 거룩하시다, 거룩하시다.*
*온 누리의 주 하나님.*
*하늘과 땅에 가득 찬 그 영광.*
*높은 데서 호산나.*

불과 며칠 뒤, 볼프강은 음악협회의 무대에 서서 피아노 소나타를 씩씩하게 연주했다. 물론 원래 연주하기로 했던 곡은 아니었다. 그가 아뉴에게 CD 선물을 주었던 바로 그 피아노 소나타였다. 곡이 끝나자 조명등 불빛의 하얀 벽을 통해 박수갈채가 터져나왔다. 볼프강은 공손하게 절하고 두 손을 가슴에 얹었다. 그리고 잠깐 그 상태로 가만히 있자 주위가 조용해졌다. 그는 다시 그랜드피아노에 앉아, 기억 속에 있는 알로이지아(Aloysia; 1759~1839, 모차르트가 사랑한 소프라노 가수)의 아름다운 목소리를, 그 누구보다도 그녀에게 어울렸던 아리아와 함께 소생시켰다. 점차 기억을 옮겨가며, 사랑했던 다른 여자들도 모두 회상했다. 파미나(Pamina; 오페라 〈마술피리〉의 여주인공), 주자나(Susanna; 오페라 〈피가로의 결혼〉에 나오는 피가로의 애인), 체를리나(Zerlina; 오페라 〈돈 조반니〉에 나오는 시골 소녀), 데스피나(Despina; 오페라 〈코지 판 투테〉에 나오는 하녀), 콘스탄체도 물론 기억해냈다. 그는 부드러운 음들을 때로는 뻔뻔하고, 때로는 수줍고, 또 때로는 우울하게 만들었다. 그러면서 각각의 여자에게 부여한 주제로, 각각의 여자를 기억해냈다. 그리고는 깜짝 놀랄 만한 합창으로 그 여자들을 하나로 만들더니, 우레와 같이 울리는 크레센도 와중에 돌연 연주를 끝냈다.

그는 네 박자 내내 멈추고 쉬었다. 그러자 청중들이 숨 쉬는 소리만 들렸다.

그는 선구적인 느낌이 드는 대담한 리듬으로 다시 시작하며, 그 여자들의 윤무를 새롭게 소생시켰다. 그렇지만 이번에는 거의 잊힌 무대장치처럼 저음으로 배경에 머물게 했다. 그리고는 아뉴의 비 테마를 한 줄기 불빛처럼 그 위에 거미줄처럼 정교하게 쳤다.

그가 고개를 들었을 때, 청중석에 그 여자들이 모두 앉아있는 게 보였다. 처음에는 콘스탄체와 알로이지아가 보이더니, 마지막으로 마도의 모습이 보였다. 그녀는 영리하게 색소폰 너머로 밝게 웃으며 그를 바라보고 항상 그에게 새로운 영감을 주었다. 끈덕지게도 거기 없는 것은 아뉴뿐이었다. 그는 눈길이 맨 앞 열의 텅 빈 빨간 의자로 갈 때마다 가슴이 오그라들었다. 그가 연주를 마쳤을 때 홀은 두, 세, 네 박자 동안 정적이 실감날 정도로 계속 조용했다. 그러다가 마침내 한 번의 용감한 "브라보" 외침이 청중을 어리둥절한 황홀경 상태에서 벗어나게 해주었다. 박수갈채가 가을의 폭풍우처럼 무대로 쏟아졌다. 볼프강은 자리에서 일어나, 그가 기다렸던 순간을 다시 만났다. 그를 그 무엇보다 높이 치켜 올려주는 순간, 성공의 순간, 서두르는 행운의 순간이 다시 찾아온 것이다. 그는 숨을 쉴 때마다 가슴이 넓어지는 것을 느꼈다. 그런데 텅 빈 의자 쪽을 내려다볼 때마다 쓸쓸한 맛이 남아있었다.

"앙코르!"

청중이 자꾸 되풀이하여 외쳤다.

"브라보. 무스터만."

볼프강은 천천히 무대 가장자리로 다가갔다. 그리고 단박에 자신이 무슨 곡을 연주할지 알았다. 그는 마이크를 피해 절을 하고 말하기 시작했다. 그 순간 홀이 조용해졌다.

"누차 감사의 말씀을 드리며, 기쁜 마음으로 한 곡 더 연주하겠습니다. 지금까지 아무도 들어본 적이 없는 곡입니다, 제 귓속에 있는 아주 작은 녀석을 빼고는."

볼프강은 손가락으로 귀를 후볐다. 몇몇 관객이 웃었다. 볼프강이 목소리를 낮추었다.

"오늘의 콘서트에 영감을 준 사랑스러운 한 여인에게 헌정하려는 곡입니다."

볼프강은 끈질기게 홀을 쭉 둘러보았지만, 그 어디에도 그녀는 보이지 않았다. 그는 답답한 심정으로 다시 그랜드피아노에 자리를 잡고 앉아, 아뉴와 그녀의 사랑에 대한 이야기를 펼쳐놓았다. 그가 너무도 짧게 맛만 볼 수 있었던 사랑이었다. 그리고 그는 마치 이렇게 함으로써 자신을 벌줄 수 있는 것처럼 이번에는 위로받기를 포기했다. 심지어 반음 내린 마단조(es minor)에 맞춰 조를 바꾸고, 깊고 무거운 조성을 그대로 두었다. 놓쳐버린 모든 것에 대한 슬픔을 그 어떤 해결도 없이 그냥 내버려둔 것이다.

볼프강이 연주를 끝냈을 때, 홀에서는 답답한 기분을 확연히 느낄 수 있었다. 그는 재빨리 절을 하고 눈물을 삼키며 무대를 떠났다.

\*

아뉴가 몸을 부르르 떨었다. 떨림은 이제 잔잔했다. 다만 가슴과

목의 맥동이 서로 박자를 맞추지 못하고 시끄럽고 또렷하게 따로 뛸 뿐이었다. 그 다음에는 초인종이 날카롭게 두 번 울렸다. 아뉴가 바바라를 빤히 바라보면서 머리를 가로저었다. 그녀는 아랫입술의 벗겨진 살갗을 이빨로 뜯어냈다. 그가 초인종을 세 번은 누를 거야. 이번에도 편지를 가져왔겠지. 그의 편지들을 생각하자 그녀의 눈가가 촉촉해졌다. 단정하긴 하지만 거의 읽을 수 없는 필체였다. 지난 세기의 글씨처럼 보였다. 일부 거칠기는 하지만 지나치게 꾸민 듯한 언어는 자기 유머에 걸려 비트적거렸다. 그럼에도 그 언어에서는 너무도 많은 애정이 느껴졌다. 어떤 병자의 편지들이었다. 초인종이 재차 날카롭게 울렸다. 아뉴는 부엌 의자에서 벌떡 일어나 방으로 달려 들어가서는 문을 닫았다. 그에 대해 생각할 때마다 몸이 아팠다. 이해할 수 없는 내용을 폭로한 바람에, 그는 너무 갑자기 다른 사람이, 미친 사람이, 되었다. 또 어떤 사전 경고도 없이 그녀에게서 뿌리침을 당했다. 그랬다. 이것은 죽음에 견줄 만했다. 그녀가 아무리 그리워한다 할지라도, 이 남자를 다시는 볼 수 없으리라는 게 분명했기 때문이다. 얼마 전만 해도 그녀를 붙잡았고 그 전의 어떤 남자 못지않게 그녀 가까이 있었던 남자인데 말이다. 그녀는 뭔가 부서질 수 있기라도 한 것처럼, 조심조심 침대 모서리에 앉아 얼굴을 무릎에 대고 양손으로 감쌌다.

잠시 그녀가 믿었던 그 밤, 그 사랑이 더 이상 존재하지 않는다는 게 최악이었다. 그녀는 울어서 축축해진 손을 청바지에 훔치고 이불로 몸을 돌돌 말았다.

그가 그녀의 잔에 오줌을 눌 수밖에 없었던 아침이 그녀의 뇌리에 지속적으로 떠올랐다. 그녀는 그것을 조촐한 파티 탓으로 돌렸다. 폭음 탓으로 여기고, 남자들이나 할 수 있는 망나니짓으로 돌린 것이

다. 그러자 쉽게 용서가 되었다. 그런데 지금은 모든 것이 정상에서 벗어나고, 틀리고 왜곡된 것 같았다. 그리고 그녀가 요스트와 에노로부터 그 날에 대해서 들을 수 있었던 모든 것이 그녀의 목을 더욱 답답하게 조였다.

그런데 뭔가 다른 것도 있었다. 그것은 그녀가 간직하고 있을 온갖 기억으로부터 양분을 얻었다. 그가 직접 그녀의 영혼을 들여다보는 것 같은 깨어있는 맑은 눈, 그의 살갗에서 느껴지는 따뜻함, 감정이 입이 될 정도로 무척 열성적으로 그녀를 애무했던 그의 손이 기억난 것이다. 그리고 그의 손이 아뉴를 만질 때도 결코 경솔한 법이 없었던 것처럼, 그가 말할 때에도 그냥 조심성 없이 아무 말이나 한다는 느낌은 결코 받은 적이 없었다. 항상, 심지어 농담할 때조차, 그는 그녀에게 온전히 집중했었다.

약간의 흐느낌 때문에 그녀의 가슴이 다시 흔들렸다. 그리움이 모든 것을 점령했다. 그녀의 몸속에서 고통스럽게 번지는 독 같았다. 그 유일한 해독제는 그의 망상을 생각하는 것이었다. 그 망상이 그녀에게서 모든 것을 휩쓸어가고 적잖이 고통을 주었으니까.

문간의 마루청이 살짝 삐걱거렸다. 그녀가 고개를 들자, 문에는 손에 편지를 든 바바라만 있었다. 바바라는 천천히 다가와 침대 모서리 앞에 서서, 감히 아뉴 옆에 앉지 못하는 것처럼 머뭇거렸다.

"헤이."

바바라가 조심스럽게 편지를 베개에 올려놓고, 아뉴의 얼굴에서 흘러내린 머리가닥을 주저하며 쓸어 올렸다.

"그 나이의 남자들 대부분은 결혼했어."

아뉴가 머리를 부드럽게 흔들었다.

"그는 아냐."

그녀가 말을 짜내듯 내뱉었다.

"대체 뭔데? 그가 대체 무슨 일을 저질렀는데? 자, 그만해. 그런 사람을 위해서는 우는 게 아니라고 네 입으로 말했잖아."

"나를 혼자 내버려둬. 부탁이야. 그리고… 바바라? 쟤네들한테는 아무 말도 하지 마. 오케이?"

문이 다시 닫혔을 때 비로소 아뉴는 더듬더듬 손수건을 찾았다. 그녀는 베개를 잡고 팔로 감싸고는 벽에 기댄 채 웅크리고 앉아, 손으로 봉투의 무게를 재보았다. 자기도 모르게, 볼프강이 음악회 초대장과 함께 보낸 첫 번째 편지가 뇌리에 떠올랐다. 그곳에 가야 할지를 두고 그녀는 오랫동안 고심했다. 그리고 그녀의 그리움은 거의 견딜 수 없는 지경까지 되었다. 결국 그녀는 초대장을 갈기갈기 찢어서 휴지통에 버렸다. 그래보았자 모든 게 더욱 나빠지기만 할 것임은 그녀도 알고 있었다.

음악회가 있던 날 저녁에 그녀는 무릎으로 기어가서, 찢어진 조각들을 전부 다시 끄집어냈다. 그리고 접착테이프로 조각조각 간신히 붙인 뒤, 차를 타고 음악협회로 가서 입구 앞에 오래 서 있었다. 그러고는 음악회가 시작된 다음에야 안으로 들어갔다. 늦게 온 그녀의 입장은 허락되지 않았다. 그래서 그녀는 홀의 문에 귀를 기울여, 볼프강이 그녀에게 바친 음악을 들었다. 그녀의 음악이었다. 그러고는 눈물을 쏟으며 다시 길거리로 달려나갔다. 그녀는 연주회가 끝날 때까지 기다리면 안 된다는 것을 알고 있었다. 자기가 감당하지 못하는 사명에 관여하지 않으면서, 차마 그를 볼 수 없을 것 같았다. 저기 무대에서 저렇게 훌륭하고 참되고 온갖 망상과는 거리가 먼 그를.

그녀는 봉투를 개봉했다.

2007년 11월 3일, 빈.

가장 사랑하고 가장 훌륭하며 높이 평가할 만하고—
대단히 존경하는 사람에게! 마드므와젤 라 코치넬,
파팔리나, 라뇨리나, 팔루멜라,
스카라벨라…!

내가 당신에게 어떤 이야기를 할 수 있을지 모르겠소. 지금도 나는 가슴을 움켜쥐고 있소. 고통스럽소. 당신은 가련하고 빨갛고 무척 참담하고 불쌍한 콘서트홀 쿠션 의자에 무슨 일이 닥치고 있는지 생각도 못할 거요— 그러니 그냥 듣기만 해요. 그 이야기가 날 슬프게 만들었던 만큼, 당신도 참으로 슬프게 만들 거요— 그렇다고 그 이야기를 전부 입 다물고 비밀로 할 수도 없소. 내 가슴이 찢어지오. 괴롭소. 내가 그 의자를, 그 가련한 의자를 생각할 때 말이오. 그 의자가 있고 있고 있고 있고— 비어있는 모습에 연민도 없구려! (그리고 그 의자는 여전히 비어있소.) 그것 때문에 당신의 마음도 흔들리지 않는지 말해주오. 고통스럽소. 그 의자는 맨 앞에 있소. 바로 내 눈 아래 그냥 있소. 내가 앉아서 오직 누구만을 위해 연주하고 연주했건만 말이오— 정녕 누구를 말하는지, 어떤 사람은 알 테지— 그래서 난 오직 가련한 쿠션 의자만 생각하며 연주하오— 바장조(F) 소나타요. 난 지금 이것을 어디서 들었던가, 자문할 뿐이오. 아아, 아니오. 그럴 리 없소— 그럼에도 불구하고— 그 의자는 있고 있고 있소— 여전히 빈 채. 그리고 내가 언제 내려다보든— 그 의자는 항상 그렇게 있고 있소. 전부 다 박수갈채를 보내는데도 얌전히 그대로 있소. 그리고— 비어 있소! 그리고 (당신이 그걸 믿든 아니든,) 사실이오!—콘서트가 끝나고 그곳을 보았을 때—정말 그랬소. 그래서 그 의자는 굵은 눈물만을 쏟았소!

그럼 이제 화제를 바꾸다. 낡은 의자 따위는 잊을 수도 있어야겠죠. 나는 아침에 빵을 자르고 쨈을 집어넣었소. 온전하고 힘세고 두껍고 크고 배부르고 팽팽하고 기름지고 괴물 같은 숟가락으로 가득 세 번이나 말이오— 당신은 나를 영재라 부르는 걸 좋아하잖소. 그러니까 그것은 틀리지 않았소. 왜냐하면 내가 핥아먹으니까. 그리고 내가 한 입 물었을 때— 그것이 그만 삐져나왔소! 핥고 맛보았더니 구즈베리였소. 지금 난 구즈베리 얼룩이 하나 생겼소.

그 다음에 난 악보를 썼소. 자루 한 가득 말이오. 그때에는 A 63개, B 14개, C 128개, D 96개, E 48개, F 9876개, G 1개, H 333개, I 45개, J 3개가 있었소— 뭐라고요? 뭐라고요!? 당신은 내 말을 믿지 않나요? 믿지 않는군요— 나를 믿지 않겠소!? 창 앞에서 비둘기들이 똥을 누고 있소. 표트르가 어행을 떠났다고 비둘기들이 감히 그 짓을 하고 있소. 평소에 비둘기들은 똥을 누지 않소. 내가 이렇게 빵을 한 입 물었을 때, 해가 떴소. 그런 것 때문에 내가 놀라지 않는다는 걸 잘 기억해둬요. 당연히 그럴 줄 알았으니 말이오. 그야 지금까지 해가 날마다 떠올랐으니까. 그리고 내가 생각이라는 걸 할 수 있게 된 이후, 사람들이 생각하려는 것보다 그리고 특히— 남들 모두보다 내가 더 오래 그것을 생각할 수 있으니까.

나의 라놀리나, 잘 있으시오. 당신에게 천 번의 키스를 보내오.
(다만 내 생각 속에서일지라도)
볼프강 M.

# 베네딕투스 (찬미가)

*주님의 이름으로 오시는 분,*
*찬미 받으소서. 높은 데서 호산나.*

　그녀는 나가고 없었다. 그녀가 없는 게 확실했다. 그리고 집에는 아무도 없었다. 그렇지 않다면 그녀가 왜 문을 열어주지 않겠는가? 그럼에도 그는 다시 전면을 올려다보았다. 3층의 창문 중 하나에 그림자가 어리는 것을 본 것 같기도 했다. 그는 몸을 돌려 그곳을 떠나 계속 길거리를 따라가며, 목에 경단이라도 걸린 듯 계속 침을 삼켰다. 아니다. 아무도 없는 것은 분명했다. 흐릿한 가을빛에도 불구하고, 창들은 거무스름했다. 그럼에도 그가 이미 다음 길거리에 이르렀을 때, 등에서 여전히 눈길들이 느껴지는 것 같았다. 그는 마음이 위축되었고, 자기 얼굴을 적시는 게 보슬비가 아님을 알아챘다. 종종 그랬던 것처럼, 그는 거리 하나하나를 항상 직선 방향으로 쿵쿵 밟으며 끈기 있게 계속 걸어갔다. 그리고 그의 마음 깊은 곳 어딘가에는 그래도 목적지가 있다는 희망이 남아있었다. 그가 쭉 달리기만 하면 다시 집에 도달할 수 있을 것 같았다. 말하자면 문을 지나, 한때 어떤 사랑이 그를 기다렸던 곳으로 갈 수 있을 것 같았다. 모든 것에 의미를 부여한 사랑이 있는 곳으로 말이다. 그는 거리의 이름들을 알지 못했고, 인간들이나 진열창 쪽을 보지 않았다. 또 표트르의 빈 집도 생각하지 않았고, 무슨 요일인지도 저녁에 블루노트에서 공연을 해야 하는지도 더 이상 관심이 없었다. 그런 데는 이제 일절 가지 않을 거야. 그게 그가 알고 있는 전부였다. 그의 마음속 모든 것이 다쳐서 상처가 났다. 그는 보도를 가로막고 있는 어느 건축부지에서 터져 나오는 소음조차 인지하지 못했다. 주차된 차량들 사이를 밀어 헤치듯 뚫고 나아가 길을 다른 쪽으로 바꿨다. 그는 기운을 내서 음악을 붙잡으려고 했다. 오래 전 변덕스런 기분에 생각해냈던 카논(canon; 엄격한 모방의 원칙에 의한 대위법 음악 형식 및 작곡 기법)이었다. 그런데 카논은 진부하고 탁하게 들렸다. 시끄런 경적들이 끼어들었다. 볼프강은 눈부신 불빛들을 매료된 듯 응시했다. 그러다 날카로운 빽 소리에 그만 기겁하여 뒤로 물러섰다. 납 같은 것이 무겁게 내리치는 듯한 소리였다. 뭔가가 그의 팔에, 그의 머리에 쾅 부딪치더니 그를 갑자기 휙 낚아챘다. 그는 쿵 하고 넘어지며 아뉴를 생각하고는 깜깜한 곳에 떨어졌다.

그가 맨 처음 지각한 것은 관자놀이에서 느껴지는 희미한 통증이었다. 축축하고 차갑고 딱딱한 바닥이 아래에서 느껴졌다. 멀리서 들리는 것처럼, 욕하는 남자 목소리가 그의 귀에까지 들어왔다. 그는 눈을 깜박이며 납회색 하늘을 바라보고 조심조심 몸을 일으켰다. 차량들이 경적을 울리며 지축을 흔들 듯 요란하게 그의 곁을 지나갔다.

"어이! 내 말 들리나? 일어날 수 있어?"

볼프강은 남자의 얼굴을 발견했다. 파란색 모자 아래 거의 수직으로 그어진 이맛살이 눈에 띄었다.

"날 내버려둬요. 다시는 안 그럴 거예요."

"무슨 허튼소리. 자, 어서. 도로에서 내려가."

볼프강은 내민 손을 잡았다. 일어날 때 팔이 아팠다.
"다음에는 죽더라도 다른 데서 죽어. 하지만 내가 다니는 길에서는 더 이상 안 돼. 가련한 놈 같으니!"
볼프강은 그 남자를 따라 어떤 커다란 차량에 가까스로 올라탔다. 차량의 이름을 찾아보고 싶었지만 보이지 않았다. 사람들이 자신을 둘러싸는 게 보였다. 그가 절뚝거리며 안으로 들어가 자리에 쭈그려 앉자 모두들 그를 빤히 바라보았다. 어떤 여자가 큰 소리로 애통해했다. 뭔가 따뜻한 것이 그의 눈을 달라붙게 했다. 볼프강은 피가 재킷에 뚝뚝 떨어지는 것을 알아차렸다.
버스였다.
그의 옷은 흠뻑 젖은 채 어깨에 달라붙었다. 그 여자는 여전히 울부짖었다. 사람들이 점차 차에서 내렸다. 모자를 쓴 남자가 흥분하여 지멘스에 대고 말했다.
자살자가 있어요.
"하지만 난…."
그런데 볼프강은 항변하려던 말을 중단했다. 그래봤자 뭐가 달라지겠어?
곧이어, 축축하게 반짝이는 거리 위로 리듬을 타는 파란색 불빛이 번쩍거렸다. 새빨간 재킷을 걸친 남자들이 와서는 볼프강을 버스에서 들어내 간이침대에 눕히고 커다란 자동차 안으로 밀어넣었다. 벽에는 온통 상자와 호스와 장비들뿐이었다.
"제 말이 들리나요? 팔을 움직일 수 있으세요?"
볼프강은 대답으로 팔을 들어올렸다.
"성함이 어떻게 되세요? 오늘이 무슨 요일인지 아세요?"
어떤 사람이 그의 위로 몸을 숙여 그의 눈을 만지더니 눈부신 빛으로 못살게 굴었다. 또 다른 사람은 쿠션을 힘껏 눌러 그의 목 주위에 받쳤다. 볼프강은 눈을 감고 입을 다물고는 머리를 옆으로 돌렸다.
 "지금 병원으로 모셔가고 있어요. 누구 알려드려야 할 사람 없어요?"
 아니, 의사들이 아니었다. 사람들이 끈으로 그를 들것에 단단히 묶을 때, 그는 저항하려 했다. 마침내 그가 단념했다. 그러자 차량의 흔들림이 그의 온몸에 느껴졌다.
 "그들 모두 내게서 떠났어요." 그가 마지막으로 대답했다. 그런데 누가 과연 그의 말을 듣기나 하는지 확실치 않았다.

 그가 차에서 실려나갈 때 사람들이 그의 몸을 모포로 덮었다. 유리로 된 정문의 밝은 빛이 그의 눈길을 끌었다. 눈부신 가운을 입은 남자가 그를 밀며 환한 긴 복도를 지나갔다. 새 간이침대가 나왔다. 그는 손에 우둘투둘한 종이를 든 채 누워있었다. 흰 가운들이 오고갔다. 머리에 난 상처에는 반창고가 붙어있었다. 어떤 여자가 와서 그의 팔에 띠를 둘렀다. 그러자 목을 조르는 뱀처럼 더욱 조여지다가 마침내 삐삐 소리가 났다. 볼프강은 놀라서 소리를 질렀다.
 "그만해요. 나를 내버려둬요. 나한테 왜들 그래요?"
 "좀 진정하세요."
 "여기 무슨 일이죠?"
 "의사선생님, 이 사람이 이름을 대려 하지 않습니다. 제 생각에는 이 사람의 의료보험에 뭔가 문제가 있는 것 같습니다."
 흰 가운을 입은 남자가 볼프강에게 몸을 숙였다.
 "흠, 나한테 입김을 불어보세요."
 "난 의사들이랑은 입도 섞기 싫어요. 그리고 어차피 진찰비도 지

불할 수 없어요."

"간호원, 이름은 알아낼게요. 경찰도 곧 올 거예요. 감독 하에 채혈한 다음, 통상적인 조치를 해주세요."

볼프강은 흰 가운을 입은 남자가 머리를 흔들며 그 방을 떠나는 것을 보고, 몸을 돌려서 일으켜 앉아 발을 신발 쪽으로 움직였지만 신발은 보이지 않았다.

의사가 돌아왔다. 그의 뒤에 파란색 재킷을 걸친 한 남자가 있었다. 볼프강의 팔에 다시 붕대가 감겨졌다. 볼프강은 참을성 있게 조용히 있었다. 찌르는 듯한 통증이 느껴지고서야 몸을 움찔했다. 그리고 피가 그의 팔에서 나와 작은 관으로 쏜살같이 흘러드는 게 보이자 소리를 질렀다.

"더 이상 사혈은 안 할래요. 그만들 두라고! 난 더는 안 할 거예요. 내가 죽으면 당신들 탓이에요!"

의사는 몹시 화난 듯한 표정으로, 피가 담긴 작은 관을 파란 재킷의 남자에게 내밀었다. "다른 소견은 없소."

그가 히죽거리며 말했다.

"이제 당신 환자니 알아서 하시오. 멋진 저녁시간이 되길."

파란 재킷의 남자는 모자를 톡톡 치며 의자를 끌어당기고는 연필로 작은 책자를 두드렸다.

"유감이지만, 아직 댁의 인적사항이 필요합니다. 선생…?"

"무스터만, 볼프강 무스터만."

그 남자는 볼프강의 말을 받아 적으면서 연민이 가득한 얼굴로 볼프강을 바라보았다.

"무스터만 씨, 노선버스 운전사의 진술에 따르면 선생이 목숨을 끊으려 했다는데요?"

"주님이 나 같은 사람에게 그런 은총을 결코 베풀지 않을 텐데요."

그 공무원은 당황한 듯 침묵하더니, 우물쭈물 망설이며 물었다.

"신분증을 보여주시겠어요?"

볼프강은 온갖 생각들 때문에 머리가 아픈 것 같았다.

"난… 신분증이 있어요."

"그렇겠죠. 바로 그걸 좀 보았으면 하는데!"

"저기 내 재킷에 있어요."

파란 재킷의 공무원이 볼프강에게 축축한 재킷을 건넸다. 볼프강은 안주머니에서 작은 카드를 꺼내다가 갑자기 먼지투성이 지하실과 층계와 그녀의 방의 냄새를 다시 맡았다. 아뉴…… 그는 깊이 숨을 쉬며 공무원에게 신분증을 넘겨주었다.

"에버하트 W. 팔―루―스―치―츠―크? 이게 당신인가요?"

볼프강이 고개를 끄덕였다.

"방금 성함이 무스터만이라고 말했잖아요. 하지만 여기는 팔… 이건 어떻게 발음하나요?"

"보세요."

볼프강은 풀이 죽어 대답했다.

"바로 그게 문제를 어렵게 만든단 말입니다."

그는 한 시간 이상 그것을 설명하려 애쓰며, 낼 수 있는 말투 중에서 가장 듣기 좋은 어투를 골라냈다.

"자기 이미지에 신경을 쓰는 예술가라면 어느 누구도 이런 이름으로는 마음 편히 명성을 쌓을 수 없다는 거죠."

"그럼, 무스터만은 예명인가요? 으흠, 하지만 그 이름을 등록하셔야 해요."

공무원이 한숨을 쉬었다.

"그러니까 다시 한 번. 에버하트 팔―루―스―치―츠―크. 거처는 있나요?"

"물론입니다. 난 친구 집에 숙소가 있습니다….''

볼프강은 깜짝 놀라 입을 다물었다. 그가 돌아가신 어머니의 영혼을 걸고 표트르에게 주소를 절대 누설하지 않겠다고 약속했기 때문이다. 그렇지 않으면 나는 마녀의 부엌 같은 데로 갈 거야, 하고 바이올린 주자가 볼프강에게 엄하게 경고했었다.

"그러니까 그 말은….''

그 공무원은 이맛살을 찌푸렸다.

"지금 대체 어떻게, 친구 집에?"

볼프강은 조심조심 공기를 들이마셨다.

"그런데, 어떤 면에서는. 아니, 그러니까 내 애인이 사는 거처예요. 그녀는….''

"이제 댁의 주소를 말씀하시겠어요. 네? 댁의 신고용지는 대체 어디 있나요?"

그 공무원의 눈에는 이상하게도 색깔이 없었다. 화가가 물감통의 내용물을 죄다 비운 것처럼 무미건조한 회색이었다.

볼프강은 입을 꼭 다물었다.

그 공무원은 확실히 들릴 정도로 숨을 쉬고 의자에 도로 기대고는 잠시 눈을 감았다.

"팔루스치츠크 씨, 들어보세요. 사고가 어떻게 났는지 말씀해주실 수 있나요?"

"난… 모르겠어요. 난….''

"당신이 버스에 달려들었나요?"

"아니오… 난….."
"대체 어디에 가려던 것이었나요?"
"그냥 앞으로 나가려고."
파란 재킷의 남자는 헛기침을 하고 일어나서, 잠깐 동안 그 방을 떠났다. 다시 돌아왔을 때 그는 새까만 눈빛을 하고서 볼프강을 유심히 살펴보았다.
"그럼 에버하트 팔루스치츠크로 신고하실 건가요? 1968년 5월 11일에 태어났나요?"
볼프강은 우물쭈물 망설이며 미소를 지었다.
"틀림없어요. 거기 그렇게 적혀 있잖아요, 그쵸? 내 신분증에 말이에요."
"팔루스치츠크 씨, 흥미롭네요."
공무원이 팔짱을 꼈다.
"그렇다면 당신은 우리의 보고에 따르면 2006년 11월 8일에 사망했는데요."
볼프강은 턱이 덜덜 떨리기 시작하는 것을 느꼈다. 자기 목소리도 거의 들리시 않았다.
"그게… 그러니까 틀린 거예요. 그때가 12월 5일이었어요. 그건 확실해요."
"뭐라고요?"
"오, 난…."
그는 입을 다물고 바닥을 쳐다보며, 여전히 신을 신지 않은 맨발로 리놀륨의 줄무늬를 따라 움직였다.
"나의 사망일은. 12월 5일입니다."
"맙소사."

공무원이 손으로 이마를 짚었다.

"그래요, 알겠습니다. 혹시 이제 성함을 말씀하실 수 있나요? 댁의 진짜 이름."

그는 죽었다. 볼프강이 예전에 에노의 바지를 빌렸던 것처럼 이름을 빌렸던 저 에버하르트는 더 이상 존재하지 않았다. 볼프강은 그를 언제 한 번 생각이나 했던가? 그 남자가 마흔 살이 되지 않았다는 것을 빼고, 볼프강이 그에 대해 뭘 알고 있나? 그 남자는 11월 8일 전날만 해도 그 다음날, 그 다음 주, 그 다음 해에 대해 아무것도 모른 채 계획을 세웠을 것이었다. 그런 생각을 하자 볼프강은 가슴이 갑자기 답답해졌다. 삶에서 죽음보다 확실한 것은 없다고 그가 늘 단언하지 않았던가? 그리고 그 시점은 다시 모든 것 중에서 가장 불확실한 것이라고? 그러나 그는 곧 일주기가 되는 자기의 사망일을 알고 있었다. 이 기일이 이번 생에도 적용될까? 그렇다면 얼마나 많은 시간이 그에게 아직 남아있는 걸까?

볼프강은 간신히 숨을 쉬었다. 그의 입은 절로인 듯 움직였는데 소리는 나오지 않았다. 마지막으로 그가 헛기침을 했다.

"난 이제 집으로 갈 수 있기를 삼가 청합니다."

"그러세요. 그런데 댁의 거처는 어디죠?"

공무원이 자기 손목시계를 보았다.

"빈에 있어요."

"빈이라, 아하. 그럼 주소 좀."

"그게 그렇게 쉽지가 않아서…."

"이런!"

공무원은 메모공책으로 책상을 크게 탁 내리쳤다.

"이제 그만합시다! 왜 항상 나인가요? 금요일 저녁이에요. 나도 집에 가고 싶다고요. 아이고! 이제 그냥 성함을 말해주세요."

볼프강은 공무원의 눈길을 찾았다. 이 남자에게 뭔가를 아무리 설명하고 싶다 하더라도, 영속하는 건 오직 진실뿐이야. 그가 거짓으로 자신을 휘감을 수밖에 없다는 게 역겨워진 지는 이미 오래였다. 그리고 진실이라는 확고한 토대는 오랫동안 약속된 옛 땅처럼 그의 앞에 놓여있었다. 볼프강이 미소를 지었다.

"모차르트."

"모차르트요?"

"그래요."

볼프강이 나직이 인정했다.

"요아네스 크리소스토무스 볼프강우스 테오필루스 모차르트요. 1756년 1월 27일에 잘츠부르크에서 태어났어요. 이제 가도 될까요?"

파란 재킷의 공무원이 볼프강을 빤히 바라보더니, 코를 잡고 세게 문지르고는 손바닥으로 입을 가렸다. 그는 계속 말하기 전에 공기를 들이마시는 것 같았다.

"전부 다 알겠어요. 모차르트라. 훌륭해요. 모차르트는 유감스럽게도 이 팔루스바이씨히와 마찬가지로 죽은 사람이에요."

그는 볼프강에게 더 가까이 다가가 손가락을 뻗어 볼프강의 가슴에 대고 찔렀다.

"난 댁의 정확한 이름을 원해요."

"그게 나의 정확한 이름입니다. 내 말을 믿으려 하지 않는다 해도 놀랍지 않아요. 다만, 그것이 진실이에요. 그래서 난 덜 친숙한 다른 이름을 부득이 선택할 수밖에 없었어요. 그 이름을 내가 달고 다닌 게 거의 일 년이 되었고…."

미스터 모차르트의 놀라운 환생

"일 년 전부터라고요?"

공무원이 숨을 가쁘게 쉬었다.

"그렇군요. 그 전에는 어떤 이름이었나요?"

"정확한 이름이죠! 볼프강 아마데 모차르트예요. 다만 그때까지는 사람들이 나를 현재의 나 모차르트를 알고 있던 곳에 있었습니다."

"좋아요. 모차르트 씨, 알았습니다."

파란 재킷의 공무원은 부드럽게 고개를 끄덕이고, 볼프강에게 격려하듯이 미소를 지었다.

"그렇다면 우리는 당신이 아주 빨리 다시 그곳으로 돌아가도록 모든 조치를 취해야겠군요."

볼프강은 유리창을 통해 멍하니 바라보았다. 시내가 달아나듯 그의 곁을 지나갔다. 물방울들의 합창은 질질 끌리듯 장황한 리듬으로 구급차의 측면 창 위로 옮겨갔다. 그 다음에는 물방울 몇 개가 하나로 뭉쳐져 커다란 물방울이 되더니 무리에서 떨어져 나왔다. 그리고는 거친 선율처럼 다른 물방울들 위로 미끄러졌다.

사람들은 볼프강에게 오토 바그너 병원에 데려갈 거라고 말했다. 그곳이 그에게 도움이 될 거라고 했다.

"난 아프지 않아요."

볼프강은 자꾸 힘주어 다짐하듯 말했다. 그런데 그가 아프다는 가능성을 염두에 두지 않은 것은 분명했다. 그들은 차를 타고 계속 산을 올라갔다. 시내가 뒤쪽에 멀리 놓인 지 이미 오래되었다. 그는 이렇게 많은 나무들이 나란히 있는 것을 마지막으로 본 게 언제였는지 생각해내려고 무진 애를 썼다. 자동차는 입구를 통과한 다음, 천천히 구르듯 벌꿀색의 젖은 잎을 지나갔다. 나뭇잎은 축축해진 우표처럼 바닥에 달라붙어 있었다. 마침내 자동차는 거무스름한 아마포 색깔의 널찍한 건물 앞에 멈추었다. 볼프강은 창문짝의 페인트가 겹겹이 벗겨져 떨어지기 전에 이 건물이 얼마나 매력적으로 보였을지 상상했다. 안에서는 양배추 수프와 오래된 회칠 냄새가 났다.

"새로 들어온 사람이에요. 성명 미상인데, 그로스 박사님에게 갈 겁니다."

눈부신 가운을 입은 사람은 이 말과 함께 사라졌다.

\*

아뉴는 꽃무늬가 있는 찻잔에 남은 것을 마저 삼키고, 두툼한 계통학 책 위로 몸을 숙인 채 안락의자에 도로 기대고는 희미한 빛의 오후를 멍하니 내다보았다. 그녀는 거의 정신을 집중할 수가 없었다. 볼프강보다는 다른 어떤 것에, 그러니까 그의 편지와 고백과 절망적인 애정 쪽으로 생각이 끊임없이 돌아가기 때문이었다. 그녀는 결연히 연필을 잡았다. 설령 아직은 너무 어렵다 할지라도, 그를 잊을 것이고, 잊어야 했다.

방문을 두드리는 소리 때문에 그녀는 그야말로 소스라쳐 놀라 하던 일을 멈추었다.

"안에 있니?"

요스트는 애써 그녀의 대답을 기다리지 않고, 청하지도 않았는데 안으로 들어왔다. 아뉴는 일어나지 않은 채 대답했다.

"보다시피. 무슨 일이야?"

"말해봐. 너의 새 애인, 그 사람 성이 대체 뭐야?"

"나가!"

"그리고 이름은?"

"꺼져."

"헤이, 정말 궁금했던 건데. 그가 벌써 너의 기피인물이 되었는지 궁금해서…."

요스트가 춤추듯 껑충껑충 방으로 들어왔다.

"그렇다면 더 좋지. 그럼 이제 나한테도 시간을 조금은 내줄 수 있을 테니까."

그는 빈 찻잔 쪽으로 손을 뻗어, 발을 내딛기 전에 찻잔을 잡았다.

"그런데, 무슨 일이야. 내가 좀…?"

"찻잔을 당장 다시 내려놓고 꺼져."

"아하, 자. 너의 작곡가, 그 자의 이름이 뭔지나 말해봐."

아뉴는 화가 나서 벌떡 일어났다.

"지금 나가서 다시는 여기 들어올 엄두도 내지 마!"

그녀는 그를 문으로 확 밀쳐서 내쫓고 열쇠를 돌렸다.

*

"안녕하세요."

어떤 여자가 볼프강을 막아서고 고개를 까딱했지만 우호적인 느낌이었다. 그녀는 키가 거의 그만큼 작았고, 이상하게 통조림에 보존이 된 것 같은 인상을 풍겼다. 볼프강은 그녀의 나이를 서른 살로 볼 수도, 마찬가지로 쉰 살로 볼 수도 있었다.

"난 그로스 박사입니다. 이 병동을 맡고 있는 과장이죠. 우리는 선생을 검진하고 싶습니다."

그녀는 볼프강을 어느 방으로 들여보냈다. 장식 하나 없는 방이라 목소리가 메아리쳤다.

"선생을 어떤 호칭으로 불러야 하나요? 선생의 이름을 말해줄 수 있나요?"

볼프강이 보기에는, 그녀가 자기가 아니라 다른 어떤 사람에게 말한 것 같았다. 그런 질문을 생각도 못했기에, 그는 어떻게 대답해야 할지 몰랐다.

건물 어딘가에서 누군가 처참하게 소리를 질러댔다. 여자가 출산때 지르는 비명보다 더 고약했다. 거의 암퇘지를 멱딸 때 나오는 꽥 소리 같았다. 볼프강은 숨을 죽였다. 그의 손과 발이 축축하고 차가웠다.

"여기는 정신병원이죠. 그렇죠?"

그녀는 아니라고 부인하면서 잠깐 눈을 감았다.

"선생이 있는 곳은 오토 바그너 병원의 정신과 급성 환자 병동입니다. 왜 이곳에 오게 되었는지 아세요?"

그렇기도 하고 아니기도 했다. 그는 자기 이름의 어떤 것도 말하면 안 된다는 것을 알고 있었다. 또한 자기에게 남아있는 마지막 이름, 은신처를 찾을 수 있다는 희망이 된 그 이름도 발설해서는 안 된다는 것을. 그런데 사실 어떤 이름도 더 이상 적합하지 않았다. 그는 진작부터 새 이름이 옛 이름보다 더 마음에 들었으니까. 그는 결정을 내리지 못하고 망설이듯 고개를 끄덕였다. 그러면서 동시에 머리를 흔들었다. 그는 자기 머리가 소심하게 흔들흔들 원만 그리고 있음을 느꼈다.

"선생을 어떤 이름으로 부르면 좋겠어요?"

"제 이름은 모차르트예요. 볼프강 모차르트."

"좋습니다. 가족이나 친척이 있나요? 부인이나 자녀들 말입니다. 부모님은 살아계신가요?"

"모두들 죽었소."

"여기에 계시다는 것을 혹시 누구에게든 알리고 싶으세요?" 표트르.

표트르는 폴란드에 있었다. M으로 시작되는 곳이었다. 표트르를 어떻게 찾아야 한단 말인가? 표트르는 전화기를 남겨두었다. 누군가 볼프강과 연락할 경우를 위해서 말이다. 표트르. 표트르만 있었더라면. 표트르. 그는 이 세상에 뿌리를 내리고 있어서, 볼프강이 꼭 매달릴 수 있는 사람이었다. 아뉴에게 도움을 청하는 것은 의문의 여지가 없었다. 그밖에 누가 와서 그를 이 병원에서 데리고 나갈 수 있겠는가? 사람들은 그가 목을 맨 밧줄을 자르기라도 한 것처럼 그를 이 병원에 처넣었다. 체르니? 아드리안? 리버만? 부끄러움이 그를 엄습했다. 아니었다. 아무도 없었다.

"모차르트 씨, 정신과 시설에 와보신 적이 있나요?"

볼프강은 천천히 어깨를 들어올렸다. 여의사는 계속해서 물었다. 직업과 일과 친구들에 대해 묻고, 그가 길을 잃은 적이 있는지 또는 때때로 뭔가 잊어버리는지를 물었다. 그녀는 그의 묵묵부답도 불쾌하게 여기지 않는 것 같더니, 글씨를 쓰던 연필을 결국 치웠다.

"저는… 정말 고맙습니다."

볼프강이 나지막하게 말했다.

"선생님은 제게 믿음을 주시는 첫 번째 인간입니다."

그는 그녀의 눈빛을 느꼈다. 단호하면서도 평온했다.

"모차르트 씨, 저는 선생이 말씀하신 모든 것이 진실에 부응한다고 믿습니다. 선생의 진실과 일치한다고 봅니다. 하지만 저의 진실은

―그리고 대부분 다른 사람들의 진실은― 다릅니다. 모차르트 씨, 며칠 동안 이곳에 계실 겁니다. 그리고 아마도 우리는 어떤 진실이 현실에 부합되는지 알아낼 수 있을 겁니다."

흰 가운을 걸친 남자가 왔다. 볼프강은 포기하고, 시키는 대로 옷을 벗었다. 그 의사는 볼프강을 상세히 관찰하고 손으로 만져보며, 질병과 사건들에 대해 물었다. 볼프강이 그 내용이 무엇인지조차 모르는 것들이었다. 그는 다시 옷을 입어도 되었다. 그리고 결국 다른 방으로 보내졌다.
"난 집으로 가고 싶소."
그가 힘주어 강력히 요구했다.
"난 할 일이 있어요."
사람들은 볼프강에게 이곳에 있어야 한다고 말했다. 그는 다시 그것이 자기가 아니라 모르는 다른 사람에게 하는 말 같았다. 그는 일어나서 재킷을 집고 단호한 걸음으로 복도로 걸어나갔다. 그런데 누군가 그의 팔을 잡고 그를 방으로 돌려보냈다. 옷이 그에게 건네졌다. 그는 문 자물쇠가 절컥 잠기는 금속성 소리를 들었다. 창 앞에서는 마디가 있는 나뭇가지들에 달라붙은 마지막 잎사귀들이 버둥거렸다. 하늘은 진한 남색으로 변했다.

그는 천천히 높다란 침대에 주저앉았다. 침대는 가을 정원의 문에서 나는 소리처럼 끽끽거렸다. 그가 무릎을 감쌌다. 그의 맨발은 이불 아래에서 온기를 찾으려고 쑤석거렸다. 그는 다시 오싹해지는 비명소리를 들었다. 그 비명소리는 형체 없이 담들을 통해 울렸다. 마치 벽 자체가 소리 지르는 것 같았다. 윤곽들이 흐릿해졌다. 파랗게 되더니 그 다음에는 검어졌다. 그는 마치 거품을 타고 둥둥 떠다니는

것 같았다. 시간이 더 이상 그를 잡을 수 없을 만큼 벗어난 것 같았다. 그는 자신이 매우 오래 전부터 다시 콘스탄체를 그리워하고 있음을 느끼고 놀랐다. 그리움이 얼마나 강한지 그는 육체적인 통증마저 느꼈다. 양쪽 귀 사이와 흉골 저 뒤쪽이 아팠다. 그녀가 곁에 있는 것 같은 느낌마저 들었다. 그는 그녀와 가까이 있음을 느꼈다. 그리고 마지막으로 그녀를 정말로 느꼈다. 그녀의 온기와 숨결과 품을. 그런데 아침 어느 무렵, 그의 꿈은 얇은 종이처럼 갈기갈기 찢어져 바람에 실려 그곳에서 흩날렸다.

누군가 그를 식당으로 안내했다. 그곳에서는 남녀노소가 앉아 아침식사를 하고 있었다. 대부분은 바로 잠자리에서 막 일어나 나온 것 같은 모습이었다. 머리카락은 뭉쳐있고 활기가 없었다. 그는 뒤로 돌아섰다. 전혀 배가 고프지 않았다.

사람들은 그에게 종이를 원하는 만큼 주었다. 매끈매끈한 종이였다. 나중에는 악보용지도 주었다. 그는 아뉴에게 썼다. 그녀에게 자기를 도와달라고, 자기편을 들어달라고 부탁하려 했다. 그런데 그의 뇌리에 떠오르는 온갖 형태로 바보 같은 말 외에 아무것도 적히지 않았다. 바보라는 낱말이 족히 스무 번은 나올 만한 익살극 같았다. 그는 체르니에게도 썼다. 하지만 체르니를 놀리는 게 될지도 몰라서 종이를 동전 크기로 조각조각 찢었다.

"자, 모차르트, 다시 열심인가요?"

테레사 수녀라 불릴 법한 여자가 커튼을 단숨에 확 뒤로 당기고 창문짝을 활짝 열었다. 볼프강은 종이들을 재빨리 모으고 그 위에 물병을 올려놓았다. 그래야 전날처럼 종이가 바람을 타고 방을 누비며 날아가지 않을 테고, 그가 전부 다 다시 새로 분류할 필요가 없을 테니까.

"그렇군요. 오늘 먹을 사탕이에요."

그녀는 볼프강에게 길쭉한 알약을 내밀었다. 그가 매일 아침마다 삼켜야 하는 약이었다. 그녀는 창턱에서 조금씩 떨어져 나간 아침식사용 접시를 받고 그의 어깨 너머로 바라보았다.

"그런데 그건 복잡한 것 같네요… 그게 완성되면 어떤 모습일까요?"

"내림가장조(A) 피아노소나타요. 이것은 그러니까 연주하기 쉬워요… 그걸 잘 알면 말이죠."

"으흠. 모차르트, 난 그런 것에 대해 아무것도 몰라요. 하지만 닉키라면. 그녀는 지금 피아노 치는 것도 배우고 있어요. 내 손녀죠. 알잖아요, 내 아들 한스의 딸."

"여자아이라면 피아노 치는 게 잘 어울릴 테고, 명성을 쌓을 수도 있어요."

"닉키를 위해 뭔가 써주시겠죠. 그 아이는 피아노를 무척 잘 치거든요. 기왕이면 크리스마스 곡 같은 걸로 부탁해요. 지난번에 그 아이는 얘들아, 내일은 뭔가 일이 일어날 거야 Morgen, Kinder, wird's was geben(모차르트의 크리스마스 노래 중 하나)를 연주했어요. 벌써 그 노래를 아주 제법 잘 쳐요. 그래서 사람들이 반주에 맞춰 함께 노래를 부를 정도라니까요."

크리스마스 축제라.

"그렇겠죠."

전날 저녁에는 간병인 두 명이 대형 크리스마스 십자가를 휴게실 천장에 걸어놓았다.

"크리스마스 때 그 아이에게 론도를 만들어줄게요. 내가 지금 차

를 좀 더 마셔도 된다면…."

그는 그녀에게 빈 잔을 건넸다.

그녀는 미소를 지으며 볼프강에게서 잔을 받아들고, 새로 시트를 깐 침대를 다시 한 번 매만지고는 방에서 나갔다. 볼프강은 마지막 박자를 대충 훑어보고, 연필을 다시 내려 종이에 지나치게 긴 휴지부와 갑작스러운 도약부를 적었다. 그리고 우울함을 또 다른 성부에 엮어 넣었다. 이 건물의 모든 것에서 우울한 느낌이 났다. 마치 현실이 딱 멈춰버린 것처럼, 시간이 얼어붙은 느낌이었다.

사람들은 그를 다시 상담시간에 데려갈 것이다. 그럴 때면 그는 여의사의 질문에 일일이 대답해야 하고, 자기가 무엇을 즐겨 하고, 누구를 사랑하고, 왜 결코 아들들을 생각하지 않는지 설명해야 했다. 그리고 나서도 써야 할 세 번째 악곡이 남아있었다. 그랬다. 그리고 론도가 있었다. 그 다음에는?

볼프강은 표트르를 데려오게 사람을 보낼 생각을 연거푸 했다. 그 바이올린 주자는 틀림없이 진작 돌아와 있을 텐데. 하지만 볼프강은 그 일을 성사시키지 못했다. 병원의 퇴색한 담 저 밖에서 벌어지고 있는 모든 일이 그와 무관해지는 것처럼 보였다. 그것도 그가 이곳에서 보내는 날이 갈수록 점점 더 멀어지는 것 같았다. 그곳에는 무거움이 있었다. 피로였다. 그의 위로 차곡차곡 쌓이는 피로가 낮에는 팔팔한 기운을, 밤에는 잠을, 점점 더 자주 목소리마저, 빼앗았다.

*

"볼프강?"

표트르가 문을 밀쳐 열고 가방을 방안에 밀어 넣었다. 곰팡내가 났다. 볼프강의 침구는 마구 파헤쳐진 채 소파에 놓여있었고, 옷가지들과 수많은 악보용지들이 사방에 널려있었다.

"예스테스 브루다셈(Jestes brudasem, '당신은 창녀'라는 뜻의 폴란드어로, 지저분한 상태를 욕으로 표현한 '젠장' 정도의 의미)!"

표트르는 창문짝을 활짝 열었다. 그의 눈길이 설거지대로 향했다. 그곳에 있는 반쯤 빈 커피잔에는 얇은 막이 살짝 떠있었다. 그는 쓰레기통이 있는 장을 열고, 불판에 놓여있는 피자 상자를 잡았다. 피자 상자는 전혀 비워져 있지 않았다. 그는 의심쩍은 표정으로 코를 대고 냄새를 맡고는, 결국 절취선을 뜯어냈다. 비닐 포장에 싸인 먼지투성이의 회록색 피자 한 조각이 미끄러져 나왔다. 표트르는 그것을 쓰레기통에 차 넣고, 방안을 더 자세히 둘러보았다. 뭔가가 이상했다.

표트르는 창턱에서 핸드폰을 발견했다. 배터리가 비어있었다. 그는 음성메시지를 들었다. 블루노트에서 볼프강에게 온 메시지도 네 개 있었다. 그 중 하나는 사장이 개인적으로 보낸 것이고, 볼프강의 새 콘서트 에이전시에서 보낸 것이 두 개였다. 표트르의 어린 딸이 그에게 전하는 메시지도 하나 있었다. 자신이 손수 아빠에게 그려준 그림을 아빠가 깜빡 잊고 두고 갔다는 내용이었다. 그리고 부재 중 전화도 몇 통 있었다. 누가 했는지 알아내려면 나중에 고생 좀 할 것 같았다.

얼마 후 블루노트의 유리문을 두드렸을 때, 표트르는 흑인 바텐더가 머리를 흔들면서 손목을 가리키는 것을 보았다.

"볼프강! 그지 예스트 볼프강(Gdzie jest Wolfgang?, '볼프강 어디 있어?'라는 뜻의 폴란드어)?"

표트르는 의아하다는 표정으로 팔을 들어 다시 유리창을 두드리고, 마치 피아노를 치는 것처럼 손을 움직였다.

흑인 바텐더가 문의 빗장을 열었다.

"미안하이. 자네를 알아보지 못했네. 자네가 표트르지. 그 바이올린 주자, 맞지?"

표트르가 고개를 끄덕였다.

"그 친구 어디 있나?"

"몰라. 거의 두 주 전부터 여기 오지 않았네. 무슨 일이… 생겼나?"

"모르겠어. 난 폴란드에서 한 시간 전에야 돌아왔네. 그는 분명히 지난 며칠 동안 집에 없었어— 그래서 내가 지금 걱정이 늘어진 거지."

"젠장. 아무런 소식도 없고?"

"없어. 그런데 그에게 다시 여자가 생겼어. 또 새 여자라네."

"으흠, 나도 주워들었지. 그 여자는 심지어 이곳에도 한 번 왔었어."

그는 섬뜩하게 하얀 눈으로 표트르를 바라보고, 삐딱하게 히죽거렸다.

"그렇다면 더 이상 걱정하지 말게. 틀림없이 언젠가는 다시 나타날 테니. 나흘 이상 지났다곤 하지만, 결국 이번엔 이 친구가 좀 진지하다는 증거 아닐까?"

*

"언제 드디어 집에 갈 수 있나요?" "모차르트 씨, 집이 어디고 선생이 거기까지 어떻게 잘 찾아갈 수 있는지 우리가 알지 못하는 한, 선생을 이곳에 붙잡아둘 수밖에 없답니다. 하지만 우리는 선생이 가능한 한 빨리 바깥 생활을 다시 하는 것에 관심을 두고 있습니다. 그 동안 이곳의 극장에서 피아노를 써도 된다는 말을 들으면 아마도 기쁘시겠죠."

볼프강이 순순히 말을 들었다.

"그렇겠죠. 그건 상당한 기쁨이 될 겁니다. 그 피아노가 제대로 된 악기라면…."

"그럼 좋아요. 그 피아노가 선생의 기대를 충족시켜주길 일단 바랄게요. 그 피아노는 어쨌든 항상 공연을 위해 사용되고 있으니까요 — 지금이 재림절 기간이니까, 혹시 다른 환자들을 위해 좀 연주해주실 수 있으세요?"

바로 그날 볼프강은 안내를 받았고, 홀에서 꽤나 품위 없는 피아노를 발견했다. 하지만 조율은 흠잡을 데 없었다. 그는 곧바로 자리를 잡고 앉아 연주했다. 마침내 누군가 불을 켰다.

볼프강은 머리를 돌려 보았다. 느닷없이 사람들이 세 줄로 앉아있었다. 그가 이미 본 적이 있는 사람은 불과 몇 명뿐이었다. 그들은 볼프강을 빤히 응시했다. 어떤 사람은 마치 자기가 박자를 쳐야 할 것처럼 머리를 계속 흔들어댔다. 잠시 후에는 또 어떤 사람이 스타카토로 발을 쾅쾅 구르고 쉰 목소리로 소리를 질렀다.

"브라보, 브리보!"

몇몇 사람들이 덩달아 외침에 휩쓸렸고, 다른 사람들은 발로 바닥을 비벼 소리를 냈다. 이어서 어떤 사람이 일어났다. 키가 대단히 큰 남자였다. 갈색 머리가 길어서 목덜미에 치렁치렁 닿았다. 그 남자는 볼프강에게 다가가, 옆의 푹신한 긴 의자 위로 몸을 밀어 넣었다. 그리고는 이상하게 뻣뻣한 손가락으로 건반 위를 이리저리 오가면서 기쁨을 억제할 수 없는 듯 밝게 웃으며 볼프강을 바라보았다.

그 키 큰 남자의 연주는 이곳의 몇몇 사람들이 말하는 것처럼, 혼

란스럽고 이해하기 힘들고 박자에 개의치 않았다. 그러나 잠시 후 볼프강은 그 세레나데를 이해하고 호의적으로 인정했다. 표트르가 예전에 관광객들을 유인했던 이 세레나데는 어디서나 들을 수 있어 지겨워진 지 이미 오래였고, 아무도 귀담아 듣지 않았다. 그가 옛날에 왜 이걸 작곡할 수밖에 없었을까. 이 곡을 작곡한 것은 소수가 다수일 수 있다는 것과, 순수하고 진실한 예술의 본질은 필수불가결한 것만을 사용하는 데 있다는 것을 설득하기 위해서였다. 그렇다. 온갖 장식품과 겉치레를 포기하고 음악의 본래적이고 순수한 것을 보여주는 사람이라면 가장 위대한 예술가라고 불려도 될 터였다.

볼프강은 키 큰 사람의 유연하지 않은 손가락들이 널을 뛰는 조잡한 연주에 맞추었다. 키 큰 사람과 함께 한 데 묶고 엮어 짜고, 농담하고 비트적거리고, 소란을 떨고 멍청하게 웃었다. 그러다가 키 큰 사람이 피아노 치는 것을 멈추었고, 볼프강은 결국 혼자 연주를 계속했다. 그는 주제 전체를 새로운 생각으로 끝까지 밀고 나가며, 주제를 돋보이게 하고는 모든 것이 시작된 그곳으로 다시 되가져갔다.

마지막으로 볼프강은 자리에서 일어나 절을 했다. 그러자 다시 발들이 바닥을 긁어대고 두드리고 굴러댔다. 처음에는 그를 위해서였다. 그 다음에는 그 소리들이 그와 함께, 그리고 결국 홀 문 밖으로 나갔다.

그때부터 볼프강은 날마다 연주를 했다. 때로는 진지하게, 때로는 장난스럽게, 즉흥 연주를 하고 재주를 선보이고 흥을 돋우었다. 그가 옛날에 어린 꼬마였을 때는 이런 것들을 곡마단의 말처럼 다룰 수 있어야 했다.

키 작은 어떤 여자가 그의 옆에 나타나서 노래를 불렀다. 그 노래에 그는 육체적인 고통마저 느꼈다. 그는 옛날에 그랬던 것처럼, 독일과 오스트리아의 느린 민속춤을 연주했다. 그리고 그들은 춤을 추고 웃고 이리저리 비트적거렸다. 단 한 여자만 항상 가장자리에 조용히 앉아, 볼프강이 다시 심각해져서 진지하게 연주할 때까지 그에게 눈길을 보냈다. 그러면 그녀는 울었다. 그리고 그녀의 뺨은 천장 등의 차가운 빛 속에서 반짝거렸다.

2007년 9월 16일, 빈에서.

대답이 없구려— 한 마디 말도 없구려. 당신은 대답하지 않는구려! 당신이 나를 말릴 수 없기에, 난 편지를… 허공에… 보내고 당신이 그걸 받았으면 하고 바랄 거요. (당신이 원하든 아니든 간에) 그러면 그것은 원하느냐와 얻느냐의 문제요. 자기가 원하는 것을 얻는가, 아니면 자기가 얻는 것을 원하는가, 이 둘 사이엔 엄청난 차이가 있소— 당신은 그것을 어떻게 생각하오? 난 당신에게 —허공에 대고— 묻고 있소. 그리고 당신이 비록 답장은 하지 않았지만 내가 지금까지 보낸 편지들과 또 지금 이 편지 역시 제대로 받았기를 내가 줄곧 바라고 있는 만큼, 당신도 나에 관한 좋은 소식을 들으면 마찬가지로 기뻐할 거라고 차분히 믿고 있겠소. 사랑하는 당신의 손으로 쓴 편지를 한 번만 받으면 내가 엄청 기뻐할 것처럼 말이오.
그건 그렇고 당신은 아직도 따뜻한 빗소리에 귀를 기울이겠죠. 내 방의 창 앞에는 참새 한 마리가 가지에 앉아 나하고 대화하려 애쓰고 있소. 내가 망설이지 않고 휘파람으로 대답하면 참새가 되부른다오— 짹짹 하고 참새가 말하면, 나는 물론

획 하고 한 번 —휘이이이이— 휘파람을 불어요. 하지만 참새는 대답을 할 줄 몰라 머리만 삐딱하게 눕히더니 결국 깃털을 펴고… 떠났소— 그러니까 참새가 사라진 것이 내 탓인지, 얼어 죽은 뚱뚱한 벌레가 그 참새를 유인한 탓인지, 난 모르겠소. 그리고 그 참새가 다시 오지 않는다면 내가 그것을 어떻게 알겠소. 그래서 난 기다리며 유리창에 대고 휘파람을 불 테고, 그 참새가 정녕 살아있다고 생각할 거요!— 그렇지만 그럴 수도 있고 아닐 수도 있소. 어떤 사람이 저 위의 하나님처럼 통찰력을 갖고 모든 것을 내려다보지 않는다면 무엇이 진실이겠소? 그 참새가 다시 내 참새로 돌아올지 아니면 영원히 떠났을지 누가 알겠소. 난 매일 아침 그 참새를 부른다오— 허공에 대고. 그렇지만 난 백년 후에도, 또 다시 백 년 후에도 지치지 않을 거요.

하지만 이 얘긴 그만 합시다. 당신은 내가 참새들에게나 평생을 허비하고 곧이어 나뭇가지에 목을 맬 거라고 생각하면 안 돼요. 결코 그렇지 않소. 나는 무척 근면하다오. 내가 여전히 앞서 말한 바지를 걸치고 있긴 하지만, 작곡하는 데 시간을 쏟고 있소. 다만 내 참새가 창 앞에서 나를 기다리지 않을 때면, 그렇게 하는 게 외로운 짓이 된다오. 참새가 쨱쨱 노래할 때마다 아리아가 쉽게 만들어지거든. 교향곡 전체도, 심지어 오페라도 나온단 말이요. 내 기분만 좋으면… 그리고 지금 난 종종 내 사랑하는 아뉴를 생각하오. 요즘 들어 사람들의 충고대로, 익숙한 커피 대신 차를 마시기 때문이오. 항상 건강을 걱정하는 내게 그런 충고는 언제나 소중하다오.

그렇소. 이것은 진실에 관한 문제이므로, 항상 고심하게 될 거요— 아침마다 일을 좀 하고 나면, 난 좋은 여자 친구와 이 문제를 놓고 상의를 하오. 그녀는 대단히 박식한 여자여서, 그녀와는 유쾌하게 토론할 수 있소. 그녀는 나를 상당히 잘 참아주고, 나 역시 그녀를 잘 견딘다오. 그래서 우리는 함께 상의하고 사색도 좀 한다오. 그 다음에 난 산책을 하오. 내일이면 내가 다시 음악회를 연 지 일주일째요— 음악회는 항상 관객이 많았소. 사용하는 피아노가 좀 더 나은 것이면 싶소. 자기의 명망을 높이고자 한다면, 좋은 악기가 유리하오. 하지만 난 불평하지 않겠소. 이것도 모두 건반인데— 누가 더 뭘 원하겠소?

볼프강 M. 이 항상 언제나 충실히 당신을 생각하는 것처럼.
당신도 아직
그를 생각하오?

# 아뉴스 데이 (하나님의 어린양)

*하나님의 어린양,*
*세상의 죄를 없애시는 주님,*
*저들에게 영원한 안식을 주소서.*


그녀는 누운 채 울었다. 콧물과 눈물에 베개가 이미 오래 전에 흠뻑 젖었다. 그녀는 꿈꾸고 있는 것처럼 밑바닥이 없는 데로 점점 더 깊이 떨어지는 것 같았다. 다만 전부 다 사실이 아닐지도 모른다는 잠깐 동안의 생각이 그녀를 돌풍처럼 휙 끌어올렸다가 다시 아래로 떨어지게 했다. 진찰이 더는 필요하지 않다는 것은 진작부터 알고 있었지만, 오늘 중으로 그녀는 의사에게 갈 것이었다.

아뉴는 크리넥스 통에서 휴지를 몇 장 뽑아 코를 풀고 눈의 물기를 훔쳤다. 어렸을 때는 그렇게 하는 게 매번 도움이 되었다. 엄마가 그녀의 눈을 가볍게 두드려 닦아주면 눈물은 금세 말라서 흐르지 않았다. 그런데 지금은 그런 생각만으로도 가슴이 찢어졌다. 이제 그녀는 엄마가 될 것이었다. 그것은 아예 생각조차 하지 않았고, 예정에도 없던 일이었다. 몸 안에 있는 뭔가 따뜻한 것이 흐르듯 그의 몸을 돌아다니며, 그녀에게 잠깐 포근한 느낌을 주었다. 그녀는 다시 베개 위로 쓰러졌다.

거의 서른 살이나 된 그녀가 어떻게 이다지도 대책 없이 어리석을 수 있단 말인가? 그녀는 그를 손에 잡아끌고 자기 방으로 데려갔던 날의 오후를 되돌아보았다. 그것은 헌신, 사랑이었다. 서로 짝이 되도록 정해진 두 사람이었다.

"말도 안 돼!"

그녀는 씩씩거리며 버럭 화를 내고, 휴지를 또 한 장 뽑고 빈 크리넥스 통을 내리쳤다. 그러자 그 통이 푹 꺼지는 소리를 내며 바닥에 떨어졌다. 그들은 함께 잠을 잤다. 그리고 성인이라면 누구나 그 결과 어떤 일이 생길 수 있는지 알고 있었다. 사랑이라고! 그것은 욕망이었다. 그리고 그 욕망이 그녀의 뇌를 막아버렸다. 모든 게 그녀의 자업자득이었다. 그러니까 그 문제를 해결하는 것은 그녀에게 달려 있었다. 그러면 끝나는 거였다. 그녀는 기운을 차리고 침대모서리에 앉아 맞은편 서가를 멍하니 쳐다보며, 털양말을 신은 발로 마룻바닥을 문질렀다. 그리고 이빨로 엄지손톱을 아플 때까지 물어뜯었다. 갈라지는 단세포들, 세포 더미, 올챙이 형태의 조직들, 무중력 상태로 낯선 우주 속을 떠다니는 엄지를 빠는 태아들… 그런 모습이 보였다. 큰 눈과 들창코, 그리고 마지막으로 볼프강이 보였다. 그가 무릎을 꿇고 웃으면서 양팔을 벌리는 동안, 흔들거리는 짧은 다리가 그를 향해 달려갔다. 볼프강은 그랜드 피아노에 앉아 아이를 무릎에 앉혔다. 아이의 작은 손이 건반을 내리쳤다. 그녀는 머리를 앞으로 숙이고 얼굴을 두 손에 묻으며, 볼프강의 그 정신 나간 고백이 결코 없었기를 한 번 더 바랐다. 온갖 두려움에도 불구하고, 온갖 의구심에도 불구하고, 그에 대한 생각이란 생각은 모두 자기를 감싸고 있는 팔 같았기 때문이다. 단 하루 동안 그녀는 평생의 사랑을 찾았다고 믿었었다. 그 이후로는 죽을 힘을 다해 볼프강 무스터만에 대한 사랑과 생각을 묻어버리고, 거의 대적하기 어려운 잡초처럼 뽑아내려고 애썼다.

그런데 지금은? 뭔가가 살아있었다. 그것이 간신히 볼 수 있게, 단 하나의 덩어리 조직으로 이루어졌다 하더라도 말이다. 그건 인간이었다. 아이였다. 그녀의 아이였다. 그리고 볼프강의 아이였다. 그녀가 기운을 내서, 이 아이의 생명을 쥐락펴락하는 여주인이 되어야 한단 말인가? 누군가 그 사실을 알기 전에, 그 아이를 사라지게 해야 하나? 그 아이를 죽이고, 그녀의 몸에서 종양을 떼어내듯 뽑아내야 한단 말인가? 다시 눈물이 그녀의 눈을 따갑게 했다. 그리고 그녀는 간신히 숨을 쉬었다.

 그녀는 언젠가 자식들을 갖기를 항상 바랐다. 현명하고 다감하고 비범한 볼프강 같은 남자와 함께 말이다. 그 남자는 보고 느끼고 체험했으며, 그녀에게 말과 애정과 음악을 선사했다. 그의 음악을. 이제 그녀는 그의 아이를 배고 있었다. 그녀의 인생에 금이 간 것 같았다. 곰곰이 생각하지 않아도 아뉴는 자기 인생이 금이 간 수프 접시처럼 결코 다시는 온전해질 수 없음을 알았다. 설령 아이가 태어나지 않는다 할지라도 말이다. 뭔가 남아있을 것이다. 결코 이루어질 수 없는 이 사랑을 그녀는 날마다 기억할 것이다.

 아이. 그녀의 아이였다. 그녀는 아직 자신을 방어할 기회가 없는 이 존재에 대해 책임이 있었다.

 싱글 맘. 이 단어가 자신과는 아득하게 먼 어떤 병처럼 마음속에 울렸다. 세상은 그녀가 그 병 때문에 남자를 얻을 수 없을 거라고 한다. 하지만 그게 그렇게 나쁜가? 그녀는 엄마를 생각했다. 엄마 역시 그 일을 해냈다. 그리고 돈 문제만 빼고는 아뉴는 아무것도 아쉬울 게 없었다. 아버지는 거의 생각하지 않았고, 우울하지도 않았다. 그녀의 귓불 생김새와 성을 제외하고는 그녀와 아버지를 연결시켜주는 것은 아무것도 없었다. 아뉴는 깜짝 놀랐다. 어떤 생각이 갑자기 뇌리를 얼핏 스쳤다. 볼프강의 병이 유전이라면 어떻게 하나? 볼프강은 자기의 상태를 잘 알지 못하는 것 같았다. 내가 원한다면 그가 의사를 만나보지 않을까? 어쩌면 치료에 동의할 수도 있잖을까? 그녀 안에서 기운이 솟구치는 게 느껴졌다. 그녀는 일어나 얼른 욕실에 가서, 찬물을 틀고 얼굴을 댔다.

그녀는 우선 먹어야 했다. 뭔가 몸에 좋은 것으로. 그러고는 그에게 가야 했다. 그래 좋아. 그릇은 금이 갔다. 그렇다면 살아가는 동안 내내 그 그릇을 가능한 한 조심해서 다루는 게 중요했다.

"볼프강과 얘기하고 싶은데요. 저는 아뉴 존라이트너입니다."
그녀는 전화선 저편의 남자가 깊이 숨 쉬는 소리를 들었다.
"없습니다. 유감입니다."
그렇겠지. 그는 내가 했던 대로 따라하고 있는 거야. 날 보려고도, 나와 말하려고도 하지 않을 테지. 그녀가 그를 집에 들이지도 않고, 그의 편지에 답장도 하지 않은 이후로는, 그녀도 근본적으로 그가 다른 식으로 대응하리라고는 전혀 기대하지 않았다.
"부탁해요. 중요한 일입니다. 그와 급히 해야 할 말이 있어요."
"어디 있는지 난 모릅니다."
하마터면 아뉴는 미소를 지을 뻔했다. 이 남자는 볼프강이 이 친구에 대해 이야기할 때 매우 근사하게 흉내를 냈던 바로 그 악센트로 말했기 때문이다.
"그가 돌아오면 꼭 좀 전해주시겠어요? 제게 급히 연락하라고요. 네?"
"콘서트 에이전시 분인가요?"
"아니오. 저는… 개인적인 일이에요."

"그럼, 그가 찻잔을 선물한 분인가요?"

아뉴는 멈칫거렸다. 뭔가 따지는 듯한 느낌이 그의 어조에 배어있었다.

"네, 그런 것 같네요. 어쨌든 그에게서 찻잔을 받았거든요."

폴란드사람이 오랫동안 침묵했다. 마지막으로 아뉴는 그 남자가 다시 숨 쉬는 소리를 들었다.

"볼프강이 사라졌어요. 적어도 3주는 되었어요. 그리고 저는 그 친구가 댁에 있을 거라고 생각했어요."

"아니에요. 틀림없이 어딘가 다른 데 있을 거예요. 혹시 친척들 집에?"

불현듯 그녀가 볼프강에 대해 아무것도 모른다는 게 분명해졌다. 그의 부모가 누구인지, 그에게 형제자매나 그밖에 가족이 있는지, 그녀는 알지 못했다. 일종의 수치심 같은 것이 그녀의 마음속에 번져갔다.

"아니오. 그의 가족은 모두 죽었어요… 맙소사! 무슨 일이 생긴 거예요. 분명해요. 병원에다 전화를 돌려봐야 해요…."

"아니에요. 저는 그렇게 생각하지 않아요. 그는… 그는 저한테 편지를 썼어요. 어제도 한 통을 받았는데, 그 편지는…."

그녀가 말을 멈추었다.

"오 이런, 그렇구나!"

"뭐라고요?"

아뉴는 눈물을 참느라고 침을 삼켰다.

"저, 제 생각에는 그가 어디 있는지 알 것 같아요. 다 괜찮아요. 그러니까, 아니에요… 그것은… 아하, 저는… 제가 연락을 드릴게요."

그녀는 전화를 끊고 두 손으로 얼굴을 가렸다.

이제야 모든 게 뚜렷해졌다. 그의 행동, 그의 사라짐, 그가 그녀에게 쓴 편지들, 요스트와 에노가 그에 대해 말해주었던 것 등이 모두 말이다. 그녀는 답답한 심정으로, 볼프강의 편지들이 보관되어 있는 서랍을 열고, 편지들을 읽고 또 읽었다. 경악과 슬픔과 수치심이 그녀에게 달려들어 섞이더니, 단 하나의 어마어마한 고통이 되었다.

2007년 11월 4일, 빈에서.

저녁 또는 더 정확히 말하면 밤 11시.

내 사랑 아뉴에게:

당신은 나를 바보로 여기고, 나를 바보로 만들고, 나를 바보라고 부르겠죠. 내가 당신이 나를 더 이상 사랑하지 않고 더 이상 나 같은 바보의 편을 들지 않을 거라고 믿는다면 말이오. 당신이 행여 그럴까, 하고 내가 항상 두려워할 수밖에 없는데도 말이오— 내가 여전히 완전히 바보처럼 당신을 사랑하고, 나 같은 늙은 바보에게 딱 어울리는 것처럼 당신에게 홀딱 반했다는 것을 완전히 믿어도 돼요. 그리고 난 이 바보 같은 짓이 끝날 때까지 —내가 무슨 말을 하고 있는 거지— 내 삶이 끝날 때까지 당신을 계속 사랑할 거요. 이것 한 가지는 확실할 거요. 왜냐하면 한 번 바보는 항상 바보이니까— 거기에는 다른 길이 도무지 없소. 그리고 당신이 늙은 바보를 가질지 아니면 나를 바보 취급할지의 문제는 남아 있소— 다만 부디 나를 너무 심하게 바보 취급하지 말아주오. 왜냐하면 지금 내 마음이 무겁

고, 내 가슴은 너무 홀딱 반했고, 여전히 그 속에 사랑을 너무 많이 갖고 있기 때문이오. 그리고 날이 거듭될수록 그 사랑은 더욱 커질 거요. 그 안의 자리는 곧 막힐 테고, 어떤 다른 것도 더는 자리를 찾지 못할 거요. 오직 아침에 자잘한 바보짓, 점심 때 바보짓, 저녁에 바보짓뿐, 그게 다일 거요— 그럼 잘 자요. 나의 브루콜리나. 양배추는 먹지 말아요. 그러면 당신은 좀 더 가벼워질 거요— 당신의 가슴 속에 나를 품어줘요. 내가 아직 그 안에 있으니까….

당신에게 천 번이나 바보 같은 키스를 보내오. 그리고 난 언제나 영원히 당신에게 빠진 늙은 바보라오.

볼프강 M. 바—보!

병원 부지가 펼쳐진 바움가르트너회에. 시간이 다른 법칙을 따르기라도 하듯, 거기엔 너무도 비현실적인 평온함이 있었다. 아뉴는 사람들이 알려준 병동으로 즉시 가지 못했다. 이곳에는 파비용이라 불리는 건물들이 멀찍멀찍 떨어져 있었다. 그 건물들과 더불어, 가을의 축축한 공원은 지나간 시간의 무대장치 같은 느낌을 주었다. 그녀는 공원을 이리저리 거닐다가 교회가 있는 데까지 올라가, 도시의 맥박을 뒤로 하고 두루 쏘다녔다. 그러자 이 장소의 조용한 주파수에 적응할 수 있을 것 같은 느낌이 들었다.

그 환자는 방금 방으로 들어갔습니다. 간병인이 그녀를 복도를 따라 안내하고, 회색 라크 칠이 된 문을 두드린 후 조심조심 문을 열었다.

"모차르트 씨, 손님이 오셨어요."

목이 답답해지는 느낌을 갖고 그녀는 문턱을 넘어 들어갔다. 즉시 돌아서서 집으로 도망치고 싶은 충동을 꾹 참고 눌렀다.

"아뉴, 내 사랑 아뉴!"

볼프강은 잠시 멍하니 서 있다가, 그녀에게 다가가 두 팔을 벌렸다. 아뉴는 난처하지 않게 미소를 지으려 했다. 생각보다 미소 짓는 게 어렵지 않았다. 그녀는 그에게 안기기를 쭈빗쭈빗 망설였다. 그런데 그의 팔은 정상적인 남자의 팔이었다. 그의 가슴은 온기를 발산했고, 이 시설의 온갖 답답한 탁한 공기 속에서도 바로 그 당시 지하철에서와 같은 냄새가 났다.

"이제 당신이 날 찾아낸 거요?"

"멋진 방이네요."

그녀는 거짓말을 하며, 높고 좁은 방안을 둘러보았다. 격자를 두른 창들 옆의 노란 꽃무늬 커튼들은 절망적인 암담함에 맞서 안쓰럽게 볼 공평한 싸움을 벌이고 있는 것 같았다. 어디에나 종이가 널브러져 있었다. 악보였다. 잉크로 검게 그려진 것도 있지만, 슬쩍 부호만 몇 개 그려진 것도 있었다. 그 부호들 사이에는 백색의 비밀이 기다리고 있었다.

"어떻게 지내나요?"

아무런 의미도 없는 이런 질문이나 하다니, 그녀는 몹시 화가 나서 자신의 따귀를 때리고 싶었다.

볼프강은 머리를 옆으로 돌리고 방을 관찰하는 것 같았다.

"사랑하는 사람이 없어서 아쉬워하는 자가 견딜 수 있을 정도로 그럭저럭."

그는 의자를 잡아 그녀에게 밀었다.

"내 친구 거미는 어떻게 지내오?"

아뉴는 의자에 앉아 양손으로 시트를 꽉 붙들고 눈물을 억지로 참았다.

"볼프강, 제발. 그건…."

"브알라, 푸르 트와(알았소, 당신을 위해 그러지)."

볼프강이 그녀에게 악보를 그린 종이 몇 장을 건넸다.

"이것을 당신에게 보내려 했지. 돈 벌었네. 우편요금을 아끼게 됐으니까."

그의 느닷없는 시선에 아뉴가 속마음을 들켰다. 그래서 그녀는 절로 바닥을 바라보았다.

"난 그걸 거미소나타Spinnensonate라고 불렀소. 그런데 그걸 사실 미친 사람 소나타라고 하는 게 혹시 쉬울지 누가 알겠소? 어떤 사람은 아마 그 차이를 알 거요. 난 이 건물에서 거미는 아직 한 마리도 보지 못했는데, 머리가 돈 사람은 지천에 깔렸지요."

그는 다른 의자에서 종이와 스웨터를 집어들고 앉아, 마치 피아노를 치듯이 손가락을 허공에서 움직이기 시작하고 얼굴을 찌푸리더니 결국 귀를 막았다.

"아니오! 유감이지만 당신에게 그 소나타를 연주해보일 수는 없소. 이 악기의 음이 끔찍할 정도로 맞지 않거든. 내 사랑 아뉴, 이런 상황 때문에 당신의 기분이 상하지 않기를 바라오. 그런데 어떻게. 당신의 기분을 좋게 해주는 게 내 임무잖소?"

그녀는 미소 짓는 게 잘 되지 않았다. 몹시 밖으로 달려 나가고 싶었다. 모든 것이 정반대가 되는 이 장소에서 멀리 떠나고 싶었다. 그럼에도 온몸이 마비된 듯 옴짝달싹 못했다. 그녀는 그 이유가 두려움 때문임을 똑똑히 느꼈다.

"볼프강, 제발 좀 얘기해줘요. 어떻게 지내나요? 내가 당신을 위해 할 게 있나요? 가져다줄 게 있나요? 당신에게 뭐가 필요한가요?"

"당신도 들을 수 있다시피, 피아노 조율기라면 아주 유용할 거요. 난 그것만 있으면 만족할 거요. 아니오. 아니오. 아무것도 필요하지 않소."

그는 다시 두 손을 허공에 대고 이리저리 움직이며 나지막하게 흥얼거렸다. 이번에는 아무것도 그를 더 이상 방해하지 못했다. 아뉴의 눈이 화끈거리더니 눈물이 그렁그렁해졌다. 그녀는 벌떡 일어나 창으로 달려가서는 외투 주머니에서 이미 구겨져 있는 손수건을 꺼내, 마치 뭔가를 남김없이 지울 수 있기라도 한 것처럼 눈을 훔쳤다.

그녀는 그 또한 자리에서 일어나 한 걸음 다가오는 소리를 들었다. 그런데 그 다음 그는 그녀가 미처 그의 움직임을 느끼기도 전에 멈춰섰다.

"그럼 당신은 나와 함께 슬픔에 빠지려고 온 거군요. 이런, 당신의 방문으로 내 기분이 좋아지긴 할 거요. 당신을 껴안아서 행복하다고 할 수 있을 만큼 말이오. 그런데 내가 당신이 행복하지 않다는 걸 알면서 어떻게 덜 슬프겠소?"

"볼프강."

그녀가 말을 짜내듯 끄집어냈다.

"그건…"

그녀가 말을 중단했다. 마치 이 장소가 모든 것을 마비라도 시키는 것처럼, 그녀가 그에게 할 수 있는 말이 더 이상 없었다. 그녀에게서 볼프강을 빼앗는 것이 그의 망상이 아니라 오직 이 장소인 것 같았다. 그녀는 똑바로 서 있을 수도 없는 어떤 남자를 보고, 그를 그리워했다. 그와 가까이 있고 싶어하고 그의 손길을 그리워했다. 그런데 정

작 자신이 여기 있는 이 남자를 알지 못한다는 사실을 깨달았다. 그녀는 눈짓으로 작별을 고하고, 의자 등받이에서 가방을 낚아채고는 문밖으로 뛰쳐나갔다.

복도는 텅 빈 채 어두컴컴했다. 현관홀에서 목소리와 소음이 밀려나와 그녀에게 전해졌다. 그곳으로 달려가다가 의사가운을 입은 여자와 맞부딪쳤을 때, 차라리 그녀는 거의 마음이 놓였다.
"실례합니다. 저는… 이 병동의 책임자와 이야기를 나누었으면 합니다."
여의사가 아뉴에게 손을 내밀었다.
"제 이름은 엘비라 그로스입니다. 무엇을 도와드릴까요?"
"볼프강 무스터만에 대해서입니다. 선생님은… 이곳에서 그는 아마 자신을 모차르트라고 부를 겁니다."
여의사가 아뉴를 작은 사무실로 안내하고 자리에 앉게 했다.
"친척이신가요?"
"저는, 아니오, 전… 그의… 약혼녀예요."
"아? 잘 되었군요. 그는 당신에 대해 전혀 이야기한 적이 없어요."
"전, 그러니까. 우리는 잠시 만나지 못했어요. 그건… 불화가 있었고… 전 몰랐어요. 그가 여기에…"
아뉴가 말을 삼켰다.
"그에게 무슨 일이 있는 건지 말씀 좀 해주실 수 있으세요?"
"유감이지만 안 됩니다. 환자의 정보는 일가친척들에게만 줄 수 있습니다."
아뉴는 눈을 감고 이마를 문질렀다.
"제발 좀. 저는… 꼭 알아야 합니다."

"그런데, 우선 성함이나 말씀해주세요."

"존라이트너, 아뉴 존라이트너예요."

"존라이트너 씨, 이렇게 와주셔서 정말 기쁩니다. 저희는 지금까지 모차르트 씨의 주변 환경에 대해 아무것도 알아낼 수 없었거든요."

"제발! 그를 그렇게 부르지 마세요. 그의 이름은 무스터만이에요."

"정말 그와 약혼하셨나요?"

아뉴는 이를 앙다물고 침묵했다.

"그렇다면 그의 이름이 결코 무스터만이 아니라는 사실을 아시겠네요. 팔루스치츠크도 아니고요."

"뭐라고요?"

아뉴는 갑자기 절벽 가장자리에 서 있는 느낌이었다. 그리고 그녀의 발아래로는 바위가 부서져 떨어지고 있는 것 같았다.

"존라이트너 씨, 그의 진짜 이름을 말씀해주실 수 있을 거라고 기대했는데요. 그게 아니면 주소라도 말이에요. 그에 대해 더 많이 알고 있는 사람을 아시나요?"

"아마도 표트르일 겁니다."

"그 사람은 누군가요?"

"폴란드 출신 바이올린 연주자인데, 볼프강이 이 사람 집에서 살고 있어요. 그의 성이 뭔지는…."

"존라이트너 씨, 그 바이올린 주자가 저희에게 연락을 준다면 무척 도움이 될 겁니다."

여의사는 겸자판에 뭔가를 기입했다.

"언제부터…, 그러니까 무스터만 씨를 알고 지낸 건지 이야기해주

시겠어요?"

아뉴는 책상의 무늬를 응시했다.

"아마도 반년쯤."

그녀가 악센트 없는 목소리로 말했다.

"으흠. 함께 있었을 때 그가 눈에 띄게 행동한 적은 없나요?"

바닥이 미끄러져 내리는 듯 그녀의 몸이 아래로 꺾였다. 아뉴는 손으로 얼굴을 가렸다. 흐느낌 때문에 그녀의 가슴이 흔들렸다. 그녀는 마지막에 어떤 손이 자기의 팔을 부드럽게 어루만지는 것을 느꼈다.

"그는… 그는 자신이 모차르트라고 여기고 있어요. 자기가 볼프강 모차르트로 죽었다가 일 년 전에 부활했다고 저한테 아주 진지하게 이야기했어요. 그가 말한다면, 그것은…."

아뉴는 쿵쿵대며 숨 쉬더니, 코를 훔쳤다.

"저도 처음에는 그게 그냥 농담이라고 생각했어요. 그 사람 재치가 이만저만한 게 아니거든요. 아시잖아요. 하지만 아주 진지하게 그렇게 생각하고 있어요. 저는… 저는 그것을 그냥 참아낼 수가 없었어요."

"어려운 일이죠. 압니다. 특히 그런 일이 그렇게 갑자기 찾아오면 말입니다."

"고맙습니다."

아뉴는 자기에게 건네진 휴지로 코를 풀고는 머리를 얼굴에서 쓸어 올렸다.

"부탁인데, 그의 병이 유전인지만이라도 말씀해주세요."

여의사는 아뉴가 쳐다볼 때까지 입을 다물고 침묵했다.

"임신하셨죠. 아닌가요?"

아뉴가 눈물의 장막을 뚫고 바라보았다. 여의사의 눈길이 자기에게 머물고 있었다. 여의사가 깊이 숨 쉬는 소리가 들렸다.

"존라이트너 씨, 이런 걸 두고 병이라고 말하지는 않습니다. 친구분은 육체적으로 건강합니다. 맥이 병이라고 지각하시는 것은, 깊이 작용하는 인격장애입니다. 장기간 이루어진 내적 발전과정의 결과죠."

"그 말은, 그가 이미 오랫동안 이… 장애와 함께 살고 있다는 건가요?"

"십중팔구 그럴 겁니다. 지금까지는 전혀 눈에 띄지 않았을 수 있습니다. 계속 부풀어 오르는 풍선 같은 것을 상상해보세요. 친구분의 경우에는 본능적 행태를 유발하는 자극이 틀림없이 있었을 겁니다. 그 자극이 그를 말하자면 폭발하게 만든 겁니다. 일 년 전의 그 시점에 그랬을 수 있습니다."

"무엇이 그 자극이 있을까요?"

"제 개인적인 추정으로는, 그가 그리 오래되지 않은 시점에 기억상실을 겪은 것으로 보입니다. 어떤 사고의 결과일지도 모르지요."

"자신이 누구인지를 잊었다는 말씀인가요?"

"그것만이 아닙니다. 제가 의구심을 갖고 혹시나 하는 추측이 맞다면, 총체적인 기억상실입니다. 그 말은, 그가 같은 시기에 자기 주위의 세계가 어떻게 작동하는지도 역시 잊었다는 뜻입니다. 그런 일은 아주, 아주 드물긴 하지만 간혹 일어나기도 합니다."

"하지만 이 말도 안 되는 짓이 하필 모차르트와 연관이…?"

"글쎄요. 제 생각에는, 친구분이 그 전에 이미 오랫동안 매우 집중적으로 모차르트에 심취하여 그를 본받으려고 노력하고 우상으로 숭배했던 것 같습니다. 음악가로서는 그게 지극히 당연한 일이기도 할 겁니다. 자기가 누구인지 더 이상 모르게 되었을 때, 그는 무의

식적으로 새로운 기억과 새로운 현실을 만들어냄으로써 자기의 바람을 실현시킵니다. 바로 18세기 천재의 기억과 현실을 만들어낸 것이죠."

아뉴는 볼프강의 특이한 어법을 생각했다. 그녀와 처음 만났을 때부터 즉시 눈에 띄었던 어법이었다. 그녀는 그것을 괴팍한 성격 탓이라고 여겼다. 대단히 엘리트적인 케케묵은 교육의 결과일 거라고 보았다. 그것으로 그의 이상한 거동도 전체적으로 해명이 되었던 것이다.

"그럼, 그가 그냥— 연기하는 게 아니라고 확신하시나요? 제 생각에는⋯."

"그럼요. 역설적으로 들리겠지만, 그의 행동은 그러니까 진짜예요. 저희도 물론 그 점을 검사했고요."

"그럼 그가 자기가 정말로 누구인지 기억해낼 수 있는 가능성이 얼마나 될까요?"

"어림잡기 힘들지요. 몇 년 동안 자기의 신원을 모르거나 자기가 누구인지 아예 기억하지 못하는 환자들도 상당수 있습니다. 때로는 저희에게 운이 따르기도 합니다. 일가친척들이 연락을 하니까요."

아뉴가 침을 삼켰다.

"그렇다면 그가 언제까지 이곳에 있어야 할까요?"

"이런, 이런, 아닙니다. 저희의 관심은 정상적인 생활을 잘 해낼 수 있는 환자들을 금세 다시 내보내는 데 있습니다. 치료가 수반되지 않으면, 그게 물론 수월하지는 않을 겁니다."

여의사가 잠시 말을 멈추었다.

"뱃속 아이를 그대로 두어야 할지 확신이 없으시죠. 안 그런가요?"

"아니에요. 그러니까… 아하, 전 사실 더 이상 아무것도 모르겠어요."

"이게 도움이 된다면 말씀드릴게요. 저는 친구분이 정녕 훌륭한 아빠가 될 수 있다고 확신해요. 친구분은 현재 위급한 위기에 처해 있어요. 하지만 조금만 참으면 어느 날 친구분이 자신이 문제를 안고 있음을 받아들이고 그 문제와 함께 살아갈 수 있을 겁니다. 들어보세요…."

그로스 박사는 볼펜을 갖고 장난하듯 만지작거리고는 고개를 들어 바라보았다.

"제가 이 모든 것을 말씀드리면 안 되는 건데. 우리끼리만 아는 비밀일 거라고 믿습니다. 하지만 제 생각에, 이 상황에서는…."

아뉴는 마비된 것처럼 무감각하게 회색 돌층계를 내려갔다. 티끌처럼 작게 내리는 비가 그녀의 얼굴을 차갑게 식혔다. 그녀는 숄로 머리를 감쌌다. 볼프강의 성은 전혀 무스터만이 아니었다. 그랬다. 볼프강도 그의 이름이 아닐지 모른다. 그녀는 어깨를 움츠리고, 자기 몸에 엄습하는 차가운 전율이 비 때문이 아님을 느꼈다. 그녀가 여전히 사랑하는 그 남자가 사라지고, 그 자리에 고통스러운 태아가 남았다. 그녀는 우묵벽으로 몸을 피하고, 주머니에서 핸드폰을 더듬더듬 찾았다.

# 콤무니오 (영성체송)

주님, 그들에게 당신 성인들과 함께 영원한 빛을
영원토록 비추소서. 주님께서는 자애로우시니

수많은 음이 밤공기를 뚫고 이리저리 움직이는 것처럼 그는 어둠을 뚫고 날고 또 날면서, 자기의 소리가 울리는 것을 들었다. 시작도 끝도 없는 교향곡이었다. 그 자신이 음악이었다. 형체도 중력도 없었다. 메아리도 공간도 없는 소리뿐이었다. 그의 귀로는 그 소리를 전혀 알아듣지 못했다. 그 다음에 뭔가가 풀어지고 떨어지더니 사라졌다. 사라진 것 쪽을 뒤돌아보는 동안에도 그는 다시 고통 속에서 속송이 그에게서 나와 울리다가 사라지는 것을 느꼈다. 그것은 가지가 찢어지는 나무의 고통이었다. 그는 조금씩, 조금씩, 갈피를 못 잡았다. 그러더니 더 이상 거의 말을 하지 않았다. 머지않아, 약하게 속삭이는 소리만 있게 될 것임을 그는 알고 있었다. 그리고 그 소리마저도 사라진다는 것을.

그가 깨어났을 때 주위가 이상하게도 조용했다. 너무 조용했다. 그는 일어나서 당황한 표정으로 둘러보았다. 그런데 모든 것이 거기 있었다. 침대틀의 반짝이는 강관, 고름 같은 노란색 벽, 마치 나무로 만들어진 것 같은 옷장 등이 그대로였다. 그는 노란색 꽃무늬 커튼의 주름들을 빤히 바라보다가, 꽃이 똑같지 않은 두 개의 반쪽이 교차하는 부분을 일치시키려고 애썼다.
 주위가 조용했지만, 그래도 정적이 그를 감싸지는 않았다. 왜냐하면 어딘가에서 그의 귀에 차량이 붕붕거리는 소리, 복도에서 고무실내화를 질질 끌며 걷는 소리, 전화가 울리는 소리가 들렸기 때문이다 ― 아니다. 정적은 그의 마음을 괴롭게 했다. 그의 내면이 침묵했다. 너무 깊이 침묵해서 그는 눈을 감고 두 팔을 귀에 대어야 했다. 그러자 더는 음악이 없었다. 아무것도 없었다. 마치 기계장치를 돌려 음을 끈 것 같았다.
 그는 결연한 표정으로 침대 모서리 위로 몸을 숙여, 침실용 탁자 서랍을 뒤적여 악보를 찾았다. 진혼곡 최종본이 가까스로 기억났다. 그게 얼마나 오래 된 일일까? 여름이었을까? 그는 박자 하나하나를 마음속에 울려퍼지게 할 수는 있었다. 그렇지만 음악은 저절로 더 앞으로 나아가지는 못했다. 그가 자꾸자꾸 그걸 밀어 움직여야 했다.
 볼프강은 거의 일 년 동안 곡을 썼던 무수히 많은 종이들을 생각했다. 더욱이 수없이 많은 장례미사곡들이 각기 다른 세기와 각기 다른 장소에 산재한 지 이미 오래였다. 모든 과제 중에서 가장 무자비한 맨 마지막은 라크리모사였다. 그는 라크리모사만 통나무처럼 밀어냈다. 이번에도 그가 그것을 미완성으로 두어야 하겠는가? 그가 몸이 너무 약하기 때문에? 그 전에는 어떤 음악작품에서도 감정이 방해가 된 적이 없었다. 혹시 아직 때가 안 된 건가? 눈꺼풀을 한 번 깜빡거리는 동안, 그 전령이 마치 안개에서 나오듯 그의 기억에서 나와 윤곽을 갖추었다.
 그랬다. 비록 주문받는 일은 없이 지내야 했지만, 그는 새로 살게 된 시간인 금년에 부지런히 일했다. 거의 모든 것은 그의 욕구와 그날 그때그때의 기분에서 생겨났다. 그가 늘 바랐던 대로 모든 강압에서 자유롭게, 모든 한계로부터 자유롭게 말이다. 그것을 언젠가 듣게 될까? 그리고 만약 그렇다면— 그가 그것을 직접 체험할 수 있을까? 그는 많은 것을 징링어에게 가져갔다. 징링어는 그것을 "제멋대로"라고 불렀다. "팔 수 없다"는 의미인 것 같았다. 볼프강은 깊이 숨을 쉬었다. 그랬다. 모든 것에는 나름의 시간이 필요한 모양이었다.

이런 생각을 하자, 깊은 애착이 그를 엄습했다. 그랬다. 그것으로 충분한 것 같았다. 아마도 이것이 끝인 모양이다. 라크리모사가 있든 없든—괜찮다— 그것은 또 한 번 그의 책임으로 남을 것이었다.

볼프강은 자신이 원망을 품고 있지 않음을 느꼈다. 아무도 더 이상 그의 음악을 이해하려고 애쓰지 않았던 그 당시와는 달랐다. 또 인기를 끌려고 아양 떠는 궁중 익살광대들의 장광설 앞에 모두들 허리를 굽혔던 그 당시와도 딴판이었다. 그 광대들의 이름을 아무도 더 이상 알지 못하게 된 지 이미 오래였다. 콘트라베이스 클라리넷의 나지막하고 섬세한 음처럼 어떤 예감이 천천히 떠다니다 그의 마음속에 솟구쳐 확신이 되었다. 그리고는 그의 기분을 풀어주는 위안처럼 내려앉았다.

볼프강은 물을 좀 마시고, 매트리스와 머리를 두는 금속 부분 사이의 불편한 구석에 베개를 간신히 쑤셔 넣었다. 그는 거기에 몸을 기대고 창밖을 빤히 내다보았다. 마디가 있는 까만 나뭇가지와 흰색의 뒤엉킨 금속 격자 사이로 불분명한 길이 난 게 보였다.

이제 사람들이 그에게서 빼앗을 수 있는 것은 단 한 가지뿐이었다. 모든 것 중에서 가장 중요한 것, 바로 그의 사랑이었다. 그가 오래 전부터 더 이상 소유하지 못하고, 어쩌면 결코 소유해본 적이 없는 사랑이었다. 그런 이유로 그것은 모든 곡 중에서 가장 고통스러운 곡이 될 게 확실했다.

\*

"말해봐. 초상이라도 난 거야, 뭐야?"

요스트가 아뉴의 표정을 확인하고는, 손바닥을 자기 얼굴 앞에 대고 흔들었다. 마치 유리창을 닦는 것이 중요하기라도 한 것처럼.

바바라가 손가락을 입술에 대고, 요스트에게 격노한 눈길을 보냈다. 현관문이 닫히고서야 비로소 그녀는 부엌문도 살짝 닫았다.

"젠장, 쟤를 그냥 좀 내버려둬. 상태가 정말 좋지 않거든."

"여전히 그 녀석 때문인가? 그 자가, 그 바보천치가, 그녀를 버린 거야? 나를 택해야 한다고, 아뉴한테 벌써 골백번도 더 말했건만."

"이런 등신! 그 사람이 아뉴를 버린 게 아냐. 다만 병원에 있을 뿐이라고."

"오, 미안. 난 정말이지 눈치가 없군. 사고인가, 아니면 뭐야? 꼬리를 내린 거야? 가련한 녀석 같으니!"

"이봐, 그만해. 그 사람 슈타인호프에 있어. 이건 정말로 웃을 일이 아니야…."

"슈타인호프라고?"

요스트는 잠깐 바바라를 빤히 바라보더니, 큰 소리를 내며 자기 허벅지를 쳤다.

"슈타인호프라니! 정말이지 엄청난 일이군. 그 작곡가 선생은 거기에나 어울린다고 내가 진작 말했잖아."

그는 말을 멈추고는 심각해졌다.

"너 확실해? 슈타인호프라고?"

"내 분명히 말해두는데, 그것 때문에 아뉴를 놀린다면 넌 여기서

꺼지는 거야. 알겠니?"

"마담, 잘 알겠습니다."

요스트는 모자를 벗는 시늉을 하고는 뒷걸음질로 부엌을 떠났다.

"다시는 내 입에 한 마디도 올리지 않을게— 마담, 명심하겠습니다! 그런데 그 훌륭한 작곡가 선생의 성함이 뭐였더라?"

그러고는 그가 전화기를 잡았다.

*

마음이 한결 가벼워진 아뉴는 거친 서리처럼 모든 것 위에 내려앉은 고운 물방울들을 솔에서 털어내고, 벨벳 쿠션 의자에 미끄러지듯 앉았다. 그녀는 자기의 재킷을 받아 옷걸이대로 가져가는 창백한 남자를 유심히 바라보았다. 그는 수줍음 같기도 하고 온정 같기도 한 미소를 지으며 다시 작은 구석 탁자를 향해 갔다. 그의 눈은 머리칼과 마찬가지로 검었다. 그의 머리는 어쨌든 '세월을 타지 않는다'는 표현이 적합할 정도였다. 그의 움직임은 힘차기는 했지만 뻣뻣해 보였다. 그는 뭔가 억눌린 듯한 느낌을 주었다. 틀림없어, 하고 그녀는 종업원이 주문을 받는 동안 생각하며, 그에게 용건을 전부 꼬치꼬치 캐물었다.

"저는 그가 정말 누구인지 아실 거라고 많이 기대했어요."

"저는 그가 누구인지 몰라요. 좋은 친구라는 건 알지만."

"그가 댁에서 산 지 이미 오래되었죠?"

"일 년쯤 되었을 거예요. 그는 옷도 가방도 없이 그냥 거리에 불쑥 나타났어요. 비닐봉지만 들고 있었죠. 처음에는 그가 떠돌이 부랑자라고 생각했어요."

표트르는 자기의 커피 잔을 뚫어지게 보았다.
"그럼 그를 그냥 댁에 들였단 말인가요?"
표트르가 고개를 들어 바라보았다.
"그의 음악을 듣고, 그가 특별한 인간이고 고결한 마음을 지녔다는 것을 알았어요."
단번에 그녀의 기분이 좋아졌다.
"그럼 댁은… 제 말은, 제가 전화를 드렸을 때 이미 사라진 지 오래되었다고 말씀하셨잖아요. 그때 이상하게 여기거나 그를 찾아보지 않았나요?"
그는 다시 자기 찻잔을 쳐다보고 오랫동안 침묵하면서, 스푼으로 거품을 가장자리로 밀었다.
"그게 처음은 아니에요. 전에도 종종 사라졌거든요. 늘 며칠 동안뿐이었지만. 블루노트의 체르니에게 물어보았더니, 그가 아름다운 까만 눈의 여자에 대해 이야기해주었어요… 그래서 저는 그가 댁에 있는 거라고 생각했어요. 말도 안 되는 오해였네요."
"오해였다고요!"
아뉴는 약간 웃음을 지어보였다. 그녀의 마음이 서서히 호의적으로 바뀌었다.
"하지만 댁의 말이 더 적절하네요. 오해예요."
그는 후회막심한 표정으로 미소를 지었다.
"주머니에는 아는 단어들이 아주 많지만, 제가 때때로 잘못 꺼낸답니다."
그는 심사숙고하는 표정으로 그녀를 바라보았다.
"볼프강과 있으면 다른 언어가 생기고, 음악이 생겨요. 하지만 볼프강과 연주를 해보면, 스스로 낯선 사람처럼 느껴질 거예요. 제가

여태 음악을 들어본 음악가들 중에서 그가 단연 최고예요. 솔직히 그래요. 저는 수많은 사람들의 음악을 들어보았어요. 여기 빈과 고향 므라고보에서 말이에요. 므라고보 페스티발이 있어요. 유명해요."
"그렇군요. 그가 그렇게 훌륭하다면, 선술집에서 연주할 필요가 없지 않나요?"
"블루노트는 훌륭한 재즈바입니다. 그곳에서는 대단히 유명한 재즈 음악가들과 연주회도 열어요. 하지만 그는 사실 재즈 연주자가 아니에요. 고전음악을 연주하는 피아니스트고, 또 직접 곡을 쓰기도 하죠…."
표트르가 경외심을 품은 듯한 표정으로 고개를 흔들었다.
"심지어 음악협회에서 연주회를 가졌잖아요. 대단한 경력이 시작된 거죠."
"그런데 어쩌다 그는 병원에 틀어박혀있으니."
그녀가 침을 삼켰다.
"맙소사. 그는 무척 슬퍼 보여요."
"제게 물으신다면, 그는 천재예요. 그리고 그가 생계 때문에 겪는 일은 엄청난 낭비입니다. 하지만 아마도 —따뜻한 미소가 갑자기 그의 얼굴을 덮었다— 그에게 좋은 아내가 있어 도와주기만 한다면, 그는 건강도 되찾고 깜짝 놀랄 일을 할 겁니다."
"정말 그렇게 생각하세요?"
"앞으로 무슨 일이 있을지는 모르겠지만, 저는 사랑만이 영혼을 치유할 수 있다고 믿습니다."

\*

그녀는 그 다음 다음 날 다시 와서, 휴게실 소파에 앉아있었다. 그녀의 얼굴은 무표정한 게 유리처럼 투명했다. 미소도 거의 짓지 않았다. 양초 하나가 전나무 화환에서 타고 있었다.

그는 그녀 옆에 앉아, 자기가 몸을 쿠션에 기대는 동작이 고스란히 아뉴에게 전해지는 것을 느꼈다. 그녀는 오랫동안 입을 다물고 있었다. 그러던 중 그는 그녀의 손가락 끝이 따뜻하게 그의 얼굴을 스치며 그를 어루만지는 것을 느꼈다. 그녀의 방에 있던 흉측스럽고 놀라운 짐승들이 생각났다. 자기가 그 짐승들 중 하나인 것 같았다. 다만 좀 더 큰 짐승인 것 같았다. 그녀의 손에 잡힐 만큼 큰 짐승 말이다.

"우리 산책해요. 바깥 날씨가 온화해요. 나… 당신한테 할 말이 있어요."

그는 말없이 그녀의 뜻을 따랐다. 모든 작별은 그렇게 시작되는 모양이었다.

두 사람은 파비용들 사이로 쥐죽은 듯 조용한 길을 지나 결핵요양소까지 갔다가, 마지막으로 교회로 올라갔다. 새들은 겨울 같은 스산한 목소리로 노래했다. 기약도 열정도 없는 조용하고도 깊은 노래였다.

그녀가 분명히 말할 거야. 지금. 이렇게 산책하는 동안에. 그는 무슨 이야기든 들을 각오가 되어 있었다. 그리고 고통이 자기를 강타하리라는 것을 알고 있었다. 또 이 마지막 고통이 전체의 일부라는 것도.

"볼프강, 당신과 얘기해야겠어요."

그녀가 드디어 말을 시작했다. 그의 온갖 헌신이 수포로 돌아간 것이었다. 그녀의 입을 막지 않고 그녀를 껴안지 않고 그녀에게 매달리지 않으려면, 그가 꾹 참아야 했다. 그는 재킷을 가슴 앞에 여미고, 끝자락을 양손으로 꽉 붙들었다.

"날 잡아봐요!"

갑자기 소리치더니, 그는 돌진하듯 풀밭 위로 달려가 나뭇잎 더미를 테 두르듯 빙 돌았다. 그리고 아뉴가 놀고 있는 아이를 기다리는 엄마처럼 여전히 길에 서 있는 것을 보았다. 그는 숨이 차서 그녀에게 돌아갔다. 가슴이 뛰는 것 때문에 진짜로 땅바닥이 두근거리는 것 같았다.

"내가 이렇게 가슴이 두근거리는 게 얼마나 오랜만인가!"

"볼프강, 제발. 내 말 좀 들어봐요."

그는 주위를 둘러보았다. 산처럼 쌓여 제법 어울리는 나뭇잎 더미들을 제외하고는 그가 그녀의 시선을 끌 만한 게 더는 아무것도 없었다.

그녀는 눈에 보이지 않는 뭔가를 돌 벤치에서 쓸어내고 그 위에 주저앉았다. 그가 머뭇머뭇 그녀의 동작을 똑같이 따라했다.

"볼프강…."

아뉴가 그의 두 손을 잡았다. 그는 그녀가 신경질적으로 그의 손바닥의 두툼한 부분을 엄지로 문지르는 것을 느끼고, 농담의 말을 필사적으로 궁리했다. 하지만 어떤 농담도 더는 머리에 떠오르지 않았다.

"볼프강, 난… 들어봐요. 우리는… 아이가 생겼어요."

그녀가 말을 멈추었다. 그러자 그는 따뜻한 바람 한 점이 부풀어 올라 자기를 낚아채어 데리고 가는 것 같았다.

"아뉴!"

그는 그녀의 새 같은 눈을 보고, 눈가에 맺힌 작은 눈물방울을 보더니, 그녀의 손을 잡아 자기 가슴에 갖다 댔다.

"아뉴. 내 사랑. 아뉴. 당신 그거 확실하오?"

"임신테스트를 했어요. 의사에게도 갔었고요."

"아이라고! 그거 정말 놀랍군!!"

그는 환하게 웃으며 그녀를 바라보았다. 하지만 왜 그런 건지 이유는 알지 못했다. 아이라고. 그의 아이라고. 그의 시대가 아닌 시간에 태어날 아이였다. 그는 이것이 비현실적이고, 심지어 불가능하고 불길한 것 같았다. 내가 속하지도 않은 세계에 어떻게 내 흔적을 남겨놓을 수 있단 말인가?

그녀가 눈을 내리깔았다.

"난… 볼프강, 난 두려워요. 난 당신에게 무슨 일이 있는 건지 몰라요. 맙소사. 난 당신이 누구이고 당신의 이름이 진짜로 무엇인지조차 알지 못해요!"

"내 사랑 아뉴!"

그는 그녀의 손가락 끝에 키스했다.

"난 여기 당신과 함께 앉아있는 바로 그 사람이오. 항상 당신 곁에 있고자 하는 사람이고, 당신을 사랑하고 존중하고 존경하는 사람이오! 난 이름을 모조리 빼앗겼소. 그래서 언젠가 다시 이름을 가진다면, 어떤 다른 이름이 아닌 바로 이 이름일 거요. 가장 훌륭하고 존경할 만하고 아름다운 나의 아뉴가, 총명한 온 마음으로 사랑할 수 있는 바로 그 남자의 이름일 거요."

그는 자기의 손 안에 있는 아뉴의 손을 바라보았다.

"그런 그녀가 나를 더 이상 사랑할 수 없다면, 난 더 이상 어떤 이름도 필요하지 않을 거요."

"볼프강, 그건…."

"볼프강이라고?"

그는 허리를 굽혀 공원길을 따라 좌우를 바라보았다. 그의 가슴이 2/2 박자로 두근거렸다.

"볼프강, 그는 어디 있소? 오—볼프강은 여기 없소. 아님, 혹시 나

를 말하는 거요? 그 사람을… 이름 없는 그 자를?"

아뉴가 벌떡 일어나 두 손으로 얼굴을 가렸다.

"그만해요!"

그녀는 그를 남겨두고 풀밭 위로 달려갔다. 그러자 그의 모든 바람이 사라졌다. 그녀가 흐느끼는 소리가 들렸다. 그녀는 그에게서 등을 돌린 채 멈춰 서서 여전히 얼굴을 두 손에 묻고 있었다. 그는 우물쭈물 일어나 낯익지 않은 땅에 발을 들여놓았다. 그가 하는 어떤 장난도 더 이상 그녀를 달래는 방법이 되지 못했다. 그는 팔로 그녀의 어깨를 감싸고 그녀를 자기 쪽으로 돌린 다음 가슴에 끌어당겼다.

"아뉴. 내 사랑. 아뉴."

그는 까맣게 반짝이는 그녀의 머리를 조심조심 쓰다듬었다.

"난… 우리가 함께 있기를 무척 바랐어요. 우리는 그만큼 가까웠잖아요."

"내가 당신을 쫓아낸 게 아니오."

그는 그녀를 팔에 꼭 안았다.

"이 세상에서는 난 있는 그대로의 나일 수가 없소. 하지만 이 모든 것도 나를 두려워하게 만들지는 못해요. 당신과 우리 아이를 행복하게 만들 수만 있다면 난 그것으로 만족할 거요."

그가 말을 멈추고 시선을 내리깔았다.

"그리고 당신의 정식 남편이 될 수 있다면 말이요."

그녀가 애써 미소를 지으려 했다. 그러자 그가 두 손으로 그녀의 머리를 잡고, 불안한 표정으로 입술을 그녀의 입술에 대고 눌렀다. 아주 잠깐 동안 두 사람은 입을 서로 포갠 채 그렇게 있었다. 그러다가 마침내 그들의 입술이 느슨해졌다. 그리고 그는 드디어 모든 게 다 잘 되리라는 것을 알았다.

　　　　　　　　＊

　노크 소리에 미하엘리스 교수가 미처 대답하기도 전에, 교수실 문이 홱 열렸다.
　"교수님…! 죄송하지만, 교수님의 학생 한 명이 급한 용무가 있다고 말해서요. 정말 죄송하지만….”
　여비서는 게어노트가 자신을 밀치고 들어오자 입을 닫았다.
　"지크린데, 괜찮아요. 학생이 말귀를 알아듣도록 내가 직접 엄하게 꾸짖겠소.”
　교수는 문이 닫힐 때까지 기다리며 팔짱을 낀 채 학생 쪽을 바라보았다. 학생은 긴장하여 숨죽인 채 교수의 책상 앞에 서 있었다.
　"웬 일인가? 자네가 이리로 그냥 쳐들어올 만한 마땅한 이유는 있겠지!”
　"그가 누구인지 알아냈습니다!”
　게어노트는 교수가 미처 대답도 하기 전에 말을 덧붙였다.
　"레퀴엠과 연관된 그 사람 말입니다.”
　"게어노트, 무슨 말인지 알겠네. 그럼, 들어보자고.”
　"그 사람의 이름은 무스터만입니다. 볼프강 무스터만입니다. 그러니까 그의 이름은 원래 그게 아닙니다. 하지만, 글쎄요. 이야기가 좀 복잡합니다. 저도 정확히 이해하지는 못했어요.”
　그는 한숨 돌리기 위해 잠시 말을 멈추었다.
　"어쨌든 그 사람은 슈타인호프에 들어가 있습니다!”
　"무스터만이라고? 무스터만….”
　미하엘리스 교수는 왼쪽 귀를 긁적였다. 그 이름을 어디서 들었

더라?

"슈타인호프에 있다고? 글쎄. 하긴 정신병원에 들어간 음악가가 그 사람 뿐만은 아니지. 그런 사람이 한 명 있었네. 몇 년 전에 영국에서…."

그 순간 갑자기 생각이 났다. 무스터만! 그럼, 그렇지!

"으흠. 그랬죠. 하지만 그 자는 그저 모방꾼이었어요. 그러니까 지금 이 사람도 그런 건가요. 그렇다면….."

"모방꾼이라? 볼프강 무스터만이? 게어노트, 마음을 가라앉히게! 볼프강 무스터만, 그 사람은 모방꾼이 아닐세. 그 사람은 진짜 천재야!"

미하엘리스 교수는 몸을 돌려 종이더미를 뒤지기 시작했다.

"내가 그것을 어디 두었지? 그 프로그램을?"

게어노트가 귀에 거슬리게 쉰 목소리로 말했다.

"그를 아세요?"

"그렇다네. 그의 음악을 들어본 적이 있어. 몇 주 전에 음악협회에서였네. 환상적이었지— 아무리 기억해보아도, 기지와 재능이 그렇게 많은 피아니스트의 연주는 들어본 일이 없네."

"글쎄요. 그의 기지와 재능은 물론 더 이상 온전하지 않을 텐데요."

"그럴까? 그가 정신과 치료를 받고 있어서? 게어노트, 그렇게 말하다니, 부끄러운 줄 알아야 하네."

"그럼 이제 제 시험은 어떻게 되는 건가요?"

"그 이야기라면, 약속을 정해서 정식으로 면담시간에 와서 하세. 잘 가게!"

미하엘리스는 방에서 슬며시 사라지는 젊은 남자의 뒤를 보며 쯧쯧 고개를 저었다.

볼프강 무스터만. 이 특이한 이름은 그에게만이 아니라 언론의 이목도 끌었다. 이력도 없이, 아무것도 없는 데서 불쑥 나타난 피아니스트였다. 누구든 그에 관해 조금도 알아낼 수 있는 게 없었다. 천재였다. 로베어트 미하엘리스는 서랍을 열어 원고가 적힌 공책을 꺼내고, 무스터만의 원본을 상세히 관찰했다. 그 아둔한 게어노트가 자기 것이라고 억지로 주장하려 했던 원본이었다. 미하엘리스 교수는 복사본을 지휘자들에게 진작 전해주었다. 그것을 받은 지휘자들 모두, 이런 작품이라면 공연해야 한다는 데 의견의 일치를 보았다. 그가 섬세한 필체를 어루만지는 표정은 경외심을 품은 듯했다. 심지어 애정이 듬뿍 담겨있는 듯했다. 모차르트의 *레퀴엠*에 견줄 만한 사람이, 그것을 완성할 수 있는 사람이, 그리고 ―로베어트 미하엘리스는 감히 그런 생각을 거의 끝까지 할 수 없었다― 모차르트의 창조력을 경쾌함으로 능가하는 사람이 드디어 나타난 것이었다. 절대로 다시는 나올 수 없다고 여겼던 그 경쾌함으로 말이다.

그런 천부적인 재능을 지닌 사람들이 병 때문에 창작에 방해를 받다니, 얼마나 큰 비극인가. 모차르트가 몇 년 더 살 수만 있었다면, 그가 이 모든 것을 남겨놓지 않았을까?

교수는 매달려 작업하려 했던 원고를 도로 더미에 올려놓고 쌌다. 그보다 더 중요한 일이 있었다. 그는 시계를 보았다. 바움가르트너회에의 방문시간을 얼마나 얻을 수 있을까? 그는 결연한 표정으로 자동차 열쇠를 잡았다.

\*

그들은 손을 잡고 파비용들 사이를 이리저리 산책했다. 아뉴는 병

원 길의 밝은 자갈에서 눈을 떼지 않았다. 그러는 동안 볼프강은 그녀를 옆에서 유심히 바라보았다. 그녀의 칠흑 같은 머리는 늘 그렇듯이 이마로 흘러내리지 못하게 두건이 막고 있었다. 그녀의 머리칼에서 그는 처음으로 햇빛을 알아볼 수 있었다. 아이가 있다니. 나의 아이가. 첫날부터 이 세상에 속하여, 그가 뿌리가 없을 때 그에게 뿌리를 부여해줄 아이였다. 이 아이는 죽지 않고 살아남을 것이고, 그는 그 아이가 자라나는 것을 볼 것이다. 이번에는 그가 전부 다 제대로 해낼 것이다.

"내 사랑 아뉴, 우리가 그 전에 밖에서 만난 적이 없는 거 알죠?"

그녀는 깜짝 놀라 그를 바라보며 미소를 짓고는 그의 손을 더 꽉 잡았다. 그는 그 사이에 물기가 마른 갈색 잎이 신발 아래 밟히는 소리를 들었다. 그 소리는 마치 시든 잎들이 그에게 말하는 것 같았다. 예기치 않게 음들이 잎에서 나와 그에게로 푸드덕 날아왔다. 그 음들은 그가 전에는 한 번도 들어본 적이 없는 듯했다. 그가 음표로 잡을 수 없었을 법한 음들이었다. 흩날리고 쓸리는 소리, 가볍고 부드럽게 살며시 떠다니는 소리, 떨며 이리저리 흔들리는 소리, 노래하며 소근대는 소리였다. 그 소리는 세상의 어떤 악기로도 낼 수 없는 듯했다. 아다지오로 그의 영혼에 울리는 소리였다.

그는 멈춰 서서 눈을 크게 뜨고 귀를 기울였다. 갑자기 그 소리가 어디에서나 들렸다. 그 소리는 부드럽게 흔들리는 느릅나무 가지들에서 나와 새들의 목소리로 청아해지더니 바람 속에서 흔들렸다. 심지어 버스가 멀리서 붕붕거릴 때는, 그가 예전에 결코 들어본 적이 없지만 항상 거기에 살아 있음에 틀림없는 어떤 소리가 울렸다. 그것은 온갖 사물이 고유하게 노래하는 것이었고, 모든 음 뒤에 있는 음악이었으며, 떠다니는 박자를 따르는 울림의 본질이었다. 그 박자는 더 이상 박자가 아니었고, 시간을 갉아먹는 떨림이었고, 숱한 음의 진동이었다. 아직은 낯선 시대의 맥동이었다.

"괜찮아요? 볼프강? 돌아갈까요?"

그녀의 목소리만 듣고도, 그는 단 한 번도 가능하다고 여기지 않았던 것을 알 수 있었다. 볼프강은 두 팔을 벌리고 빙빙 돌며, 사방에서 오는 울림들을 붙잡기 시작했다. 그는 어지러워지는 것을 느끼고 비트적거리더니 목 쉰 소리로 웃지 않을 수 없었다.

"모두 다….."

그가 경탄했다.

"모든 게 다 음악이야!"

그는 감격에 겨운 듯 비틀거리고 흔들리다가 그녀의 손이 팔을 잡는 것을 느끼고, 그녀의 손에 이끌려 방으로 되돌아갔다. 방안 어디에나 악보가 널브러져 있었다. 그는 그녀에게 앉으라고 밀어주려던 의자에서 속옷을 낚아채다가 몸이 흔들리는 것을 다시 느끼고 침대 모서리에 주저앉아야 했다.

"볼프강, 그냥 둬요. 당신은 완전히 지쳤어요."

그녀는 그를 도와 신발을 벗겼다.

"누워요. 내일 다시 올게요."

그는 베개 위로 쓰러져 눈을 감고, 그녀가 그의 이마에 살짝 키스하는 것을 느꼈다. 그는 점점 더 깊이 내려가는 것 같았다. 음은 여전히 멈추지 않고 솟구쳤다. 그가 미처 몰랐던 특이하게 아름다운 음들이 유령처럼 주위를 맴돌며 그에게 나타났다. 볼프강은 누운 채 귀를 기울여 모든 시간을 잊고 들은 것을 이해하려고 애썼다. 그런데 그것은 그가 알고 있는 모든 질서에 어긋났다. 어떤 음도 다른 음에 속하지 않고, 어떤 관계도 맺고 있지 않는 것 같았다. 그런데 하나의 음이 다른 음을 전제로 하고, 모든 것이 서로 연결되어 상상할 수 없는, 심지어 묵시론적인 다성부의 교향곡이 되었다. 정녕 아니었다. 어떤 삶에서도, 아무리 대담한 생각에서조차 그는 이보다 위대한 곡을 들어본 적이 없었다. 그리고 그의 존재와 모든 시간은 이렇게 엄청난 것에 비하면 우스울 정도로 사소한 것 같았다.

볼프강은 간신히 숨을 쉬었다. 그가 전혀 몰랐던 낯선 영역에서 나오는 음들이 그에게 밀려들어 마음속에 퍼졌다. 마침내 내면의 뭔가가 깨지고 예감이 자유롭게 풀어지는 것 같았다. 그것이… 미래의 음악일까? 이런 생각을 하자 전율이 그를 엄습했다. 그 전율은 온갖 기쁨보다 크고, 온갖 두려움보다 컸다. 그는 자기의 몸이 떨리는 것을 느끼고, 아뉴의 손을 더듬더듬 찾았다. 하지만 거기에는 더 이상 아무도 없었다. 그는 혼자 누워있었다.

음식물 수레가 달그락거리며 지나가는 소리가 복도에서부터 그의 방으로 파고들었다. 발을 질질 끌며 걷는 소리가 나더니, 바퀴들이 바닥 틈새에 걸려 흔들거리자 접시 더미가 쨍그랑 소리를 냈다. 간병인의 목소리가 복도를 통해 울린 다음, 모든 게 다시 멀어져갔다.

들뜨게 하는 기쁜 마음이 그를 사로잡자, 두 발이 가만히 있지 못하고 버둥거렸다. 그러자 그의 생각도 변덕을 부렸다. 그는 결국 침대에서 나왔다. 장딴지까지 올라오는 양말을 신은 채 싸늘한 리놀륨 위를 더듬거리며 창으로, 문으로 갔다가 다시 창으로 돌아갔다. 그리고는 창문짝을 활짝 열고, 신선한 겨울 공기가 마치 생명 그 자체인 것처럼 들이마셨다.

이런 비밀의 폭로가, 이런 계시가, 심지어 예언이, 왜 꼭 그에게 일어났을까? 비교가 안 되게 굉장한 어떤 것, 결코 세상에 없었던 것이 그에게 일어났다. 그리고 그는 그게 무엇인지 알지 못했다. 그런데 그것이 주님의 뜻이라는 것은 예감했다. 그리고 전능하신 그 분은 나름의 이유를 갖고 있는 게 틀림없었다. 그리고 아주 서서히 평온함과 확신의 예감이 그를 엄습했다. *그리고 그에게 꺼지지 않는 빛을 내리소서 Et lux perpetua luceat ii*. 주님은 그가 필요했다. 더욱 새로운 다른 장소에서 말이다. 그리고 그 분은 그를 이끌고 그에게 의지할 곳을 주실 것이다. 추위에 몸이 어는 것 같아서 볼프강은 창을 닫고 기다시피 침대로 돌아가 이불로 몸을 돌돌 말았다.

쿵 소리에 그는 비몽사몽 상태에서 깨어났다. 누군가 그의 방문을 두드린 게 틀림없었다. 마치 꿈속 환영과 현실의 윤곽이 흐릿해지는 것 같았다. 방금 전만 해도 하나님 아버지가 몸소 지휘봉을 들고 지휘자 악보대를 마구 내리쳤었다. 볼프강이 눈을 깜박였다. 방은 이미 어두컴컴한 무색에 잠겨있었다. 그는 얼이 빠져 멍한 표정으로 몸을 일으켰다.

"들어오세요."

그가 소리치고 도로 주저앉아, 음식을 든 간호사가 나타나기를 기다렸다. 아무 일도 일어나지 않았다. 금지된 책처럼 보였던 울림들에 대한 기억만이 그에게 달려들어 느닷없이 그를 긴장하게 만들었다. 다시 쿵 소리가 났다.

"들어오세요!"

그는 머리를 문 쪽으로 돌렸다. 띠 모양의 빛줄기가 나타나더니 더욱 넓어졌다. 그리고는 긴 외투를 입은 남자의 위풍당당한 윤곽이 나타났다.

"무스터만 씨인가요?"

"아마 그럴 걸요."

볼프강이 비웃듯이 대답했다.

"어쩌면 아닐 수도 있고요."

그는 침대 곁 탁상 전등의 스위치를 더듬더듬 찾았다.

"무스터만 씨."

그 사람은 육중한 걸음걸이로 방에 들어와 서서 볼프강을 바라보았다. 마치 자신을 알아보기를 기다리는 것 같았다. 은회색 머리가 그의 어깨 위로 흘러내렸다.

"내가 드디어 당신을 찾았군요!"

돌연 볼프강이 침대에 꼿꼿이 앉아있었다.

"누구신지… 댁은 누구세요?"

"오, 죄송합니다— 제가 너무 무례했네요. 제 이름은 미하엘리스입니다."

"와!"

탄성과 함께 볼프강은 이불을 턱 아래로 낚아챘다. 미카엘 대천사!

그 사람은 두 팔을 벌리고 볼프강에게 다가갔다.

"무스터만 씨, 제가 얼마나 기쁜지 도저히 말로는 다할 수 없습니다. 이것은 새로운 시대의 시작입니다!"

"새로운… 시대라….”

볼프강은 상대방을 빤히 바라보다가, 자신의 입이 떡 벌어진 것을 알아챘다.

"그럼 댁이 정말로— 가장 거룩한 천사님, 잘… 오셨습니다."

그는 너무 급한 나머지 침대에서 거의 떨어질 뻔했다. 몸을 기댄 채 황망히 일어나, 아뉴의 자리로 정해놓았던 의자에 몸을 밀착하고는 의자를 더 가까이 밀었다. 그리고 천사에게 앉으라고 했다.

"이렇게 찾아주신 게 그 소리들에 대한 용건 때문이기를 제가 바라도 된다면, 제게 영광이자 엄청난 기쁨이 될 겁니다. 주님이 엄청난 자비심에서 가장 보잘것없는 종인 저에게 주시려 하는 소리들 때문이라고 말입니다."

"저는 레퀴엠 때문에 왔습니다."

풍선에서 바람이 빠지는 것처럼 그에게서 공기가 빠져나가는 것 같았다.

"그렇겠죠. 레퀴엠 때문이겠죠."

그는 공순하게 고개를 끄덕이며, 자기 목소리에 힘이 빠지는 것을 느꼈다.

"저는 에흠, 유감으로 생각합니다. 매우 유감이지만, 부디 관대히 봐주시기 바랍니다— 다만, 그것은… 에흠, 끝나지 않았습니다."

"뭐가 끝나지 않았단 말인가요?"

볼프강이 머리를 움츠렸다.

"라크리모사요."

그는 침대 발치에 있는 종이더미를 가리켰다.

"저의 선한 의지와 확실한 능력을 믿어주세요. 저는 게으름 피지 않고 최선을 다했습니다. 하지만 이것은 다정다감한 남자가 진심으로 받아들이기에는 너무 무거운 과제입니다."

대천사는 볼프강에게 눈길을 한 번 던졌다. 볼프강은 그 눈길의 의미를 해석할 수가 없었다.

"봐도 될까요?"

대천사는 풀린 종이들을 침대에서 모아 자기 무릎 위에 놓고 꾸러미로 만들고는 읽기 시작했다. 마지막으로 그가 고개를 들었다.

"믿어지지 않는군요. 굉장해요. 그리고 여기 이 대목은…."

볼프강은 좀 더 편안하게 숨을 쉬었다. 어쨌든 이번에는 예술 감각

없는 속물을 보낸 것 같지는 않았다. 여기 이 사람은 심지어 악보 해독에 정통했다. 이 사람하고라면 다행히도 말이 통할 것 같군.

"무스터만 씨, 오늘이 며칠인지 아세요?"

볼프강은 깜짝 놀랐다.

"5일인가요?"

"맞았습니다. 12월 5일입니다. 모차르트의 사망일이죠."

대천사는 생각에 잠겨 아뉴스 데이의 마지막 박자가 있는 부분을 어루만졌다.

"이것이 좀 더 일찍 있었더라면… 이것을 오늘 공연했더라면 센세이션이었을 겁니다."

"유감입니다. 저는….".

"아하, 무스터만 씨. 제발 그만하세요. 지금 그건 중요하지 않습니다. 미래가 당신을 존경할 겁니다!"

"미래라고요?"

미래였다. 물론이었다. 그는 그것을 예감했었다— 여기는 2백 년 이상 되었고, 모든 시간을 넘어서는 음악이 중요했다. 그 음악은 단 한 번의 삶이라는 제한에 구속되어서는 안 되었다.

"그럼 제가 선정되었다고 믿어도 될까요? 제가 듣게 된 저 음악의 길을 장차 평탄하게 만들 재목으로 말입니다. 게다가 그 길에서 제가 출세가도를 달릴 거라고 믿어도 될까요?"

"무스터만 씨, 저는 지금까지 댁의 재능에 대해 극히 미미한 인상을 받았을 뿐입니다. 하지만 제가 판단할 수 있는 한, 모든 길이 댁에게 열려있습니다. 그리고 제가 댁을 위해 전력투구할 것을 약속드립니다."

"오, 제가 다른 곡들도 많이 작곡했다는 것을, 그러니까 수수방관 지내지 않았다는 것을 믿어주세요."

"무스터만 씨, 그 말을 들으니 기쁩니다. 그런데 제 생각으로는, 우선 레퀴엠에 집중해야 할 것 같습니다. 아직 없는 부분은 라크리모사뿐이라고 말씀하셨죠?"

볼프강은 입술을 깨물고 어깨를 벽에 기댔다. 갑자기 체념하는 마음이 생기는 것 같더니, 오후부터 그를 사로잡았던 즐거운 흥분이 가라앉았다.

"그렇다면 미래의 들판에 도달하려면, 그 작품의 완성이 절대적으로 꼭 필요한가요?"

서른 박자, 마흔 박자나 되는 그것들이 마치 검사를 받듯이 앞에 놓여있었다. 그런데 밀쳐 열기만 하면 되는 문 말고는 아무것도 없었다.

"저는 이것을 예감했있어요."

볼프강이 속삭였다. 그리고 장차 옴 기쁨의 명령처럼, 혼란스럽게 만드는 새로운 음들이 다시 그의 마음을 사로잡았다.

"글쎄요. 무스터만 씨, 단편 하나로는 크게 성공하지 못해요. 그리고 제 생각에는, 대충 댁과 능력이 비슷하고 이 일을 할 만한 사람은 찾지 못할 거예요. 그런데 댁에게 무슨 문제가 있는 건지 잘 모르겠네요. 건강 때문에 그것을 완성할 수 없다고 생각하나요?"

알려지지 않은 차원의 규칙들이 하나로 만든 창조적인 소리가 천국처럼 아름답게 그에게 울려퍼졌다. 그는 이것이 하나의 멜로디 이상이라는 것을 알았다. 그 이름을 명명할 수 없다는 게 갑자기 더 이상 한계가 아닌 것 같았다. 다만 시점의 문제처럼 보였다. 그를 그 대답이 기다리고 있는 곳으로 데려가기 위해서는, 단 한 걸음만 내디디면 되었다. 기대에 찬 행복한 즐거움이 그를 사로잡았다.

"가장 거룩한 천사여! 부디 청합니다! 제가 지금 알약과 주사를 걱정이 될 만큼 받는다 할지라도, 저는 생기 있고 젊은 것 같은 기분을 느낍니다. 그리고 온갖 요구에 —특히 미래의 요구에— 부합할 수 있을 것 같습니다. 오늘 산책 때 주님이 말하자면 맛보기로 주신 계시가 특별히 저를 강하게 만들어주었습니다. 그건 하나님의 은총이 없이는 우리 같은 사람에게 당치 않습니다… 이런!"

"무스터만 씨?"

"아뉴!"

"뭐라고요?"

"저는 못해요!"

"무스터만 씨, 대체 뭘 말인가요? 뭘 할 수 없는데요? 무스터만 씨. 뭐죠?"

"제 아내요!"

볼프강은 그녀를 버리고 떠날 수 없었다. 지금 그럴 수는 없었다. 아이와 함께 두고 갈 수가 없었다.

"그녀는 임신 중이에요. 그녀를 보살펴야 해요!"

그가 못 가겠다는 유감의 뜻을 고백하자, 마음이 무척 어두워졌다.

"무스터만 씨, 앞으로의 가능성에 대해 전혀 감을 잡지 못하시는 것 같군요. 저는 댁이 연주하는 것을 들었습니다. 요전에 음악협회에 서였죠. 그리고 댁이 쓴 레퀴엠의 일부를 알고 있습니다. 솔직히 말씀드려도 된다면, 음표 하나하나를 알고 있습니다. 제 말을 믿으세요. 댁의 부인과 아이는 보살핌을 받을 겁니다. 아이들이 집안 가득 있다 해도 보살필 거예요, 그게 문제라면 말입니다."

"집안 가득 아이들이 있다 해도…!"

격분의 기미가 그를 엄습했다. 하지만 다음 순간 그는 곰곰이 생각했다. 콘스탄체가 또 한 번 결혼하지 않았을까? 그녀가 자식복을 누리지 못한 것은 단지 나이가 많아서였을까? 그런데 아뉴는 인생의 전성기에 있는데, 평생 상복을 걸쳐서는 안 될 일이었다. 자기 때문에 그래서는 안 되었다.

"그거 틀림없나요?"

"무스터만 씨, 틀림없습니다! 제 말을 믿으셔도 됩니다."

볼프강은 간신히 숨을 내쉬었다.

"모든 게 그녀와 아이에게 도움이 되는 쪽으로 쓰여야 해요. 이곳과 제 친구 표트르의 숙소에서 찾으실 수 있는 모든 것이 말입니다. 그 친구를 분명히 아시겠죠. 그렇게 성실한 벗을 제 옆에 두게 한 것은 정녕 하나님의 자비와 섭리였을 겁니다."

인생의 짐이 그에게서 벗겨졌다. 그는 조급하게 재촉하는 것을 느꼈다. 그 전에는 결코 다다른 적이 없는 한계를 탐색하려고, 끌어당기고 추구하는 느낌이었다. 그것은 그의 순간순간의 삶을 넘어서는 음악이었다. 음악은 언제나 그의 예정된 운명이고 십자가였으며, 항상 그럴 것이었다. 그는 멈추었다. 미래를 가리키는 저 계시를 볼 때, 그가 과연 아직 라크리모사를 쓸 수 있을까? '현재'에 합당한 방식으로? '현재'는 그가 방금 '이미'라는 과거로 불렀어야 했음에도 불구하고, 이미 '아직'이라는 미래로 보였다. 단호한 결심과 망설이는 우유부단함이 그의 마음속에서 다투었다.

"저는 준비되었어요."

볼프강은 드디어 단호한 목소리로 말하고, 천사의 얼굴을 들여다보았다.

"그럼 제게 종이와 필기도구를 건네주시겠어요. 저기 서랍에…."

안도의 숨소리를 내면서 그는 악보공책과 연필을 받아들고, 둘 다 잠시 무릎에 놓아두었다. 그러고는 성호를 그었다.

"주여, 저를 지켜주소서."

그리고 갑자기 그것이 거기 있었다.

먼 시간에서 온 것처럼, 날갯짓 같은 친숙한 음들이 떠서 다가오더니, 점점 더 가까워졌다. 한숨이 밤의 유령들처럼 그의 주위를 춤추며 돌다가 비상하여, 그를 데리고 높이 더 높이 끌고 올라갔다. 그는 더 이상 두려워할 필요가 없다고 느끼고, 온갖 불안과 고통을 놓아두고 솟아올라, 하늘이 노래하고 땅이 움직이는 소리를 예감했다. 그러자 숱한 음이 그를 붙잡아 위로 데려갔다. 음악 외에 아무것도 더 이상 없을 때까지. 오직 음악뿐이었다. 그리고 그는 그것들과 함께 시간 밖으로 울려퍼졌다.

에필로그

그가 눈을 깜박였다. 촛불이 약하게 펄럭거렸다. 그녀는 여전히 그의 침대에 앉아 그의 손을 잡고 있다. 고요함은 위대하다. 어디에서나.

"스탄…."

그는 숨을 더 쉬지 못한다.

"네, 여보. 나 여기 있어요."

그녀의 손이 그의 뺨을 어루만진다.

깊은 평화였다. 모든 것을 해냈다. 충분히 해냈다.

"난… 당신이 그리웠소." 하고 그는 말하려 한다. 하지만 그 말을 내뱉지 못한다. 숨쉬기가 어려워진다. 너무 어려워진다. 그는 긴장하여 숨 쉬려고 애쓴다. 그런데 숨이 가슴에 이르지 못하고 뺨만 부풀게 하더니 그의 밖으로 밀려나온다.

콘스탄체가 흐느낀다. 그는 자기가 그 소리를 듣지 못하리라는 것을 안다.

"봐요. 그가 레퀴엠에서 손을 뗄 리 없어요. 그는 다시 팀파니를 만들고 있어요."

그는 아직 살짝 미소를 지을 수 있다. 부드럽게, 다만 아주 부드럽게 그가 머리를 흔든다.

**옮긴이 모명숙**

성균관대학교와 서울대학교 대학원에서 독문학을 공부하고 독일 뮌스터에서 수학한 뒤, 서울대학교 대학원에서 문학박사 학위를 받았다. 성균관대학교 강사를 지냈고, 현재는 번역가로 활동하며 인천 연수구 인문학 강의에 출강 중이다. 옮긴 책으로 〈내 인생을 바꾼 세계의 명작〉, 〈운라트 선생〉, 〈카사노바의 귀향, 꿈의 노벨레〉, 〈한낮의 여자〉, 〈렘브란트 마지막 그림의 비밀〉, 〈요헨의 선택〉, 〈운명〉, 〈지구의 미래〉, 〈사랑받지 않을 용기〉, 〈이성의 섬〉, 〈미술의 순간〉, 〈아인슈타인의 그림자〉 등이 있다.

**미스터 모차르트의 놀라운 환생** Herr Mozart wacht auf

**저자** 에바 바론스키(Eva Baronsky)
**역자** 모명숙
**책임편집** 구자성
**디자인** 이보림 / 오영진
**초판 인쇄** 2011년 7월 20일
**초판 발행** 2011년 7월 25일
**펴낸이** 권기대
**마케팅** 배혜진 / 박정상 / 차지현
**펴낸곳** 도서출판 베가북스
**출판등록** 제313-2004-000221호
**주 소** (121-843) 서울시 양천구 신정1동 1022~4 신서빌딩 1층
**주문전화** 02) 322-7262 **문의전화** 02) 322-7241 **팩스** 02) 322-7242
ISBN 978-89-92309-39-4 03230

※ 책값은 표지에 있습니다.
※ 좋은 책을 만드는 것은 바로 독자 여러분입니다.

베가북스는 독자들의 의견에 항상 귀를 기울입니다.
독자의견 전화 070-7527-0072
블로그 http://blog.naver.com/vegabooks.do
이메일 vegabooks@naver.com